Jaarverslaggeving

Opgaven

Dr. Peter Epe RA

Wim Hoffmann RA

Negende druk

Noordhoff Uitgevers Groningen/Houten

Ontwerp omslag: G2K (Groningen-Amsterdam)
Omslagillustratie: Unsplash - Joel Filipe

Eventuele op- en aanmerkingen over deze of andere uitgaven kunt u richten aan: Noordhoff Uitgevers bv, Afdeling Hoger Onderwijs, Antwoordnummer 13, 9700 VB Groningen, e-mail: info@noordhoff.nl

FSC
www.fsc.org
MIX
Papier van verantwoorde herkomst
FSC® C118189

0 / 20

ISBN 978-90-01-59079-6
NUR 786

Woord vooraf bij de negende druk

In de negende druk van het theorieboek *Jaarverslaggeving* zijn de ontwikkelingen in de regelgeving in kaart gebracht. In de negende druk van het opgavenboek zijn de opgaven daaraan aangepast.
De hoofdstukken 1 tot en met 19 van dit opgavenboek lopen parallel met de hoofdstukken uit het theorieboek.
Elk hoofdstuk kent theorievragen, meerkeuzevragen en vraagstukken.
Met de *theorievragen* – die globaal de stof afdekken – kan de student zelf checken of hij of zij op de hoogte is met de begrippen die in het desbetreffende hoofdstuk worden behandeld. De antwoorden op de theorievragen zijn aan het eind van dit boek opgenomen.
De *meerkeuzevragen* bestaan uit kennisvragen en toepassingsvragen. De sleutels zijn eveneens aan het eind van dit boek opgenomen.
Bij de *vraagstukken* wordt rekenwerk gevraagd (het 'hoe'), maar er is ook steeds gepoogd om te toetsen of het veronderstelde inzicht in de materie aanwezig is (het 'waarom'). Bovendien kunnen de vraagstukken een aanzet vormen tot discussie over de merites van de besproken verslaggevingsalternatieven.
Na hoofdstuk 19 volgen *hoofdstukoverstijgende vraagstukken* en *casussen*. Met name de casussen zijn van grotere omvang en meestal van hogere moeilijkheidsgraad dan de eerdergenoemde vraagstukken. We stellen ons voor dat de casussen vooral gebruikt zullen worden in de specifieke accountancy-opleidingen, terwijl andere opleidingen kunnen volstaan met de vraagstukken.
Van een aantal vraagstukken en casussen (aangeduid met een sterretje) zijn de uitwerkingen te vinden op de website bij *Jaarverslaggeving*: www.jaarverslaggeving.noordhoff.nl; deze vraagstukken en casussen kunnen derhalve door de student worden gebruikt voor zelfstudie.
Op de website is tevens een interactieve toetsenbank met een kleine 500 meerkeuzevragen en stellingvragen opgenomen; deze vragen – naar hoofdstukken ingedeeld – zijn voorzien van inhoudelijke feedback en paragraafverwijzingen.
Onze dank gaat uit naar H. Perdok RA voor zijn kritische beoordeling van en het geven van feedback op de bank.

Wij bedanken onze collega's in den lande drs. N.J. Molhoek, S. de Jong RA, drs. A.G. Snelderwaard RA, J.A. Koning RA en dr. J.P.J. Witjes voor het grootmoedig toestaan dat enige vraagstukken van hun hand in dit boek werden opgenomen.

Voor docenten zijn alle uitwerkingen beschikbaar.

Uw op- en aanmerkingen stellen wij zeer op prijs.

Voorjaar 2020,

Harderwijk Peter Epe
Zoetermeer Wim Hoffmann

Inhoud

Oefeningen per hoofdstuk

1
Externe verslaggeving: relaties met andere vakgebieden en ontwikkeling

Theorievragen

1.1 Wie kunnen belanghebbenden zijn bij financiële verslaggeving?

1.2 Bij het verschaffen van informatie door organisaties wordt onderscheid gemaakt tussen interne en externe informatieverschaffing.
a Geef aan waarvoor beide soorten informatieverschaffing dienen.
b Geef de kenmerkende verschillen aan tussen beide soorten informatieverschaffing.

1.3 Hoe verhoudt de externe verslaggeving zich tot de fiscale rapportage?

1.4 Wat is het verschil tussen vaste en vlottende activa?

1.5 Wat zijn de verschillen tussen eigen vermogen en vreemd vermogen?

1.6 Wat is uit waarderingsoogpunt het verschil tussen materiële en monetaire posten?

1.7 Geef het schema voor de winstberekening via vermogensvergelijking.

1.8 Welke soorten rentabiliteit kunnen worden onderscheiden?

1.9 **a** Wat wordt verstaan onder solvabiliteit?
b Bij het beoordelen van de solvabiliteit speelt het garantievermogen een belangrijke rol. Welke posten behoren tot het garantievermogen?

1.10 **a** Wat wordt verstaan onder liquiditeit?
b Wat is het verschil tussen statische en dynamische liquiditeit?

1.11 Wat is 'window dressing'? Geef een voorbeeld.

1.12 Welke factoren hebben bijgedragen tot de ontwikkeling van de externe verslaggeving?

1.13 Wat wordt verstaan onder de 'vermaatschappelijking' van de onderneming?

1.14 Geef de kenmerken van het bezitsmodel, het klassieke model en het moderne model.

1.15 Welke twee kernfuncties vervult de externe jaarrekening?

1.16 Aan welke twee kwaliteitskenmerken dient de jaarrekening te voldoen om de in vraag **1.15** bedoelde functies goed te kunnen vervullen?

1.17 Wat wordt verstaan onder 'creative accounting'? Geef een voorbeeld.

1.18 Wat wordt bedoeld met de 'taking a bath'-strategie?

1.19 Welke drie vormen van creative accounting zijn er te onderkennen naast 'taking a bath'-strategie?

1.20 Geef het verschil aan tussen de normatieve en de beschrijvende benadering van wetenschappelijk onderzoek op het terrein van de externe verslaggeving.

1.21 Wanneer spreken we bij wetenschappelijk onderzoek van deductie en wanneer van inductie?

Meerkeuzevragen

1.1 Welke stelling over de verschillen tussen financial accounting en management accounting is juist?
- **a** Bij financial accounting speelt de regelgeving een minder belangrijke rol dan bij management accounting.
- **b** Bij financial accounting speelt het probleem van creative accounting een minder belangrijke rol dan bij management accounting.
- **c** Bij financial accounting komt het meer op de snelheid van rapporteren aan dan bij management accounting.
- **d** Zowel financial accounting als management accounting maken gebruik van de gegevens van de boekhouding.

1.2 Welke stelling over het verschil tussen vreemd vermogen en eigen vermogen is juist?
- **a** De vreemdvermogenverschaffer weet zeker dat hij zijn geld terugkrijgt, de eigenvermogenverschaffer niet.
- **b** De vreemdvermogenverschaffer komt bij faillissement eerder in aanmerking voor terugbetaling dan de eigenvermogenverschaffer.
- **c** De vreemdvermogenverschaffer stelt permanent vermogen beschikbaar, de eigenvermogenverschaffer tijdelijk vermogen.
- **d** De vreemdvermogenverschaffer heeft formele zeggenschapsrechten in de onderneming, de eigenvermogenverschaffer niet.

1.3 Het eigen vermogen bedraagt aan het begin van het jaar €100.000 en aan het eind van het jaar €80.000. Gedurende het jaar hebben er kapitaalstortingen plaatsgevonden van €25.000 en kapitaalonttrekkingen van €50.000.

De winst over het jaar bedraagt:
a €45.000 negatief
b €5.000 negatief
c €5.000 positief
d €45.000 positief

1.4 De balans van Ratio bv is per 31 december 2020 (met vergelijkende cijfers per 31 december 2019) als volgt (bedragen × €1):

	31-12-20	31-12-19		31-12-20	31-12-19
Vaste activa	1.400.000	1.200.000	Eigen vermogen	1.200.000	1.008.000
Vlottende activa	500.000	300.000	Langlopende schulden	370.000	242.000
			Kortlopende schulden	330.000	250.000
	1.900.000	1.500.000		1.900.000	1.500.000

De resultatenrekening van Ratio over 2020 ziet er als volgt uit (bedragen × €1):

Opbrengsten	10.000.000
Diverse kosten	9.700.000
Bedrijfsresultaat	300.000
Rentelasten	60.000
Winst vóór aftrek van belasting	240.000
Belastinglast	48.000
Nettowinst	192.000

Hoeveel bedraagt de rentabiliteit van het totale vermogen over 2020?
a 12,8%
b 14,1%
c 15,8%
d 17,6%

1.5 Zie de gegevens van vraag **1.4.**

Hoeveel bedraagt de rentabiliteit van het eigen vermogen (na aftrek van belasting) over 2020?
a 12,4%
b 15,0%
c 17,4%
d 18,3%

1.6 Zie de gegevens van vraag **1.4.**

Hoeveel bedraagt de current ratio per 31 december 2020?
a 0,66
b 1,52
c 2,73
d 2,98

1

1.7 Wat is een voorbeeld van *window dressing*?
a Het afschrijven op een duurzaam productiemiddel.
b Het uitgeven van aandelen boven de nominale waarde.
c Het net vóór balansdatum aflossen van kortlopende schulden.
d Het reserveren van winsten.

1.8 Welk model is van toepassing op een eenmanszaak?
a Het bezitsmodel.
b Het klassieke model.
c Het gesloten model.
d Het open model.

1.9 Wat houdt de *taking a bath*-strategie in?
a Het hoger voorstellen van de winst over dit jaar door manipulatie van voorzieningen.
b Het hoger voorstellen van de winst over dit jaar door het toepassen van een stelselwijziging.
c Het egaliseren van de winst over de jaren.
d Het lager voorstellen van de winst over dit jaar om de winsten in volgende jaren hoger te kunnen voorstellen.

1.10 Wat is een voorbeeld van normatief onderzoek op het terrein van externe verslaggeving?
a Studie naar de relatie tussen gerapporteerde winsten en directiebonussen.
b Studie naar de beste methode om prijsfluctuaties te verwerken in de jaarrekening.
c Studie naar gevolgen van 'fair value accounting' op de beurskoers.
d Studie naar het waarheidsgehalte van de effectieve markthypothese.

Vraagstukken

V1.1 **Een handelsonderneming**
De balans van een handelsonderneming ziet er per 1 januari 2020 als volgt uit:

Balans per 1 januari 2020 (bedragen × €1.000)

Vaste activa			*Eigen vermogen*	455
Gebouwen	352		*Langlopende schulden*	
Auto's	150		9%-hypothecaire lening	200
			Kortlopende schulden	
		502	Crediteuren	165
Vlottende activa				
Voorraad				
3.000 stuks à €50	150			
Debiteuren	85			
Liquide middelen	83			
		318		
		820		820

In 2020 vinden de volgende gebeurtenissen plaats:

- Van de (onder het eigen vermogen per 1 januari 2020 opgenomen) winst over 2019 is aan de eigenaren van de onderneming €40.000 uitgekeerd.
- In het begin van het jaar zijn de vorderingen uit hoofde van de debiteuren en de crediteuren die op 1 januari 2020 open stonden, ontvangen c.q. voldaan.
- Handelstransacties:
  - ingekocht 18.000 stuks à €50 = €900.000 (hiervan is per 31 december 2020 €790.000 betaald);
  - verkocht 19.000 stuks à €100 = €1.900.000 (hiervan is per 31 december 2020 €1.810.000 ontvangen).
- De eigenaren van de onderneming hebben €50.000 privégeld in de kas van de onderneming gestort.
- Aan lonen en sociale lasten is €696.000 betaald.
- Op 31 december is €20.000 op de hypothecaire lening afgelost; op die datum is tevens de over het jaar verschuldigde interest betaald.
- Afschrijvingen:
  - Gebouwen: 4% van de aanschafwaarde ad €400.000;
  - Auto's: 40% van de boekwaarde.

a Stel de balans van de handelsonderneming per 31 december 2020 op.
b Bereken de winst van de handelsonderneming over 2020 door middel van vermogensvergelijking.
c Stel de resultatenrekening van de handelsonderneming over 2020 op.

V1.2 **Broekhuis Holding bv**

Aan het jaarrapport 2018 van Broekhuis Holding bv (autodealer- en schadeherstelbedrijf) is de volgende (gecomprimeerde) geconsolideerde jaarrekening ontleend:

Geconsolideerde balans per 31-12-2018 (bedragen in duizenden euro's)

Vaste activa		173.304	Eigen vermogen		70.572
Vlottende activa:			Voorzieningen	7.104	
Voorraden	157.756		Langlopende schulden	85.409	
Vorderingen	37.268		Kortlopende schulden	205.891	
Liquide middelen	648				298.404
		195.672			
		368.976			368.976

Geconsolideerde winst- en verliesrekening over 2018 (bedragen in duizenden euro's)

Netto-omzet	823.593	
Overige bedrijfsopbrengsten	237	
Som der bedrijfsopbrengsten	823.830	
Inkoopwaarde van de omzet	691.648 –	
Brutomarge		132.182

1

Geconsolideerde winst- en verliesrekening over 2018 (bedragen in duizenden euro's)

Lonen en salarissen	53.016	
Sociale lasten	14.074	
Afschrijvingen	4.992	
Overige bedrijfskosten	42.328	
Som der kosten		114.410–
Bedrijfsresultaat		17.772
Rentelasten		2.133–
Resultaat uit gewone bedrijfsuitoefening vóór belasting		15.639
Vennootschapsbelasting		3.599–
Resultaat uit gewone bedrijfsuitoefening na belastingen		12.040

Bij de uitwerking kunnen de balansbedragen als jaargemiddelden worden beschouwd.

a Bereken voor Broekhuis over boekjaar 2018:
1 de rentabiliteit van het totale vermogen;
2 de rentabiliteit van het eigen vermogen vóór aftrek van belasting;
3 de rentabiliteit van het eigen vermogen na aftrek van belasting.
b Waardoor wordt het verschil tussen de uitkomsten van **a1** en **a2** veroorzaakt?
c 1 Bereken voor Broekhuis de current ratio per 31 december 2018.
2 Beoordeel de liquiditeitspositie van Broekhuis per 31 december 2018.
d 1 Bereken voor Broekhuis de verhouding tussen eigen vermogen en totaal vermogen per 31 december 2018.
2 Beoordeel de solvabiliteitspositie van Broekhuis per 31 december 2018.
e Geef aan in welke richting de bij de vragen **a, c** en **d** berekende grootheden veranderen, indien Broekhuis de volgende wijzigingen in haar jaarrekening 2018 zou hebben aangebracht. U dient de wijzigingen afzonderlijk te beoordelen en kunt ervan uitgaan dat de dividenduitkering niet door de wijzigingen wordt beïnvloed.
1 Er wordt meer aan de voorzieningen toegevoegd dan blijkt uit de gegeven jaarrekening.
2 Er wordt een langere afschrijvingstermijn dan gebruikelijk gehanteerd.
3 Vlak voor balansdatum worden kortlopende schulden afgelost.

DEEL 1
Bedrijfseconomische en juridische grondslagen van de externe verslaggeving

2 Waarde en winst

Theorievragen

2.1 Wat wordt verstaan onder de bedrijfswaarde (of indirecte opbrengstwaarde) en wat onder de directe opbrengstwaarde?

2.2 Welke van de bij vraag **2.1** genoemde waardebegrippen is de relevante waarde van een onderneming?

2.3 Bij welk soort beslissingen wordt het economisch waardebegrip in de praktijk met name toegepast?

2.4 Wat is het gevolg voor de waardering van activa bij het economisch waardebegrip als de gehanteerde interestvoet wordt verlaagd?

2.5 Waarom kan het economisch waardebegrip in het algemeen geen waardering voor individuele activa geven?

2.6 Wat is de waarderingsgrondslag van het boekhoudkundig waardebegrip?

2.7 Waarom is het economisch waardebegrip subjectiever dan het boekhoudkundig waardebegrip?

2.8 Welke ontwikkelingen zijn er rond het begin van deze eeuw in gang gezet, die ertoe leiden dat het boekhoudkundig eigen vermogen opschuift in de richting van de economische waarde van de onderneming?

Meerkeuzevragen

2.1 Wat is geen essentieel element bij het bepalen van de bedrijfswaarde?
- **a** Schatting van toekomstige verkoopontvangsten.
- **b** Schatting van het investeringsbedrag dat nodig is om de toekomstige kasstromen te genereren.
- **c** Schatting van toekomstige exploitatie-uitgaven.
- **d** Bepalen van de disconteringsvoet.

2.2 Iemand heeft op 1 januari 2020 €50.000 spaargeld. Met dit bedrag start hij op die datum een onderneming. Hij koopt voor €50.000 een auto, die hij gaat verhuren. De auto levert gedurende drie jaar €30.000 netto-ontvangsten op. De netto-ontvangsten kunnen worden geacht aan het eind van ieder jaar te ontstaan. Na drie jaar heeft de auto een restwaarde van €5.000.

Dit bedrag is al begrepen in de netto-ontvangst van jaar 3. De disconteringsvoet is 10%. Winsten worden gereserveerd.

Hoeveel bedraagt het eigen vermogen van deze onderneming op de balans per 31 december 2020 op basis van het economisch waardebegrip?

a €74.605
b €82.066
c €104.605
d €128.765

2.3 Zie de gegevens van vraag **2.2**.

Hoeveel bedraagt de winst over 2021 op basis van het economisch waardebegrip?

a €5.207
b €6.207
c €7.207
d €8.207

2.4 Zie de gegevens van vraag **2.2**.

Hoeveel bedraagt het eigen vermogen van deze onderneming op de balans per 31 december 2020 op basis van het boekhoudkundig waardebegrip? (waarbij als aanvulling is gegeven dat de auto met gelijke bedragen per jaar wordt afgeschreven)

a €45.000
b €55.000
c €65.000
d €75.000

2.5 Zie de gegevens van vraag **2.2**.

Hoeveel bedraagt de winst over 2021 op basis van het boekhoudkundig waardebegrip? (waarbij als aanvulling is gegeven dat de auto met gelijke bedragen per jaar wordt afgeschreven)

a €13.333
b €15.000
c €17.667
d €30.000

2.6 Welke stelling is juist?

a Als de directe opbrengstwaarde hoger is dan de indirecte opbrengstwaarde is het economisch verantwoord de activiteiten voort te zetten.
b De liquidatiewaarde is een bijzondere vorm van de indirecte opbrengstwaarde.
c Bij 'perfect foresight' is de jaarwinst bij toepassing van het economisch waardebegrip gelijk aan het disconteringspercentage toegepast op de economische waarde van de activa aan het begin van de periode.
d Een verhoging van de disconteringsvoet betekent, bij onveranderde verwachte netto-ontvangsten, een hogere economische waarde.

2.7 Welke stelling is juist?

a De jaarwinst op basis van het economisch waardebegrip is gelijk aan die op basis van het boekhoudkundig waardebegrip.

b De jaarwinst op basis van het economisch waardebegrip is hoger dan die op basis van het boekhoudkundig waardebegrip.
c De jaarwinst op basis van het economisch waardebegrip is lager dan die op basis van het boekhoudkundig waardebegrip.
d De jaarwinst op basis van het economisch waardebegrip kan gelijk zijn aan, hoger dan of lager dan die op basis van het boekhoudkundig waardebegrip.

2.8 Wat kan *niet* worden aangevoerd als bezwaar tegen het gebruik van het economisch waardebegrip in de externe verslaggeving?
a Er kan geen theoretisch juiste waardebepaling van afzonderlijke activa plaatsvinden.
b De relevantie van het winstcijfer is te gering.
c Het leent zich teveel tot creative accounting.
d De controleerbaarheid is niet voldoende.

2.9 Welk instrument is *niet* geschikt om te worden ingezet ter vermindering van de 'value gap' tussen de economische waarde van een onderneming en de waarde van het gerapporteerde eigen vermogen?
a Waardering van activa tegen opbrengstwaarde.
b Activering van immateriële activa.
c Off-balance verwerking van gehuurde bedrijfsmiddelen.
d Vormen van voorzieningen aan banden leggen.

2.10 Welke maatregel leidt ertoe dat de 'value gap' tussen de economische waarde van een onderneming en de waarde van het gerapporteerde eigen vermogen vermindert?
a Het 'on-balance' verwerken van geleasde bedrijfsmiddelen in plaats van het 'off-balance' verwerken ervan.
b Het gedeeltelijk aflossen van een langlopende lening.
c Het in tijden van koersstijgingen waarderen van tijdelijke beleggingen tegen beurswaarde in plaats van tegen aanschafprijs.
d Het vormen van een reorganisatievoorziening.

Vraagstukken

V2.1 **Het economisch waardebegrip**
Op 1 januari jaar 1 investeert een onderneming €100.000 in een duurzaam productiemiddel. Deze investering genereert een jaarlijkse nettokasstroom (per 31 december) van €30.000. Bovendien wordt op 31 december jaar 3 de restwaarde van het duurzaam productiemiddel ad €20.000 via verkoop gerealiseerd.
De leiding van de onderneming gaat uit van een interestvergoeding van 10% per jaar.
De jaarwinsten worden volledig uitgekeerd. De vrijvallende kasmiddelen (nettokasstroom – uitgekeerde winst) worden in kas gehouden.

a Bereken voor elk jaar de winst volgens het economisch waardebegrip; bereken tevens de aanvangswinst aan het begin van jaar 1.
b Wat is de oorzaak van de bij vraag **a** berekende aanvangswinst?

c Is de in dit vraagstuk genomen investeringsbeslissing een economisch verantwoorde beslissing?

d Geef aan – door toetsing aan de kwaliteitscriteria relevantie en betrouwbaarheid – of het economisch waardebegrip geschikt is voor het opstellen van de externe jaarrekening als geheel.

***V2.2 J. Bootsman**

J. Bootsman start op 1 januari 2020 een botenverhuurbedrijf onder de naam 'Oceanos' en stort zijn gehele spaargeld ad €180.000 in de kas van het bedrijf.
Vervolgens schaft Oceanos twee speedboten aan, de 'Miami' en de 'Vice'; de boten kosten €75.000 per stuk. De overige €30.000 wordt besteed aan een botenhuis. Alle activa worden in drie jaar met gelijke bedragen per jaar afgeschreven.
Aan het eind van hun derde levensjaar zullen de boten naar verwachting elk nog €15.000 opbrengen, de restwaarde van het botenhuis wordt op nihil gesteld. Alle genoemde uitgaven worden contant afgerekend.

De boten worden verhuurd tegen €25 per uur. Per jaar zal elke boot naar schatting 2.000 uren varen. Het brandstofverbruik betalen de klanten zelf. Dit verbruik wordt na terugkomst tegen kostprijs verrekend.
Gemiddeld wordt er per verhuurde boot voor €20 gebruikt aan consumpties, die aanwezig zijn in de minibar aan boord. De kostprijs hiervan is gemiddeld €15. Een boot wordt gemiddeld voor vier uur per keer gehuurd.
De volgende schattingen zijn gemaakt ten aanzien van de overige exploitatie-uitgaven:

- onderhoud €5.000 per boot per jaar;
- verzekering €10.000 per boot per jaar.

Alle ontvangsten en exploitatie-uitgaven worden geacht aan het einde van het jaar plaats te vinden. Bootsman wenst een rentevergoeding van 12% per jaar. De jaarwinsten worden volledig uitgekeerd. Jaarlijks vrijkomende (niet-uitgekeerde) kasmiddelen worden in kas gehouden.

a Stel de balansen (vóór winstverdeling) op per 1 januari 2020, 31 december 2020, 31 december 2021 en 31 december 2022, als Bootsman toepast:
1 het economisch waardebegrip
2 het boekhoudkundig waardebegrip.

b Verklaar waarom het totaal van de winsten bij vraag **a1** gelijk is aan het totaal van de winsten bij vraag **a2**.

c Waaruit blijkt in de praktijk dat de relevantie van de boekhoudkundige waarde en winst geringer is dan die van de economische?

d Waarom is de betrouwbaarheid van het boekhoudkundig waardebegrip groter dan die van het economisch waardebegrip?

V2.3 Zilvervloot bv

Op 1 januari 2020 wordt Zilvervloot bv opgericht. Het bedrijf gaat zich bezighouden met het bergen van ladingen van in vroeger eeuwen gezonken koopvaardijschepen. Vooral het Caraïbisch gebied zal een belangrijk jachtterrein voor Zilvervloot zijn.
De miljonair P. Hein heeft €10 mln in het bedrijf gestoken; daarnaast zijn er nog enige andere aandeelhouders die gezamenlijk €5 mln geïnvesteerd hebben.

De eigenaren gaan uit van een minimaal vereist rendement van 12%. Zilvervloot heeft een 8%-banklening afgesloten van €20 mln (in één keer af te lossen in 2025). De interest wordt jaarlijks per 31 december voldaan. In de haven van Terneuzen is voor vijf jaar een bedrijfspand gehuurd voor €0,5 mln per jaar. Dit pand heeft een waarde van €10 mln en zal naar verwachting twintig jaar mee kunnen gaan.
De Zilvervloot is opgedeeld in drie afdelingen:

- De afdeling 'Historical research' houdt zich bezig met het zoeken in archieven om informatie te achterhalen over vergane schepen en hun lading. De kosten van deze afdeling bedragen in 2020 €4 mln; dit betreft nagenoeg geheel loonkosten.
- De afdeling 'Operations' heeft tot taak om ladingen letterlijk 'boven water' te krijgen. Zilvervloot heeft daartoe de 'Captain Hook' aangeschaft, een bergingsschip dat voorzien is van alle toebehoren. De koopprijs is €25 mln, de geschatte levensduur tien jaar. De loon- en overige kosten van de afdeling 'Operations' bedragen in 2020 €12 mln.
  In 2020 vindt één geslaagde berging plaats: voor de kust van Jamaica wordt de lading goud en zilver van de Spaanse koopvaarder 'Don Diego' geborgen. Op een veiling in december 2020 is de opbrengst van het edelmetaal €40 mln.
- De doelstelling van de afdeling 'Technical development' is het ontwikkelen van nieuwe technieken om in diep water bergingsoperaties uit te voeren. In 2020 werkt men aan het ontwerp van een nieuw type mini-duikboot, die hopelijk in 2022 operationeel zal kunnen zijn.
  Over 2020 bedroegen de loon- en overige kosten van deze afdeling €3 mln.

Op 1 juli 2020 heeft Zilvervloot voor €1 mln beursgenoteerde aandelen gekocht, bedoeld als belegging van tijdelijk overtollige liquide middelen; op 31 december 2020 bedraagt de beurswaarde van deze aandelen €1,3 mln.

Alle genoemde opbrengsten en kosten zijn per 31 december 2020 financieel afgewikkeld. Zilvervloot schrijft haar vaste activa af met gelijke bedragen per jaar zonder rekening te houden met een eventuele restwaarde.

Eind 2020 bestaat er bij de directie twijfel of het rendabel is om het historisch onderzoek zelfstandig uit te blijven voeren. Er wordt overwogen om een samenwerkingsverband met een universiteit aan te gaan, om zo te kunnen beschikken over de historische expertise. Mocht dit scenario inderdaad werkelijkheid worden, dan zal er naar verwachting een schadepost ontstaan van €2 mln in verband met afvloeiing van het personeel van de afdeling 'Historical research'.

a Stel de balans per 31 december 2020 en de resultatenrekening over 2020 van Zilvervloot op, bij toepassing van:
1 het conventioneel boekhoudkundig waardebegrip;
2 het modern boekhoudkundig waardebegrip.

3 Verslaggevingsprincipes van de boekhoudkundige waarde- en winstbepaling

Theorievragen

3.1 Noem de verslaggevingsprincipes van waardering en winstbepaling en geef aan wat ze inhouden.

3.2 Waarom maakt het toerekeningsbeginsel de winstberekening subjectiever?

3.3 Wat is het verschil tussen dynamische en statische waardebepaling?

3.4 Wat is het verschil in opvatting tussen de monisten en de dualisten?

3.5 In welke drie specifieke situaties is het voor de beoordeling van de ondernemingsprestaties beter om het realisatieprincipe opzij te zetten?

3.6 Wat is het verschil tussen 'product matching' en 'period matching'?

3.7 Welk verband bestaat er tussen het toerekeningsbeginsel enerzijds en het realisatie- en het matchingprincipe anderzijds?

3.8 Waarom zal de liquidatiewaarde veelal lager zijn dan de going-concern-waarde?

3.9 Wat is het verband tussen het voorzichtigheids- en het realisatieprincipe?

3.10 Hoe kan het voorzichtigheidsprincipe misbruikt worden?

3.11 Wanneer dienen *gebeurtenissen na balansdatum* te worden verwerkt in de jaarrekening van het afgesloten boekjaar?

3.12
a Wanneer is er sprake van een stelselwijziging?
b Wat is het verschil tussen prospectieve en retrospectieve toepassing van een stelselwijziging?
c Wat wordt bij een stelselwijzing verstaan onder het *cumulatief effect* en wat onder het *jaareffect*?

3.13 Wanneer is er sprake van een schattingswijziging?

Meerkeuzevragen

3.1 Welke verslaggevingsprincipes hebben te maken met de toerekening van financiële feiten aan perioden?

a Het matchingprincipe en het realisatieprincipe
b Het realisatieprincipe en het continuïteitsprincipe
c Het continuïteitsprincipe en het bestendigheidsprincipe
d Het bestendigheidsprincipe en het realisatieprincipe

3.2 Begin 2020 wordt een machine gekocht die naar verwachting vijf jaar zal meegaan.

Welke stelling is juist?

a In 2020 is er zowel sprake van een uitgave als van kosten; het gaat om verschillende bedragen.
b In 2020 is er zowel sprake van een uitgave als van kosten; het gaat om hetzelfde bedrag.
c In 2020 is er alleen sprake van een uitgave.
d In 2020 is er alleen sprake van kosten.

3.3 Welke van de onderstaande gebeurtenissen, die plaatsvinden in december 2020, vormt geen kostenpost in 2020?

a Het betalen van de lonen over december 2020.
b Het vormen van een voorziening wegens een proces dat in 2020 tegen de onderneming is aangespannen.
c Het betalen van de interest over 2021 op een banklening.
d Het boeken van de afschrijvingen over 2020.

3.4 In een jaarrekening komt de volgende passage voor:
'Omzet wordt genomen als nagenoeg alle economische risico's met betrekking tot de transactie zijn overgedragen aan de klant.'

Welk principe wordt hier toegepast?

a Het voorzichtigheidsprincipe
b Het realisatieprincipe
c Het matchingprincipe
d Het bestendigheidsprincipe

3.5 Handelsonderneming Commercia bv heeft in 2020 de volgende transacties gepleegd:

Verkoop	*Aflevering*	*Betaling door klant*	*Factuurbedrag*
1 10 maart 2020	10 april 2020	10 mei 2020	€400.000
2 20 oktober 2020	20 december 2020	20 januari 2021	€200.000
3 15 november 2020	15 januari 2021	15 februari 2021	€300.000
4 25 december 2020	25 maart 2021	25 december 2020	€100.000

De inkoopprijs van Commercia is 80% van haar verkoopprijs. Aan overige kosten (loon, huur en dergelijke), die als periodekosten worden beschouwd, is Commercia in 2020 €90.000 kwijt.

Hoeveel bedraagt de winst van Commercia over 2020?

a €30.000
b €90.000
c €110.000
d €140.000

3.6 De balans per 1 januari 2020 van een onderneming is als volgt:

Pand	€ 200.000	Eigen vermogen	€ 155.000
Inventaris	€ 50.000	5%-Lening	€ 100.000
Bank	€ 5.000		
	€ 255.000		€ 255.000

Het pand heeft per 1 januari 2020 een resterende levensduur van twintig jaar en de inventaris een resterende levensduur van twee jaar. De restwaarde van pand en inventaris is nihil. De onderneming schrijft af met gelijke bedragen per jaar.
Op de lening wordt jaarlijks per 31 december €20.000 afgelost. Op die datum wordt tevens de rente over het afgelopen jaar betaald. De onderneming realiseert in de loop van 2020 een omzet van €300.000, waarvan aan het eind van het jaar €290.000 is ontvangen; de rest zal in 2021 worden ontvangen. De overige bedrijfskosten over 2020 bedroegen €180.000.

Hoeveel bedraagt de winst over 2020?

a €70.000
b €75.000
c €80.000
d €85.000

3.7 Een fietsenfabriek start in 2020 haar activiteiten; in dat jaar worden 20.000 fietsen geproduceerd (dit is tevens de normale productie); eind 2020 is de voorraad 2.000 fietsen. De verkoopprijs van een fiets is €500.

Over 2020 worden de volgende kosten gemaakt:

Materiaal	€2.000.000
Lonen	€3.500.000
Overige kosten	€2.500.000

Op de materialen en lonen wordt product matching toegepast; op de overige kosten period matching.

Hoeveel bedraagt de winst over 2020?

a €500.000
b €1.000.000
c €1.550.000
d €1.750.000

3.8 Een onderneming wenst dit jaar extra aan de garantievoorziening toe te voegen omdat het een erg goed jaar is geweest. Hoe moet dit beoordeeld worden?

a Dat is een juiste handelwijze, want het is in overeenstemming met het bestendigheidsprincipe.
b Dat is een juiste handelwijze, want het is in overeenstemming met het continuïteitsprincipe.
c Dat is een onjuiste handelwijze, want het is strijdig met het bestendigheidsprincipe.
d Dat is een onjuiste handelwijze, want het is strijdig met het continuïteitsprincipe.

3.9 Welke stelling over schattingswijzigingen en stelselwijzigingen is *niet* juist?

a Het in aanmerking nemen van een langere levensduur van een auto dan voorheen, is een voorbeeld van een schattingswijziging.
b Het overschakelen van waardering van beleggingen tegen aanschafprijs op beurswaarde is een stelselwijziging.
c Bij een schattingswijziging wijzigen de grondslagen van waardering en winstbepaling niet.
d Een stelselwijziging dient prospectief te worden verwerkt, een schattingswijziging retrospectief.

3.10 Een onderneming heeft begin januari 2019 €1 mln uitgegeven voor de aankoop van het recht tot het voeren van het merk Great Fun. Begin januari 2020 heeft zij €1,5 mln uitgegeven voor de aankoop van het voeren van het merk Great Gadgets. Met ingang van boekjaar 2020 besluit de onderneming tot een stelselwijziging: bedragen betaald voor merken worden voortaan niet meer ineens als kosten geboekt, maar geactiveerd en in twintig jaar tot nihil afgeschreven. Zonder stelselwijziging zou de winst over 2020 zijn uitgekomen op €500.000.

De winst over 2020 bedraagt:

a € 425.000
b € 725.000
c € 1.875.000
d € 1.925.000

Vraagstukken

V3.1 **Stairway bv**

Stairway bv levert en plaatst wenteltrappen bij nieuwbouwprojecten.
De trappen worden voor €1.000 ingekocht bij de fabrikant. Een eigen team van Stairway monteert ze vervolgens ter plaatse. Er zijn zes monteurs die in koppels van twee opereren en gebruikmaken van een bestelwagen met aanhanger. De loonkosten per monteur bedragen €40.000 per jaar, waarvoor ze ieder 1.600 uur per jaar werken. De bestelwagen is voorzien van het voor de montage benodigde gereedschap. De drie bestelwagens (met inhoud) plus aanhanger vergen een investering van €60.000 per stuk en worden in vier jaar met gelijke bedragen per jaar afgeschreven tot nihil. Per bestelwagen/aanhanger bedragen de bijkomende kosten (zoals brandstof, onderhoud, belasting en verzekering) €500 per maand.

Op het kantoor van Stairway (dat wordt gehuurd voor €21.600 per jaar) werken twee personen (loonkosten €36.000 per persoon per jaar).

Op 3 maart sluit Stairway een contract met een bouwbedrijf tot het installeren van wenteltrappen in een kantoorpand. Op 25 mei is de installatie afgerond. De rekening wordt 14 juni verstuurd en 18 augustus is deze door het bouwbedrijf betaald.

a Op welke datum dient door Stairway de opbrengst uit dit contract te worden genomen?

In de maand september hebben de monteurs in totaal 900 uur gewerkt aan diverse opdrachten, waarmee 100 trappen gemoeid zijn. Eind september zijn er enige opdrachten nog niet geheel afgerond; het gaat om 8 trappen, waaraan door de monteurs reeds 100 uur is besteed. Begin september waren er geen onafgewerkte projecten.
Op de kosten van monteurs wordt product matching toegepast en op de afschrijvingskosten van de bestelwagens/aanhangers period matching. De kosten van kantoor en kantoorpersoneel en de bijkomende kosten van de bestelwagens/aanhangers worden direct ten laste van het resultaat gebracht.

b Bereken het bedrag dat in de maand september aan kosten ten laste van het resultaat wordt gebracht.

***V3.2 Negotie**

De balans per 1 december 2020 van de handelsmaatschappij Negotie is als volgt:

Balans per 1 december 2020

Voorraad Q		Eigen vermogen	€ 155.000
10.000 × €15 =	€ 150.000		
Kas	€ 5.000		
	€ 155.000		€ 155.000

In december 2020 vinden de volgende transacties plaats met afnemers die als volledig solvabel kunnen worden beschouwd:

- 2 december: Verkocht en afgeleverd 1.000 stuks Q à €20. De afnemer heeft in december betaald.
- 8 december: Verkocht en afgeleverd 1.500 stuks Q à €20. De afnemer zal in januari 2021 betalen.
- 12 december: Verkocht 2.000 stuks Q à €20. Aflevering en betaling door de afnemer zullen in januari 2021 plaatsvinden.
- 15 december: Verkocht 500 stuks Q à €12. Aflevering en betaling door de afnemer zullen in januari 2021 plaatsvinden.
- 20 december: Verkocht 2.500 stuks Q à €20. De afnemer heeft in december betaald. Aflevering zal in januari 2021 plaatsvinden.

Stel de balans van Negotie per 31 december 2020 op, met inachtneming van het realisatieprincipe en het voorzichtigheidsprincipe. Geef hieraan voorafgaand per transactie de balansmutaties in de vorm van journaalposten.

V3.3 **bv Beuk**

De bv Beuk wordt opgericht op 1 januari 2020 en gaat zich bezighouden met de productie van klompen.

In 2020 doen zich de volgende gebeurtenissen voor:

1. Uitgegeven worden 500 aandelen van €1.000 nominaal tegen 200%. De aandelen worden direct volgestort.
2. Per 1 januari wordt een bedrijfspand gehuurd. Op die datum wordt ook €50.000 betaald, zijnde de huur voor twee jaar.
3. Er wordt een klompenbewerkingsmachine gekocht voor €600.000; deze zal naar verwachting 300.000 paar klompen kunnen produceren en is daarna versleten (zonder restwaarde). Afschrijving geschiedt op basis van het aantal geproduceerde klompen.
   Vanaf 1 januari zijn twee productiemedewerkers in vaste dienst, loonkosten €40.000 per persoon per jaar.
   Aan hout is in 2020 voor €500.000 ingekocht. Per paar klompen zijn de materiaal(=hout)kosten €5.
   In 2020 worden 80.000 paar klompen geproduceerd. Men verwacht dat dit het normale aantal voor de komende jaren zal zijn.
   Beuk beschouwt de kosten van materiaal, bewerkingsmachine en productiemedewerkers als 'product costs'. Alle genoemde bedragen voor de aanwending van deze productiemiddelen zijn contant betaald.
4. Verkooptransacties in 2020 (de verkoopprijs is €15 per paar):
   - Klant A heeft 60.000 paar klompen gekocht. Hij heeft deze inmiddels ontvangen en betaald.
   - Klant B heeft 20.000 paar klompen besteld. Deze zullen in januari 2021 bij hem bezorgd worden. B heeft de klompen vooruitbetaald.
5. Meteen in het eerste bedrijfsjaar heeft de onderneming al twee rechtszaken lopen:
   - Een ballonvaarder heeft (in een desperate poging om hoogte te winnen) een zandzak gedropt, die de auto van klant A – die geparkeerd stond bij Beuk – voor €10.000 heeft beschadigd. Beuk heeft de garagerekening betaald, maar poogt de ballonvaarder aansprakelijk te stellen.
   - Een sollicitant die als productiekracht heeft gesolliciteerd en is afgewezen, heeft Beuk voor de rechter gedaagd vanwege een onjuiste behandeling tijdens de sollicitatieprocedure. Hij heeft een schadevergoeding geëist van €25.000.

   De rechter zal in de loop van 2021 uitspraak doen. Volgens de advocaat van Beuk geldt voor beide zaken dat de kans 70% is dat Beuk in het ongelijk wordt gesteld.

Geef de balans per 31 december 2020 van Beuk. Ga hierbij als volgt te werk:

a Geef puntsgewijs aan wat de gevolgen voor de balans per 31 december 2020 zijn.

b Stel op basis van uw uitwerking bij **a** de balans op.

V3.4 **Celeste nv**

Celeste nv heeft zich gespecialiseerd in personal audiosystemen. Het hightechkarakter van de onderneming brengt met zich mee dat er veel aan onderzoek en ontwikkeling moet worden gedaan. De belangrijkste productieactiviteit betreft een zeer verfijnde draagbare DAT-recorder.

Aan de door de administrateur opgestelde jaarrekening van Celeste worden de volgende gegevens ontleend:

Resultatenrekening over 2020

Opbrengst verkopen	10.000 × €1.200 =	€ 12.000.000
Kosten verkopen	10.000 × € 600 =	€ 6.000.000 –
Brutomarge		€ 6.000.000
Algemene beheerskosten		€ 4.000.000 –
Overige kosten		€ 2.000.000 –
Winst		€ 0

Balans per 31 december 2020 (bedragen × €1.000)

Ontwikkelingsuitgaven smartphone	2.000	Aandelenkapitaal	7.000
Machines	5.000	Winstreserves	4.000
Voorraden 2.000 stuks × 1.200 =	2.400	Vreemd vermogen	5.000
Debiteuren	4.000	Winst 2020	0
Kas	2.600		
	16.000		16.000

Nadere gegevens

- Van de 10.000 stuks DAT-recorders die in 2020 zijn verkocht, liggen er in het magazijn nog 2.000 te wachten op verscheping naar het buitenland. Deze zijn tegen verkoopprijs in de balans opgenomen.
- De geactiveerde ontwikkelingskosten voor het smartphoneproject zijn in hun geheel in 2020 gemaakt. Er bestaat grote onzekerheid over de haalbaarheid van dit project; de administrateur acht activering echter gerechtvaardigd.
- De machines zijn drie jaar geleden voor €10 mln aangeschaft met een verwachte levensduur van in totaal vijf jaar en een restwaarde van nul. De afschrijving zou met gelijke bedragen per jaar plaatsvinden, maar om een brutomarge van 50% van de verkoopprijs te handhaven, is besloten om in 2020 de afschrijving te halveren, zodat de kostprijs verlaagd kon worden. De afschrijvingen worden behandeld als 'product costs'. De normale productie bedraagt 10.000 stuks. De werkelijke productie bedroeg in 2020 eveneens 10.000 stuks.
- Het eigen vermogen bedroeg per 1 januari 2020 €12,5 mln, bestaande uit €7 mln aandelenkapitaal en €5,5 mln winstreserves.
  Per 1 januari 2020 was een bedrag geactiveerd van €1,5 mln wegens gemaakte kosten voor de ontwikkeling van een nieuw type tablet. In 2020 werd echter tijdens het proefdraaien geconstateerd dat de tablets bij lange na niet aan de kwaliteitseisen voldoen en er terzake van dit project sprake was van 'weggegooid geld'. Daarom is in 2020 deze €1,5 mln van de winstreserves afgeboekt.

De accountant heeft bezwaren tegen de door de boekhouder opgestelde jaarrekening, omdat deze strijdig is met de verslaggevingsprincipes voor de waardering en winstbepaling.

Geef de resultatenrekening over 2020 en de balans per 31 december 2020, conform de verslaggevingsprincipes zoals die bij het opstellen van de jaarrekening in acht moeten worden genomen. Geef tevens per wijziging aan op grond van welk principe u tot verandering bent overgegaan.

***V3.5 Het voorzichtigheidsprincipe**

Hierna wordt een drietal (los van elkaar staande) casussen beschreven, die uitgewerkt moeten worden met inachtneming van het voorzichtigheidsprincipe.

Casus 1

Een farmaceutische onderneming die met succes een nieuwe pijnstiller op de markt heeft gebracht, wordt geconfronteerd met een artikel in een gerenommeerd vakblad waarin wordt gesuggereerd dat het desbetreffende middel bijwerkingen vertoont die niet op de bijsluiter zijn vermeld. Na publicatie van het artikel daalt de afzet.
Volgens de leiding van de onderneming is uit voorafgaand onderzoek voldoende gebleken dat de gewraakte bijwerkingen niet optreden. De onderneming spreekt de auteur van het artikel in rechte aan wegens onzorgvuldigheid en eist €1 mln schadevergoeding.
De advocaat van de onderneming schat de winstkansen op fiftyfifty; hij denkt echter dat – indien de onderneming in het gelijk wordt gesteld – de door de rechter toegekende schadevergoeding beduidend lager zal zijn dan de geëiste.

Dient de farmaceutische onderneming uit hoofde van dit gegeven een vordering op te nemen? Zo ja, hoe groot dient de vordering te zijn?

Casus 2

Omwonenden van een chemische onderneming hebben claims ingediend wegens de uitstoot van stoffen door de onderneming die schadelijk zijn voor het milieu en de gezondheid. De juridisch adviseur van de onderneming schat de kans dat de claims in geval van een rechterlijke procedure zullen worden gehonoreerd, vrij hoog in.

Op welke wijze dient de chemische onderneming dit gegeven in de jaarrekening op te nemen?

Casus 3

Een exploitant van reisartikelen ziet de afzet van een bepaald type koffer de laatste maanden stagneren, als gevolg van het op de markt verschijnen van een nieuwe, zeer populaire koffer van Spaanse makelij.
Een speciale verkoopactie met afprijzing tot 15% onder de kostprijs heeft geen succes gehad. De voorraad van de desbetreffende koffers wordt op de balans gewaardeerd tegen de kostprijs van €380.000.

Dient de waardering van de voorraad koffers te worden aangepast?

V3.6 Chemco nv

Chemco nv houdt zich bezig met de productie en verkoop van artikelen behorende tot de productcategorie chemicaliën. Hierna wordt een paar vraagpunten geschetst, die nog moeten worden opgelost voor het opstellen van de jaarrekening over boekjaar 2020.

Stelselwijziging
Tot het boekjaar 2020 heeft Chemco de kosten van ontwikkeling altijd direct ten laste van het resultaat gebracht. Met ingang van 1 januari 2020 gaat Chemco over tot activering van de ontwikkelingsuitgaven, gevolgd door afschrijving in vijf jaar met gelijke bedragen per jaar tot nihil. Hierbij dient verondersteld te worden dat direct na activering met afschrijving wordt begonnen. De ontwikkelingsuitgaven vinden steeds gelijkmatig gespreid over het boekjaar plaats, zodat in het jaar van uitgaaf 10% van het totale geactiveerde bedrag wordt afgeschreven.

In de jaren 2014 tot en met 2020 zijn de volgende ontwikkelingsuitgaven gedaan:

2014	€ 80.000
2015	€ 120.000
2016	€ 150.000
2017	€ 100.000
2018	€ 200.000
2019	€ 175.000
2020	€ 180.000

a Bereken het cumulatief effect van de stelselwijziging op het eigen vermogen van Chemco per 1 januari 2020.
b Bereken het jaareffect over boekjaar 2020 van de stelselwijziging.
c Bereken de boekwaarde van de balanspost Ontwikkelingskosten per 31 december 2020.

Gebeurtenissen na balansdatum
Na 31 december 2020 doen zich de volgende gebeurtenissen voor:

- Bij uitvoering van de eindcontrole door de accountant in maart 2021, blijkt de oorspronkelijke afwaardering voor dubieuze debiteuren per 31 december 2020 ontoereikend. Gezien de grote achterstand in betaling van een aantal belangrijke afnemers, moet erop worden gerekend dat van de per balansdatum openstaande vorderingen €200.000 minder zal worden ontvangen dan de balans suggereert.
- In april 2021 heeft zich een explosie voorgedaan in het laboratorium als gevolg waarvan het pand waarin het laboratorium was gehuisvest, geheel is verwoest. De boekwaarde van dit pand (inclusief al het onderzoeks- en ontwikkelingsmateriaal) ten tijde van de explosie was €2.500.000. De verzekeringsmaatschappij heeft laten weten dat – in verband met onderverzekering – slechts €1.500.000 zal worden uitgekeerd.

d Geef voor beide vermelde gebeurtenissen gemotiveerd aan of, en zo ja op welke wijze, deze gebeurtenissen na balansdatum moeten worden verwerkt in de jaarrekening 2020.

4

Regelgevers en toezichthouders

Theorievragen

4.1 Geef globaal het regelgevend kader in Nederland weer.

4.2 Welke twee grondbeginselen vormen volgens het *Framework for the Preparation and Presentation of Financial Statements* van de International Accounting Standards Board de basis voor het opstellen van de jaarrekening? Geef tevens de inhoud van deze grondbeginselen.

4.3 Aan welke kwalitatieve kenmerken moet de jaarrekening volgens het in 1989 gepubliceerde IASB-Framework voldoen?

4.4 Geef aan wat in het IASB-Framework wordt verstaan onder:

a een actief
b vreemd vermogen
c eigen vermogen

4.5 Wat is de inhoud van het 'kapstokartikel' van de Nederlandse wet, waarin de doelstelling van de jaarrekening is geformuleerd?

4.6 Waarom heeft de wetgever terughoudendheid betracht bij het eisen van inzicht in liquiditeit en solvabiliteit?

4.7 Wanneer spreken we van formele en wanneer van materiële stelselmatigheid?

4.8 Hoe is de Raad voor de Jaarverslaggeving samengesteld?

4.9 Wat is de status van de richtlijnen van de Raad voor de Jaarverslaggeving?

4.10 Hoe verhouden de richtlijnen van de Raad voor de Jaarverslaggeving (RJ) zich met de International Financial Reporting Standards (IFRS) van de International Accounting Standards Board (IASB)?

4.11 Wat is het verband tussen het in 1989 gepubliceerde IASB-Framework en het Stramien van de Raad voor de Jaarverslaggeving?

4.12 Hoe luidt het kapstokartikel in de Wet op de inkomstenbelasting voor de fiscale winstberekening?

4.13 Welke twee taken zijn aan de Autoriteit Financiële Markten toegekend inzake toezicht op de externe verslaggeving?

4.14 Wie kan een jaarrekeningprocedure bij de Ondernemingskamer aanspannen?

Meerkeuzevragen

4.1 Welke stelling over regelgeving is juist?

a De IFRS zijn pas van kracht voor Europese beursgenoteerde ondernemingen nadat ze een goedkeuringsprocedure van de Europese Unie hebben doorlopen.
b Een niet-beursgenoteerde onderneming mag niet de IFRS toepassen.
c De Autoriteit Financiële Markten is de bevoegde rechter bij jaarrapportprocedures.
d Kleine en middelgrote rechtspersonen mogen hun jaarrekening opstellen op basis van fiscale grondslagen.

4.2 Wat zijn volgens het IASB-Framework de grondbeginselen van de jaarrekening?

a Voorzichtigheid en begrijpelijkheid.
b Begrijpelijkheid en toerekening.
c Toerekening en continuïteit.
d Continuïteit en vergelijkbaarheid.

4.3 Wat maakt volgens het IASB-Framework onderdeel uit van de definitie van een actief?

a 'Is in de beschikkingsmacht van de onderneming'.
b 'Is eigendom van de onderneming'.
c 'Is door de onderneming verkregen op basis van koop'.
d 'Is door de onderneming gekocht of geleased'.

4.4 Waarover dient de gebruiker van een jaarrekening volgens het 'kapstokartikel' (artikel 362) van de Nederlandse wet zich een verantwoord oordeel te kunnen vormen?

a Over de financiële positie en de wijzigingen in de financiële positie.
b Over de financiële positie en – voor zover de aard van een jaarrekening dat toelaat – de wijzigingen in de financiële positie.
c Over solvabiliteit en liquiditeit en – voor zover de aard van een jaarrekening dat toelaat – over vermogen en resultaat.
d Over vermogen en resultaat en – voor zover de aard van een jaarrekening dat toelaat – over solvabiliteit en liquiditeit.

4.5 Wat geldt inzake de Nederlandse wettelijke verslaggevingsregels?

a Afwijking van de bijzondere regels is niet toegestaan.
b De algemene regel van inzicht gaat boven de bijzondere regels.
c De bijzondere regels gaan voor de algemene regel van inzicht.
d Er is geen rangorde tussen de algemene regel van inzicht en de bijzondere regels.

4.6 Een onderneming past in jaar t een andere rubricering van de balans toe dan in jaar t-1.

Wat is hier in het geding?
a Het voorzichtigheidsprincipe
b Het continuïteitsprincipe
c Formele stelselmatigheid
d Materiële stelselmatigheid

4.7 Uit vertegenwoordigers van welke groepen bestaat de Raad voor de Jaarverslaggeving?
a Ministerie van financiën en accountants.
b Accountants, opstellers van jaarrekeningen en gebruikers van jaarrekeningen.
c Gebruikers van jaarrekeningen en controllers.
d Accountants en hoogleraren.

4.8 Welke stelling is juist ten aanzien van de positie van de richtlijnen van de Raad voor de Jaarverslaggeving?
a De richtlijnen hebben kracht van wet.
b De richtlijnen zijn een vertaling van de IFRS.
c De richtlijnen worden door de Ondernemingskamer gebruikt bij de beoordeling van maatschappelijke aanvaardbaarheid.
d De richtlijnen kunnen wettelijke opties beperken.

4.9 Wat is *geen* taak van de Autoriteit Financiële Markten?
a Jaarrapportonderzoek van beursgenoteerde ondernemingen.
b Kwaliteitscontrole van accountantskantoren.
c Tuchtzaken aanbrengen bij de Accountantskamer.
d Schadeclaims vaststellen bij falen accountants.

4.10 Welk vonnis kan gewezen worden door de Ondernemingskamer?
a Het betalen van schadevergoeding aan gedupeerden.
b Het opnieuw laten opmaken van het jaarrapport.
c Het schorsen van de accountant.
d Het vaststellen van het bedrag aan te betalen vennootschapsbelasting.

Vraagstuk

V4.1 **VDL Groep bv**
Aan de jaarrekening 2018 van VDL Groep bv (hierna te noemen: VDL) zijn de volgende grondslagen voor het opstellen van de jaarrekening ontleend. Deze grondslagen zijn ten behoeve van de vraagstelling op enkele punten aangepast.

Algemene grondslagen

Algemeen
De geconsolideerde jaarrekening is opgesteld in overeenstemming met de wettelijke bepalingen van Titel 9 Boek 2 BW en de stellige uitspraken van de Richtlijnen voor de jaarverslaggeving, die uitgegeven zijn door de Raad voor de Jaarverslaggeving.
Activa en verplichtingen worden in het algemeen gewaardeerd tegen de verkrijgings- of vervaardigingsprijs of de actuele waarde. Indien geen specifieke waarderingsgrondslag is vermeld, vindt waardering plaats tegen de verkrijgingsprijs.

Schattingen
Om de grondslagen en regels voor het opstellen van de jaarrekening te kunnen toepassen, is het nodig dat de directie van VDL zich over verschillende zaken een oordeel vormt, en dat de directie schattingen maakt die essentieel kunnen zijn voor de in de jaarrekening opgenomen bedragen. Indien het voor het geven van het in artikel 2:362 lid 1 BW vereiste inzicht noodzakelijk is, is de aard van deze oordelen en schattingen inclusief de bijbehorende veronderstellingen opgenomen bij de toelichting op de desbetreffende jaarrekeningposten.

a Geef voor het onderdeel *Schattingen* gemotiveerd aan welke twee kwaliteitskenmerken hierin naar voren komen.
b Beredeneer voor de onder **a** bedoelde kwaliteitskenmerken welk dilemma bij de toepassing daarvan optreedt.

Ondernemingen als VDL moeten bij het opstellen van de jaarrekening voorts een aantal verslaggevingsprincipes voor de jaarverslaggeving toepassen, namelijk
- toerekening of accrual
- realisatie
- matching
- continuïteit of going concern
- voorzichtigheid
- bestendigheid of stelselmatigheid.

c Vermeld voor elke afzonderlijke grondslag van waardering en resultaatbepaling of, en zo ja, in welke mate VDL zich door deze verslaggevingsprincipes laat leiden.
Geef aan wanneer een verslaggevingsprincipe niet of onvoldoende wordt toegepast, en in welke situatie verslaggevingsprincipes met elkaar in conflict (kunnen) komen.

Algemene grondslagen (vervolg)

Vergelijking met voorgaand jaar
De gehanteerde grondslagen van waardering en van resultaatbepaling zijn ongewijzigd gebleven ten opzichte van voorgaand jaar.

Waarderingsgrondslagen voor de balans

Immateriële vaste activa
De immateriële vaste activa worden gewaardeerd tegen verkrijgingsprijs onder aftrek van afschrijvingen. Er wordt rekening gehouden met bijzondere waardeverminderingen; dit is het geval als de boekwaarde van het actief (of van de kasstroomgenererende eenheid waartoe het actief behoort) hoger is dan de realiseerbare waarde ervan. Om vast te stellen of er voor een immaterieel vast actief sprake is van een bijzondere waardevermindering, wordt verwezen naar de paragraaf bijzondere waardeverminderingen van vaste activa.
Goodwill voortkomend uit acquisities en berekend in overeenstemming met de paragraaf acquisities en desinvesteringen van groepsmaatschap-

pijen, wordt geactiveerd en lineair afgeschreven gedurende de geschatte toekomstige gebruiksduur (5-10 jaar).

Materiële vaste activa
Bedrijfsgebouwen en -terreinen worden gewaardeerd op historische kostprijs. Hierbij is gebruikgemaakt van de overgangsregeling zoals opgenomen in RJ 212.8 waardoor de actuele waarde per 1 januari 2016 als uitgangspunt is genomen voor de historische kostprijs. Afschrijvingen vinden lineair plaats, rekening houdend met de vermoedelijke gebruiksduur en bijzondere waardeverminderingen van de betreffende activa. Op terreinen wordt niet afgeschreven. Bij de uit de overgangsregeling afkomstige herwaardering van gebouwen is rekening gehouden met een belastinglatentie van 15%.

Overige vaste activa worden gewaardeerd tegen verkrijgings- of vervaardigingsprijs inclusief direct toerekenbare kosten, onder aftrek van lineaire afschrijvingen gedurende de verwachte toekomstige gebruiksduur en bijzondere waardeverminderingen. De vervaardigingsprijs bestaat uit de aanschaffingskosten van grond- en hulpstoffen en kosten die rechtstreeks toerekenbaar zijn aan de vervaardiging inclusief installatiekosten.

Onderhanden projecten
De post Onderhanden projecten in opdracht van derden bestaat uit het saldo van gerealiseerde projectkosten, toegerekende winst, en indien van toepassing, verwerkte verliezen en reeds gedeclareerde termijnen.

Vorderingen
De vorderingen worden bij eerste verwerking opgenomen tegen de reële waarde en vervolgens gewaardeerd tegen de geamortiseerde kostprijs. De reële waarde en geamortiseerde kostprijs zijn nagenoeg gelijk aan de nominale waarde. Noodzakelijk geachte voorzieningen voor het risico van oninbaarheid worden in mindering gebracht.

Voorzieningen

Algemeen
Voorzieningen worden gevormd voor in rechte afdwingbare of feitelijke verplichtingen die op de balansdatum bestaan, waarbij het waarschijnlijk is dat een uitstroom van middelen noodzakelijk is en waarvan de omvang op betrouwbare wijze is te schatten.
De voorzieningen worden gewaardeerd tegen de nominale waarde van de uitgaven die naar verwachting noodzakelijk zijn om de verplichtingen af te wikkelen, tenzij anders vermeld.

Jubileavoorziening
De jubileavoorziening wordt opgenomen tegen de contante waarde van de verwachte uitkeringen gedurende het dienstverband. Bij de berekening van de voorziening wordt onder meer rekening gehouden met verwachte salarisstijgingen, de blijfkans en middels een disconteringsvoet contant gemaakt.

Overige voorzieningen
De overige voorzieningen hebben met name betrekking op voorzieningen uit hoofde van terugkoopgaranties, ontmanteling en bijdrage ziektekosten gepensioneerden.
Voor verplichtingen tot herstel na afloop van het gebruik van het actief (ontmantelingskosten) wordt een voorziening getroffen. Deze wordt opgebouwd gedurende de levensduur van het actief.
De voorzieningen worden opgenomen tegen de nominale waarde van de geraamde verplichtingen. De voorzieningen zijn grotendeels als langlopend aan te merken.

Grondslagen voor de resultaatbepaling

Algemeen
Het resultaat wordt bepaald als het verschil tussen de opbrengstwaarde van de geleverde prestaties en de kosten en andere lasten over het jaar. De opbrengsten op transacties worden verantwoord in het jaar waarin zij zijn gerealiseerd.

Netto-omzet
Netto-omzet omvat de opbrengsten uit levering van goederen en gerealiseerde projectopbrengsten uit hoofde van onderhanden projecten onder aftrek van kortingen en dergelijke en van over de omzet geheven belastingen en na eliminatie van transacties binnen de Groep.

Overheidssubsidies
Exploitatiesubsidies worden als bate verantwoord in de winst- en verliesrekening in het jaar waarin de gesubsidieerde kosten zijn gemaakt of opbrengsten zijn gederfd, of wanneer een gesubsidieerd exploitatietekort zich heeft voorgedaan. De baten worden verantwoord als het waarschijnlijk is dat deze worden ontvangen.
Subsidies met betrekking tot investeringen in materiële vaste activa worden in mindering gebracht op het desbetreffende actief en als onderdeel van de afschrijvingen verwerkt in de winst- en verliesrekening.

5

Regelgeving: materiële en formele aspecten van de publicatieplicht

Theorievragen

5.1 Welke rechtsvormen vallen onder de werking van Boek 2, Titel 9 van het Burgerlijk Wetboek?

5.2 Welke onderdelen dienen volgens de wet in het jaarrapport te worden opgenomen?

5.3 **a** Wanneer mag de jaarrekening volgens de wet worden opgesteld in een vreemde geldeenheid?
b Welke voorwaarde stelt de wet aan het hanteren van een andere dan de Nederlandse taal voor de posten van de jaarrekening?

5.4 Wat schrijven de IASB en de RJ voor inzake de verwerking van het cumulatief effect van een stelselwijziging?

5.5 Welke informatie moet in de toelichting worden opgenomen inzake een stelselwijziging?

5.6 Welke elementen dienen volgens de wet te worden opgenomen in het bestuursverslag?

5.7 Welke onderdelen moeten volgens de wet worden opgenomen onder de 'overige gegevens'?

5.8 Welke criteria zijn bepalend voor de indeling in de groottecategorie?

5.9 Wat is het verschil tussen inrichtingsvoorschriften en publicatievoorschriften?

5.10 Wat zijn de belangrijkste vrijstellingen van publicatieplicht voor de middelgrote rechtspersoon, voor de kleine rechtspersoon en voor de microrechtspersoon?

5.11 Geef aan welke organen de jaarrekening vaststellen bij de:
a nv en bv
b coöperatie en onderlinge waarborgmaatschappij
c commerciële vereniging
d commerciële stichting

5.12 Geef aan wanneer niet in de jaarrekening verwerkte gebeurtenissen na balansdatum volgens de wet moeten worden:
a vermeld in het bestuursverslag
b vermeld in de toelichting van het afgesloten boekjaar

5.13 Welke sancties staan er jegens het bestuur op het niet voldoen aan de publicatieverplichtingen?

5.14 Welke sancties kan de Accountantskamer opleggen tegen de accountant, in geval van een klacht over zijn beroepsmatig functioneren?

5.15 Welke taken schrijft de wet aan de accountant voor met betrekking tot de jaarrapportcontrole?

5.16 Welke soorten accountantsverklaringen zijn er?

Meerkeuzevragen

5.1 De jaarverslagwetgeving is *niet* verplicht voor:
a Handelsonderneming NOVA bv
b Machinefabriek De Vries en Zn.
c Coöperatieve Melkfabriek 'Steun de boeren'
d Onderlinge waarborgmaatschappij 'Ons belang'

5.2 Wat vormt *geen* onderdeel van het bestuursverslag?
a Toekomstparagraaf
b Werkzaamheden op het gebied van onderzoek en ontwikkeling
c Hoe bijzondere gebeurtenissen, waarmee in de jaarrekening geen rekening is gehouden, de verwachtingen hebben beïnvloed
d Accountantsverklaring

5.3 Wat vormt *geen* onderdeel van de overige gegevens?
a Statutaire regeling inzake de winstbestemming
b Namenlijst van houders van priortiteitsaandelen
c Accountantsverklaring
d Toekomstparagraaf

5.4 Wat is *geen* criterium voor de grootte-indeling van rechtspersonen?
a Gemiddeld aantal werknemers
b Waarde activa
c Waarde eigen vermogen
d Netto-omzet

5.5 Welke stelling over de omvang van de publicatieplicht is juist?
a Middelgrote ondernemingen hoeven geen netto-omzetsegmentatie te publiceren.
b Kleine ondernemingen behoeven alleen een balans en resultatenrekening (met toelichting) te publiceren.
c Middelgrote ondernemingen behoeven geen bestuursverslag te publiceren.
d Alleen grote ondernemingen dienen onder de overige gegevens een accountantsverklaring op te nemen.

5.6 Wie stelt bij een bv de jaarrekening vast?
a De directie
b De algemene vergadering (van de aandeelhouders)
c De algemene vergadering (van de leden)
d Een door de statuten aan te wijzen orgaan

5.7 Een onderneming krijgt te maken met de volgende gebeurtenissen:
1 Op 31 december 2020 is er een vordering van 100.000 dollar op een Amerikaanse klant. Die datum noteerde de dollar €0,85. Vóór het opmaken van de jaarrekening over 2020 daalt de dollar echter naar een koers van €0,75.
2 Zware regenval veroorzaakt in de nacht na de viering van de jaarwisseling 2020-2021 een behoorlijke schade aan een partij gereed product. De hele partij (welke niet is verzekerd) moet als waardeloos worden afgeschreven. De boekwaarde bedroeg circa €300.000.
3 In januari 2021, nog vóór het opmaken van de jaarrekening over 2020, komt een retour gezonden partij binnen. Het betreft een order die eind 2020 geleverd was. De klant is ontevreden over de kwaliteit, betaalt niet en doet geen nieuwe bestellingen. De geraamde winst op deze partij bedroeg ongeveer €200.000.

Welke van deze gebeurtenissen dient in de jaarrekening over *2020* verwerkt te worden?
a Alleen 1 en 2.
b Alleen 1 en 3.
c Alleen 2.
d Alleen 3.

5.8 Welke stelling omtrent *niet* verwerkte gebeurtenissen na balansdatum is juist?
a Deze moeten worden opgenomen onder de overige gegevens.
b Deze moeten – voorzien van accountantsverklaring – worden gedeponeerd bij het Handelsregister dat wordt beheerd door de Kamer van Koophandel.
c Deze moeten worden aangehaald in de accountantsverklaring.
d Deze moeten worden vermeld in de toelichting voor zover deze voor de onderneming belangrijke financiële gevolgen hebben, onder vermelding van de omvang van die gevolgen.

5.9 Wat valt *niet* onder het onderzoek van de accountant naar de jaarstukken?
a Onderzoeken of de jaarrekening het vereiste inzicht geeft.
b Onderzoeken of de jaarrekening aan de wettelijke voorschriften voldoet.
c Onderzoeken of het bestuursverslag het vereiste inzicht geeft.
d Onderzoeken of de overige gegevens zijn toegevoegd.

5.10 Een accountant onderzoekt de jaarrekening van een Nederlandse onderneming met een dochteronderneming in een gebied dat getroffen is door een windhoos. Volgens telefonische berichten zijn de bezittingen van de dochteronderneming niet beschadigd, maar er is nog geen onderzoek ter plekke mogelijk.
De boekwaarde van de dochteronderneming maakt een materieel deel uit van het balanstotaal van de Nederlandse moeder.

Welke verklaring geeft de accountant af?

a Goedkeurende verklaring
b Verklaring met beperking
c Verklaring van oordeelsonthouding
d Afkeurende verklaring

Vraagstukken

V5.1 **nv ROVA Holding**
Aan het jaarrapport van nv ROVA Holding (opgesteld volgens de Nederlandse verslaggevingsvoorschriften) over 2018 zijn de volgende geconsolideerde gegevens ontleend:

	2018	2017
Totaal activa	€ 91 mln	€ 84 mln
Netto-omzet	€ 78 mln	€ 74 mln
Gemiddeld aantal medewerkers	396	379

Gegeven is verder dat ROVA als grondslag voor de waardering en winstbepaling uitgaat van historische kosten.

a Is ROVA in 2018 aan te merken als een micro, kleine, een middelgrote of een grote rechtspersoon?
b Waarvoor is de indeling van rechtspersonen in de categorieën micro, klein, middelgroot en groot bedoeld?
c Wanneer valt een rechtspersoon onder het regime van micro, kleine, middelgrote of grote rechtspersonen?
d Onder welk regime valt ROVA in 2018 en wat zijn hiervan voor ROVA de consequenties?

In het jaarrapport 2018 van ROVA is verder een accountantsverklaring (door de NBA – de Nederlandse beroepsorganisatie van accountants – controleverklaring genoemd) opgenomen, opgesteld door Mazars Accountants nv. In die accountantsverklaring is de volgende passage opgenomen:

Verklaring over de in het jaarverslag opgenomen jaarrekening 2018

Wij hebben de jaarrekening 2018 van nv ROVA Holding te Zwolle gecontroleerd.

Naar ons oordeel geeft de in dit jaarverslag opgenomen jaarrekening een getrouw beeld van de grootte en de samenstelling van het vermogen van nv ROVA Holding per 31 december 2018 en van het resultaat over 2018 in overeenstemming met Titel 9 Boek 2 BW.

De jaarrekening bestaat uit:
1 De geconsolideerde en enkelvoudige balans per 31 december 2018;
2 De geconsolideerde en enkelvoudige winst- en verliesrekening over 2018; en
3 De toelichting met een overzicht van de gehanteerde grondslagen voor financiële verslaggeving en andere toelichtingen.

Apeldoorn, 15 april 2019

Mazars Accountants nv
Drs. F. Mazenier RA

e Welke soort accountantsverklaring is hier door Mazars Accountants nv afgegeven?
f In welk onderdeel van het jaarrapport moet de accountantsverklaring opgenomen worden?
g Wat is de consequentie, indien er zonder wettige grond geen accountantsverklaring voorhanden is?
h Stel dat een aandeelhouder van mening is dat de accountant ten onrechte een bepaalde verklaring heeft afgegeven, waardoor hij naar eigen zeggen €100.000 schade heeft opgelopen. Hij wendt zich tot de Accountantskamer (de tuchtrechtinstantie van de accountants) om de schade op de betreffende accountant te verhalen.
Is de aandeelhouder aan het juiste adres?

V5.2 **'D'oude hofstee'**
De vereniging 'D'oude hofstee' heeft zich ten doel gesteld om de interesse voor de geschiedenis van het boerenleven bij de Nederlandse bevolking te vergroten.
De vereniging telt zo'n 10.000 leden, die het maandblad *De boer hij ploegde voort* ontvangen. Verspreid over Nederland heeft 'D'oude hofstee' 18 oude boerderijen ingericht als museum. Deze musea zijn gratis toegankelijk.
In sommige boerderijen is een horecafunctie gecreëerd, waar de bezoekers streekgerechten kunnen bestellen. Tevens worden daar souvenirs verkocht, variërend van poppen in klederdracht tot horloges aan gouden kettingen, zoals rijke boeren die vroeger droegen.
Bovendien exploiteert de vereniging een eigen drukkerij en uitgeverij, gespecialiseerd in literatuur over de agrarische geschiedenis.

De penningmeester van 'D'oude hofstee' heeft over 2020 (met vergelijkende cijfers over 2019) de volgende exploitatierekening opgemaakt:

Exploitatierekening (bedragen × €1.000)

Baten	2020		2019	
Contributies		663		627
Souvenirs:				
Opbrengsten	2.618		2.295	
Kosten	1.720		1.511	
		898		784
Legaten		162		211
Subsidies		476		427
Horeca:				
Opbrengsten	1.524		1.459	
Kosten	1.265		1.296	
		259		163
Donaties		158		181
Drukkerij/uitgeverij				
Opbrengsten	2.911		2.099	
Kosten	2.616		1.941	
		295		158
Opbrengst beleggingen		157		114
		3.068		2.665
Lasten				
Onderhoud boerderijen		1.982		1.696
Verzekering boerderijen		78		67
Loonkosten personeel verenigingsbureau		244		214
Huisvestingskosten verenigingsbureau		114		106
Algemene kosten		265		242
		2.683		2.325
Batig saldo		386		340

Het batige saldo is aan de reserve toegevoegd en wordt in effecten belegd in afwachting van de verdere aankoop van uit historisch perspectief interessante boerderijen.

a Geef gemotiveerd aan of 'D'oude hofstee' in 2020 publicatieplichtig is volgens Titel 9, Boek 2 van het Burgerlijk Wetboek.

b Stel dat de exploitatierekening van 'D'oude hofstee' over 2021 dezelfde cijfers te zien geeft als die over 2020. Beantwoord vraag **a** nogmaals, maar nu voor de jaren 2021, 2022 en 2023.

c Welk orgaan binnen 'D'oude hofstee' is verantwoordelijk voor het opmaken en welk voor het vaststellen van de jaarrekening? Geef hierbij tevens aan binnen welke termijnen dit moet gebeuren.

d Op welke wijze en binnen welke termijn moet een publicatieplichtige vereniging haar jaarstukken openbaar maken?

V5.3 **Gebeurtenissen na balansdatum**

De administrateur van een bv die zich bezighoudt met de productie en verkoop van wegenbouwmachines legt de laatste hand aan het opmaken van de jaarrekening 2020 ten behoeve van de behandeling van de jaarstukken in de algemene vergadering (van de aandeelhouders). Daarbij wordt hij geconfronteerd met de volgende gebeurtenissen na balansdatum:

1. Eind december 2020 zijn drie afwerkmachines verkocht en afgeleverd aan een klant in de Verenigde Staten. Het factuurbedrag is $ 250.000. Op 31 december 2020 is de koers van een dollar €0,85; de vordering staat per die datum op de balans gewaardeerd voor $ 250.000 × €0,85 = €212.500. Nog voor het opmaken van de jaarrekening 2020 daalt de koers van de dollar tot €0,78.
2. Eind december 2020 zijn vijf voor de verkoop bestemde laadschoppen tijdelijk gestald in een houten loods. In de nieuwjaarsnacht om ongeveer 03.00 uur treft een uit de koers geraakte vuurpijl (type Satellite Killer) de loods. Deze gaat in vlammen op, de laadschoppen zijn total loss. Schade €900.000 (niet gedekt door de verzekering).
3. Begin 2021 komt alsnog het kwijtgeraakte verslag van de inventarisatie van de voor de productie benodigde voorraad reserveonderdelen boven tafel. De voorraad staat per 31 december 2020 op de balans voor het geschatte bedrag van €360.000. Uit genoemd verslag blijkt dat de werkelijke balanswaarde per die datum €400.000 is.
4. Begin 2021 komt er een materiële schadeclaim van een afnemer binnen vanwege constructiefouten in wegenbouwmachines, geleverd in 2020. De verwachting is dat de claim gehonoreerd zal moeten worden.

a Geef voor de onder punt 1 tot en met 4 vermelde gebeurtenissen na balansdatum gemotiveerd aan of, en zo ja, op welke plaats(en) deze gebeurtenissen verwerkt c.q. vermeld moeten worden in het *jaarrapport* 2020.

b Stel dat de onder punt 4 vermelde schadeclaim binnenkomt nadat het jaarrapport is opgemaakt, maar *voordat* deze is vastgesteld in de algemene vergadering (van de aandeelhouders).
Hoe dient de onderneming in deze situatie te handelen volgens enerzijds de IASB en anderzijds de RJ en de wet?

c Beantwoord vraag **b** nogmaals, maar nu voor de situatie dat de schadeclaim binnenkomt *nadat* de jaarrekening is vastgesteld in de algemene vergadering (van de aandeelhouders).

***V5.4** **AFC Ajax nv**

In de toelichting van de jaarrekening 2017-2018 van AFC Ajax nv (betaaldvoetbalorganisatie) is de volgende passage opgenomen:

Gebeurtenissen na balansdatum

Na balansdatum zijn een aantal spelers, waaronder Justin Kluivert, getransfereerd. Met deze transfers is een positief resultaat vergoedingssommen gerealiseerd van € 15,1 miljoen.

De spelers Dusan Tadic en Daley Blind zijn na balansdatum gecontracteerd. Hiervoor zijn investeringsverplichtingen aangegaan voor een bedrag van € 31,9 miljoen.

a Beide genoemde gebeurtenissen na balansdatum heeft Ajax *niet* in haar jaarrekening *2017-2018* verwerkt. Geef gemotiveerd aan waarom Ajax voor deze handelwijze heeft gekozen.
b Op welke plaats in het *jaarrapport* (naast in de toelichting) en in welke situatie moet een onderneming wettelijk verder nog aandacht besteden aan niet in de jaarrekening verwerkte gebeurtenissen na balansdatum?
c Waarom is het van belang dat niet in de jaarrekening verwerkte gebeurtenissen na balansdatum als hier aangehaald een plaats krijgen in het jaarrapport?

5

V5.5 **Atlas bv**
Met ingang van boekjaar 2020 voert Atlas bv de volgende stelselwijziging door: de berekeningswijze van de voorziening voor pensioenverplichtingen wordt zodanig gewijzigd dat de methodiek ook toekomstige loonstijgingen in aanmerking neemt en daarmee beter aansluit bij de internationale opvattingen en de gebruiken in de bedrijfstak. Het cumulatief effect van deze stelselwijziging wordt rechtstreeks in het eigen vermogen verwerkt.
De hierna vermelde balans en resultatenrekening zijn voor 2020 opgesteld volgens het nieuwe stelsel en voor 2019 (vergelijkende cijfers) volgens het oude stelsel. Alle winsten worden geheel gereserveerd.

Balans (bedragen × €1.000)

	31-12-2020	**31-12-2019**
Activa		
Materiële vaste activa	1.300	1.200
Vlottende activa	470	300
	1.770	1.500
Passiva		
Aandelenkapitaal	500	500
Winstreserve	310	240
Winst boekjaar	340	160
Voorziening voor pensioenverplichtingen	520	350
Schulden	100	250
	1.770	1.500

Resultatenrekening (bedragen × €1.000)

	2020	**2019**
Omzet	5.400	4.100
Kosten van grond- en hulpstoffen	3.700	2.900
Afschrijving materiële vaste activa	200	150
Personeelskosten	650	550
Dotatie pensioenvoorziening	80	60
Overige bedrijfskosten	430	280
	5.060	3.940
Resultaat boekjaar	340	160

Voorziening voor pensioenverplichtingen (bedragen × €1.000)

	Nieuw systeem	Oud systeem
31-12-2018	370	290
31-12-2019	440	350
31-12-2020	520	420

Aan de voorziening hebben in de jaren 2019 en 2020 geen onttrekkingen plaatsgevonden.

a Welk verslaggevingsprincipe voor de vermogens- en winstbepaling is in dit vraagstuk in het geding?

b Zet uiteen of de door Atlas gegeven motivering van de stelselwijziging wettelijk toelaatbaar is.

c Hoeveel bedraagt het cumulatief effect van de stelselwijziging per begin 2020? Geef tevens de journaalpost van de verwerking van dit cumulatief effect in de boekhouding van Atlas.

d Geef de balans per 31 december 2020 en de resultatenrekening over 2020, alsmede de aangepaste vergelijkende cijfers over 2019, zoals die deel uitmaken van de jaarrekening van Atlas.

e Geef de toelichting op de stelselwijziging als onderdeel van de toelichting van de jaarrekening 2020.

f Stel het mutatieoverzicht van de balanspost Winstreserve over 2020 op.

DEEL 2

De basisoverzichten van de externe verslaggeving: balans, resultatenrekening en kasstroomoverzicht

6 Vaste activa

Theorievragen

6.1 Wat is de definitie van een activum zoals die in het Framework van de IASB en het Stramien van de RJ voorkomt?

6.2 Welke aanvullende eis stellen het Framework en het Stramien voor opname van een activum in de balans?

6.3 Welke verslaggevingsprincipes botsen met elkaar bij de vraag of immateriële vaste activa op de balans dienen te verschijnen?

6.4 Op welke wijze dienen volgens de IASB en de RJ onderzoekskosten in de jaarrekening te worden verwerkt en op welke wijze ontwikkelingskosten?

6.5 Hoe wordt gekochte goodwill berekend?

6.6 Hoe staat de RJ tegenover activering van oprichtings- en emissiekosten?

6.7 Welke voorwaarden verbindt de wet aan het activeren van oprichtings-, emissie en ontwikkelingskosten?

6.8 Welke waarderingsgrondslag hanteren de regelgevers voor immateriële vaste activa?

6.9 Wat is het verschil tussen 'financial lease' en 'operational lease'?

6.10 Welke posten komen in de jaarrekening voor uit hoofde van een financial lease?

6.11 Welke afschrijvingsmethoden zijn er?

6.12 Wat is een groot bezwaar tegen afschrijven met een vast percentage van de boekwaarde?

6.13 Waarom zal bij de meeste activa degressieve afschrijving theoretisch de juiste zijn?

6.14 Welke afschrijvingsmethode leidt tot progressieve afschrijving?

6.15 **a** Wat is een ideaalcomplex?
b Geef commentaar op de volgende stelling: 'In geval van een ideaalcomplex maakt het voor vermogen en resultaat niets uit welke afschrijvingsmethode wordt gekozen.'

6.16 Wat houdt de in de belastingwet opgenomen faciliteit *willekeurige afschrijving milieu-investeringen* in?

6.17 **a** Welke verwerkingswijze schrijft de IASB voor inzake de verwerking van groot onderhoud?
b De RJ laat de in vraag **a** bedoelde verwerkingswijze eveneens toe. Daarnaast kent de RJ nog een verwerkingswijze. Welke is deze?

6.18 Hoe wordt bij een 'impairment test' de realiseerbare waarde van een actief bepaald?

6.19 Hoe dient volgens de IASB en de RJ een verwachte wijziging van de levensduur van een duurzaam productiemiddel te worden verwerkt?

6.20 Welke mogelijke prijsgrondslagen geven de regelgevers voor de materiële vaste activa?

6.21 Noem de vier actuelewaardebegrippen die het Besluit actuele waarde onderscheidt.

6.22 Wat houdt de in de belastingwet opgenomen faciliteit van de *herinvesteringsreserve* in?

6.23 Welke twee groepen financiële instrumenten onderscheidt de IASB in IFRS 9? Geef tevens aan op welke wijze deze twee groepen financiële instrumenten volgens de IASB in de jaarrekening moeten worden verwerkt, voor zover deze voor langere termijn worden aangehouden.

Meerkeuzevragen

6.1 Een onderneming geeft eind 2020 eenmalig een bedrag van €10 mln uit aan ontwikkelingskosten. Het bedrijf staat voor de keuze om dit bedrag te activeren (met afschrijving in vijf jaar) of niet te activeren.

Welke gevolgen heeft deze keuze?
a Bij activeren is de winst in 2020 en de vijf volgende jaren lager dan bij niet-activeren.
b Bij activeren is de winst in 2020 en de vijf volgende jaren hoger dan bij niet-activeren.
c Bij activeren is de winst in 2020 lager dan bij niet-activeren en in de volgende vijf jaren hoger.
d Bij activeren is de winst in 2020 hoger dan bij niet-activeren en in de volgende vijf jaren lager.

6.2 Een onderneming heeft in 2018 €1 mln besteed aan de ontwikkeling van een nieuw model in het assortiment, eind 2018 ligt er een geslaagd ontwerp. Destijds is besloten om de ontwikkelingskosten rechtstreeks ten laste van het resultaat te brengen. Met ingang van het boekjaar 2021 wordt besloten tot een stelselwijziging: ontwikkelingsuitgaven worden geactiveerd en in vijf jaar met gelijke bedragen per jaar afgeschreven tot nihil.

Welke balansmutaties (in journaalpostvorm) treden op per 1 januari 2021?

a	Immateriële vaste activa	€600.000	
	Aan Overige reserves		€600.000
b	Immateriële vaste activa	€600.000	
	Aan Wettelijke reserve		€600.000
c	Immateriële vaste activa	€1.000.000	
	Aan Wettelijke reserve		€600.000
	Aan Overige reserves		€400.000
d	Immateriële vaste activa	€1.000.000	
	Aan Wettelijke reserve		€400.000
	Aan Overige reserves		€600.000

6.3 Welke gebeurtenis mag volgens de IASB *niet* leiden tot activering?

a De aankoop van een merk.
b De scholingskosten van werknemers.
c De betaling voor het verwerven van een concessie.
d De betaling van goodwill bij een overname.

6.4 Een bedrijf sluit op 1 januari 2020 een financial-leasecontract voor een machine, met een cataloguswaarde van €150.000. De economische levensduur van de machine is vijf jaar, met een geschatte restwaarde van nihil. De onderneming schrijft al haar machines af met gelijke bedragen per jaar. Aan het eind van elk jaar wordt een leasetermijn van €41.611 betaald; deze termijn is gebaseerd op een interestpercentage van 12% per jaar.

Welke posten en bedragen komen naar aanleiding van dit contract in de resultatenrekening over 2020 van deze onderneming voor?

a Afschrijvingskosten €30.000, interestkosten €41.611
b Afschrijvingskosten €30.000, interestkosten €18.000
c Afschrijvingskosten €30.000, interestkosten €23.611
d Aflossing €30.000, interestkosten €23.611

6.5 Een bedrijf sluit een sale-and-lease-backcontract af. Ze verkoopt begin juli 2020 een machine met een boekwaarde van €500.000 voor €600.000 (de reële waarde) aan de leasemaatschappij. Vervolgens wordt de machine (die een resterende levensduur van vier jaar heeft) door middel van operational lease weer terugverkregen.

Welk bedrag aan boekwinst op de machine mag het bedrijf - bij toepassing van de Nederlandse verslaggevingsvoorschriften - in 2020 opnemen?

a nihil
b €12.500
c €25.000
d €100.000

6.6 Bij welk afschrijvingssysteem is het mogelijk dat de afschrijvingsbedragen in latere jaren hoger zijn dan in de beginjaren?

a Met een vast percentage van de aanschafprijs
b Met een vast percentage van de boekwaarde
c Volgens de sum-of-the-years'-digits
d Naar rato van het gebruik

6.7 Een onderneming heeft begin januari 2017 een machine gekocht voor €800.000; geschatte levensduur tien jaar, geschatte restwaarde €200.000. Aan de machine wordt vijf jaar na aanschaf groot onderhoud uitgevoerd; kosten €50.000. De onderneming past de componentenbenadering toe en schrijft de machine af met gelijke bedragen per jaar.

De machine staat per 31 december 2020 op de balans voor:

a €530.000
b €540.000
c €580.000
d €590.000

6.8 Een onderneming heeft begin januari 2018 een machine gekocht voor €200.000, in vijf jaar met gelijke bedragen per jaar af te schrijven naar nihil. Eind 2020 zijn de vooruitzichten voor de markt waarin het bedrijf opereert niet erg gunstig. Er wordt verwacht dat de machine nog twee jaar een opbrengst per jaar kan realiseren van €500.000; de exploitatiekosten zullen €470.000 per jaar zijn. Deze opbrengsten en exploitatiekosten worden verondersteld aan het eind van het jaar binnen te komen. De gemiddelde vermogenskostenvoet van de onderneming is 10% per jaar. Eind 2020 is een handelaar bereid om de machine voor €60.000 te kopen.

De machine komt per 31 december 2020 op de balans te staan voor:

a €52.066
b €60.000
c €80.000
d €120.000

6.9 Een onderneming heeft eind 2019 een machine verkocht met een boekwinst van €20.000. Fiscaal maakt de onderneming gebruik van de faciliteit van de *herinvesteringsreserve*.
Op 1 januari 2020 schaft de onderneming een nieuwe machine aan voor €100.000. De nieuwe machine wordt in vijf jaar tot nihil afgeschreven met gelijke bedragen per jaar.

Hoeveel bedragen in de fiscale jaarrekening over 2020 de afschrijvingskosten van de machine en de boekwaarde van de machine per 31 december 2020?

a Afschrijvingskosten €20.000, boekwaarde machine €80.000
b Afschrijvingskosten €20.000, boekwaarde machine €64.000
c Afschrijvingskosten €16.000, boekwaarde machine €80.000
d Afschrijvingskosten €16.000, boekwaarde machine €64.000

6.10 Welke stelling is juist ten aanzien van de waardering van beleggingen die voor langere termijn worden aangehouden?

a De IASB schrijft waardering op geamortiseerde kostprijs voor.
b Fiscaal moet op historische kosten worden gewaardeerd.
c De RJ schrijft waardering op historische kosten voor.
d De Nederlandse wet schrijft waardering op actuele waarde voor.

Vraagstukken

V6.1 Looking Good nv

De balans van Looking Good nv (producent van cosmetica) is per 1 januari 2020 als volgt:

Balans Looking Good nv per 1 januari 2020 (× €1.000)

Materiële vaste activa	20.000	Aandelenkapitaal	5.000
Voorraad	7.000	Algemene reserve	47.000
Liquide middelen	25.000		
	52.000		52.000

In 2020 doet Looking Good de volgende investeringen:

- Er wordt voor het eerst research gepleegd om te komen tot een nieuwe geurstof, kosten €5 mln. Daarnaast is €3 mln besteed aan het verbeteren van een bestaand parfum.
  Per het einde van het jaar is de researchfase afgerond en ook de ontwikkelingsinspanningen hebben het beoogde resultaat gehad.
- Eind december is het merk 'Poison d'Amour' voor €8 mln gekocht van een concurrent.
- Er wordt een grootscheepse reclamecampagne uitgevoerd om de naamsbekendheid van Looking Good voor de komende jaren te verbeteren, kosten €4,5 mln.
- Een aantal medewerkers is in de tweede helft van het jaar op cursus geweest om inzicht te krijgen in de laatste ontwikkelingen met betrekking tot de marketing van cosmetica, kosten €500.000.

In 2020 behaalt Looking Good een omzet van €100 mln; de bedrijfskosten (buiten de bedragen die eventueel als gevolg van de investeringen ten laste van de winst zijn gebracht) bedragen €85 mln. Op de materiële vaste activa wordt 20% van de boekwaarde afgeschreven. De waarde van de eindvoorraad is gelijk aan die van de beginvoorraad.

a Stel, uitgaande van de voorschriften van de IASB, de balans per 31 december 2020 en de resultatenrekening over 2020 van Looking Good op.

Nederlandse ondernemingen dienen – ook al passen ze IFRS toe – wel rekening te houden met de kapitaalbeschermingsvoorschriften in de Nederlandse wetgeving.

b Welke aanpassing moet uit dien hoofde nog in de bij **a** gevraagde balans gemaakt worden?

V6.2 bv Sallandia

De bv Sallandia - die voor het opstellen van haar jaarrekening uitgaat van de Nederlandse verslaggevingsvoorschriften - is toe aan een nieuwe bestelauto. Men heeft het oog laten vallen op een Ikuzus Van, die €65.000 kost en een geschatte levensduur heeft van vier jaar. Sallandia zit echter momenteel nogal krap bij kas en kan bezwaarlijk zo'n groot bedrag ineens intern financieren. De dealer komt met twee voorstellen:

1 Een contract (ingaande 1 januari 2021) waarbij Sallandia de auto ter beschikking krijgt door €2.000 per maand te betalen. Het contract kan door beide partijen te allen tijde opgezegd worden, met een opzegtermijn van één maand.

2 Een contract (ingaande 1 januari 2021) waarbij Sallandia de auto ter beschikking krijgt door €20.064 per jaar (achteraf) te betalen; het termijnbedrag is gebaseerd op een interestpercentage van 9% per jaar. Het contract wordt gesloten voor vier jaar en is niet tussentijds opzegbaar. Na vier jaar kan de auto voor €1 in eigendom worden verworven.

Verder is het volgende gegeven:
- Sallandia hanteert als regel dat vervoermiddelen met gelijke bedragen per jaar tot nihil worden afgeschreven.
- De Ikuzus Van staat bij de dealer op de balans voor de kostprijs van €50.000.

a Geef gemotiveerd aan of Sallandia de nieuwe bestelauto al dan niet op de balans zal opnemen, indien gekozen wordt voor:
1 alternatief 1
2 alternatief 2.

b Geef de journaalposten die Sallandia in 2021 met betrekking tot de nieuwe bestelauto in de boekhouding zal maken, indien gekozen wordt voor:
1 alternatief 1
2 alternatief 2.

c Geef aan welke posten (met de daarbij behorende bedragen) bij Sallandia zullen verschijnen op de balans per 31 december van de jaren 2021 tot en met 2024 en op de resultatenrekening over 2021 tot en met 2024, als gekozen wordt voor:
1 alternatief 1
2 alternatief 2.

***V6.3** **Flower Power bv**

Flower Power bv - die voor het opstellen van haar jaarrekening uitgaat van de Nederlandse verslaggevingsvoorschriften - houdt zich bezig met de teelt van bloembollen bestemd voor de export.
In verband met uitbreiding heeft Flower Power per 1 januari 2021 behoefte aan twee nieuwe rooimachines type BB100. De contante aankoopprijs van dit type is €200.000 per stuk. De economische levensduur wordt gesteld op acht jaar, de restwaarde op €20.000 per stuk.
Flower Power schrijft machines af met gelijke bedragen per jaar. Naar verwachting zullen de jaarlijkse onderhoudskosten van een machine €5.000 bedragen.

Voor de verkrijging van deze machines heeft Flower Power de volgende mogelijkheden:

1 Een vijfjaars operational-leasecontract: de jaarlijkse leasetermijn (inclusief onderhoud) bedraagt €99.500.

2 Een zevenjaars financial-leasecontract: de jaarlijkse leasetermijn (vervaldag 31 december) bedraagt €77.300, terwijl gelijktijdig met de laatste termijn €10.000 extra betaald moet worden waarmee de machines eigendom worden van de lessee.

Bij dit contract is uitgegaan van een interest van 9% per jaar; voor de toerekening van de interest over de jaren worden de leasetermijnen als annuïteiten aangemerkt. De onderhoudskosten komen voor rekening van Flower Power.

3 Een vijfjaars huurkoopcontract: er zijn tien halfjaarlijkse termijnen ten bedrage van €47.500. In dit geval zal Flower Power de interest over de jaren verdelen volgens de sum-of-the-years'-digitsmethode. De onderhoudskosten komen voor rekening van Flower Power.

a Bereken voor alledrie de verkrijgingsmogelijkheden de voor Flower Power uit de desbetreffende contracten voortvloeiende kosten die in 2021 ten laste van het resultaat zullen worden gebracht.

b Geef voor elk van de drie contracten de relevante posten zoals die aan het einde van 2021 op de balans van Flower Power zouden voorkomen.

c Welke informatie dient de gebruiker op grond van de wet voor elk van de contracten in de toelichting op te nemen?

De directie van Flower Power verwacht op niet al te lange termijn belangrijke technologische ontwikkelingen op het gebied van de bloembolrooimachines. Verder is gegeven dat Flower Power een lening van de bank heeft lopen waarbij als voorwaarde geldt dat de verhouding tussen eigen vermogen en het totaal van de activa gehandhaafd blijft op ten minste 1 : 3. Deze verhouding wordt op 1 januari 2021 nog net gehaald.

d Geef in het licht van voorgaande gegevens uw advies aan Flower Power omtrent de te kiezen financieringsvorm.

V6.4 **De Gourmet bv**

De balans van De Gourmet bv, die zich bezighoudt met de exploitatie van een rijdende snackcar, ziet er per 1 januari 2020 als volgt uit:

Balans per 1 januari 2020

Snackcar	€85.000	Aandelenkapitaal	€40.000
		Reserves	€35.000
		Rekening-courant bank	€10.000
	€85.000		€85.000

Op 1 januari 2020 is de snackcar twee jaar oud. Hij wordt in zes jaar met gelijke bedragen per jaar tot nihil afgeschreven.
Vanwege liquiditeitsproblemen ziet De Gourmet zich genoodzaakt om een sale-and-lease-backconstructie aan te gaan met de bv Horecalease.
Het volgende wordt overeengekomen: op 1 januari 2020 verkoopt De Gourmet de snackcar aan Horecalease voor de reële waarde ad €100.000. Vervolgens wordt per dezelfde datum de car door De Gourmet geleased, voor de termijn van vier jaar. Deze is gelijk aan de geschatte resterende economische levensduur van de snackcar. Het contract is niet tussentijds opzegbaar. Op respectievelijk 1 januari 2020, 1 januari 2021, 1 januari 2022 en 1 januari 2023 zal bij vooruitbetaling door De Gourmet een leasetermijn van €30.458 betaald worden. De in dit contract begrepen financieringsvergoeding is 15% per jaar.
De brandstof-, onderhouds- en verzekeringskosten blijven voor rekening van De Gourmet; in 2020 bedragen deze €25.000.

In 2020 bedraagt de omzet (geheel contant) €270.000; er wordt voor €200.000 ingekocht (eveneens contant); er is geen voorraadvorming. Aan het eind van de dag worden alle contanten bij de bank gestort.

a Geef voor De Gourmet het verloop van de leaseverplichtingen gedurende de looptijd van het leasecontract. Splits daarbij de termijn in een interest- en een aflossingsdeel; geef in het schema tevens de na betaling van de termijn resterende schuld weer.

b Geef de balans van De Gourmet per 31 december 2020 en de resultatenrekening over 2020.

c Op welke wijze dient volgens de RJ het boekresultaat op de verkochte snackcar te worden verwerkt, indien De Gourmet de car zou hebben teruggeleased via operational lease?

d Beantwoord vraag **c** nogmaals, ervan uitgaande dat De Gourmet de snackcar voor €120.000 aan Horecalease heeft verkocht.

V6.5 **Greenair nv**

Greenair nv is een luchtvaartmaatschappij die opereert op de markt van lokaal vliegverkeer. Op 2 januari 2015 heeft Greenair een nieuw vliegtuig van het type Stedensprinkhaan aangeschaft. Met deze investering is een aankoopbedrag gemoeid van €19,5 mln. Op grond van overheidsvoorschriften dient Greenair eens in de vijf jaar de straalmotoren ingrijpend te reviseren, hetgeen naar schatting op moment van revisie €4,5 mln zal gaan kosten. Voor de bepaling van de jaarlijkse afschrijving merkt Greenair op moment van aanschaf de geraamde kosten van dit groot onderhoud als een afzonderlijke component van het vliegtuig aan. Afschrijving van deze component geschiedt in vijf jaar met jaarlijks gelijke bedragen. Afschrijving van de overige componenten van het vliegtuig (romp, vleugels, elektronica, interieur en dergelijke) vindt plaats met jaarlijks gelijke bedragen gedurende de geschatte economische levensduur van vijftien jaar. De restwaarde van deze component bedraagt naar verwachting €3 mln.

a Bereken de boekwaarde van het vliegtuig in zijn totaliteit en van de afzonderlijke bestanddelen (componenten) daarvan per 31 december 2019.

Op 2 januari 2020 wordt volgens de planning het groot onderhoud uitgevoerd. Inmiddels vereisen de wettelijke voorschriften dat de motorenrevisie eens in de drie jaar wordt uitgevoerd. De kosten van het begin 2020 uitgevoerde groot onderhoud bedragen €4,8 mln. In 2019 was deze overschrijding nog niet te voorzien. De directie verwacht na het groot onderhoud begin 2020 dat de kosten van de motorenrevisie in 2023 €5,1 mln zullen bedragen. Mede in verband met het verkorte interval van groot onderhoud verwacht de directie in de loop van 2020 dat de economische levensduur van het vliegtuig zal toenemen van vijftien naar zeventieneneenhalf jaar. De verwachting omtrent de restwaarde blijft ongewijzigd.

b Geef het verloop van de boekwaarde van het vliegtuig gedurende 2020. Maak hierbij onderscheid in de verschillende componenten.

c Noem een andere methode van verwerking van de kosten van groot onderhoud in de jaarrekening.

d Noem bij de onder vraag **c** bedoelde methode een bezwaar dat uit verslaggevingsoogpunt tegen het gebruik van die methode kan worden ingebracht.

Veronderstel bij de beantwoording van de volgende vragen dat Greenair de kosten van groot onderhoud niet als een afzonderlijke component van het vliegtuig aanmerkt, maar deze kosten door middel van een voorziening voor groot onderhoud verwerkt. De na vraag **a** vermelde gegevens blijven ook in deze situatie van toepassing.

e Bereken de boekwaarde van het vliegtuig en van de voorziening groot onderhoud per 31 december 2019.

f Geef het verloop van de boekwaarde van het vliegtuig en van de voorziening groot onderhoud gedurende 2020.

V6.6 **nv GlobalConnections**

De nv GlobalConnections houdt zich bezig met internationaal transport over land, over het water en door de lucht. Het is begin januari 2021; de controller moet enige knopen doorhakken ten aanzien van de jaarrekening over 2020. De onderneming hanteert de standards van de International Accounting Standards Board (IASB) als uitgangspunt.
GlobalConnections bezit een vloot van 300 combinaties van truck met oplegger. Deze zijn 1 januari 2018 aangeschaft voor €240.000 per stuk en worden in acht jaar met gelijke bedragen per jaar afgeschreven tot een restwaarde van nihil.
Eind 2020 zijn de vooruitzichten in het wegvervoer niet al te gunstig. Naar verwachting zullen de vrachtauto's tot het einde van hun levensduur per jaar elk voor €160.000 aan omzet bij elkaar kunnen rijden. De loonkosten van de chauffeur bedragen €40.000 per jaar. Aan benzine, verzekering, onderhoud en belasting zullen de vrachtauto's jaarlijks €90.000 per stuk kosten.
De inruilwaarde per combinatie bedraagt op 31 december 2020 €100.000.
De vermogenskostenvoet van GlobalConnections is 9%.

a Voor welk bedrag zal de vrachtwagenvloot op de balans per 31 december 2020 worden opgenomen? Ga er hierbij van uit dat de omzet en de exploitatie-uitgaven aan het eind van het jaar worden ontvangen respectievelijk betaald.

b Geef de posten (met bedragen) die met betrekking tot de vrachtwagenvloot voorkomen in de resultatenrekening over 2020.

GlobalConnections is ook eigenaar van 10 locomotieven. Deze zijn op 1 januari 2014 aangeschaft voor €3 mln per stuk. De oorspronkelijke verwachting was dat ze tien jaar mee zouden kunnen en daarna nog een restwaarde zouden hebben van €300.000 per stuk. De jaarlijkse onderhoudskosten bedragen €100.000 per stuk. Daarnaast is eens in de vijf jaar groot onderhoud nodig; hieraan hangt een prijskaartje van €400.000 per stuk.
GlobalConnections schrijft af met jaarlijks gelijke bedragen.
In de loop van januari 2020 is het duidelijk geworden dat de levensduur van de locomotieven naar verwachting vijftien jaar zal zijn (bij een ongewijzigde restwaarde).

c Wat is de balanswaardering per 1 januari 2020 en per 31 december 2020 van de locomotieven?

***V6.7** **Extravino bv**

Extravino bv is een in Nederland gevestigde onderneming die zich bezighoudt met de in- en verkoop van wijnen. De onderneming importeert de wijnen in grote tanks uit Frankrijk en Amerika en bottelt vervolgens de wijnen in flessen van 0,75 liter.

Op 2 januari 2020 vervangt Extravino de bestaande bottelinstallatie door een meer geavanceerd systeem. Omdat de financiële middelen niet beschikbaar zijn, sluit Extravino ter financiering van de aankoopprijs van €500.000 een financial-leasecontract met een leasemaatschappij af. In dit contract zijn onder meer de volgende bepalingen opgenomen:

- Het contract gaat in op 2 januari 2020.
- De looptijd van het contract is acht jaar.
- De jaarlijkse, achteraf verschuldigde leasetermijnen bedragen €87.007.
- De jaarlijkse leasetermijnen worden als annuïteiten aangemerkt.
- De bij de berekening van de leasetermijnen gehanteerde impliciete rentevoet is 8% per jaar.

Extravino waardeert soortgelijke installaties tegen aanschafprijs onder aftrek van afschrijving met jaarlijks gelijke bedragen. De door Extravino bepaalde economische levensduur bedraagt tien jaar; er is geen restwaarde. De nieuwe bottelinstallatie wordt op 2 januari 2020 geleverd en direct in gebruik genomen. De waarde van de nieuwe bottelinstallatie bij aanvang van de lease komt overeen met de aanschafprijs.

a Noem in het algemeen twee contractbepalingen om een leasecontract als financial lease aan te merken.

b Geef ten behoeve van de jaarrekening van Extravino voor de boekjaren 2020 en 2021 alle met de financial lease samenhangende posten in de balans en resultatenrekening met de daarbij behorende bedragen.

Extravino raamt op het moment van het aangaan van de lease de kosten van groot onderhoud van de nieuwe bottelinstallatie op €100.000. Naar verwachting komen deze kosten één keer in de vier jaar voor.

c Werk ten behoeve van de jaarrekening van Extravino over boekjaar 2020 de volgens de richtlijnen van de Raad voor de Jaarverslaggeving (RJ) toegestane methoden uit, voor de verwerking van de kosten van groot onderhoud en de direct daarmee verband houdende andere jaarrekeningposten.

De directie van Extravino heeft begin 2021 tegen betaling van €150.000 het alleenrecht verworven om als enige onderneming in de Europese Unie de wijnen van een vooraanstaande wijnbouwer uit Nieuw-Zeeland te bottelen en in Europa te verkopen. Marktonderzoek heeft uitgewezen dat er veel vraag is naar deze wijnen.
De licentie is afgegeven voor de duur van vijf jaar. De directie besluit om de verworven licentie voor een bedrag van €150.000 ten laste van het resultaat over het boekjaar 2021 te brengen.

d Geef op grond van de richtlijnen van de RJ aan of het besluit van de directie om de verworven licentie direct ten laste van het resultaat te brengen, juist is.

In 2021, nog voor het opmaken van de jaarrekening 2020, doen zich de volgende gebeurtenissen voor:

- Een belangrijke afnemer dient een claim van €90.000 in wegens een niet-toereikende kwaliteit van in 2020 geleverde wijn. Laboratoriumonderzoek wijst uit dat de wijn zodanige vervuiling bevat dat het drinken van de wijn sterk af te raden is. Een fout bij het reinigen van de bottelinstallatie van Extravino is hiervan de oorzaak.

- Een werknemer van Extravino rijdt met een vorkheftruck per ongeluk een gat in een opslagtank die zojuist was gevuld met Chileense bulkwijn. De inkoopwaarde van de verloren gegane wijn bedraagt naar schatting €85.000. De bedrijfsschadeverzekering dekt deze schade echter tot slechts €25.000; het meerdere zal niet op de betrokken werknemer worden verhaald. Vervelende bijkomstigheid is dat een volgende wijntransport uit Chili pas over enkele maanden aankomt, hetgeen naar verwachting een belangrijke omzetderving tot gevolg zal hebben.

e Geef voor beide gebeurtenissen na balansdatum gemotiveerd aan of, en zo ja in welke onderdelen van het *jaarrapport 2020* van Extravino deze gebeurtenissen moeten worden opgenomen. Geef in geval van verwerking in de jaarrekening tevens aan op welke wijze dit moet plaatsvinden.

Veronderstel nu dat de schadeclaim wegens slechte kwaliteit binnenkomt *nadat* de jaarrekening 2020 is vastgesteld door de aandeelhouders.

f Hoe dient de directie van Extravino in deze situatie te handelen? Ga er hierbij van uit dat op Extravino de Nederlandse verslaggevingsregels van toepassing zijn.

V6.8 **Obligo nv**

De industriële onderneming Obligo nv koopt op 2 januari 2020 1.000 5%-obligaties van € 1.000 nominaal. De couponrente wordt elk jaar per 31 december voldaan. De obligatielening wordt eind 2023 ineens afgelost. De te ontvangen bedragen voor rente en aflossing zullen te zijner tijd worden gebruikt om het magazijn van het bedrijfsgebouw uit te breiden. De marktrente op 2 januari 2020 is 4%.
Voor de waardering en winstbepaling gaat Obligo uit van de voorschriften van de IASB.

a Welke waarderingsgrondslag moet Obligo voor de gekochte obligaties hanteren?
b Bereken het bedrag waarvoor Obligo de gekochte obligaties per 2 januari 2020 in de balans moet opnemen.
c Geef het mutatieoverzicht van de obligatielening over 2020.
d Geef de journaalpost van de mutaties in de boekwaarde van de obligatielening over 2020.

V6.9 **Kitchenette bv**

Kitchenette bv produceert en verhandelt keukenapparatuur. Kitchenette gaat bij het opstellen van de jaarrekening uit van de Nederlandse verslaggevingsvoorschriften.
Op 1 januari 2020 koopt Kitchenette 12 obligaties voor in totaal € 10.500 exclusief transactiekosten van € 100. De obligaties hebben een couponrente van 3,5% per jaar, een nominale waarde van € 1.000 per stuk en een resterende looptijd van vier jaar. Kitchenette is voornemens de obligaties aan te houden tot de aflossingsdatum van 31 december 2023.
Kitchenette waardeert deze obligaties tegen geamortiseerde kostprijs, met toepassing van lineaire amortisatie bij het verwerken van de rentebaten. Deze wijze van amortisatie is ingegeven door de wens de administratie zo eenvoudig mogelijk te houden.

a Bereken de jaarlijkse rentebaten die uit deze obligaties voortvloeien.
b Geef alle journaalposten voor boekjaar 2020 met betrekking tot de koop en het aanhouden van deze obligaties.
c Beoordeel op grond van de RJ de aanvaardbaarheid van de keuze van de ondernemingsleiding van Kitchenette om lineaire amortisatie van de rentebaten toe te passen.
d Beredeneer of de boekwaarde van de obligaties op 31 december 2020 hoger of lager zou zijn geweest indien de effectieve rentemethode zou zijn toegepast.

V6.10 **Tonsel bv**

Tonsel bv (een industriële onderneming) koopt op 31 december 2019 aandelen P voor €50.000. Het is de bedoeling dat deze aandelen begin 2022 worden verkocht, om de opbrengst te gebruiken voor de financiering van een nieuw te bouwen opslagloods.
In 2020 wordt op de aandelen €2.500 dividend ontvangen; de marktwaarde bedraagt op 31 december 2020 €57.000.
Op 2 januari 2022 worden de aandelen verkocht, opbrengst: €61.000.

Geef de journaalposten die Tonsel in 2020 en in 2022 met betrekking tot de aandelen P maakt, ervan uitgaande dat:
a de jaarrekening van Tonsel is gebaseerd op de voorschriften van de IASB;
b de jaarrekening van Tonsel is gebaseerd op de voorschriften van de Nederlandse wet en de aandelen P worden gewaardeerd op marktwaarde met opname van de waardestijgingen in een herwaarderingsreserve;
c de jaarrekening van Tonsel is gebaseerd op de voorschriften van de Nederlandse wet en de aandelen P worden gewaardeerd op marktwaarde met verwerking van de waardemutaties in de resultatenrekening.

7 Vlottende activa

Theorievragen

7.1 Aan welke voorwaarde dient een activum volgens de IASB en de RJ te voldoen, wil het als vlottend worden aangemerkt?

7.2 **a** Wat wordt verstaan onder de technische voorraad en wat onder de economische voorraad?
b Welke van de onder **a** gevraagde voorraden verschijnen op de balans?

7.3 Welke kosten moeten en welke kosten mogen in de voorraadwaardering van zelf geproduceerde voorraden worden opgenomen?

7.4 Wat is de essentie van het verschil tussen 'absorption costing' en 'direct costing'?

7.5 Waarom is bij toepassing van absorption costing het gevaar van creative accounting aanwezig?

7.6 Waarom kan het toepassen van direct costing in strijd zijn met de verslaggevingsvoorschriften?

7.7 Waarom is het fiscaal aantrekkelijk voorraden zo laag mogelijk te waarderen?

7.8 Welke waarderingsgrondslagen laten de regelgevers voor de voorraden toe?

7.9 Wat houdt de minimumwaarderingsregel in?

7.10 Welke twee verwerkingsmogelijkheden komen er voor de gedeclareerde termijnen van langlopende werken in beginsel in aanmerking?

7.11 **a** Welke mogelijkheden zijn er in beginsel bij langlopende werken voor het verdelen van de winst over de jaren?
b Geef voor de bij **a** bedoelde mogelijkheden een argument dat aangevoerd kan worden.

7.12 Wat stellen de IASB en de RJ inzake de toerekening van projectopbrengsten en projectkosten in geval van langlopende werken?

7.13 Aan welke voorwaarden dient volgens de RJ te zijn voldaan om vast te stellen of het resultaat van een onderhanden project op basis van een aanneemsom op betrouwbare wijze kan worden ingeschat?

7.14 Aan welke voorwaarden dient volgens de RJ te zijn voldaan om vast te stellen of het resultaat van een onderhanden project op basis van een regiecontract op betrouwbare wijze kan worden ingeschat?

7.15 Welke winsttoerekeningsmethode voor langlopende werken moet fiscaal worden gevolgd?

7.16 Op welke wijze dienen langlopende werken te worden gerubriceerd volgens de IASB, de RJ en de Nederlandse wet?

7.17 Welke gevolgen hebben de verschillende vormen van factoring voor de balans?

7.18 Welke waarderingsgrondslag schrijven de regelgevers voor inzake effecten die worden aangehouden als tijdelijke belegging van overtollige liquide middelen?

Meerkeuzevragen

7.1 Een onderneming, die diverse producten vervaardigt, maakt voor de productie van 100.000 eenheden A (= normale productie) de volgende kosten:

- Materiaal €500.000
- Direct loon productiepersoneel €200.000
- Toegerekende kosten directie en administratie €400.000

Wat is het bedrag waarvoor een eenheid A minimaal gewaardeerd dient te worden?

a €2
b €5
c €7
d €11

7.2 Welke stelling is juist?

a Bij direct costing worden alle constante productiekosten in de voorraadwaardering opgenomen en gaan alle variabele productiekosten direct naar de resultatenrekening.
b Bij absorption costing worden alle constante productiekosten in de voorraadwaardering opgenomen en gaan alle variabele productiekosten direct naar de resultatenrekening.
c Bij direct costing worden alle variabele productiekosten in de voorraadwaardering opgenomen en gaan alle constante productiekosten direct naar de resultatenrekening.
d Bij absorption costing worden alle variabele productiekosten in de voorraadwaardering opgenomen en gaan alle constante productiekosten direct naar de resultatenrekening.

7.3 Een onderneming heeft voor volgend jaar de volgende gegevens begroot:

Verkoopprijs	= €2
Variabele kosten	= €0,80
Normale bezetting	= 340.000 stuks
Beginvoorraad	= 8.000 stuks

Eindvoorraad	= 3.000 stuks
Afzet	= 310.000 stuks
Constante kosten	= €255.000

Hoeveel is voor volgend jaar het verschil in begrote winst tussen absorption costing en direct costing?

a €2.250 meer winst bij absorption costing dan bij direct costing.
b €2.250 meer winst bij direct costing dan bij absorption costing.
c €3.750 meer winst bij direct costing dan bij absorption costing.
d €6.000 meer winst bij absorption costing dan bij direct costing.

7.4 Een onderneming neemt 2 januari 2020 de opdracht tot de bouw van een nieuwe tunnel aan voor het bedrag van €140 mln. De bouw zal twee jaar in beslag nemen. De kosten worden in totaal begroot op €125 mln. Daarvan wordt €75 mln in 2020 en €50 mln in 2021 gepland. De totale aanneemsom wordt bij oplevering betaald. De uitvoering van het werk verloopt volgens de begroting.

Hoeveel is met betrekking tot de tunnel volgens de zero profit method de balanswaarde van het onderhanden werk en de genomen winst per 31 december 2020?

a Onderhanden werk: €75 mln, winst: €0;
b Onderhanden werk: €75 mln, winst €9 mln;
c Onderhanden werk: €84 mln, winst: €0;
d Onderhanden werk: €84 mln, winst: €9 mln.

7.5 Een onderneming heeft een bouwproject aangenomen met een aanneemsom van €8 mln. Het project gaat op 1 augustus 2020 van start. Men begroot de volgende kosten:

Ontwerpen	€ 800.000
Bouwrijp maken	€ 200.000
Funderingen	€1.500.000
Ruwbouw	€2.500.000
Afwerking	€ 900.000
	€5.900.000

Op 31 december 2020 is het project gevorderd tot en met het bouwrijp maken. Tot op dat moment is €1.200.000 aan het werk besteed. Verwacht wordt dat de rest van het werk volgens de oorspronkelijke begroting zal verlopen.
De onderneming hanteert voor de winsttoerekening van het werk de percentage of completion method.

Voor welk bedrag komt het project per 31 december 2020 op de balans te staan?

a € 876.000
b €1.076.000
c €1.276.000
d €1.576.000

7.6 Zie de gegevens van vraag **7.5.**
Stel dat eind 2020 de verwachting is dat de rest van het werk niet volgens de oorspronkelijke begroting zal verlopen; in plaats daarvan verwacht men dat de ruwbouw €4.500.000 zal vergen (€2.000.000 meer dan volgens de begroting).

Voor welk bedrag komt het project per 31 december 2020 op de balans?

a €900.000
b €1.100.000
c €1.185.185
d €1.573.770

7.7 Aan een werk (aanneemsom €20 mln), wordt in de jaren 2017 tot en met 2020 elk jaar een kostenbedrag van €4,5 mln besteed. Het werk wordt eind 2020 opgeleverd.

Welke uitspraak is juist?

a In 2020 is de winst bij toepassing van percentage of completion €2 mln hoger dan bij toepassing van zero profit.
b In 2020 is de winst bij toepassing van percentage of completion €1,5 mln hoger dan bij toepassing van zero profit.
c In 2020 is de winst bij toepassing van zero profit €2 mln hoger dan bij toepassing van percentage of completion.
d In 2020 is de winst bij toepassing van zero profit €1,5 mln hoger dan bij toepassing van percentage of completion.

7.8 Een onderneming heeft per 31 december 2020 één langlopend werk onderhanden, waaraan tot dan toe een bedrag van €5 mln is besteed. De onderneming past de zero profit method toe. Inmiddels zijn met betrekking tot dit werk rekeningen gestuurd voor een bedrag van €3 mln.
De overige activa hebben per 31 december 2020 een boekwaarde van €20 mln. De onderneming heeft een banklening van €10 mln en geen andere schulden of voorzieningen.

Welke uitspraak is per 31 december 2020 juist?

a De verhouding eigen vermogen / totaal vermogen is 54,55% als de gedeclareerde termijnen in mindering worden gebracht op de actiefpost Onderhanden werk en 48% als de gedeclareerde termijnen worden gepassiveerd.
b De verhouding eigen vermogen / totaal vermogen is 60% als de gedeclareerde termijnen in mindering worden gebracht op de actiefpost Onderhanden werk en 48% als de gedeclareerde termijnen worden gepassiveerd.
c De verhouding eigen vermogen / totaal vermogen is bij beide verwerkingswijzen 48%.
d De verhouding eigen vermogen / totaal vermogen is bij beide verwerkingswijzen 60%.

7.9 Een onderneming koopt in maart 2020 ter tijdelijke belegging van overtollige liquide middelen 10.000 aandelen XXX voor €14 per stuk. In mei 2020 wordt per aandeel XXX €2 dividend uitgekeerd. Op 31 december 2020 is de beurskoers van het aandeel XXX €17. De onderneming heeft nog niet eerder beleggingen aangehouden.

Welke stelling is juist met betrekking tot de Nederlandse wet?

a Per 31 december 2020 moet het aandelenpakket op €140.000 gewaardeerd worden; de winst over 2020 uit hoofde van het pakket bedraagt €20.000.

b Per 31 december 2020 moet het aandelenpakket op €170.000 gewaardeerd worden; de winst over 2020 uit hoofde van het pakket bedraagt €50.000.

c Per 31 december 2020 mag het pakket op €140.000 of €170.000 gewaardeerd worden. In het eerste geval is de winst over 2020 uit hoofde van het pakket €20.000, in het tweede geval €50.000.

d Per 31 december 2020 mag het pakket op €140.000 of €170.000 gewaardeerd worden. In het eerste geval is de winst over 2020 uit hoofde van het pakket €20.000, in het tweede geval hetzij €20.000, hetzij €50.000.

7.10 Welke stelling is juist?

a Waardering van tijdelijke beleggingen tegen beurskoers biedt meer mogelijkheden tot winststuring dan waardering tegen aanschafprijs.

b Bij toepassing van de voorschriften van de IASB komt alleen reële waarde als mogelijke waarderingsgrondslag voor tijdelijke beleggingen in aanmerking, de Nederlandse wet geeft twee mogelijke waarderingsgrondslagen: aanschafprijs en actuele waarde, zijnde de marktwaarde.

c Bij waardering op aanschafprijs vindt er een automatische demping van winstfluctuaties plaats als de onderneming bij een primair financieel instrument ook een secundair financieel instrument heeft aangeschaft.

d Onder de post Effecten dienen alleen de primaire financiële instrumenten te worden opgenomen.

Vraagstukken

V7.1 **bv Zand**

bv Zand is 1 januari 2020 met haar activiteiten begonnen; toen werd een zandwinningput aangekocht voor €1,2 mln. Naar verwachting kan hieruit 6.000 ton zand worden gewonnen. Op de put wordt afgeschreven tot nihil naar rato van per jaar gewonnen tonnen zand.
De put is geheel met aandelenkapitaal gefinancierd; per 1 januari 2020 waren er geen andere activa.
Bij de bedrijfsactiviteiten zijn vier werknemers betrokken (loonkosten per persoon €70.000 per jaar): drie houden zich bezig met de winning van het zand en de vierde zorgt voor de verkoop. Voor de winning wordt gebruik gemaakt van gehuurd materieel: kosten €80.000 per jaar.
Als langetermijnplanning houdt men een jaarlijkse winning en verkoop van 500 ton aan.
In 2020 wordt er 600 ton zand gewonnen en 400 ton verkocht à €1.250.
De afnemers hebben in 2020 alles betaald.

a Geef de opbouw van de kostprijs per ton zand.

b Stel de balans per 31 december 2020 van Zand op bij toepassing van:
 1 direct costing
 2 absorption costing.

c Stel de resultatenrekening van Zand op over 2020 bij toepassing van:
 1 direct costing
 2 absorption costing.

d Geef een verklaring (met cijfermatige onderbouwing) voor het bij toepassing van absorption costing in 2020 ontstane bezettingsresultaat op de productie.

e Geef vanuit de balans bezien een verklaring (met cijfermatige onderbouwing) voor het verschil in winst over 2020 tussen direct costing en absorption costing.

V7.2 **De Zonnekoning bv**

De Zonnekoning bv assembleert en verkoopt bruiningsapparatuur. De bv werd het afgelopen jaar als gevolg van tegenvallende weersomstandigheden geconfronteerd met een flinke toename van de vraag naar UV-kanonnen. De Zonnekoning verwachtte dat de trend zich zou voortzetten en reageerde hierop door een groter aantal UV-kanonnen te assembleren.
Tot op heden worden de voorraden steeds op basis van direct costing gewaardeerd.

Gedurende het huidige boekjaar is gebleken dat de trendextrapolatie weinig voorspellende waarde had. De afzet viel tegen, onder andere door een uitstekende zomer en de berichtgeving omtrent het stralingsgevaar van bruiningsapparatuur; dit heeft ertoe geleid dat de voorraad UV-kanonnen aardig is opgelopen.
Om de aandeelhouders toch een redelijk resultaat te kunnen presenteren vraagt de directie zich af of het verstandig is om de voorraden te gaan waarderen volgens het systeem van absorption costing.

De volgende gegevens met betrekking tot de exploitatie van UV-kanonnen over het huidige boekjaar zijn verzameld:

- Beginvoorraad 2.000 UV-kanonnen
- Productie 10.000 UV-kanonnen (deze productie is als normaal te beschouwen)
- Verkoop 6.000 UV-kanonnen (de normale verkoop is gelijk aan de normale productie).

Met betrekking tot de kosten over het boekjaar is het volgende bekend:

- Direct materiaal: €400 per stuk
- Direct loon: €100 per stuk
- Afschrijving bedrijfspand: €75.000
- Overige constante productiekosten: €1.375.000
- Variabele verkoopkosten: €60.000
- Constante verkoopkosten: €50.000.

De verkoopprijs per UV-kanon bedraagt €760.

a Geef gemotiveerd aan of waardering volgens direct costing in het algemeen en in het bijzonder bij de UV-kanonnen van De Zonnekoning past binnen de Nederlandse wet.

b Geef de resultatenrekening over het boekjaar bij toepassing van direct costing.

c Wat is het effect op de voorraadwaardering en op de grootte van het resultaat over het boekjaar van De Zonnekoning als nu in plaats van direct costing het systeem van absorption costing wordt gehanteerd?

d Geef de resultatenrekening over het boekjaar bij toepassing van absorption costing.

e Geef gemotiveerd aan of De Zonnekoning volgens de wet in deze situatie mag overschakelen van direct costing op absorption costing.

f Geef aan in hoeverre er bij toepassing van absorption costing en van direct costing verschil is in hantering van het matchingprincipe en het voorzichtigheidsprincipe.

V7.3 **bv Huis**

De oprichtingsbalans van bv Huis is per 1 januari 2019 als volgt (bedragen × €1):

Bedrijfspand	500.000	Aandelenkapitaal	3.000.000
Materieel	1.000.000		
Rekening-courant bank	1.500.000		
	3.000.000		3.000.000

Het bedrijfspand en het materieel worden in vijfentwintig respectievelijk tien jaar met gelijke bedragen per jaar tot nihil afgeschreven.
In 2019 en 2020 wordt gewerkt aan één groot project: het bouwen van een complex woningen. De aanneemsom hiervoor bedraagt €16 mln.
Van tevoren is voor dit project de volgende kostencalculatie gemaakt betreffende de loonkosten en andere direct aan het project toe te rekenen kosten:

Bouwrijp maken	€ 2.000.000
Fundering	€ 3.500.000
Ruwbouw	€ 4.500.000
Afwerking	€ 2.500.000
	€ 12.500.000

Naast de directe kosten worden ook de overheadkosten (in 2019 en 2020 elk jaar €500.000), alsmede de afschrijvingskosten op pand en materieel eveneens als product-costs beschouwd.
Per 31 december 2019 is het project gevorderd tot en met het leggen van de fundering. Tot dat moment is er voor €6.500.000 aan directe kosten aan het project besteed. De rest van het project zal volgens de oorspronkelijke planning verlopen.
Eind 2019 is van de opdrachtgever als termijnbetaling al een bedrag van €7 mln ontvangen; de rest wordt in 2020 bij oplevering ontvangen.
Voor de balanspresentatie brengt Huis gedeclareerde termijnen in mindering op de actiefpost Onderhanden projecten; een per saldo negatief bedrag aan onderhanden projecten wordt gerubriceerd onder de schulden.

Alle transacties worden via de rekening-courant van de bank afgewikkeld.
Alle winsten worden gereserveerd.

a Stel de balans van Huis op ultimo 2019 en ultimo 2020 bij toepassing van:
1 de zero profit method;
2 de percentage of completion method, waarbij de voortgang van het project wordt bepaald door de reeds bestede kosten in verhouding tot de totale verwachte kosten en de toegerekende winst wordt afgerond op duizenden euro's.

Stel dat eind 2019 wordt verwacht dat de fase *Ruwbouw* volgens de oorspronkelijke planning zal verlopen, maar dat *Afwerking* een bedrag van €4.500.000 zal vergen.

b Beantwoord nogmaals vraag **a**.

***V7.4 Een aannemer**

Een aannemer – die zich vooral bezighoudt met projecten met een looptijd langer dan een jaar – gaat voor de waardering en winstbepaling uit van de zero profit method. De boekhouder stelt – na bestudering van de vakliteratuur – aan de directie voor dit systeem te vervangen door de percentage of completion method, omdat deze door de Raad voor de Jaarverslaggeving is voorgeschreven voor de situatie dat het resultaat van een onderhanden project op betrouwbare wijze kan worden ingeschat; dit laatste is volgens de boekhouder voor de onderhanden projecten van de aannemer het geval. De directie is echter van mening dat de geopperde stelselwijziging geen doorgang kan vinden, omdat de voorgestelde methode in strijd is met de Nederlandse wet. De huisaccountant verdedigt echter het voorstel van de boekhouder en is van mening dat de percentage of completion method wel degelijk past binnen het kader van de wetgeving; hij wijst wel op het gevaar dat toepassing ervan winststuring in de hand kan werken.

a Op welk punt is de percentage of completion method in strijd met de wettelijke bepalingen inzake de jaarverslaggeving?

b Verdedig de mening van de huisaccountant dat de voorgestelde stelselwijziging in deze situatie wettelijk acceptabel is.

c Leg uit waarom toepassing van de percentage of completion method winststuring in de hand kan werken en daarmee kan leiden tot creative accounting.

V7.5 Dijk nv

Dijk nv – die voor het opstellen van de jaarrekening uitgaat van de Nederlandse wet – is een aannemingsbedrijf dat zich bezighoudt met de aanleg en verzwaring van dijken.

Per 1 januari 2020 ziet de balans er als volgt uit:

Balans per 1 januari 2020 (bedragen × €1.000)

Vaste activa	10.000	Aandelenkapitaal	10.000
Onderhanden werk	18.600	Ingehouden winst	3.300
Debiteuren	7.400	Gefactureerde termijnen	24.500
Liquide middelen	1.800		
	37.800		37.800

Toelichting en gegevens over 2020

- Op de vaste activa wordt jaarlijks 15% van de boekwaarde afgeschreven, de afschrijvingen worden behandeld als periodekosten; in 2020 hebben zich noch investeringen noch desinvesteringen voorgedaan.
- De lopende werken worden op de balans opgenomen voor de bestede directe kosten verminderd met een voorziening voor verwachte verliezen.

Omtrent de per 1 januari 2020 lopende werken is per die datum het volgende gegeven (zie tabel 1).

TABEL 1 Gegevens over lopende werken per 1 januari 2020 (bedragen × €1.000)

Werk	Winstprognose		Balanspost Onderhanden werk	Balanspost Gefactureerde termijnen
1	Aanneemsom	15.000		8.000
	Kosten	12.500	7.500	
	Winst	2.500		
2	Aanneemsom	40.000		12.000
	Kosten	34.000	6.800	
	Winst	6.000		
3	Aanneemsom	20.000		4.500
	Kosten	20.500	4.800	
	Winst	– 500		
	Voorziening verlies		– 500	
			18.600	24.500

In 2020 is werk 1 volledig afgerond, alle termijnen zijn inmiddels gefactureerd; in 2020 heeft zich in totaal een kostenoverschrijding voorgedaan van €250.000.
De werken 2 en 3 lopen nog per 31 december 2020; over 2020 zijn de volgende gegevens bekend (zie tabel 2).

TABEL 2 Gegevens over lopende werken over 2020 (bedragen × €1.000)

	Kosten in 2020		Gefactureerd in 2020
	Begroot	Werkelijk	
Werk 2	20.200	21.200	20.000
Werk 3	4.400	4.200	9.000

Per 1 januari 2020 waren voor de werken 1, 2 en 3 nog geen afwijkingen tussen werkelijke en begrote kosten voorzien; per 31 december 2020 worden geen verdere kostenafwijkingen verwacht.

- Op 31 december 2020 staan de debiteuren op de balans voor €10,8 mln; deze hebben – net als op 1 januari 2020 – uitsluitend betrekking op de gefactureerde termijnen.
- Alle aan de werken verrichte bestedingen zijn per 31 december 2020 afgerekend; hiernaast zijn er in de loop van 2020 wegens diverse overige kosten betalingen verricht ter grootte van €1,25 mln.

De leiding van Dijk wil met ingang van het boekjaar 2020 de winst op de werken toerekenen naar rato van de werkvoortgang (percentage of completion method) waarbij de voortgang op een bepaald moment wordt gemeten aan de verhouding tussen de reeds gemaakte kosten en de totale verwachte kosten. In de situatie van Dijk is deze overgang aan te merken als een stelselwijziging.
Deze stelselwijziging wordt per 1 januari 2020 doorgevoerd, waarbij het cumulatief effect rechtstreeks in het eigen vermogen wordt verwerkt.

a Bereken het cumulatief effect van de stelselwijziging per 1 januari 2020 en geef de journaalpost van de verwerking in de boekhouding van Dijk.
b Bereken de winst per werk en de totale winst van Dijk over 2020.
c Geef de balans van Dijk per 31 december 2020.

Dijk verwerkt gedeclareerde termijnen door deze op de passiefzijde van de balans op te nemen.

d Welke (andere) manier van verwerken van gedeclareerde termijnen wordt door de Raad van de Jaarverslaggeving aanbevolen?
e Noem drie voordelen van de in vraag **d** bedoelde verwerkingswijze voor een onderneming.

V7.6 **nv Pecunia**

De nv Pecunia beschikt op 1 januari 2020 over een ruime kaspositie. Op die datum worden de volgende waardepapieren gekocht:

Soort waardepapier	Hoeveelheid	Doel aankoop	Beurskoers 1 januari 2020	Ontvangen dividend/ interest 2020 per stuk	Beurskoers 31 december 2020
Aandeel nv A	10.000	Onderbrengen tijdelijk overtollig kasgeld	€25	€1,50	€ 28
Putoptie nv A, looptijd 15 mnd	100	Beperken koersrisico	€300		€ 50
$7\frac{1}{2}$%-Obligatie nv B, aflossing 31/12/2024, interestbetaling jaarlijks achteraf per 31/12 nominaal €1.000	2.000	Het eind 2024 af te lossen bedrag zal gebruikt worden ter financiering van een te bouwen bedrijfshal	€1.063	€75	€1.089
7%-Obligatie nv C, aflossing 31/12/2028, interestbetaling jaarlijks achteraf per 31/12; nominaal €1.000	2.500	De obligaties zullen eind 2024 verkocht worden, eveneens ter financiering van de te bouwen bedrijfshal	€1.068	€70	€1.129
Aandeel nv D	11.000	De aandelen zullen eind 2024 verkocht worden, ook ter financiering van de te bouwen bedrijfshal	€31	€2	€ 35

De marktrente voor bedrijfsobligaties is begin 2020 6% en eind 2020 5%. Pecunia hanteert bij het opstellen van de jaarrekening de standards van de International Accounting Standards Board.

Geef voor elk van genoemde waardepapieren of ze opgenomen moeten worden onder de financiële vaste activa of onder de vlottende activa, de categorie waaronder ze worden geclassificeerd (aangehouden schuldinstrumenten voor lange termijn, aangehouden eigenvermogeninstrumenten voor lange termijn of held for trading), de balanswaardering ultimo 2020 en het bedrag waarvoor ze in het resultaat over 2020 worden opgenomen.

***V7.7 Horst Bouw bv**

Horst Bouw bv - die bij het opstellen van de jaarrekening uitgaat van de Nederlandse verslaggevingsvoorschriften - is gespecialiseerd in kantorenbouw. De balans per 31 december 2020 ziet er als volgt uit:

Balans per 31 december 2020 (bedragen × €1.000)

Gebouw	1.000	Aandelenkapitaal	1.500
Onderhanden werk	500	Lening	1.000
Effecten	400		
Liquide middelen	600		
	2.500		2.500

Toelichting op de balans

Gebouw
Het gebouw is op 1 januari 2016 aangeschaft en wordt in twintig jaar tot nihil afgeschreven volgens de sum-of-the-years'-digitsmethode.

Onderhanden werk
Per balansdatum lopen er twee werken:

- Hotel Fazanthoeve:
  Aanneemsom €2 mln; de bouw is op 1 augustus 2020 gestart, de opleveringsdatum staat gepland op 1 augustus 2021. Volgens de voorcalculatie zou dit werk elke maand €150.000 aan kosten vergen. Eind 2020 blijken de tot dan toe werkelijk gemaakte kosten €1,3 mln te zijn. Verwacht wordt dat in de resterende maanden de kosten conform de oorspronkelijke begroting zullen zijn.
- Bungalowpark De Blauwe Reiger:
  Aanneemsom €5 mln; de bouw is op 1 november 2020 gestart, oplevering is gepland op 1 november 2021.
  Volgens de voorcalculatie zou dit werk elke maand €375.000 aan kosten vergen. Eind 2020 blijken de tot dan toe werkelijk gemaakte kosten €700.000 te zijn. Verwacht wordt dat in de resterende maanden de kosten conform de oorspronkelijke begroting zullen zijn.

Horst Bouw neemt de winst op de werken volgens de percentage of completion method, waarbij de voortgang van de werken wordt bepaald door de reeds bestede kosten in verhouding tot de totale verwachte kosten.

Horst Bouw heeft met haar opdrachtgevers afgesproken dat de voorcalculatorische kosten maandelijks (met gelijke bedragen) gedurende de bouwtijd worden gefactureerd. Per balansdatum hebben de opdrachtgevers aan hun verplichtingen voldaan. Bij oplevering betalen zij de winst.

Balanswaarde per 31 december 2020:	
Fazanthoeve: werkelijke kosten	€1.300.000
De Blauwe Reiger: werkelijke kosten	€ 700.000
gefactureerde termijnen	€1.500.000 –
	€ 500.000

Effecten
De effecten zijn per 31 december 2020 aangeschaft als tijdelijke belegging van overtollige kasmiddelen en zijn gewaardeerd tegen actuele waarde, zijnde de beurswaarde.

a 1 Bereken voor 2021 de afschrijving op het gebouw.
2 Beoordeel de door Horst Bouw gekozen afschrijvingsmethode.
b Geef aan of de waardering van de balanspost Onderhanden werk per 31 december 2020 in overeenstemming is met de percentage of completion method. Zo nee, geef dan de juiste waardering.
c Laat door middel van een berekening zien hoe het bedrag van €1.500.000 aan gefactureerde termijnen per 31 december 2020 tot stand is gekomen.
d Stel dat de beurswaarde van de effecten in januari 2021 stijgt tot €450.000. Op welke wijze dient volgens de IASB en de Nederlandse wet de stijging van de beurswaarde te worden verwerkt?

Horst Bouw maakt voor haar activiteiten gebruik van vier bedrijfswagens. Deze zijn op 1 oktober 2020 in gebruik genomen. De aanschafprijs van deze wagens is €40.000 per stuk. Vanuit solvabiliteitsoverwegingen is Horst Bouw ingegaan op een door Constructlease aangeboden leasecontract. Volgens Constructlease is er sprake van operational lease.

De bepalingen in het contract luiden *per auto* als volgt:
- Betaling van 16 gelijke termijnen van €3.750 aan het einde van elk kwartaal.
- Kosten van onderhoud komen voor rekening van Horst Bouw.
- Het contract is tussentijds opzegbaar, maar bevat wel een boeteclausule volgens de leasereglementen van Constructlease.

In geval van activering van de bedrijfswagens worden deze door Horst Bouw in *vijf* jaar met gelijke bedragen per jaar afgeschreven tot een restwaarde van nihil; waar nodig wordt interest toegerekend op basis van de sum-of-the-years'-digitsmethode.

e 1 Leg uit waarom Horst Bouw uit solvabiliteitsoverwegingen voor een operational-leaseconstructie heeft gekozen en niet voor financial lease.
2 Is hier sprake van een operational of van financial lease, gelet op de bepalingen in het contract?
f Geef de posten (met bedragen) die als gevolg van het leasecontract voorkomen in de balans per 31 december 2021 en in de resultatenrekening over 2021 van Horst Bouw, indien er sprake is van operational lease.
g Geef de posten (met bedragen) die als gevolg van het leasecontract voorkomen in de balans per 31 december 2021 en in de resultatenrekening over 2021 van Horst Bouw, indien er sprake is van financial lease.

8 Eigen vermogen

Theorievragen

8.1 Welke drie onderscheidingen kunnen worden gemaakt bij het begrip (aandelen)kapitaal?

8.2 Hoe dient inkoop van aandelen in de jaarrekening verwerkt te worden?

8.3 Hoe dient intrekking van aandelen in de jaarrekening verwerkt te worden?

8.4 Welk recht geeft een personeelsoptie?

8.5 Welke methode(n) schrijven de IASB en de RJ voor inzake de verwerking van personeelsopties in de jaarrekening?

8.6 Uit welke twee componenten bestaat de reële waarde van een optie?

8.7 In welke situaties komt verlaging van de herwaarderingsreserve aan de orde?

8.8 Noem de omstandigheden (naast herwaardering en omrekening van in vreemde valuta luidende deelnemingen) waarin een wettelijke reserve gevormd moet worden.

8.9 Wat is het verschil tussen materiële en formele reserves?

8.10 Uit welke posten bestaat volgens de regelgeving van de wet en de RJ het gebonden eigen vermogen?

Meerkeuzevragen

8.1 Op de gepubliceerde balans wordt als aandelenkapitaal opgenomen:
- **a** het maatschappelijk kapitaal;
- **b** het geplaatste en gestorte kapitaal;
- **c** het gestorte en opgevraagde kapitaal;
- **d** het opgevraagde kapitaal.

8.2 In de gepubliceerde balans van een onderneming is per 31 december 2019 onder het aandelenkapitaal een bedrag van €240.000 opgenomen. Van het maatschappelijk aandelenkapitaal is 60% geplaatst en van het geplaatste aandelenkapitaal is 80% gestort. Ter financiering van nieuwe activiteiten wordt half december 2020 het nog niet gestorte kapitaal opgevraagd en wordt 10% van het maatschappelijk aandelenkapitaal geplaatst en volledig opgevraagd.

Welk bedrag aan aandelenkapitaal wordt in de balans per 31 december 2020 opgenomen?

a €300.000
b €350.000
c €400.000
d €450.000

8.3 Een onderneming koopt in januari 2020 1.000 eigen aandelen in voor €50 per stuk.
In december 2020 worden deze aandelen weer uitgegeven voor €60 per stuk.

Welke balansmutaties leveren deze in- en verkoop van aandelen per saldo op?

a Liquide middelen + €10.000, reserves + €10.000
b Liquide middelen + €10.000, effecten – €10.000
c Liquide middelen + €10.000, aandelenkapitaal + €10.000
d Liquide middelen + €10.000, winst + €10.000

8.4 Een onderneming heeft de volgende immateriële vaste activa in de balans opgenomen:

	Aankoopprijs	*Cumulatieve afschrijving*	*Boekwaarde*
Octrooi	€120.000	€90.000	€30.000
Ontwikkelingsuitgaven	€400.000	€80.000	€320.000

Welk bedrag moet aan wettelijke reserves op de balans worden opgenomen?

a €120.000
b €320.000
c €350.000
d €400.000

8.5 Een beursgenoteerde onderneming verstrekt aan haar werknemers op 1 februari 2020 1.000 personeelsopties. Elke optie geeft recht op het verkrijgen van 100 aandelen per 1 januari 2022; de uitoefenprijs is gelijk aan de beurswaarde van het aandeel op 1 februari 2020 ad €11. Op de optiebeurs wordt op 1 februari 2020 €150 betaald voor een dergelijke optie. Op 31 december 2020 is de beurswaarde van het aandeel €14 en de beurswaarde van de optie €400.

Welke balansmutaties doen zich in 2020 als gevolg hiervan voor bij toepassing van de intrinsiekewaardemethode?

a Reserves + €300.000, winst – €300.000
b Reserves + €250.000, winst – €250.000
c Effecten + €250.000, winst + €250.000
d Geen

8.6 Welke stelling is juist ten aanzien van de herwaarderingsreserve?

a De ongerealiseerde herwaarderingsreserve is een vrije reserve.
b De herwaarderingsreserve mag worden omgezet in aandelenkapitaal.
c Aankoop van een productiemiddel zorgt voor realisatie van de herwaarderingsreserve.
d De Nederlandse wet staat niet toe dat gerealiseerde herwaardering als winst beschouwd wordt.

8.7 Een onderneming beschikt per 31 december 2020 in haar voorlopige balans over het volgende eigen vermogen:

Gestort kapitaal	€500.000
Overige reserves	€ 150.000
Winst boekjaar	€ 50.000

Er dient echter nog een wettelijke reserve van €300.000 gevormd te worden in verband met geactiveerde ontwikkelingskosten.
Tot welke aanvullende balansmutaties leidt dit?

a	Gestort kapitaal	– € 250.000
	Winst boekjaar	– € 50.000
	Wettelijke reserve	+ € 300.000
b	Overige reserves	– € 150.000
	Winst boekjaar	– € 50.000
	Wettelijke reserve	+ € 200.000
c	Overige reserves	– € 250.000
	Winst boekjaar	– € 50.000
	Wettelijke reserve	+ € 300.000
d	Gestort kapitaal	– € 100.000
	Overige reserves	– € 150.000
	Winst boekjaar	– € 50.000
	Wettelijke reserve	+ € 300.000

8.8 Welke onderneming zal veel formele reserves en weinig materiële reserves hebben?

a Een verlieslatende onderneming.
b Een winstgevende, snel expanderende onderneming.
c Een onderneming die haar eigen bedrijfsactiviteiten beperkt heeft en tegenwoordig vooral beleggingsinkomsten heeft.
d Een startende onderneming.

8.9 Welke mogelijkheden bieden de Nederlandse wet en de IASB ten aanzien van de balans?

a Nederlandse wet: balans na voorgestelde winstverdeling; IASB: balans vóór voorgestelde winstverdeling.
b Nederlandse wet: balans vóór voorgestelde winstverdeling; IASB: balans na voorgestelde winstverdeling.
c Nederlandse wet: balans na voorgestelde winstverdeling: IASB: zowel een balans na voorgestelde winstverdeling als een balans vóór voorgestelde winstverdeling.
d Nederlandse wet: zowel een balans na voorgestelde winstverdeling als een balans vóór voorgestelde winstverdeling; IASB: balans vóór voorgestelde winstverdeling.

8.10 Welke post behoort *niet* tot het gebonden eigen vermogen van een nv?

a Gestort en opgevraagd aandelenkapitaal
b Agio
c Wettelijke reserve geactiveerde ontwikkelingskosten
d Statutaire reserve

Vraagstukken

***V8.1 Equity bv**

Per 1 januari 2020 is de balans van Equity bv als volgt (bedragen × €1.000):

Materiële vaste activa	8.000	Aandelenkapitaal	4.000
Liquide middelen	2.000	Agio	2.000
		Overige reserves	3.000
		Winst 2019	1.000
	10.000		10.000

De nominale waarde van de aandelen is €10 per stuk.
In de loop van 2020 gebeurt het volgende (alle transacties zijn per 31 december 2020 financieel afgewikkeld):

- De winst over 2019 wordt voor 60% uitgekeerd. Bovendien ontvangen de aandeelhouders bonusaandelen uit het agio. Voor elke vier uitstaande aandelen wordt één bonusaandeel verstrekt.
- Er wordt een bedrag van €500.000 betaald aan een ingenieursbureau voor het ontwikkelen van een nieuw procédé. Dit wordt als investeringsuitgaaf gezien. Eind 2020 is het procédé gebruiksklaar.
- Voor €200.000 wordt in december een octrooi gekocht. Ook dit bedrag wordt als investeringsuitgaaf gezien.
- In april worden 20.000 eigen aandelen ingekocht voor €25 per stuk. In oktober worden ze weer verkocht voor €28 per stuk.
- Op de materiële vaste activa wordt 20% van de boekwaarde afgeschreven.
- De omzet bedraagt €20 mln. De bedrijfskosten – andere dan hiervoor genoemd – bedragen €17,5 mln.

a Stel de balans van Equity per 31 december 2020 op.
b Splits het eigen vermogen per 31 december 2020 van Equity in een gebonden deel en een vrij deel.

V8.2 nv Techno

nv Techno hanteert bij het opstellen van de jaarrekening de Nederlandse verslaggevingsvoorschriften.
Van Techno is het volgende gegeven:

- Zij is opgericht in 2016 met de uitgifte van 300 aandelen à €500 nominaal tegen een uitgiftekoers van 150% (de aandelen zijn direct volgestort).
- In 2017 heeft de volgende kapitaalsvergroting plaatsgevonden: 200 aandelen à €500 nominaal tegen 100% (de aandelen werden voor 50% volgestort).
- In de jaren tot 2020 heeft Techno in totaal €275.000 winst behaald; alle winst is gereserveerd.

In 2020 hebben de volgende voor dit vraagstuk relevante gebeurtenissen plaatsgevonden:

1 De helft van het nog te storten aandelenkapitaal is eind 2020 opgevraagd.
2 Techno gaat voor de waardering en winstbepaling van haar materiële vaste activa uit van actuele waarde. Gedurende haar bestaan heeft Techno haar materiële vaste activa als gevolg van waardestijgingen per saldo in totaal geherwaardeerd voor €150.000. Ultimo 2020 is de actuele waarde van de op

de balans aanwezige materiële vaste activa €70.000 hoger dan de waarde op basis van historische kosten. Gerealiseerde herwaardering wordt overgeboekt naar de overige reserves.

3 Techno brengt de kosten van onderzoek direct ten laste van het resultaat, terwijl zij de ontwikkelingskosten activeert.
Per 1 januari 2020 staan de ontwikkelingskosten op de balans voor €200.000. In 2020 bedragen de onderzoeks- en ontwikkelingsuitgaven respectievelijk €70.000 en €100.000. De afschrijvingen op de ontwikkelingskosten bedragen in 2020 €60.000.

4 Techno heeft eind 2020 een 100%-deelneming verworven in Productio bv. Bij deze overname heeft Techno €90.000 goodwill betaald, die is geactiveerd en vanaf 2021 zal worden afgeschreven.

5 Techno heeft 20 volgestorte eigen aandelen ingekocht voor €800 per stuk.

6 Techno heeft in 2020 een winst behaald van €100.000. De directie van Techno heeft voorgesteld om 10% dividend uit te keren en de rest van de winst te reserveren. Het voorgestelde dividend wordt als afzonderlijke post onder het eigen vermogen opgenomen.

8

a Geef drie redenen waarom een onderneming kan overgaan tot inkoop van eigen aandelen.

b Onder welke actiefpost moet volgens de wet het opgevraagde kapitaal worden gerubriceerd?

c Waarom zal Techno het voorgestelde dividend onder het eigen vermogen en niet onder het vreemd vermogen opnemen?

d Geef het eigen vermogen van Techno per 31 december 2020, gespecificeerd naar de afzondelijke posten conform de wettelijke eisen.

e Uit welke posten (met bedragen) bestaat het gebonden deel van het eigen vermogen van Techno per 31 december 2020?

f Stel dat zowel de vrije reserves per 31 december 2020 van Techno als de winst over 2020 onvoldoende ruimte laten voor vorming van de benodigde wettelijke reserve. Hoe dient in dat geval gehandeld te worden?

V8.3 **Option nv**

Option nv verstrekt op 1 januari 2021 aan haar werknemers 1.000 opties, die elk het recht geven om op 31 december 2023 één gewoon aandeel (nominale waarde €25) Option te kopen tegen een uitoefenprijs van €125.
De beurskoers van het aandeel Option bedraagt:

- 1 januari 2021 €125
- 31 december 2021 €130
- 31 december 2022 €115
- 31 december 2023 €135

De leiding van Option onderzoekt de volgende twee alternatieven om te zijner tijd aan de optieverplichtingen te kunnen voldoen:

1 Option geeft nieuwe aandelen uit; de uitgifte vindt plaats op het moment van uitoefening van de opties.

2 Option koopt op het moment van toekennen van de opties eigen aandelen in.

Geef voor de onder **1** en **2** genoemde mogelijkheden de journaalposten die Option op 1 januari 2021, 31 december 2021, 31 december 2022 en 31 december 2023 zal maken. Ga er hierbij van uit dat alle opties op 31 december 2023 worden uitgeoefend en dat Option personeelsopties verwerkt volgens de intrinsiekewaardemethode.

8

V8.4 **Personeel nv**

Personeel nv verstrekt op 1 januari 2021 aan elk van de 500 werknemers een optie die het recht geeft om op 31 december 2023 tien gewone aandelen Personeel te kopen voor €20 per aandeel. De nominale waarde per aandeel is €5.

De beurskoers van het aandeel Personeel en de reële waarde van de optie ontwikkelt zich als volgt:

	Beurskoers aandeel Personeel	*Reële waarde optie*
1 januari 2021	€25	€150
31 december 2021	€23	€100
31 december 2022	€18	€ 20
31 december 2023	€24	€ 40

a Geef de journaalposten die Personeel op 1 januari 2021, 31 december 2021, 31 december 2022 en 31 december 2023 zal maken, indien zij de voorschriften van de IASB volgt. Ga er hierbij van uit dat alle opties op 31 december 2023 worden uitgeoefend.

b Geef de journaalposten die Personeel op 1 januari 2021, 31 december 2021, 31 december 2022 en 31 december 2023 zal maken, indien zij de voorschriften van de RJ volgt en daarbinnen kiest voor de intrinsiekewaardemethode voor de verwerking van personeelsopties. Ga er hierbij weer van uit dat alle opties op 31 december 2023 worden uitgeoefend.

***V8.5** **Eigen Vermogen nv**

Eigen Vermogen nv heeft op 31 december 2020 op haar balans vóór winstverdelingsvoorstel de volgende specificatie van het eigen vermogen opgenomen (bedragen × €1.000):

	2020	**2019**
Geplaatst kapitaal	1.000	800
Agio	410	500
Herwaarderingsreserve (ongerealiseerd)	260	450
Andere wettelijke en statutaire reserves	300	250
Overige reserves	360	210
Niet-verdeelde winst	100	150
Totaal eigen vermogen	2.430	2.360

a Wat is de achtergrond van de vorming van een wettelijke reserve?

b Geef aan waarom de wet spreekt van *andere* wettelijke reserves.

c Welke onderdelen van het eigen vermogen van deze nv zijn vrij uitkeerbaar in contanten?

In de toelichting op het hiervoor gespecificeerde eigen vermogen zijn de volgende punten opgenomen:

1 In de loop van 2020 zijn voor €130.000 eigen aandelen met een nominale waarde van €40.000 ingekocht. Deze aandelen waren geheel volgestort en zijn voor de nominale waarde ten laste van het geplaatste aandelenkapitaal gebracht. Het agio is in verband met deze inkoop met €90.000 verlaagd.
2 In 2020 heeft uitbreiding van het aandelenkapitaal met €240.000 plaatsgevonden door uitgifte van aandelen ten laste van de herwaarderingsreserve.
3 Van het geplaatste kapitaal is €200.000 nog niet volgestort. Inmiddels is hiervan €120.000 opgevraagd en zal het restant worden opgevraagd indien de onderneming behoefte heeft aan deze middelen.
4 De wettelijke en statutaire reserves kunnen als volgt worden onderverdeeld:
a statutaire reserves €200.000 (2019 €150.000);
b wettelijke reserve in verband met geactiveerde ontwikkelingskosten €100.000 (2019 €100.000).

d Geef voor de punten **1** tot en met **4** afzonderlijk aan in hoeverre blijkens de toelichting in strijd met de wettelijke bepalingen inzake de jaarverslaggeving is gehandeld.

e Welke informatie ontbreekt nog in de toelichting, behalve het bij vraag **d** bij de punten **1** tot en met **4** bedoelde?

V8.6 **Royal Schiphol Group**
De volgende gegevens zijn ontleend aan de jaarrekening 2018 van Royal Schiphol Group.

Enkelvoudige balans per 31 december 2018 (bedragen × €1.000)

Activa		
Vaste activa		4.771.827
Vlottende activa		1.479.153
		6.250.980
Passiva		
Eigen vermogen		
Geplaatst kapitaal	84.511	
Agioreserve	362.811	
Ingehouden winst	2.395.104	
Herwaarderingsreserve	686.347	
Overige wettelijke reserves	338.066	
Overige reserves	– 76.606	
Nettowinst boekjaar	278.451	
		4.068.684
Langlopende verplichtingen		1.716.798
Kortlopende verplichtingen		465.498
		6.250.980

Toelichting

Algemeen
De enkelvoudige jaarrekening is opgesteld in overeenstemming met de wettelijke bepalingen van Titel 9 Boek 2 BW. Hierbij is gebruikgemaakt van de door artikel 2:362 lid 8 BW geboden mogelijkheid om in de enkelvoudige jaarrekening de grondslagen van waardering en resultaatbepaling toe te passen die in de geconsolideerde jaarrekening worden gehanteerd.

Samenstelling eigen vermogen
In de enkelvoudige balans worden enkele wettelijke reserves aangehouden. Het betreft de herwaarderingsreserve vastgoed, de reserve immateriële activa en de reserve deelnemingen. De twee laatstgenoemde reserves zijn samengevoegd onder de overige wettelijke reserves.
De herwaarderingsreserve wordt aangehouden voor positieve ongerealiseerde veranderingen in de reële waarde van individuele vastgoedbeleggingen (onroerend goed en terreinen). Bij verkoop van vastgoedbeleggingen vallen de in de herwaarderingsreserve besloten herwaarderingen van de betreffende objecten vrij ten gunste van de overige reserves.

8

a Wat is doorgaans de reden om (zoals Schiphol gedaan heeft) gebruik te maken van de door artikel 362.8 geboden mogelijkheid om in de enkelvoudige jaarrekening de grondslagen van waardering en resultaatbepaling toe te passen die in de geconsolideerde jaarrekening worden gehanteerd? Hierbij is nog gegeven dat Schiphol in de geconsolideerde jaarrekening voor de waardering en resultaatbepaling uitgegaan is van IFRS, zoals aanvaard door de EU.

b Stel dat Schiphol haar handelsvorderingen verkoopt aan een factormaatschappij en met de opbrengst haar kortlopende verplichtingen versneld aflost.

1 Welk effect heeft dit op de rentabiliteit van het eigen vermogen?
2 Welk effect heeft dit op de solvabiliteit?
3 Welk effect heeft dit op de liquiditeit?

c Geef aan of de herwaarderingsreserve per 31 december 2018 is aan te merken als een wettelijke of een vrije reserve.

d In hoeverre mag Schiphol per 31 december 2018 de herwaarderingsreserve uitkeren in *contanten* en in hoeverre in *aandelen*?

e Bereken het niet-contant uitkeerbaar deel van het eigen vermogen per 31 december 2018, waarbij nog gegeven is dat Schiphol een nv is.

9 Vreemd vermogen

Theorievragen

9.1 Geef het verschil aan tussen voorzieningen en reserves en tussen voorzieningen en schulden.

9.2 Waarom bestaat het gevaar dat voorzieningen gebruikt worden voor winstegalisatie?

9.3 Wat is het verschil tussen de statische en de dynamische methode bij het vormen van voorzieningen?

9.4 Aan welke specifieke voorwaarden dient volgens de IASB en de RJ voldaan te worden voor het vormen van een voorziening?

9.5 Welke wettelijke bepalingen zijn er ten aanzien van de presentatie van voorzieningen?

9.6 Wat is bij een door een onderneming gehanteerde pensioenregeling het verschil tussen een toegezegdebijdrageregeling en een toegezegdpensioenregeling?

9.7 Waarom moet op balansdatum bij een toegezegdpensioenregeling de nettoverplichting uit hoofde van toegezegde pensioenrechten worden berekend?

9.8 Wat houden in het kader van een pensioenregeling de begrippen *backservice* en *coming backservice* in?

9.9 Wanneer moeten voorzieningen volgens de wet als aftrekpost aan de actiefzijde worden opgevoerd?

9.10 Op welke wijze dient volgens de IASB en de RJ een converteerbare obligatielening te worden gepresenteerd?

9.11 Welke informatie inzake bijzondere leningsvoorwaarden moet volgens de wet bij uitgegeven leningen in de toelichting vermeld worden?

9.12 Op welke wijze dient volgens de RJ een verkregen ontwikkelingskrediet in de jaarrekening te worden verwerkt?

9.13 Wat is het verschil tussen een garantie en een borgtocht?

9.14 Noem twee voorbeelden van hoofdelijke aansprakelijkheid.

9.15 Geef voorbeelden van overeenkomsten waarvan de prestatie en tegenprestatie na balansdatum plaatsvinden.

Meerkeuzevragen

9.1 Welke stelling met betrekking tot voorzieningen is juist?

a De oorzaak van een voorziening dient te liggen in de toekomstige boekjaren.
b De wet schrijft voor dat voorzieningen voor waardeverminderingen van activa aan de passiefzijde van de balans verwerkt dienen te worden.
c De voorziening groot onderhoud wordt door de Nederlandse wet niet toegestaan.
d De IASB stellen strengere voorwaarden aan de vorming van voorzieningen dan de Nederlandse wet.

9.2 Welke van onderstaande stellingen inzake het verschil tussen reserves, voorzieningen en schulden is juist?

a Voorzieningen maken onderdeel uit van de winstbestemming, reserves van de winstbepaling.
b Bij schulden is er sprake van een juridisch perfecte verplichting, bij voorzieningen is er een meerdere of mindere mate van onzekerheid.
c Voorzieningen zijn altijd langlopend, terwijl schulden zowel kortlopend als langlopend kunnen zijn.
d Een bestemmingsreserve verschilt van een voorziening ten aanzien van de mate van waarschijnlijkheid.

9.3 Welk van de volgende voorzieningen is *niet* toegestaan?

a Een voorziening wegens garantieverplichtingen bij een fabrikant van huishoudelektronica.
b Een voorziening wegens een conflict met de belastingdienst, dat waarschijnlijk verloren gaat worden.
c Een voorziening voor reorganisatie, waarvoor een gedetailleerd reorganisatieplan is opgesteld dat op hoofdlijnen bekend is gemaakt aan de betrokken werknemers.
d Een voorziening wegens de kosten voor de bouw van een extra bedrijfshal in verband met uitbreiding van het bedrijf.

9.4 In welk geval moet volgens de IASB een voorziening worden gevormd?

a Er is een proces tegen de onderneming aangespannen; de advocaat schat de kans dat de onderneming het proces verliest op 40%.
b Een van de directieleden heeft opdracht gekregen om een reorganisatieplan op te stellen, dat tot afvloeiing van personeel gaat leiden. De kans dat het inderdaad tot een reorganisatie komt is 80%, er wordt voorlopig nog geen ruchtbaarheid aan het plan gegeven.
c Het bedrijfsterrein is vervuild. Uit proefnemingen door een ingenieursbureau blijkt dat de kosten van sanering (die door de onderneming dienen te worden gedragen) rond de €500.000 zullen bedragen.
d Na levering van producten die niet aan de kwaliteitseisen voldoen, heeft de onderneming schuld erkend en belooft een schadevergoeding van €100.000 te betalen.

9.5 Een ontevreden klant heeft in 2019 een rechtszaak tegen een onderneming aangespannen. Hij eist €20.000 schadevergoeding. Dit bedrag lijkt realistisch te zijn. Eind 2020 veroordeelt de rechter de onderneming tot het betalen van €15.000. Begin 2021 wordt het bedrag door de onderneming overgemaakt naar de klant. Deze gebeurtenissen hebben de volgende invloed:

a In 2019 en 2020 zijn er geen gevolgen voor de winst, in 2021 neemt de winst af met €15.000.
b In 2019 zijn er geen gevolgen voor de winst, in 2020 neemt de winst af met €15.000, in 2021 zijn er geen gevolgen voor de winst.
c In 2019 neemt de winst af met €20.000, in 2020 zijn er geen gevolgen voor de winst, in 2021 neemt de winst toe met €5.000.
d In 2019 neemt de winst af met €20.000, in 2020 neemt de winst toe met €5.000, in 2021 zijn er geen gevolgen voor de winst.

9.6 Een onderneming voegt jaarlijks 2% van de omzet toe aan de voorziening voor garantieverplichtingen. In 2020 bedroeg de omzet €25 mln en moest een bedrag van €600.000 betaald worden wegens garantieclaims.

Welk bedrag wordt wegens garantieverplichtingen ten laste van het resultaat over 2020 gebracht?

a €0
b €100.000
c €500.000
d €600.000

9.7 Welke stelling is juist?

a Bij een toegezegdebijdrageregeling wordt een voorziening voor pensioenverplichtingen gevormd.
b Het berekenen van de nettoverplichting van toegezegde pensioenrechten kan ertoe leiden dat een vordering op de levensverzekeringsmaatschappij of het pensioenfonds in de balans wordt opgenomen.
c Bij een toegezegdebijdrageregeling worden de dit jaar betaalde pensioenpremie en de dit jaar begrote pensioenuitkeringen met elkaar vergeleken.
d Bij een toegezegdpensioenregeling loopt de onderneming minder risico dan bij een toegezegdebijdrageregeling.

9.8 Een onderneming geeft per 1 juli 2020 een 7%-obligatielening van nominaal €50 mln uit, tegen een koers van 98%. Aflossing vindt in één keer plaats op 1 juli 2024 de rente wordt halfjaarlijks achteraf betaald. De onderneming waardeert de obligatielening op nominale waarde en schrijft haar activa af volgens de lineaire methode.

Welke balansmutaties (in journaalpostvorm) vinden per 1 juli 2020 plaats?

a	Liquide middelen	€50.000.000	
	Aan Obligatielening		€50.000.000
b	Liquide middelen	€49.000.000	
	Aan Obligatielening		€49.000.000
c	Liquide middelen	€49.000.000	
	Disagio	€ 1.000.000	
	Aan Obligatielening		€50.000.000
d	Liquide middelen	€50.000.000	
	Aan Agio		€ 1.000.000
	Aan Obligatielening		€49.000.000

9.9 Zie de gegevens van vraag **9.8**.

Welke balansmutaties (in journaalpostvorm) vinden per 31 december 2020 plaats?

a	Winst	€3.500.000	
	Aan Liquide middelen		€3.500.000
b	Winst	€1.750.000	
	Aan Liquide middelen		€1.750.000
c	Winst	€4.500.000	
	Aan Disagio		€1.000.000
	Aan Liquide middelen		€3.500.000
d	Winst	€1.875.000	
	Aan Disagio		€ 125.000
	Aan Liquide middelen		€1.750.000

9.10 Welke stelling is juist?

a De RJ schrijft voor dat converteerbare obligatieleningen geheel onder het vreemd vermogen worden opgenomen.

b De RJ schrijft voor dat ontwikkelingskredieten aan de actiefzijde van de balans in mindering worden gebracht op het betreffende immateriële vaste actief.

c De IASB schrijft voor dat door de onderneming verstrekte zekerheden op leningen in de toelichting worden vermeld.

d De IASB schrijft voor dat een achterstelling op een lening in de toelichting wordt vermeld.

Vraagstukken

V9.1 **Taks bv**

Een groep fiscalisten heeft op 1 januari 2020 Taks bv opgericht, een belastingadviesbureau. Ze leggen gezamenlijk €200.000 aandelenkapitaal in en verkrijgen bij de oprichting een lening van de plaatselijke Borabank ad €300.000 tegen 4% rente, jaarlijks achteraf per 31 december te voldoen.
Taks bv gaat voor het opstellen van de jaarrekening uit van de Richtlijnen van de Raad voor de Jaarverslaggeving (RJ).
Direct na de oprichting wordt een pand gekocht voor €400.000, af te schrijven in twintig jaar met gelijke gedragen per jaar tot een restwaarde van nihil. Eens in de vijf jaar zal groot onderhoud uitgevoerd moeten worden; de kosten hiervan zullen per keer naar verwachting €20.000 bedragen. Voor deze uitgaven vormt Taks een voorziening voor groot onderhoud.

De omzet over boekjaar 2020 bedraagt €800.000, de diverse bedrijfskosten (exclusief afschrijvingen, rente en toevoegingen aan voorzieningen) €450.000; beide bedragen zijn per 31 december 2020 volledig afgerekend.
De belastingadviezen van Taks vallen bij de klanten niet allemaal in goede aarde, in het eerste bedrijfsjaar wordt Taks geconfronteerd met drie processen. Op 31 december 2020 is over deze lopende processen het volgende gegeven.

1 Proces 1 gaat over een schadeclaim van een klant ter grootte van €30.000. De advocaat van Taks verwacht dat dit proces verloren gaat, maar vindt de hoogte van de claim buitensporig. Hij acht een te betalen schadevergoeding van €22.500 waarschijnlijk.

2 Proces 2 gaat ook over een schadeclaim van een klant en wel van €40.000. De advocaat van Taks vindt dat Taks in deze zaak juridisch weinig te verwijten valt en schat de kans dat de klant in het gelijk gesteld wordt op maximaal 25%.

3 Proces 3 betreft een aanklacht van een groep klanten tezamen. Zij claimen een totaalbedrag van €50.000 omdat een kwart van de belastingadviseurs van Taks niet op tijd hun punten voor de verplichte permanente beroepseducatie hebben behaald en daardoor geen up-to-date adviezen zouden hebben uitgebracht. De advocaat van Taks acht deze aanklacht kansloos.

a Stel de balans per 31 december 2020 en de resultatenrekening over 2020 van Taks op.

b Geef voor de drie lopende processen afzonderlijk aan of en, zo ja, welke informatie in de toelichting op de balans per 31 december 2020 moet worden opgenomen.

c Taks vormt een voorziening voor de kosten van groot onderhoud. Welke andere methode biedt de RJ eveneens voor de verwerking van deze uitgaven?

***V9.2** **De bv Zwolstar**

De bv Zwolstar is leverancier van een bijzondere kwaliteit aardappelen, die speciaal geschikt zijn voor verwerking in de betere restaurants. De aardappelen worden gekocht bij een selecte groep agrariërs, en vervolgens volautomatisch gewassen en geschild.

Balans per 1 januari 2020 (bedragen × €1)

Opslagloods		375.000	Aandelenkapitaal	200.000
Was/schilmachine		850.000	Winstreserves	2.384.500
Voorraad aardappelen:			Voorziening schilderwerk loods	8.000
• Ongeschild	260.000			
• Geschild	427.500			
		687.500		
Debiteuren:				
Nominaal	170.000			
Voorzieningen	45.000 –			
		125.000		
Liquide middelen		555.000		
		2.592.500		2.592.500

Opslagloods/Voorziening schilderwerk

Afschrijving per jaar 5% van de aanschafprijs ad €500.000.

Eens in de vijf jaar dient de loods geschilderd te worden; het laatst is dit begin 2017 gebeurd. Eind 2020 is gebeld naar het schildersbedrijf, om het werk vast in de planning voor begin 2022 op te nemen; toen is meegedeeld dat gerekend dient te worden op een aanneemsom van rond de €25.000 voor het schilderen.

Was/schilmachine
Aanschafprijs €1,2 mln. Afschrijving naar rato van gebruik. Na het wassen en schillen van 60.000 ton aardappelen is de machine versleten; restwaarde nihil. Eenvoudigheidshalve kan worden aangenomen dat door het wassen en schillen geen gewichtsverlies optreedt.

Voorraad aardappelen
Op 1 januari 2020 liggen er 1.000 ton ongeschilde aardappelen in de loods en 1.500 ton geschilde.
De inkoopcontracten met de boeren worden één jaar voor levering gesloten; betaling onmiddellijk na levering.
In 2020 vinden de volgende leveringen plaats, op grond van contracten die in 2019 zijn gesloten:

- 5.000 ton à €270 (geleverd in juli);
- 4.000 ton à €290 (geleverd in augustus).

9

In 2020 zijn de volgende contracten afgesloten voor levering in 2021:

- 3.000 ton à €310 (levering in juli);
- 6.000 ton à €315 (levering in augustus).

De geschilde aardappelen worden gewaardeerd tegen inkoopprijs + afschrijvingskosten was/schilmachine. In 2020 wordt 9.500 ton gewassen en geschild.
Er is één vaste afnemer, waarmee in 2017 een contract is afgesloten voor levering in de jaren 2018 tot en met 2021 van 4.000 ton per jaar à €310. De levering in 2020 heeft plaatsgevonden overeenkomstig de afspraken. Daarnaast wordt er in 2020 aan diverse andere afnemers 4.500 ton à €370 verkocht.
Voor de bepaling van het verloop van de voorraad gaat Zwolstar uit van de 'first-in-first-out'-volgorde.

Debiteuren
Betalingstermijn: 1 maand. De vaste afnemer heeft bankgarantie gesteld. Voor de verkoop aan de losse afnemers wordt jaarlijks 3% van de omzet aan de voorziening toegevoegd. In 2020 is een bedrag van €30.000 (uit hoofde van een leverantie in 2019) als oninbaar afgeboekt. Eind 2020 staat nog €250.000 open.

Tweede loods
Zwolstar koestert plannen om een tweede opslagloods te bouwen. Met ingang van 2020 gaat men jaarlijks €50.000 opzij zetten (via belegging in staatsobligaties) om over zes jaar een nieuwe loods naast de oude te beginnen. De obligaties worden tegen aanschafprijs gewaardeerd.

Milieuproject
Zwolstar is bezig om een methode te ontwikkelen om het reinigen van de aardappelen op een meer milieuvriendelijke wijze te laten plaatsvinden. Hiervoor is een ingenieur uit Wageningen in de arm genomen, die aan een veelbelovend systeem werkt. Kosten in 2020 €100.000; de provincie tracht dit soort onderzoek te stimuleren en heeft voor dit bedrag een renteloos ontwikkelingskrediet verleend, dat wil zeggen dat het alleen terugbetaald hoeft te worden als Zwolstar daadwerkelijk het nieuwe systeem gaat invoeren.

Overige kosten
Aan overige kosten is in 2020 €300.000 betaald.

a Geef de balans van Zwolstar per 31 december 2020.
b Geef aan of de waardering van de obligaties tegen aanschafprijs overeenkomstig de voorschriften van de IASB is.
c 1 Welke methode gebruikt Zwolstar voor de vorming van een voorziening voor dubieuze debiteuren?
2 Is deze methode in overeenstemming met de voorschriften van de IASB en de RJ?
d Geef aan of de door Zwolstar getroffen voorziening schilderwerk loods is toegestaan volgens de wet, de RJ en de IASB.
e Geef aan waarom de aanwezigheid van voorzieningen het winstbegrip subjectiever maakt en daarom misbruikt kan worden om de winst te sturen.

V9.3 **Superhein**
Detailhandelsketen Superhein heeft de pensioenverplichtingen van haar werknemers ondergebracht in een bedrijfstakpensioenfonds. Jaarlijks wordt hiervoor €12 mln premie betaald.
De actuaris van het pensioenfonds heeft berekend dat de contante waarde van de pensioenverplichtingen die veroorzaakt worden door de werknemers van Superhein ultimo 2018 €140 mln bedraagt, ultimo 2019 €150 mln en ultimo 2020 €158 mln.
De waarde van de beleggingen die tegenover deze verplichtingen worden aangehouden, bedraagt ultimo 2018 €142 mln, ultimo 2019 €148 mln en ultimo 2020 €157 mln.
Voor de verwerking van de pensioenlasten in de jaarrekening gaat Superhein uit van de standards van de IASB.

a Geef de journaalposten die Superhein in 2019 en 2020 maakt van de verwerking van de pensioenlasten, als er sprake is van:
1 een toegezegdebijdrageregeling
2 een toegezegdpensioenregeling.
b Hoe wordt de door de IASB gehanteerde benadering voor de verwerking van pensioenen genoemd?
c Wat schrijft de RJ voor ten aanzien van de verwerking van pensioenen in de jaarrekening?

V9.4 **P/W nv**
Bij de industriële onderneming P/W nv – die bij het opstellen van de jaarrekening de Nederlandse verslaggevingsvoorschriften hanteert – doen zich de volgende gebeurtenissen voor:

1 P/W sluit een langlopende huurovereenkomst af met een exploitant van onroerend goed; het betreft een opslagloods waarvan de waarde wordt geschat op €200.000. De huur bedraagt €2.000 per maand en wordt achteraf voldaan.
2 Op grond van een geldende garantieregeling is besloten aan een afnemer een vergoeding te betalen ter grootte van €50.000 wegens ondeugdelijke levering (er is een voorziening voor garantieverplichtingen gevormd). De uitkering zal na balansdatum plaatsvinden.

3 Bij de accountantscontrole komt aan het licht dat de hoogte van de per balansdatum getroffen voorziening voor dubieuze debiteuren ontoereikend is gezien de grote achterstand in betaling van een aantal belangrijke debiteuren. Na overleg met de accountant besluit de directie een extra bedrag aan de voorziening te doteren van €150.000.

4 Naar aanleiding van een milieuonderzoek is gebleken dat de grond van het bedrijfsterrein zodanig vervuild is dat deze binnen vier jaar schoongemaakt moet worden. De kosten hiervan – die volledig voor rekening van P/W komen – zijn niet in te schatten, maar zullen zeker aanzienlijk zijn.

5 P/W schaft een machine aan via een onopzegbaar leasecontract. De contante koopprijs van de machine bedraagt €200.000. P/W betaalt gedurende vijf jaar een leasetermijn van €56.000 aan het eind van elk jaar. Na vijf jaar kan de machine voor een symbolisch bedrag worden overgenomen. De kosten van onderhoud, verzekering en dergelijke komen voor rekening van P/W.

6 Als gevolg van tegenvallende resultaten en slechte vooruitzichten in een aantal kleine divisies is de leiding voornemens deze divisies samen te voegen tot één grotere. Als gevolg hiervan zal een twintigtal medewerkers haar baan verliezen. Er is een gedetailleerd reorganisatieplan opgesteld dat op hoofdlijnen aan het personeel is bekendgemaakt, maar dat nog met vertegenwoordigers van het personeel besproken moet worden. De kosten van het reorganisatieplan (voornamelijk wegens afvloeiing van personeel) zullen circa €500.000 bedragen.

7 P/W heeft twee dochtermaatschappijen, D1 en D2; deze worden gewaardeerd tegen nettovermogenswaarde. P/W heeft zich hoofdelijk aansprakelijk gesteld voor de schulden van beide dochtermaatschappijen.
D1 is een florerend bedrijf en heeft een gezonde financiële positie. Bij D2 is de situatie echter zorgwekkender: door verliezen in de afgelopen jaren is het eigen vermogen inmiddels gedaald tot €300.000 negatief. Ook de toekomstverwachtingen zijn allesbehalve rooskleurig. P/W heeft D2 in haar balans afgewaardeerd tot nihil.

8 P/W emitteert een 5%-converteerbare obligatielening van €10 mln. De lening wordt in haar geheel over vier jaar afgelost; de couponrente wordt aan het eind van ieder jaar voldaan. Op moment van uitgifte is de marktrente voor vergelijkbare obligaties zonder conversierecht 6%.

Geef per gebeurtenis aan op welke wijze deze verwerkt (balans en resultatenrekening) en/of vermeld (toelichting) dient te worden. Geef de verwerking zo veel mogelijk aan via journaalposten.

V9.5 **BlueStone**

Op 1 januari 2020 neemt BlueStone alle aandelen over van CavaVerde voor een overnameprijs van €6.000.000. Op het moment van overname beschikt BlueStone echter over slechts €4.000.000 aan liquide middelen. Daarop is de verkopende partij bereid om het resterende deel van de koopsom ad €2.000.000 aan BlueStone te lenen en wel onder de volgende (gunstige) voorwaarden:
'De oorspronkelijke aandeelhouder van CavaVerde verstrekt BlueStone een onderhandse lening van €2.000.000 tegen een jaarlijks verschuldigde rente van 2% per jaar. De rente is jaarlijks achteraf verschuldigd, voor het eerst op 31 december 2020. Looptijd is tien jaar, de aflossing vindt in één keer plaats op 31 december 2029. Er zijn geen transactiekosten.'

BlueStone waardeert deze onderhandse geldlening bij het aangaan tegen de reële waarde en vervolgens tegen geamortiseerde kostprijs met toepassing van de effectieve rentemethode. Op het moment van aangaan van de lening is de marktrente voor soortgelijke leningen 4% op jaarbasis.
De omrekenfactoren voor de berekening van de contante waarde op 1 januari 2020, verdisconteerd tegen 4%, zijn als volgt:

Tien jaarlijkse kasstromen van €1 einde jaar	8,11090
Eén kasstroom van €1 einde looptijd lening	0,67556

a Bereken de eerste waardering (reële waarde) van de door BlueStone op 1 januari 2020 opgenomen lening.
b Bereken de interestlast over deze lening die BlueStone in de resultatenrekening over 2020 opneemt.
c Bereken de boekwaarde van deze lening in de balans van BlueStone op 31 december 2020.
d Geef de journaalpost van de mutatie in de boekwaarde van de lening over 2020.

10 Resultatenrekening

Theorievragen

10.1 Wat is het verschil tussen categorische en functionele kostensplitsing?

10.2 In de categorische resultatenrekening worden de voorraadmutaties onder de som der bedrijfsopbrengsten verantwoord. Wat is de reden hiervan?

10.3 Wat is de betekenis van de term bedrijfsresultaat?

10.4 Op welke twee manieren moet de netto-omzet van grote rechtspersonen volgens de wet worden gesegmenteerd?

10.5 In welke situatie mag volgens de wet vermelding van het bedrag van de beloning (inclusief pensioenlasten) van de bestuurders en commissarissen achterwege blijven?

10.6 Geef de omschrijving van de RJ van bijzondere resultaten.

10.7 Noem de gebeurtenissen die leiden tot rechtstreekse vermogensmutaties.

10.8 Wat is een 'comprehensive income statement'?

10.9 Welke twee keuzemogelijkheden biedt de IASB voor de opname van informatie over het comprehensive income?

10.10 Geef de twee mogelijke definities van de netto-omzet bij langlopende werken in de categorische resultatenrekening. Geef tevens aan welke definitie niet is toegestaan door de IASB.

Meerkeuzevragen

10.1 Welke post komt niet voor in een categorische resultatenrekening?
- **a** Kosten uitbesteed werk en andere externe kosten
- **b** Bedrijfsresultaat
- **c** Verkoopkosten
- **d** Resultaat vóór aftrek van belasting

10.2 Een onderneming vervaardigt in 2020 100.000 producten, met product costs van €15 per stuk. In 2020 worden 90.000 producten verkocht à €20 per stuk. De onderneming gebruikt de categorische resultatenrekening.

Hoeveel bedraagt de post Som der bedrijfsopbrengsten in 2020?

a €1.350.000
b €1.800.000
c €1.950.000
d €2.000.000

10.3 Welke uitspraak is juist?

a De wet schrijft voor dat middelgrote en grote ondernemingen de netto-omzet segmenteren naar bedrijfstak en naar geografisch gebied.
b De functionele resultatenrekening kent geen post Financiële baten en lasten.
c In de toelichting op de resultatenrekening dient informatie te worden verstrekt over de loonkosten van bestuurders en commissarissen.
d Bijzondere resultaten worden rechtstreeks in het eigen vermogen verwerkt

10.4 Welke van de volgende resultaten vallen volgens de RJ niet onder de bijzondere resultaten?

1 De kosten van een reorganisatie
2 De kosten als gevolg van een overstroming
3 Het faillissement van een gewone debiteur

a 1
b 2
c 3
d 2 en 3

10.5 Wat geldt bij rechtstreekse vermogensmutaties?

a Het eigen vermogen wijzigt, het resultaat blijft gelijk.
b Het resultaat wijzigt, het eigen vermogen blijft gelijk.
c Het eigen vermogen en het resultaat wijzigen.
d Het eigen vermogen en het resultaat blijven gelijk.

10.6 Welke gebeurtenis dient rechtstreeks in het eigen vermogen verwerkt te worden?

a Vorming van een reorganisatievoorziening
b Bijzondere waardevermindering van een machine
c Nationalisatie van een dochteronderneming in het buitenland
d Cumulatief effect van een stelselwijziging

10.7 Een bouwbedrijf neemt in 2019 een werk aan met een aanneemsom van €22 mln.
Aan het werk worden de volgende kosten besteed:
2019 €4 mln
2020 €12 mln
2021 €4 mln

In mei 2021 wordt het werk opgeleverd.
De onderneming past de percentage of completion method toe en gebruikt de categorische resultatenrekening.

Hoeveel bedraagt de post Som der bedrijfsopbrengsten in 2020?
a €0
b €13,2 mln
c €16 mln
d €17,6 mln

10.8 Zie de gegevens van vraag **10.7.**

Hoeveel bedraagt de post Som der bedrijfsopbrengsten in 2021 als de zero profit method wordt toegepast?
a €4 mln
b €6 mln
c €20 mln
d €22 mln

10.9 Een aannemer neemt begin jaar 1 een project aan waarvan het volgende is gegeven:
- De aanneemsom: €900.000; aan het einde van jaar 1 en 2 worden termijnen gedeclareerd van respectievelijk €380.000 en €520.000.
- De oplevering is eind jaar 2.
- De werkelijk gemaakte kosten bedragen in jaar 1 €350.000 en in jaar 2 €450.000.
- De aannemer gaat voor de winsttoerekening uit van de percentage of completion method, waarbij de voortgang wordt bepaald door de reeds bestede kosten in verhouding tot de totale verwachte kosten.
- De aannemer maakt gebruik van de categorische resultatenrekening, waarbij de totale projectopbrengsten in het jaar van voltooiing als netto-omzet worden verantwoord.

Welke posten met bedragen komen met betrekking tot dit project onder meer voor in de resultatenrekening over jaar 1?
a Netto-omzet €380.000 en Som der bedrijfslasten €350.000
b Netto-omzet €393.750 en Som der bedrijfslasten €450.000
c Mutatie onderhanden werk €393.750 en Som der bedrijfslasten €350.000
d Mutatie onderhanden werk €380.000 en Som der bedrijfslasten €.450.000

10.10 Zie de gegevens van vraag **10.9.**

Welke posten met bedragen komen met betrekking tot dit project onder meer voor in de resultatenrekening over jaar 2?
a Netto-omzet €520.000 en Som der bedrijfslasten €450.000
b Netto-omzet €900.000 en Mutatie onderhanden werk – €393.750
c Mutatie onderhanden werk €900.000 en Som der bedrijfslasten €800.000
d Netto-omzet €520.000 en Mutatie onderhanden werk €506.250

Vraagstukken

V10.1 Glad/Weg bv

Glad/Weg bv – die bij het opstellen van de jaarrekening de Nederlandse verslaggevingsvoorschriften hanteert – houdt zich bezig met de in- en verkoop van shovels.

Over 2020 is het volgende gegeven:

1. Het eigen vermogen aan het begin van het boekjaar is €3 mln.
2. Per 1 januari wordt de berekeningswijze van de voorziening voor pensioenverplichtingen zodanig gewijzigd dat de methodiek ook toekomstige loonstijgingen in aanmerking neemt en daarmee beter aansluit bij de internationale opvattingen. Als gevolg van deze stelselwijziging neemt per 1 januari de voorziening voor pensioenverplichtingen toe met €75.000.
3. De netto-omzet uit hoofde van verkopen bedraagt in totaal €5 mln, de kostprijs hiervan is €4 mln.
4. De gemeente heeft in verband met geplande woningbouw een stuk grond van Glad/Weg onteigend. De gemeente heeft hiervoor aan Glad/Weg €90.000 betaald; de boekwaarde van de grond ten tijde van de onteigening was €60.000.
5. Glad/Weg is in het eerste halfjaar van 2020 de meest succesvolle importeur van de Japanse shovel 'Banzai' geweest. Van de fabrikant van Banzai heeft Glad/Weg daarom in augustus €50.000 uitgekeerd gekregen.
6. Als gevolg van een overstroming is een grote voorraad reserveonderdelen (met een boekwaarde van €200.000) verloren gegaan. Tegen de gevolgen van de overstroming is Glad/Weg niet verzekerd.
7. In november pleegt Glad/Weg een aandelenemissie van €500.000 nominaal tegen een uitgiftekoers van 250%. Alle aandelen worden direct volgestort.
8. Op 31 december wordt het pand van Glad/Weg getaxeerd; de actuele waarde blijkt €85.000 hoger te liggen dan de boekwaarde; dit verschil wordt opgenomen in een herwaarderingsreserve.

a Geef van de onder 2 t/m 8 genoemde resultaten aan of zij in de resultatenrekening moeten worden opgenomen of dat zij rechtstreeks in het eigen vermogen moeten worden verwerkt.
b Geef gemotiveerd aan welke bij vraag **a** aangehaalde resultaten aan te merken zijn als bijzondere resultaten.
c Bereken de winst van Glad/Weg over 2020.
d Stel het comprehensive income statement over 2020 van Glad/Weg op.
e Bereken het eigen vermogen van Glad/Weg per 31 december 2020.

*V10.2 'Zwolsche Witte'

'Zwolsche Witte', een kleine zelfstandige bierbrouwerij, hanteert bij het opstellen van de jaarrekening de Nederlandse verslaggevingsvoorschriften. 'Zwolsche Witte' heeft in 2020 30.000 hectoliter bier geproduceerd (dit is tevens de normale productie). Per 1 januari 2020 was de voorraad nihil en per 31 december 2020 2.000 hectoliter.
Kriek, de controller, heeft de volgende gegevens verzameld, die alle betrekking hebben op het jaar 2020.

Loonkosten

Directie	€ 221.000
Vertegenwoordigers	€ 319.000
Controller	€ 95.000
Brouwers	€ 1.272.000
Kantinejuffrouw	€ 27.000
Publieksvoorlichter	€ 62.000
	€ 1.996.000

Deze bedragen zijn exclusief de voor rekening van de werkgever komende sociale verzekeringspremies; deze belopen 15% van het loon.

Gebouwen
Het pand waarin de brouwerij is gevestigd, is in 2012 gekocht voor €1,2 mln en wordt jaarlijks met 5% van de aanschafprijs afgeschreven.
De huidige ketels zijn in 2018 gekocht voor €900.000; afschrijving 20% van de aanschafprijs.
In 2017 is naast de brouwerij een gebouw neergezet voor €400.000, waarin zich de burelen van directie en boekhouding bevinden (tweederde van de totale oppervlakte), alsmede de kantine (éénzesde van de oppervlakte) en een proeflokaal (eveneens éénzesde van de oppervlakte). In dit proeflokaal worden Zwolsche Witte schenkende caféhouders met hun vaste klanten uitgenodigd. Dit gebouw wordt jaarlijks met 4% van de aanschafprijs afgeschreven.

10

Verbruikte grondstoffen
Er is voor €1.550.000 verbruikt aan hop, mout, gist en water uit een door het ministerie van Welzijn goedgekeurde bron.

Overige gegevens:
- De verkoopprijs per hectoliter bier was €175.
- Aan accijns is €210.000 verschuldigd en afgedragen.
- Een enorme windhoos heeft een schade van €150.000 (die op grond van de polisvoorwaarden niet is gedekt) aangericht aan de bedrijfsgebouwen. Alles is inmiddels hersteld.
- Er is een grootscheepse advertentiecampagne gehouden, die €90.000 heeft gekost.
- De brouwers zijn door de Nederlandse Voedsel en Waren Autoriteit betrapt, toen zij aan het werk waren zonder de vereiste hygiënische kleding te dragen; Kriek houdt rekening met een boete van €25.000; hiervoor is een voorziening gevormd.
- Zwolsche Witte heeft bij de bank een vijfjarige lening lopen van €1 mln, ad 8% interest.
- De grondstofkosten, de loonkosten van de brouwers, afschrijvingskosten van brouwerij en ketels en de accijnzen worden als productiekosten beschouwd.
- Het tarief van de vennootschapsbelasting is 20%.

a Geef de categorische resultatenrekening over 2020.
b Geef de functionele resultatenrekening over 2020.

***V10.3** **Dijk nv**

Zie de gegevens van vraagstuk **7.5**.
In afwijking van vraagstuk **7.5** dient u er vooralsnog van uit te gaan dat Dijk nv ook in 2020 winst op werken neemt op het moment dat de werken zijn opgeleverd (de zero profit method).

a Bereken de winst per werk en de totale winst van Dijk over 2020.
b Stel de resultatenrekening over 2020 op volgens het categorische model, waarbij als netto-omzet de kostprijswaarde van het gedurende het boekjaar verrichte werk van de onderhanden werken wordt genomen.
c Stel de resultatenrekening over 2020 op volgens het functionele model.

Ga er in het vervolg van de vraagstelling van uit dat Dijk de winst op werken - ook in voorgaande boekjaren - neemt naar rato van de voortgang (percentage of completion method), waarbij de voortgang op een bepaald moment wordt bepaald door de verhouding tussen de reeds gemaakte kosten en de totale verwachte kosten.
d Bereken de winst per werk en de totale winst van Dijk over 2020.
e Stel de resultatenrekening over 2020 op volgens het categorische model, waarbij als netto-omzet de opbrengstwaarde van het gedurende het boekjaar verrichte werk wordt genomen.
f Stel de resultatenrekening over 2020 op volgens het functionele model.
g Beantwoord de vragen **b** en **e** nogmaals, maar nu voor de situatie waarbij de gehele aanneemsom bij oplevering van het werk als netto-omzet wordt verantwoord.
h Wat is het bezwaar van de presentatie van de percentage of completion method, zoals uitgewerkt bij vraag **g**, vergeleken met de variant bedoeld bij vraag **e**?
i In hoeverre zijn de in dit vraagstuk gevraagde resultatenrekeningen toegestaan bij toepassing van IFRS?

V10.4 **Building bv**

Building bv is een aannemingsbedrijf dat zich onder meer bezighoudt met kantorenbouw. Building hanteert bij het opstellen van de jaarrekening de Nederlandse verslagleggingsvoorschriften.

Begin 2019 is Building gestart met een langlopend project, op te leveren eind 2020. De aanneemsom voor dit project bedraagt €9.000.000 en de begrote kosten zijn vastgesteld op €7.800.000. De werkelijk in 2019 aan dit project bestede kosten bedragen €4.000.000, waarin begrepen een kostenoverschrijding van €200.000. Per 31 december 2019 worden geen verdere kostenoverschrijdingen voor dit project verwacht.

Onderhanden projecten worden in de balans gewaardeerd tegen de bestede kosten, verhoogd met een winstopslag. Winstneming geschiedt naar rato van de verrichte prestaties. De werkvoortgang wordt gemeten aan de hand van de verhouding tussen de gemaakte kosten en het totaal van de gemaakte en de begrote nog te maken kosten. De gehele aanneemsom wordt bij oplevering van het project als netto-omzet verantwoord.

a Bereken, uitsluitend voor het genoemde langlopend project, de hoogte van de balanspost Onderhanden project per 31 december 2019 van Building.

b Stel, uitsluitend voor het genoemde langlopend project, de categorische resultatenrekening over 2019 van Building op volgens onderstaand model.

Netto-omzet	€.........
Mutatie onderhanden werk	€.........
Som der bedrijfsopbrengsten	€.........
Som der bedrijfslasten	€.........
Nettowinst	€.........

Eind 2020 is het project, conform de tijdsplanning, opgeleverd. De werkelijke totale aan dit project bestede kosten zijn (door verdere kostenoverschrijdingen) uiteindelijk op €8.350.000 uitgekomen.

c Stel, uitsluitend voor het genoemde langlopend project, de categorische resultatenrekening over 2020 van Building op volgens het hiervoor gegeven model.

Stel dat Building bij het opstellen van de jaarrekening niet uitgaat van de Nederlandse verslaggevingsvoorschriften, maar van de IFRS en dat Building zoveel mogelijk de grondslagen voor de waardering, winstbepaling en presentatie wil volgen als hiervoor gegeven.

d Op welk punt moeten de bij de vragen **b** en **c** uitgewerkte categorische resultatenrekeningen dan aangepast worden? Geef tevens de aangepaste resultatenrekeningen.

10

11
Kasstroomoverzicht

Theorievragen

11.1 Leg uit wat wordt bedoeld met 'Cash is fact, profit is an opinion'.

11.2 Waarom kan een kasstroomoverzicht de resultatenrekening nooit geheel vervangen?

11.3 Welke functies heeft het kasstroomoverzicht?

11.4 Wat schrijven de regelgevers voor inzake opname van een kasstroomoverzicht in het jaarrapport?

11.5 In welke drie categorieën dient volgens de IASB en de RJ het kasstroomoverzicht ingedeeld te worden?

11.6 Wat is het verschil tussen de directe methode en de indirecte methode bij het opstellen van een kasstroomoverzicht?

11.7 Welke argumenten zijn er vóór het gebruik van de directe, respectievelijk de indirecte methode aan te voeren?

11.8 Wat wordt verstaan onder het begrip 'cashflow'?

Meerkeuzevragen

11.1 Welke stelling is juist?
- **a** De IASB stelt opneming van een kasstroomoverzicht verplicht en ziet het als een integraal onderdeel van de jaarrekening.
- **b** De RJ beschouwt het kasstroomoverzicht als een onderdeel van de overige gegevens.
- **c** De Nederlandse wet verplicht middelgrote en grote ondernemingen om een kasstroomoverzicht op te nemen in het jaarrapport.
- **d** In de fiscale aangifte moet een kasstroomoverzicht worden opgenomen.

11.2 Wat valt volgens de RJ *niet* onder de geldmiddelen in het kasstroomoverzicht?
- **a** Direct te verkopen beleggingen
- **b** Kasgeld
- **c** Roodstand op rekening-courant
- **d** Direct opeisbare deposito's

11.3 Wat komt volgens de RJ in de aanbevolen structuur van het kasstroomoverzicht te staan onder de kasstroom uit operationele activiteiten?

a De betaalde interest
b De betaalde interest en het betaalde dividend
c Het betaalde dividend
d Noch de betaalde interest, noch het betaalde dividend

11.4 Een onderneming sluit op 30 december 2020 een financial-leasecontract af, waarbij een machine ter waarde van €500.000 wordt verkregen.

Wat wordt daarvan in het kasstroomoverzicht over 2020 opgenomen?

a Niets
b Kasstroom uit investeringsactiviteiten – €500.000
Kasstroom uit financieringsactiviteiten + €500.000
c Kasstroom uit investeringsactiviteiten + €500.000
Kasstroom uit financieringsactiviteiten – €500.000
d Kasstroom uit investeringsactiviteiten + €500.000
Kasstroom uit operationele activiteiten – €500.000

11.5 Een uitzendbureau heeft na afloop van het jaar 2020 de volgende balans opgesteld, met de vergelijkende cijfers van 2019 (bedragen × €1 mln):

31 december	**2020**	**2019**	**31 december**	**2020**	**2019**
Gebouwen	1,8	1,75	Aandelenkapitaal	0,5	0,45
Vervoermiddelen	0,92	0,98	Agio	0,3	0,2
Inventaris	0,67	0,71	Winstreserves	0,58	0,32
Debiteuren	0,25	0,28	Hypothecaire lening	1,34	1,42
Liquide middelen	0,14	0,12	Onderhandse lening	0,77	1,13
			Te betalen vennootschaps-belasting	0,16	0,11
			Te betalen dividend	0,11	0,07
			Crediteuren	0,02	0,14
	3,78	3,84		3,78	3,84

De winst ontstaat aan het einde van het jaar en wordt – voorzover van toepassing – in de loop van het jaar daarop uitgekeerd. De aandelenemissie heeft op 2 januari 2020 plaatsgevonden.

Hoeveel bedraagt op grond van voorgaande informatie de kasstroom uit financieringsactiviteiten over 2020?

a €360.000 kasafname
b €390.000 kasafname
c €550.000 kasafname
d €570.000 kasafname

11.6 Per 1 januari 2020 is de voorraad handelsgoederen €50.000, per 31 december 2020 is deze voorraad €80.000. In 2020 wordt voor €400.000 aan handelsgoederen verkocht. Op de goederen wordt een winstmarge van 10% van de verkoopprijs gemaakt.

Per 1 januari 2020 is de post Crediteuren in de balans €30.000 en per 31 december 2020 is dit bedrag €10.000.

Welk bedrag wordt in het kasstroomoverzicht over 2020 volgens de directe methode als 'Betalingen aan leveranciers' opgenomen?

a €380.000
b €410.000
c €420.000
d €430.000

11.7 Zie de gegevens van vraag **11.6.**
In het kasstroomoverzicht over 2020 volgens de indirecte methode zal bij 'Veranderingen in netto-werkkapitaal' per saldo een bedrag worden opgenomen van:

a – €50.000
b – €30.000
c + €30.000
d + €50.000

11.8 De balans van bv Cash ultimo 2020 met tussen haakjes de vergelijkende cijfers ultimo 2019 is als volgt (bedragen × €1.000):

Materiële vaste activa	750	(600)	Aandelenkapitaal	100	(80)
Voorraden	320	(400)	Agio	300	(100)
Debiteuren	230	(170)	Reserves	870	(870)
Liquide middelen	60	(80)	Winst boekjaar	16	(0)
			Crediteuren	70	(200)
			Te betalen belasting	4	(0)
	1.360	(1.250)		1.360	(1.250)

De resultatenrekening over 2020 luidt (bedragen × €1.000):

Omzet	15.000
Inkoopwaarde omzet	8.000 –
Afschrijvingskosten	100 –
Overige kosten	6.880 –
Winst vóór aftrek van belasting	20
Vennootschapsbelasting	4 –
Nettowinst	16

Hoeveel bedraagt over 2020 de kasstroom uit operationele activiteiten?

a €190.000 –
b €10.000 –
c €10.000 +
d €220.000 +

11

11.9 Zie de gegevens van vraag **11.8.**

Welk bedrag zal in het kasstroomoverzicht volgens de indirecte methode over 2020 bij 'Veranderingen in netto-werkkapitaal' worden opgenomen?

a €110.000 –
b € 80.000 –
c € 20.000 +
d €105.000 +

11.10 Zie de gegevens van vraag **11.8.**

Hoeveel bedraagt over 2020 de kasstroom uit investeringsactiviteiten?

a €150.000 –
b €250.000 –
c €150.000 +
d €250.000 +

Vraagstukken

V11.1 **bv Beuk**
De bv Beuk wordt opgericht op 1 januari 2020 en gaat zich bezighouden met de productie van klompen.

11

In 2020 doen zich de volgende gebeurtenissen voor:

1 Uitgegeven worden 500 aandelen van € 1.000 nominaal tegen 200%. De aandelen worden direct volgestort.
2 Per 1 januari wordt een bedrijfspand gehuurd. Op die datum wordt ook €50.000 betaald, zijnde de huur voor twee jaar.
3 Er wordt een klompenbewerkingsmachine gekocht voor € 600.000; deze zal naar verwachting 300.000 paar klompen kunnen produceren en is daarna versleten (zonder restwaarde). Afschrijving geschiedt op basis van het aantal geproduceerde klompen.
Vanaf 1 januari zijn twee productiemedewerkers in vaste dienst, loonkosten € 40.000 per persoon per jaar.
Aan hout is in 2020 voor €500.000 ingekocht. Per paar klompen zijn de materiaal(=hout)kosten €5.
In 2020 worden 80.000 paar klompen geproduceerd. Men verwacht dat dit het normale aantal voor de komende jaren zal zijn.
Beuk beschouwt de kosten van materiaal, bewerkingsmachine en productiemedewerkers als 'product costs'. Alle genoemde bedragen voor de aanwending van deze productiemiddelen zijn contant betaald.
4 Verkooptransacties in 2020 (de verkoopprijs is €15 per paar):
- Klant A heeft 60.000 paar klompen gekocht. Hij heeft deze inmiddels ontvangen en betaald.
- Klant B heeft 20.000 paar klompen besteld. Deze zullen in januari 2021 bij hem bezorgd worden. B heeft de klompen vooruitbetaald.

5 Meteen in het eerste bedrijfsjaar heeft de onderneming al twee rechtszaken lopen:
- Een ballonvaarder heeft (in een desperate poging om hoogte te winnen) een zandzak gedropt, die de auto van klant A – die geparkeerd stond bij Beuk – voor € 10.000 heeft beschadigd. Beuk heeft de garagerekening betaald, maar poogt de ballonvaarder aansprakelijk te stellen.

- Een sollicitant die als productiekracht heeft gesolliciteerd en is afgewezen, heeft Beuk voor de rechter gedaagd vanwege een onjuiste behandeling tijdens de sollicitatieprocedure. Hij heeft een schadevergoeding geëist van € 25.000.

De rechter zal in de loop van 2021 uitspraak doen. Volgens de advocaat van Beuk geldt voor beide zaken dat de kans 70% is dat Beuk in het ongelijk wordt gesteld.

a Stel de balans per 31 december 2020 van Beuk op.
b Stel de resultatenrekening over 2020 van Beuk op.
c Stel het kasstroomoverzicht over 2020 van Beuk op volgens:
1 de directe methode
2 de indirecte methode.

V11.2 **Ventura bv**
De onderneming Ventura bv heeft de volgende balansen opgesteld:

Balans per 31 december 2019 (bedragen × €1)

Grond	20.000	Aandelenkapitaal	40.000
Gebouw	160.000	Agio	20.000
Machines	40.000	Winstreserves	92.500
Voorraden	30.000	Onverdeelde winst 2019	37.500
Debiteuren	50.000	5-jarige lening	75.000
Kas	60.000	Crediteuren	70.000
		Te betalen vennootschaps-belasting	25.000
	360.000		360.000

Balans per 31 december 2020 (bedragen × €1)

Grond	20.000	Aandelenkapitaal	60.000
Gebouw	240.000	Agio	30.000
Machines	50.000	Winstreserves	115.000
Voorraden	30.000	Onverdeelde winst 2020	60.000
Debiteuren	125.000	5-jarige lening	60.000
Kas	25.000	Crediteuren	150.000
		Te betalen vennootschaps-belasting	15.000
	490.000		490.000

De resultatenrekening over 2020 is als volgt (bedragen × €1):

Omzet		600.000
Inkoopwaarde omzet	380.000	
Afschrijving gebouw	10.000	
Afschrijving machines	8.000	
Interest	5.000	
Loonkosten	122.000	
		525.000
Winst vóór aftrek van belasting		75.000
Vennootschapsbelasting		15.000
Nettowinst		60.000

Verder is over 2020 nog het volgende gegeven:

- De winst over 2019 is als volgt verdeeld:
  - in contanten uitgekeerd dividend €15.000
  - gereserveerd €22.500.
- Aan het gebouw is een zijvleugel gebouwd.
- Er is een nieuwe machine gekocht. Bovendien is er een machine buiten gebruik gesteld en verkocht tegen de boekwaarde ad €6.000.

11

Stel het kasstroomoverzicht van Ventura over 2020 op volgens:

a de directe methode

b de indirecte methode.

In beide gevallen dient het overzicht ingedeeld te worden in kasstromen uit hoofde van operationele, investerings- en financieringsactiviteiten en opgesteld te worden conform de door de RJ aanbevolen structuur.

***V11.3 Cash bv**

De balansen van Cash bv per 31 december 2019 en 31 december 2020, alsmede de resultatenrekening over 2020 luiden als volgt:

Balans per 31 december 2019 (bedragen × €1.000)

Machines:			Aandelenkapitaal	500
• Aanschafprijs	1.400		Agio	250
• Afschrijvingen	650		Winstreserve	300
			Onverdeelde winst 2019[1]	190
		750	Voorziening rechtsgeding	25
Voorraad grondstoffen		200	Lening	350
Voorraad eindproducten:			Crediteuren	150
• Grondstoffen	100		Te betalen vennootschapsbelasting	120
• Lonen	140			
		240		
Debiteuren		550		
Liquide middelen		145		
		1.885		1.885

1 In 2020 als volgt verdeeld:
- in contanten uitgekeerd dividend 90
- gereserveerd 100

Balans per 31 december 2020 (bedragen × €1.000)

Machines:			Aandelenkapitaal	600
• Aanschafprijs	1.200		Agio	340
• Afschrijvingen	400		Winstreserve	400
			Onverdeelde winst 2020	400
		800	Lening	325
Voorraad grondstoffen		300	Crediteuren	190
Voorraad eindproducten:			Te betalen vennootschapsbelasting	
• Grondstoffen	150			100
• Lonen	210			
		360		
Debiteuren		600		
Liquide middelen		295		
		2.355		2.355

Toelichting:
- In de loop van 2020 is een machine contant verkocht voor €300.000. De aanschafprijs van deze machine bedroeg €800.000 en de boekwaarde op moment van verkoop €200.000. Het boekresultaat is in de resultatenrekening verwerkt in de post Afschrijvingen.
- De per 31 december 2019 in de balans opgenomen post Voorziening rechtsgeding heeft betrekking op een proces dat tegen Cash is aangespannen door een afnemer. De rechter heeft in maart 2020 Cash veroordeeld tot het betalen van €20.000. Cash heeft dit bedrag in juni 2020 voldaan en het verschil met de per 31 december 2019 getroffen voorziening opgenomen in de post Overige bedrijfskosten.
- De in de balans opgenomen post Crediteuren heeft uitsluitend betrekking op de levering van de grondstoffen.

Resultatenrekening over 2020 (bedragen × €1.000)

Opbrengst verkopen		3.285
Kostprijs verkopen:		
• Grondstoffen	1.000	
• Lonen	1.400	
		2.400
		885
Afschrijvingen	250	
Overige bedrijfskosten	110	
		360
Bedrijfsresultaat		525
Interest		25
Winst vóór aftrek van belasting		500
Belasting		100
Nettowinst		400

11

Bij het opstellen van het kasstroomoverzicht bevelen de International Accounting Standards Board en de Raad voor de Jaarverslaggeving, zowel voor de directe methode als voor de indirecte methode, de volgende indeling aan:

- kasstroom uit operationele activiteiten;
- kasstroom uit investeringsactiviteiten;
- kasstroom uit financieringsactiviteiten.

Stel conform deze aanbevolen indeling het kasstroomoverzicht over 2020 van Cash op volgens:

a de directe methode
b de indirecte methode.

V11.4 **nv ROVA Holding**

De volgende gegevens zijn ontleend aan het jaarrapport 2018 van nv ROVA Holding, die zich richt op de publieke en private afvalverwijderingstaken en het beheer van stortplaatsen.

Alle bedragen luiden in duizenden euro's.

Geconsolideerde balans per 31 december, na winstbestemming

	2018		2017	
Vaste activa				
Materiële vaste activa		44.915		42.004
Financiële vaste activa				
Uitgegeven lening	208		235	
Overige effecten	-		4.554	
		208		4.789
Vlottende activa				
Voorraden	421		404	
Vorderingen	6.237		7.965	
Liquide middelen	38.752		28.445	
		45.410		36.814
Totaal		**90.533**		**83.607**
Groepsvermogen				
Gestort en opgevraagd kapitaal	1.270		1.245	
Agioreserve	2.235		2.207	
Overige reserves	29.011		27.454	
Uit te keren dividend	4.226		5.610	
		36.742		36.516
Voorzieningen		20.056		18.996
Achtergestelde lening		9.590		9.590
Kortlopende schulden		24.145		18.505
Totaal		**90.533**		**83.607**

Geconsolideerde winst- en verliesrekening over 2018		
Netto-omzet	78.439	
Overige bedrijfsopbrengsten	1.862	
Som der bedrijfsopbrengsten		80.301
Uitbesteed werk en andere externe kosten	24.832	
Personeelskosten	25.270	
Afschrijvingen	7.302	
Materieelkosten	8.776	
Overige bedrijfskosten	7.260	
Som der bedrijfslasten		73.440 –
Bedrijfsresultaat		**6.861**
Rentebaten		207
Rentelasten		820 –
Resultaat uit gewone bedrijfsuitoefening vóór belastingen		**6.248**
Belastingen		294 –
Aandeel in het resultaat van niet-geconsolideerde deelnemingen		170 –
Resultaat na belastingen		**5.784**

11

Toelichting op de geconsolideerde balans

Mutatieoverzicht materiële vaste activa	
Stand per 1-1-2018	42.004
Investeringen	9.521
Activa in uitvoering	810
Desinvesteringen	118 –
Afschrijvingen	7301 –
Stand per 31-12-2018	44.915

Mutatieoverzicht overige effecten	
Stand per 1-1-2018	4.554
Verkopen	4.554 –
Stand per 31-12-2018	0

a Stel, conform de door de RJ aanbevolen structuur, het kasstroomoverzicht van ROVA volgens de *indirecte* methode over 2018 op.

De RJ gaat in haar aanbevolen structuur van de indirecte methode als startpunt uit van het bedrijfsresultaat. Stel dat ROVA in haar gepubliceerde kasstroomoverzicht 2018 uitgaat van het resultaat uit gewone bedrijfsuitoefening vóór belastingen ad 6.248.

b Welke veranderingen treden er in de uitwerking bij **a** op, uitgaande van dit startpunt van ROVA?

c Bereken de cashflow van ROVA over 2018.

DEEL 3

Winst- en vermogens-bepaling in geval van prijsfluctuaties

12 Instandhoudingsdoelstellingen en waarderingsgrondslagen

Theorievragen

12.1 Hoe kan winst in algemene termen worden gedefinieerd?

12.2 Wat is een instandhoudingsdoelstelling?

12.3 Omschrijf de instandhoudingsdoelstelling bij:
a het nominalisme
b het substantialisme.

12.4 Wat is een voorraadresultaat?

12.5 Welke instandhoudingsdoelstelling kennen we nog naast de twee genoemd bij vraag **12.3**?

12.6 Welke waarderingsgrondslagen voor de materiële activa zijn denkbaar?

12.7 Geef van de volgende stelsels de instandhoudingsdoelstelling en de waarderingsgrondslag:
a historischekostenstelsel
b modern nominalisme
c vervangingswaardestelsel
d stelsel-Bakker
e general price-level accounting.

Meerkeuzevragen

12.1 Wat houdt het nominalisme in?
a Er is pas winst als de beginsituatie in termen van complex van activa is hersteld.
b Er is pas winst als de beginsituatie in termen van koopkracht is hersteld.
c Er is pas winst als de beginsituatie in termen van de nominale waarde van het eigen vermogen is hersteld.
d Er is pas winst als de beginsituatie in termen van balanstotaal is hersteld.

12.2 Waardoor ontstaat een voorraadresultaat of holding-gain?

a Door een stijging van de verkoopprijs tussen het moment van inkoop en dat van verkoop.
b Door een stijging van de inkoopprijs tussen het moment van inkoop en dat van verkoop.
c Door een daling van de verkoopprijs tussen het moment van inkoop en dat van verkoop.
d Door een daling van de inkoopprijs tussen het moment van inkoop en dat van verkoop.

12.3 Welke uitspraak is juist in geval van prijsstijgingen?

a Het historischekostenstelsel leidt tot een hogere winst en een hoger eigen vermogen dan het vervangingswaardestelsel.
b Het historischekostenstelsel leidt tot een hogere winst en een lager eigen vermogen dan het vervangingswaardestelsel.
c Het historischekostenstelsel leidt tot een lagere winst en een lager eigen vermogen dan het vervangingswaardestelsel.
d Het historischekostenstelsel leidt tot een lagere winst en een hoger eigen vermogen dan het vervangingswaardestelsel.

12.4 De beginbalans van een handelsonderneming is per 1 januari als volgt:

Handelsvoorraad		Eigen vermogen	€10.000
500 stuks à €20 =	€10.000		
	€10.000		€10.000

Op 15 januari stijgt de inkoopprijs van de handelsgoederen naar €25.
Op 20 januari worden 300 stuks verkocht à €30.
In januari is het algemene prijspeil met 2% gestegen.

Hoeveel bedraagt de winst over januari bij de combinatie nominalisme en historische kostprijs?

a €1.500
b €2.500
c €3.000
d €5.000

12.5 Zie de gegevens van vraag **12.4**.

Hoeveel bedraagt het balanstotaal per 31 januari bij de combinatie substantialisme en actuele inkoopprijs?

a €12.000
b €13.000
c €14.000
d €15.000

12.6 Zie de gegevens van vraag **12.4**.

Hoeveel bedraagt het gerealiseerde voorraadresultaat over januari?

a €1.000
b €1.500

c €2.000
d €2.500

12.7 Zie de gegevens van vraag **12.4**.

Hoeveel bedraagt, uitgaande van de instandhoudingsdoelstelling handhaving van de koopkracht van het eigen vermogen, het per 31 januari extra aan de onderneming gebonden eigen vermogen?

a €2.000
b € 750
c € 200
d €1.500

12.8 Welke uitspraak is juist?

a Nominalisme en substantialisme rekenen met financiële vermogensinstandhouding.
b Nominalisme en handhaving van de koopkracht van het eigen vermogen rekenen met financiële vermogensinstandhouding.
c Nominalisme en substantialisme rekenen met fysieke vermogensinstandhouding.
d Nominalisme en handhaving van de koopkracht van het eigen vermogen rekenen met fysieke vermogensinstandhouding.

12.9 Wat geldt in principe voor beursgenoteerde effecten?

a Verkoopprijs = historische kostprijs
b Vervangingswaarde = directe opbrengstwaarde
c Indirecte opbrengstwaarde = historische kostprijs
d Historische kostprijs = vervangingswaarde

12.10 Op welke activa mag volgens de IASB het vervangingswaardestelsel niet worden toegepast?

a Gebouwen
b Computers
c Inventaris
d Voorraden gereed product

Vraagstuk

V12.1 **Ko Kos**

Ko Kos start onder de naam 'De Voetveeg' op 1 oktober een winkeltje in deurmatten, die van een (meer of minder) origineel opschrift zijn voorzien. Hij steekt €9.000 eigen geld in de zaak en huurt winkelruimte voor €750 per maand.

Op 1 oktober koopt Ko 300 matten voor €25 per stuk bij een groothandel.

De eerste twee weken is de omzet nihil, maar daarna begint de zaak te lopen: in de tweede helft van oktober zet hij 200 matten af voor €35 per stuk.

Overigens heeft hij op 10 oktober bericht van de groothandel gekregen, dat deze zijn prijzen met 15% verhoogd heeft.

Het prijsindexcijfer voor de gezinsconsumptie is in oktober met 2% gestegen.

a Geef de balans per 31 oktober van 'De Voetveeg' bij toepassing van de volgende waarderingsgrondslagen en instandhoudingsdoelstellingen:

12

Waarderingsgrondslag	*Instandhoudingsdoelstelling*
1 Historische kostprijs	Nominalisme
2 Vervangingswaarde	Nominalisme
3 Vervangingswaarde	Substantialisme
4 Vervangingswaarde	Handhaving koopkracht eigen vermogen
5 Voor inflatie gecorrigeerde historische kostprijs	Handhaving koopkracht eigen vermogen

b Verklaar het verschil in winst tussen **a1** en **a3** met behulp van het begrip voorraadresultaat.

13 Historischekostenstelsel

Theorievragen

13.1 Noem de drie methoden die zijn ontwikkeld om een aanname te doen over het verloop van de voorraad.

13.2 Waarom worden de voorraadresultaten die ontstaan bij het historischekostenstelsel aangeduid als 'schijnwinsten'?

13.3 Geef het verschil aan tussen individueel-lifo en collectief-lifo.

13.4 Waarom is de timing van in- en verkopen van invloed op de grootte van het voorraadresultaat bij toepassing van individueel-lifo?

13.5 Waarom spreken we bij lifo van partieel substantialisme?

13.6 Welke van de bij vraag **13.1** gevraagde methoden benadert in de situatie van prijsstijgingen het dichtst de actuele inkoopprijs van de voorraden?

13.7 Welke van de bij vraag **13.1** gevraagde methoden benadert in de situatie van prijsstijgingen het dichtst de kostprijs verkopen op basis van actuele inkoopprijs?

13.8 Geef aan welke prijs bij het ijzerenvoorraadstelsel wordt gebruikt voor:
a de ijzeren voorraad
b het surplus
c het manco.

13.9 Waaruit blijkt het monistische karakter van het ijzerenvoorraadstelsel?

13.10 Hoe luidt de minimumwaarderingsregel op voorraden?

13.11 Hoe luidt de minimumwaarderingsregel op vaste activa?

13.12 Welke van de bij vraag **13.1** gevraagde methoden zijn door zowel de IASB, als de RJ en de Nederlandse wet toegestaan?

13.13 Welk uitgangspunt hanteert de fiscale wetgeving inzake toelaatbare waarderingsgrondslagen?

Meerkeuzevragen

13.1 Bij de oprichting per 1 januari 2020 bedroeg de voorraad handelsgoederen van een onderneming 10.000 kg, op die datum gekocht voor €10 per kg. Bij de oprichting waren er geen andere bezittingen; er is geen vreemd vermogen.
In 2020 vinden de volgende transacties à contant plaats:

februari	verkoop	7.000 kg à €18
april	inkoop	5.000 kg à €11
augustus	inkoop	3.000 kg à €12,50
oktober	verkoop	4.000 kg à €20

Van bedrijfskosten wordt afgezien.

Hoeveel bedraagt de winst over 2020 op basis van fifo?

a € 90.000
b € 95.000
c € 100.000
d € 105.000

13.2 Zie de gegevens van vraag **13.1**.

Hoeveel bedraagt de winst over 2020 op basis van gemiddelde inkoopprijs?

a €71.624
b €83.504
c €91.456
d €95.802

13.3 Zie de gegevens van vraag **13.1**.

Het balanstotaal per 31 december 2020 op basis van collectief-lifo is:

a €183.500
b €187.500
c €201.500
d €231.000

13.4 Een onderneming wordt geconfronteerd met prijsstijgingen op de inkoopmarkt.
In welke situatie is er sprake van de sterkste substantialistische werking?

a Collectief-lifo wordt toegepast.
b Gemiddelde inkoopprijs wordt toegepast.
c Individueel-lifo wordt toegepast, de omloopsnelheid van de voorraad is hoog.
d Individueel-lifo wordt toegepast, de omloopsnelheid van de voorraad is laag.

13.5 Een handelsonderneming is haar activiteiten gestart in 2019.
De volgende transacties vinden plaats:

2019:	Januari	Inkoop	3.000 stuks à €5
	Mei	Verkoop	900 stuks à €7,50
	Oktober	Inkoop	1.900 stuks à €5,50
	December	Verkoop	1.200 stuks à €8,50
2020:	Februari	Inkoop	2.000 stuks à €6,50

Juni	Verkoop	2.700 stuks à €9
September	Inkoop	1.500 stuks à €8
December	Verkoop	1.100 stuks à 10,50

Hoeveel bedraagt de waardering van de voorraad per 31 december 2019 bij toepassing van collectief-lifo?

a €14.000
b €14.800
c €15.400
d €16.200

13.6 Zie de gegevens van vraag **13.5**.

Hoeveel bedraagt de winst over 2020 bij toepassing van individueel-lifo?

a € 8.800
b €10.200
c €11.500
d €12.400

13.7 Welke stelling is juist?

a Een manco dient bij toepassing van het ijzerenvoorraadstelsel gewaardeerd te worden tegen historische kostprijs.
b Het is mogelijk dat bij toepassing van het ijzerenvoorraadstelsel de voorraad voor een negatief bedrag te boek staat.
c Het ijzerenvoorraadstelsel maakt het mogelijk transactiewinsten te berekenen.
d Het ijzerenvoorraadstelsel is gebaseerd op de dualistische balansopvatting.

13.8 De oprichtingsbalans van een handelsonderneming is per 1 januari 2020 als volgt:

Bestelauto	€ 30.000	Eigen vermogen	€175.000
Voorraad P	€120.000		
Liquide middelen	€ 25.000		
	€175.000		€175.000

De bestelauto heeft een economische levensduur van vier jaar, de geschatte restwaarde bedraagt €4.000; afschrijving geschiedt met gelijke bedragen per jaar.
De voorraad P bestaat uit 150.000 stuks; dit wordt beschouwd als de ijzeren voorraad.
In de loop van 2020 vinden de volgende transacties plaats:

- Op 15 juni worden 120.000 stuks P verkocht à €1,20.
- Op 15 oktober worden 100.000 stuks P ingekocht à €0,90.

Op 31 december 2020 bedraagt de inkoopprijs €1.

De bedrijfskosten (andere dan hiervoor genoemd) bedragen in 2020 €20.000. Alle transacties zijn eind 2020 afgewikkeld.

Hoeveel bedraagt de winst over 2020 op basis van het ijzerenvoorraadstelsel?

a €6.500
b €7.500
c €8.500
d €9.500

13.9 Op de balans van een onderneming staat per 1 januari 2020 een voorraad handelsgoederen voor €10.000, zijnde 1.000 stuks, ingekocht eind december 2019 voor €10 per stuk.
In 2020 vinden de volgende transacties plaats:

15/2	Verkoop 500 stuks à €15
18/6	Inkoop 900 stuks à €8
3/10	Verkoop 300 stuks à €14
30/12	Inkoop 600 stuks à €6,50

Geschat wordt dat de netto-opbrengstwaarde van de voorraad per 31 december 2020 €6 per stuk bedraagt.
Bij toepassing van fifo is de winst over 2020:

a € 800
b €1.500
c €2.200
d €3.700

13.10 Welke stelling is juist?

a De IASB staat voor de voorraadwaardering fifo, gemiddelde inkoopprijs en individueel-lifo toe.
b De minimumwaarderingsregels is niet opgenomen in de regelgeving van de IASB.
c De fiscale regels staan het gebruik van het ijzerenvoorraadstelsel toe.
d De minimumwaarderingsregel geldt alleen voor voorraden.

Vraagstukken

V13.1 **bv Blanko**

De bv Blanko wordt opgericht op 1 januari 2020 en gaat zich bezighouden met de handel in oliespuiten. De oprichtingsbalans ziet er als volgt uit:

Balans per 1 januari 2020 (bedragen × €1)

Bestelauto	50.000	Eigen vermogen	50.000
Voorraad oliespuiten	30.000	Banklening	50.000
Liquide middelen	20.000		
	100.000		100.000

De bestelauto heeft een geschatte levensduur van vijf jaar en wordt met gelijke bedragen per jaar tot nihil afgeschreven. De bestelauto blijkt net op tijd te zijn gekocht, want enkele dagen na de aanschaf voert de importeur van de auto een prijsverhoging van 10% door.
De voorraad bestaat uit 2.000 oliespuiten die zijn ingekocht tegen €15 per stuk.

De interest op de banklening is 8%, achteraf te betalen op 31 december van elk jaar; op die datum wordt elk jaar €5.000 afgelost.

Gedurende 2020 vinden de volgende transacties (alle contant afgerekend) en gebeurtenissen plaats:
- 21 februari: stijging inkoopprijs oliespuiten tot €18
- 15 maart: inkoop 1.000 stuks à €18 = €18.000
- 10 mei: verkoop 2.000 stuks à €30 = €60.000
- 14 juli: stijging inkoopprijs oliespuiten tot €20
- 30 augustus: inkoop 1.500 stuks à €20 = €30.000
- 11 december: verkoop 1.000 stuks à €32 = €32.000

De overige kosten over 2020 bedragen exclusief de interest €10.000, deze kosten zijn per 31 december 2020 ook betaald.

a Stel de balans per 31 december 2020 en de resultatenrekening over 2020 op als Blanko het historischekostenstelsel hanteert, met toepassing van de fifo-volgorde voor de voorraad oliespuiten.

b Motiveer waarom bij vraag **a** de winst nominalistisch is berekend.

c Bereken de gerealiseerde voorraadresultaten die onderdeel uitmaken van de winst bij vraag **a**.

d Welk bezwaar wordt in tijden van prijsstijgingen door het substantialisme aangevoerd tegen de bij vraag **a** gevolgde nominalistische wijze van winstberekening?

V13.2 Marginaal

De balans van de handelsonderneming Marginaal ziet er bij de oprichting op 1 januari 2020 als volgt uit:

Balans per 1 januari 2020

Voorraad Blop		Eigen vermogen	€20.000
100.000 × €0,20 =	€20.000		
	€20.000		€20.000

In het eerste kwartaal van 2020 vinden de volgende transacties in het product Blop plaats:
- 5 januari: verkoop 70.000 stuks à €0,42
- 9 januari: inkoop 30.000 stuks à €0,22
- 8 februari: inkoop 80.000 stuks à €0,25
- 23 februari: verkoop 110.000 stuks à €0,44
- 3 maart: inkoop 60.000 stuks à €0,30

Alle transacties worden contant afgerekend.

a Bereken de transactieresultaten per verkoop en in totaal over het eerste kwartaal van 2020 indien Marginaal uitgaat van:

1 de fifo-methode;

2 de gemiddelde-inkoopprijsmethode;

3 de individueel-lifo-methode.

b 1 Bereken het totaal van de transactieresultaten over het eerste kwartaal van 2020 indien Marginaal de collectief-lifo-methode hanteert.

2 Waarom worden bij toepassing van de collectief-lifo-methode transactieresultaten in principe niet afzonderlijk bepaald?

c Bepaal aan de hand van vermogensvergelijking de periodewinst over het eerste kwartaal van 2020 volgens:

1 de fifo-methode
2 de gemiddelde-inkoopprijsmethode
3 de individueel-lifo-methode
4 de collectief-lifo-methode.

d Wordt – uitgaande van de situatie van prijsstijgingen – de winst bij toepassing van lifo nominalistisch of substantialistisch bepaald?

e Welk bezwaar is vanuit het oogpunt van vermogenspresentatie tegen toepassing van lifo aan te voeren in tijden van prijsstijging?

f Op welke wijzen kan aan het in vraag **e** bedoelde bezwaar worden tegemoetgekomen?

V13.3 **bv Bulk**

De balans van de bv Bulk ziet er per 31 december 2019 als volgt uit:

Balans 31 december 2019 (bedragen × €1)

Pand	400.000	Aandelenkapitaal	70.000
Voorraad Burp	–	Winstreserve	280.000
Debiteuren	58.000	Banklening	240.000
Vooruitbetaalde interest	5.400		
Liquide middelen	126.600		
	590.000		590.000

Pand

Het pand (met ondergrond) is begin 2010 door Bulk gekocht. De waarde van de ondergrond bedroeg €100.000.
Afschrijving: met gelijke bedragen per jaar in vijfentwintig jaar.

Burp

Van het product Burp worden in 2020 120.000 eenheden ingekocht en 108.000 eenheden verkocht. Zowel in- als verkopen zijn volkomen regelmatig over het jaar gespreid.
Inkopen: betaling à contant.
Verkopen: de onderneming verleent één maand krediet; deze krediettermijn wordt door de afnemers stipt aangehouden.

Inkoopprijs Burp: tot 31 december 2019 is de inkoopprijs steeds €10 geweest. In 2020 heeft de inkoopprijs zich ontwikkeld zoals in de grafische voorstelling van de volgende figuur.

Ontwikkeling van de inkoopprijs van Burp over 2020

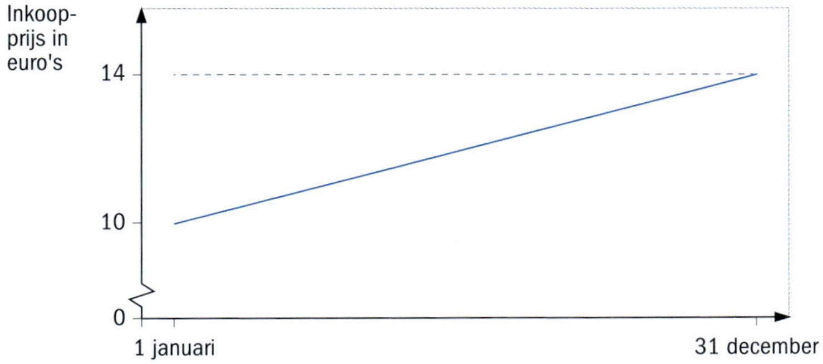

Verkoopprijs Burp: gedurende het hele jaar €18.

Banklening
Op de lening wordt elk jaar op 31 maart €40.000 afgelost.
Tevens wordt elk jaar op die datum de interest voor één jaar vooruitbetaald.

Bedrijfskosten
Aan bedrijfskosten (andere dan de hiervoor genoemde) wordt in 2020 €270.000 betaald.

Stel de balans op per 31 december 2020, alsmede de resultatenrekening over 2020 als Bulk toepast:

a het historischekostenstelsel, met toepassing van de fifo-methode voor de voorraad Burp;

b het historischekostenstelsel, met toepassing van de collectief-lifo-methode voor de voorraad Burp.

***V13.4 Vink**

U krijgt op een avond bezoek van uw kennis Vink, die werkt op de boekhoudafdeling van een handelsonderneming. Zijn chef, de heer Bars, wordt door eenieder gevreesd om zijn driftaanvallen.
Vink heeft van Bars bevel gekregen om te berekenen wat de invloed is van de verschillende aannames over het verloop van de voorraad op de kostprijs verkopen en waardering van de voorraad van het artikel Z voor 2019 en 2020. Hij heeft de uitkomsten van zijn berekeningen genoteerd op een A4'tje en dit mee naar huis genomen om er zeker van te zijn dat het niet wegraakt. Het noodlot heeft echter toegeslagen: een omgestoten kop koffie heeft het grootste deel van de berekeningen onleesbaar gemaakt. Tot tranen toe bewogen smeekt Vink u hem te helpen.
Hij weet te vertellen dat het artikel Z elke vijfde dag van de maand wordt ingekocht en elke vijfentwintigste dag van de maand wordt verkocht. De maandelijks ingekochte hoeveelheid is constant, evenals de maandelijks verkochte hoeveelheid. De producent van wie Z betrokken wordt, heeft als regel dat op 1 september van elk jaar een nieuwe prijs wordt vastgesteld.

Hierna is het met koffie bevlekte papier afgebeeld.

Vinks berekeningen

	Fifo	Collectief-lifo	Individueel-lifo
2019			
Beginvoorraad			nihil
Inkopen 108 000 stuks	€ 163.080		
Inkoopwaarde verkopen 96 000 stuks	€ 144.240	€ 145.320	
Eindvoorraad			
2020			
Beginvoorraad			
Inkopen 108 000 stuks			
Inkoopwaarde verkopen 96 000 stuks			
Eindvoorraad	€ 38.640		

Kunt u Vink helpen door de onleesbare getallen te achterhalen?

V13.5 **Victoria**

Het handelsbedrijf Victoria verhandelt uitsluitend het product T. De balans van Victoria ziet er per 1 januari 2020 als volgt uit:

Balans per 1 januari 2020 (bedragen × €1)

Vaste activa	80.000	Aandelenkapitaal	100.000
Voorraad T	30.000	Hypotheek o/g	50.000
Liquide middelen	40.000		
	150.000		150.000

Toelichting op de balans

- De vaste activa betreffen duurzame productiemiddelen die zijn aangeschaft op 1 januari 2018; ze worden in tien jaar met gelijke bedragen per jaar naar nihil afgeschreven.
- Op balansdatum bedraagt de werkelijke voorraad T 8.000 stuks.

In de loop van 2020 vinden de volgende in- en verkopen plaats:

- 13 maart: inkoop 21.000 stuks T à €10 per stuk
- 26 mei: verkoop 23.000 stuks T à €15 per stuk
- 16 augustus: inkoop 11.000 stuks T à €11 per stuk
- 21 november: verkoop 8.000 stuks T à €16 per stuk

De inkoopprijs van product T was per 1 januari 2020 €10 en per 31 december 2020 €12.
De inkopen vinden à contant plaats. De verkopen vinden plaats op krediet; de kredietermijn bedraagt twee maanden, hiervan wordt door de afnemers volledig gebruikgemaakt.
Op de hypotheek o/g wordt ultimo 2020 €10.000 afgelost.

De overige bedrijfskosten (inclusief de interest over de hypotheek) bedragen over 2020 in totaal €50.000. Hiervan is per 31 december 2020 nog €25.000 verschuldigd.

Victoria gaat voor de waardering en winstbepaling uit van het historischekostenstelsel, met toepassing van het ijzerenvoorraadstelsel voor product T (er wordt een ijzeren voorraad aangehouden van 10.000 stuks).

a Bereken de ijzerenvoorraadprijs ('festwert').
b Stel de balans per 31 december 2020 en de resultatenrekening over 2020 van Victoria op.
c Geef aan welke instandhoudingsdoelstelling ten grondslag ligt aan het ijzerenvoorraadstelsel.
d Geef aan of er bij toepassing van het ijzerenvoorraadstelsel sprake is van een statische of een dynamische waardebepaling van de voorraad.
e Geef aan waarom in tijden van prijsstijgingen het ijzerenvoorraadstelsel voor toepassing in de fiscale jaarrekening belastingtechnisch aantrekkelijk is.

***V13.6** **nv Hanze**
Van de nv Hanze is per 31 december 2019 de volgende balans opgemaakt:

Balans per 31 december 2019 (bedragen × €1)

Machines	180.000	Aandelenkapitaal	200.000
Grondstoffen	25.000	Winstreserve	105.000
Liquide middelen	100.000		
	305.000		305.000

Toelichting en gegevens over 2020
- De machines zijn ultimo 2018 aangeschaft voor €200.000 en worden in tien jaar met gelijke bedragen per jaar naar nihil afgeschreven.
- De grondstoffen zijn ultimo 2019 gekocht voor €5 per kilogram. De grondstof wordt verwerkt tot het eindproduct Deluxe.
  De kostprijs van Deluxe is – op basis van de normale productie van 10.000 stuks – als volgt opgebouwd:
  - Grondstofkosten 2 kg à €5 = €10
  - Loonkosten € 8
  - Afschrijvingskosten € 2
  - Overige kosten € 5

  €25
- Deluxe wordt op de balans geactiveerd tegen de som van de loonkosten en de afschrijvingskosten; het grondstoffenbestanddeel begrepen in Deluxe wordt tezamen met de grondstoffen in het grondstoffenmagazijn onder de post Grondstoffen geactiveerd.
  De grondstoffen worden gewaardeerd volgens het ijzerenvoorraadstelsel. De ijzeren voorraad grondstoffen – inclusief het grondstoffenbestanddeel in Deluxe – is 5.000 kg; de vaste prijs waartegen de ijzeren voorraad wordt gewaardeerd is €5 per kilogram. De eerst ingekochte grondstoffen worden het eerst (na verwerking in Deluxe) verkocht.

- In 2020 zijn (à contant) ingekocht: op 2 januari 10.000 kg à €5 en op 2 juli 10.000 kg à €8.
  De inkoopprijs is in 2020 één keer gestegen: op 1 juli van €5 naar €8 per kilogram.
  In 2020 zijn gelijkmatig verdeeld over het jaar 9.500 stuks Deluxe geproduceerd en 9.000 à €50 per stuk (à contant) verkocht.
- In 2020 zijn verder nog de volgende betalingen verricht:
  - Lonen €80.000;
  - Overige kosten €50.000.

13

a Stel de balans per 31 december 2020 en de resultatenrekening over 2020 van de nv Hanze op.

Het grootste bezwaar dat tegen het ijzerenvoorraadstelsel aangevoerd kan worden is dat er in tijden van prijsstijgingen grote stille reserves in de voorraad schuilen, zodat de balans geen getrouw beeld van het vermogen weergeeft.

b Aan dit bezwaar kan worden tegemoetgekomen door in de balans aanpassingen te maken. Geef aan op welke wijze dit kan worden gerealiseerd; pas dit toe op de balans per 31 december 2020 van de nv Hanze.

V13.7 Goldo bv

Goldo bv wordt opgericht op 1 januari 2020 en gaat zich toeleggen op de handel in transformatoren voor computers.
Uit het opgestelde ondernemingsplan blijkt dat de vermogensbehoefte bij aanvang van de activiteiten €500.000 bedraagt; dit bedrag wordt per oprichtingsdatum als volgt verkregen:

- Er worden 100 aandelen uitgegeven van nominaal €1.000 tegen 200%; de aandelen worden direct volgestort.
- Bij een plaatselijke bank wordt een 8%-lening verkregen ter grootte van €300.000. Afgesproken wordt dat de eerste vijf jaar niet hoeft te worden afgelost en dat jaarlijks per 1 juli (achteraf) de op dat moment verschuldigde interest zal worden voldaan; voor de eerste keer zal dit 1 juli 2020 zijn.

De verkregen middelen worden begin 2020 als volgt aangewend:

- Met de oprichting van de onderneming en de uitgifte van de aandelen worden kosten gemaakt van in totaal €15.000; dit bedrag wordt geheel ten laste van het resultaat van 2020 gebracht.
- Er wordt een pand aangeschaft voor €200.000; het pand zal in veertig jaar met jaarlijks gelijke bedragen per jaar worden afgeschreven tot een restwaarde van nihil.
- Er worden 200 transformatoren ingekocht voor €500 per stuk.
- Het restant wordt voorlopig in de vorm van liquide middelen aangehouden.

Verdere gegevens over het boekjaar 2020

Gedurende 2020 vinden de volgende in- en verkooptransacties plaats:

- 12 februari: inkoop 200 transformatoren à €520
- 26 februari: verkoop 200 transformatoren à €710
- 25 juli: inkoop 250 transformatoren à €550
- 31 augustus: verkoop 200 transformatoren à €750

Alle in- en verkopen zijn per 31 december 2020 afgerekend.
Op 31 december 2020 is de inkoopprijs van de transformatoren €550 per stuk.
De overige kosten, exclusief de interest van de lening, bedragen €15.000 en zijn op 31 december 2020 volledig betaald.

a Stel de balans per 31 december 2020 en de resultatenrekening over 2020 op, indien Goldo uitgaat van het historischekostenstelsel, met toepassing van de fifo-volgorde voor voorraad transformatoren.

b Bereken via *afleiding uit de bij vraag* **a** *berekende winst*, de winst over 2020, indien Goldo voor de voorraden uit zou gaan van:

1 de gemiddelde-inkoopprijsmethode
2 individueel-lifo
3 collectief-lifo
4 het ijzerenvoorraadstelsel (ijzeren voorraad is 200 stuks transformatoren).

c Hoeveel zou het resultaat van Goldo over 2020 bedragen, indien de verkoopprijs van de transformatoren per 31 december 2020 zou zijn gedaald tot €500? Ga er hierbij van uit dat Goldo het historischekostenstelsel hanteert met toepassing van de fifo-volgorde voor de voorraden (vraag **a**).

14 Vervangingswaardestelsel

Theorievragen

14.1 Welke mankementen vertoont het historischekostenstelsel in tijden van prijsstijgingen ten aanzien van de meting van de rentabiliteit?

14.2 Wat stelt het op de post Herwaarderingsreserve geboekte bedrag voor?

14.3 Op welke wijze worden bij toepassing van het vervangingswaardestelsel prijsdalingen verwerkt indien de herwaarderingsreserve is uitgeput?

14.4 Wanneer wordt de herwaarderingsreserve gerealiseerd?

14.5 Waaruit bestaat (bij stijgende prijzen) het verschil in winst tussen het vervangingswaardestelsel en het historischekostenstelsel?

14.6 In hoeverre is de herwaarderingsreserve vrij uitkeerbaar?

14.7 Wat houdt bij toepassing van het vervangingswaardestelsel de minimumwaarderingsregel op voorraden in?

14.8 Op welke problemen stuit men bij het bepalen van de vervangingswaarde van een activum?

14.9 Noem ten aanzien van het gebruik van het vervangingswaardestelsel vier verschillen tussen de regelgeving van de IASB enerzijds en die van de RJ en de Nederlandse wet anderzijds.

14.10 In hoeverre is het vervangingswaardestelsel fiscaal toegestaan?

Meerkeuzevragen

14.1 De oprichtingsbalans van een onderneming ziet er per 1 januari als volgt uit:

Handelsgoederen	€ 150.000	Eigen vermogen	€ 220.000
Liquide middelen	€ 70.000		
	€ 220.000		€ 220.000

Op 1 januari is er 30.000 kg handelsgoederen in voorraad. Op 10 januari krijgt de onderneming van haar leverancier bericht dat de prijs per kg per die datum verhoogd wordt tot €6. Op 15 januari wordt 10.000 kg ingekocht à €6. Op 20 januari verkoopt de onderneming 25.000 kg handelsgoederen à €7,50. De bedrijfskosten over januari bedragen €10.000.
De onderneming past het vervangingswaardestelsel toe.

De winst over januari bedraagt:

a €27.500
b €32.500
c €52.500
d €62.500

14.2 In tijden van prijsstijging levert toepassing van het historischekostenstelsel een andere winst op dan toepassing van het vervangingswaardestelsel. Waaraan is het winstverschil tussen beide stelsels gelijk?

a Aan de in de periode gerealiseerde herwaardering.
b Aan de aan het einde van de periode nog ongerealiseerde herwaardering.
c Aan het verschil in waardering van de activa per het einde van de periode.
d Aan het bedrag op de herwaarderingsreserve aan het einde van de periode.

14.3 In tijden van prijsstijging levert toepassing van het historischekostenstelsel een ander eigen vermogen op dan toepassing van het vervangingswaarde-stelsel. Waaraan is het verschil in eigen vermogen tussen beide stelsels gelijk?

a Aan de aan het einde van de periode nog ongerealiseerde herwaardering.
b Aan de in de periode gerealiseerde herwaardering.
c Aan het verschil in afschrijvingskosten van beide stelsels.
d Aan het verschil in kosten van de verkopen van beide stelsels.

14.4 De balans van een autoverhuurbedrijf is per 1 januari 2020 als volgt:

Auto's	€300.000	Eigen vermogen	€400.000
Liquide middelen	€100.000		
	€400.000		€400.000

De auto's (20 stuks) zijn op 1 januari 2018 aangeschaft. Ze worden in vijf jaar afgeschreven volgens de lineaire methode, de restwaarde is nihil. In 2020 leveren de auto's in totaal een huuropbrengst op van €300.000. De bedrijfskosten bedragen €120.000 per jaar.
Tot en met 2019 is er geen verandering in de catalogusprijs van de betreffende auto's geweest. Begin 2020 verhoogt de importeur de prijs met 20%.

Hoeveel bedraagt het balanstotaal per 31 december 2020 als het autoverhuurbedrijf het vervangingswaardestelsel toepast?

a €520.000
b €640.000
c €760.000
d €840.000

14.5 Zie de gegevens van vraag **14.4.**

Hoeveel bedraagt de winst over 2020 als het autoverhuurbedrijf het vervangingswaardestelsel toepast?

a €20.000
b €40.000
c €60.000
d €80.000

14.6 Een onderneming past het vervangingswaardestelsel toe. Op 1 april bedraagt de werkelijke voorraad 12.000, geheel ingekocht op 1 maart. Op 1 mei vindt er voor het eerst in het jaar een wijziging van de vervangingswaarde plaats en wel een stijging van €10 naar €12. Op 1 juni vindt er een verkoop plaats van 3.000 stuks.

Wat is juist?

a Op 1 mei stijgt de ongerealiseerde herwaarderingsreserve met €24.000 en daalt de gerealiseerde herwaarderingsreserve met €24.000.
b Op 1 mei stijgt zowel de ongerealiseerde herwaarderingsreserve als de gerealiseerde herwaarderingsreserve met €24.000.
c Op 1 juni blijft de ongerealiseerde herwaarderingsreserve gelijk en stijgt de gerealiseerde herwaarderingsreserve met €6.000.
d Op 1 juni daalt de ongerealiseerde herwaarderingsreserve met €6.000 en stijgt de gerealiseerde herwaarderingsreserve met €6.000.

14.7 Zie de gegevens van vraag **14.6**.

Hoeveel bedragen de kosten van de verkopen in dit jaar?

a €24.000
b € 6.000
c €30.000
d €36.000

14.8 Op 1 januari schaft een taxibedrijf twee taxi's aan: taxi 1 voor €40.000 en taxi 2 voor €60.000. Op 1 juli stijgt de vervangingswaarde van taxi 1 met 5% en op 1 november stijgt de vervangingswaarde van taxi 2 met 8%.
Het taxibedrijf past het vervangingswaardestelsel toe en schrijft zijn taxi's volgens de lineaire methode in vijf jaar af tot een restwaarde van nihil.

Hoeveel bedragen de afschrijvingskosten over het hele jaar?

a €20.000
b €21.000
c €20.360
d €21.600

14.9 Zie de gegevens van vraag **14.8**.

Hoeveel bedraagt de ongerealiseerde herwaarderingsreserve aan het einde van het jaar?

a €5.800
b € 360
c €5.440
d € 0

14.10 Welke stelling is juist met betrekking tot toepassing van het vervangingswaardestelsel?

- **a** De IASB beschouwt de reële waarde als de actuele waarde.
- **b** De wet stelt vorming van een voorziening voor latente belastingenverplichtingen verplicht.
- **c** De RJ staat niet toe dat de herwaarderingsreserve vrijvalt ten gunste van het resultaat.
- **d** Fiscaal is het vervangingswaardestelsel toegestaan.

14

Vraagstukken

V14.1 **bv Piekerhoek**

De balans van de bv Piekerhoek (opgericht 1 januari 2018) luidt per 1 januari 2020 als volgt:

Balans per 1 januari 2020 (bedragen × €1)

Vaste activa	300.000	Aandelenkapitaal	100.000
Voorraad Q	200.000	Winstreserve	500.000
Liquide middelen	500.000	8%-lening	400.000
	1.000.000		1.000.000

De vaste activa (alle aangeschaft ten tijde van de oprichting van Piekerhoek) betreffen duurzame productiemiddelen die in vijf jaar met gelijke bedragen per jaar tot nihil worden afgeschreven.
De voorraad Q per 1 januari 2020 is in zijn geheel eind december 2019 aangeschaft voor €10 per stuk.
In de tijd vanaf de oprichting tot en met 31 december 2019 is Piekerhoek niet geconfronteerd met prijsstijgingen.

In 2020 vinden de volgende gebeurtenissen plaats:

- De nieuwwaarde van de vaste activa stijgt begin januari tot €580.000 en verandert daarna niet meer.
- De inkoopprijs van Q verandert gedurende het gehele jaar slechts één keer: op 1 juli stijgt de inkoopprijs naar €12. Van Q worden (gelijkmatig over het jaar gespreid) 86.000 eenheden ingekocht.
- De afzet over 2020 (eveneens gelijkmatig over het jaar gespreid) bedraagt 80.000 stuks. De verkoopprijs is €20 per stuk.
- De bedrijfskosten over 2020 (exclusief afschrijvings- en interestkosten) bedragen €160.000.
- Op de lening wordt in 2020 niet afgelost.

Betaling van in- en verkopen: à contant.
Betaling interest- en bedrijfskosten: per 31 december.

- **a** Stel de balans per 31 december 2020 en de resultatenrekening over 2020 van Piekerhoek op uitgaande van het historischekostenstelsel, met toepassing van de fifo-volgorde voor de voorraad Q.
- **b** Stel de balans per 31 december 2020 en de resultatenrekening over 2020 op als Piekerhoek het vervangingswaardestelsel toepast.

Splits hierbij de post Herwaarderingsreserve per activum in een gerealiseerd en een ongerealiseerd deel.

c Leid het resultaat 2020 op basis van historische kosten (vraag **a**) af uit het resultaat 2020 volgens het vervangingswaardestelsel (vraag **b**).

d Leid het eigen vermogen per 31 december 2020 op basis van historische kosten (vraag **a**) af uit het eigen vermogen per 31 december 2020 volgens het vervangingswaardestelsel (vraag **b**).

e Geef gemotiveerd aan of in tijden van prijsstijgingen de rentabiliteit van het eigen vermogen volgens het vervangingswaardestelsel hoger of lager is dan die op basis van historische kosten.

V14.2 **Substan**

Op 1 januari 2020 is de handelsonderneming Substan opgericht. Nog dezelfde dag wordt een representatief optrekje gekocht voor €500.000. De plaatselijke bank blijkt genegen het onderkomen te financieren met een lening van €500.000 tegen 10% interest per jaar. De eerste vijf jaar is deze lening aflossingsvrij, terwijl de interest eens per jaar achteraf op 31 december wordt betaald.

Na aankoop én financiering van het gebouw ziet de balans er als volgt uit:

Balans per 2 januari 2020 (bedragen × €1)

Pand	500.000	Eigen vermogen	140.000
Kas	140.000	Hypothecaire lening	500.000
	640.000		640.000

Informatie over 2020

Pand

Bij de aankoop van het pand heeft Substan blijkbaar goed onderhandeld, want op 3 januari 2020 taxeert de plaatselijke makelaar de vervangingswaarde van het pand op €600.000.

De levensduur zal naar verwachting slechts vijfentwintig jaar zijn, gezien de plannen van het plaatselijke vliegveld om in de toekomst uit te breiden. De dan te verwachten geluidsoverlast zal er wellicht toe leiden dat het pand moet worden gesloopt. Op enige restwaarde durft de leiding van Substan daarom niet te hopen. De afschrijving zal met gelijke bedragen per jaar plaatsvinden.

Voorraad

Het boekjaar 2020 levert wat betreft de goederenstroom het volgende beeld op:

Inkopen

Datum	Aantal	Inkoopprijs (in euro's)	Inkoopbedrag
2 januari	10.000	10	€100.000
1 juli	10.000	20	€200.000
	20.000		€300.000

Verkopen

Kwartaal	**Aantal**	**Verkoopprijs** (in euro's)	**Omzet**
I	3.000	30	€ 90.000
II	4.000	40	€160.000
III	5.000	50	€250.000
IV	6.000	60	€360.000
	18.000		€860.000

De verkopen van enig kwartaal vinden plaats na de eventuele inkopen in dat kwartaal.
De prijsontwikkeling op de inkoopmarkt gedurende 2020 is als volgt:

- 1 januari tot en met 31 maart: €10
- 1 april tot en met 30 september: €20
- 1 oktober tot en met 31 december: €25

Alle in- en verkooptransacties worden contant afgewikkeld.

Stel de balans per 31 december 2020 en de resultatenrekening over 2020 van Substan op volgens:

a Het historischekostenstelsel met toepassing van fifo voor de voorraad.
b Het vervangingswaardestelsel (splits de post Herwaarderingsreserve per activum in een gerealiseerd en een ongerealiseerd deel).
c In hoeverre past het vervangingswaardestelsel binnen de voorschriften van de IASB en de Nederlandse wet?

***V14.3 bv Clip en Claer**

De bv Clip en Claer houdt zich vanaf 1 januari 2018 bezig met de productie van paperclips.
De beginbalans zag er als volgt uit:

Openingsbalans Clip en Claer 1 januari 2018 (bedragen × € 1)

Productielijn	750.000	Aandelenkapitaal	1.000.000
Kas	250.000		
	1.000.000		1.000.000

Het bedrijf is gevestigd in een gehuurd pand (huurprijs €50.000 per jaar). Het voor de productie benodigde staaldraad wordt ingekocht en ingevoerd in de volautomatische productielijn, die het draad afsnijdt en in de gewenste vorm buigt.
De productielijn wordt afgeschreven op basis van het aantal geproduceerde paperclips; naar verwachting is de lijn na productie van 150 mln paperclips versleten (restwaarde nihil). Begin 2019 meldt de producent van de productielijn dat het type dat bij Clip en Claer in gebruik is, met 15% in prijs is verhoogd.
Door de hoge automatiseringsgraad is de personele bezetting van Clip en Claer zeer beperkt: er is één directeur annex vertegenwoordiger (loonkosten elk jaar €120.000), één administrateur (loonkosten elk jaar €80.000), één algemeen medewerker (loonkosten elk jaar €30.000) en – voor het toezicht

op de productielijn – één operator, die tot en met 2019 €50.000 aan loonkosten met zich meebracht en in 2020 (door een nieuwe cao) €54.000.
De overige bedrijfskosten bedragen elk jaar €100.000.

Clip en Claer beschouwt de afschrijvingskosten op de productielijn, de kosten van het staaldraad en de loonkosten van de operator als productkosten.
De normale productie is gesteld op 30 mln paperclips per jaar.
In de jaren 2018 tot en met 2020 worden elk jaar 30 mln paperclips geproduceerd en 28 mln verkocht (omzet elk jaar €1,2 mln).
De levering van het staaldraad is gebaseerd op het 'just-in-time'-principe: er wordt dus geen voorraad aangehouden. In 2018 werd er voor €250.000 aan staaldraad ingekocht. Aan het begin van 2019 en van 2020 is er door de producent van het staaldraad een prijsverhoging van telkens 10% doorgevoerd.
Alle transacties: à contant; alle winst wordt gereserveerd.

Clip en Claer past het vervangingswaardestelsel toe.

Stel de balans ultimo en de resultatenrekening over 2018, 2019 en 2020 op.

V14.4 **Begio bv**
Begio bv is een groothandel in sigaren die zich heeft gespecialiseerd in één type sigaar: de Wilde Braziliaan.
Voor de waardering en winstbepaling gaat Begio uit van historische kosten met toepassing van de fifo-volgorde voor de voorraad sigaren.
De balans ziet er per 31 december 2019 als volgt uit:

Balans per 31 december 2019 (bedragen × €1.000)

Pand	450	Aandelenkapitaal	500
Voorraad sigaren	2.100	Winstreserve	1.150
		Lening	600
		Rekening-courant bank	300
	2.550		2.550

Toelichting en relevante gegevens over 2019 en 2020

Pand
Het pand is begin 2015 aangeschaft voor €600.000. De afschrijving geschiedt in twintig jaar met gelijke bedragen per jaar tot een restwaarde van nihil. De afschrijvingen worden behandeld als periodekosten.

Voorraad sigaren
De sigaren worden na inkoop onmiddellijk verpakt in doosjes. De voorraad sigaren is gewaardeerd tegen de inkoopprijs vermeerderd met de met de verpakking samenhangende loonkosten.
Aan deze loonkosten wordt jaarlijks €2 mln betaald; deze loonkosten worden als productkosten beschouwd, op basis van een normale inkoop van 20 mln sigaren per jaar.
Per 31 december 2019 zijn er 5 mln sigaren in voorraad.

In 2020 vinden de volgende in- en verkooptransacties plaats:

- 12 maart: inkoop 10 mln sigaren
- 28 mei: verkoop 9 mln sigaren à €0,48 per stuk
- 25 juli: inkoop 6 mln sigaren
- 17 oktober: verkoop 11 mln sigaren à €0,54 per stuk
- 19 december: inkoop 3 mln sigaren

Lening
Op de lening wordt in 2020 niet afgelost.

Overige kosten (exclusief aan sigaren toegerekende loonkosten)
Alle overige kosten (periodekosten) over 2020 ten bedrage van €200.000 zijn in 2020 betaald; de interest over de lening en de kosten van het rekening-courantkrediet zijn in de overige kosten opgenomen.

Rekening-courant bank
Alle genoemde transacties worden direct afgewikkeld via de rekening-courant bij de bank.

Prijsstijgingen
Tot 31 december 2019 is Begio slechts één keer geconfronteerd geweest met een prijsstijging van de materiële activa: op 1 december 2019 is de inkoopprijs van de sigaren met €0,03 gestegen. Na deze prijsstijging hebben er in 2019 geen in- en verkopen plaatsgevonden.

In 2020 vinden de volgende waarde- en prijsveranderingen plaats:

- Op 1 juli wordt een taxatie van het pand uitgevoerd, waarbij de nieuwbouwwaarde op €720.000 wordt vastgesteld.
- Op 1 augustus stijgt de inkoopprijs van de sigaren met €0,05.

a Stel de balans per 31 december 2020 en de resultatenrekening over 2020 van Begio op.

b Bereken *via afleiding uit de bij vraag* **a** *berekende winst*, de winst over 2020 indien Begio voor de voorraden uit zou gaan van:

1 individueel-lifo
2 collectief-lifo
3 het ijzerenvoorraadstelsel (ijzeren voorraad is 3,5 mln sigaren en de ijzeren inkoopprijs van de sigaren €0,32).

Vanwege de ingezette trend van prijsstijgingen, geeft Begio met ingang van de jaarrekening 2020 in de toelichting aanvullende informatie op basis van actuele waarde.

c Stel de balans per 31 december 2020 en de resultatenrekening over 2020 van Begio op volgens het vervangingswaardestelsel, waarbij de post Herwaarderingsreserve per activum gesplitst wordt weergegeven in een gerealiseerd en een ongerealiseerd deel.

d Leid het resultaat 2020 op basis van historische kosten met toepassing van de fifo-volgorde voor de voorraad sigaren (vraag **a**) af uit het resultaat 2020 volgens het vervangingswaardestelsel (vraag **c**).

e Leid het eigen vermogen per 31 december 2020 op basis van historische kosten met toepassing van de fifo-volgorde voor de voorraad sigaren (vraag **a**) af uit het eigen vermogen per 31 december 2020 volgens het vervangingswaardestelsel (vraag **c**).

Verwacht wordt dat de waarde van het pand en de inkoopprijs van de sigaren de komende jaren verder zullen stijgen. Als gevolg hiervan vraagt de leiding van Begio zich af of de huidige wijze van winstbepaling moet worden blijven gevolgd. Vanwege de gebreken van het nominalisme in tijden van prijsstijgingen, denkt zij eraan over te gaan naar een winstbepaling die is gebaseerd op het substantialisme.

f Geef in een beschouwing aan in welke mate de volgende vier winstbepalingsstelsels in tijden van prijsstijging aansluiten bij de substantialistische winstopvatting:

1 historische kosten met individueel-lifo voor de voorraden;
2 historische kosten met collectief-lifo voor de voorraden;
3 historische kosten met toepassing van het ijzerenvoorraadstelsel voor de voorraden;
4 het vervangingswaardestelsel.

14

*** V14.5 DVS**

De balans van onderneming DVS ziet er per 1 januari 2020 als volgt uit:

Balans DVS per 1 januari 2020 (bedragen × €1)

Machine	90.000	Eigen vermogen	132.500
Voorraad goederen	80.000	Lening	67.500
Liquide middelen	30.000		
	200.000		200.000

Toelichting

- Machine: deze is aangeschaft op 1 januari 2019; jaarlijks wordt 10% van de op dat moment geldende nieuwwaarde afgeschreven.
- Voorraad goederen: 10.000 stuks à €8.

Gedurende 2020 vinden de volgende in- en verkopen plaats:

- 10 februari: inkoop 20.000 stuks à €10 per stuk
- 8 maart: verkoop 25.000 stuks à €14 per stuk
- 7 september: inkoop 10.000 stuks à €11 per stuk
- 1 november: verkoop 6.000 stuks à €15 per stuk

De inkopen vinden plaats op krediet; de krediettermijn bedraagt twee maanden, deze wordt volledig gebruikt.
De verkoop van 8 maart is à contant afgerekend. De verkoop van 1 november vond op rekening plaats; betaling zal op 1 februari 2021 plaatsvinden.

De overige bedrijfskosten (inclusief interest) over 2020 bedragen in totaal €50.000. Hiervan is op 31 december 2020 nog €6.000 verschuldigd.
Op de lening werd medio 2020 €2.500 afgelost.

DVS gaat voor de waardering en winstbepaling uit van het vervangingswaardestelsel. De herwaarderingsreserve wordt gesplitst in een ongerealiseerd deel en een gerealiseerd deel.

Op 2 januari 2020 stijgt de vervangingswaarde van de machine met 10%.
De vervangingswaarde van de goederen gedurende 2020 was als volgt:

- januari: € 8 per stuk
- februari tot en met mei: €10 per stuk
- juni tot en met september: €11 per stuk
- oktober tot en met december: €11,50 per stuk

DVS is sinds haar oprichting op 1 januari 2019 tot het boekjaar 2020 niet met specifieke prijsstijgingen geconfronteerd geweest.

a 1 Geef de journaalpost die DVS op 2 januari 2020 maakt als gevolg van de stijging van de vervangingswaarde van de machine.

2 Geef de journaalposten die ultimo 2020 worden gemaakt naar aanleiding van de afschrijving op de machines.

b 1 Geef de journaalposten die worden gemaakt op 1 februari, 1 juni en 1 oktober 2020, naar aanleiding van de wijziging van de vervangingswaarde van de goederen.

2 Geef de journaalposten die worden gemaakt op de verkoopdata 8 maart en 1 november 2020, naar aanleiding van de realisatie van de waardestijgingen.

c Stel de balans per 31 december 2020 en de resultatenrekening over 2020 van DVS op.

d De leiding van DVS overweegt begin januari 2021 het gehele saldo van de gerealiseerde herwaarderingsreserve aan de eigenaren van de onderneming uit te keren. Geef aan of deze eventuele uitkering in strijd is met:

1 de wettelijke bepalingen inzake de jaarverslaggeving;

2 de substantialistische instandhoudingsdoelstelling.

15
Overige winstbepalingsstelsels

Theorievragen

15.1 Welk bezwaar hebben de moderne nominalisten tegen het vervangingswaardestelsel?

15.2 Hoe geeft het moderne nominalisme inhoud aan het uitgangspunt 'different concepts of profit for different purposes'?

15.3 Geef aan waarom het moderne nominalisme in strijd is met de eis van gelijktijdige bestendigheid.

15.4 Wat is het verschil tussen de Nederlandse en de Amerikaanse invulling van het moderne nominalisme?

15.5 Geef de betekenis aan van de volgende termen:
a current operating profit
b business profit.

15.6 Op welke uitgangspunten steunt het stelsel-Bakker?

15.7 In hoeverre wordt bij het stelsel-Bakker het realisatieprincipe toegepast?

15.8 Met welke twee andere winstbegrippen komt de calculatorische bedrijfswinst van het stelsel-Bakker overeen?

15.9 Waardoor ontstaat er bij toepassing van general price-level accounting in de resultatenrekening een aparte post 'koopkrachtresultaat op de monetaire positie'?

15.10 Noem argumenten voor en argumenten tegen toepassing van general price-level accounting.

Meerkeuzevragen

15.1 Welke stelling is juist?

a Bij het moderne nominalisme worden voorraadresultaten niet tot de winst gerekend.

b Het moderne nominalisme leidt in tijden van prijsstijging tot een lagere waardering van de activa dan het vervangingswaardestelsel.

c De problematiek van de instandhoudingsdoelstelling wordt door het moderne nominalisme verlegd van de winstbestemming naar de winstbepaling.

d Het moderne nominalisme is binnen de voorschriften van de IASB, de RJ en de Nederlandse wet als zodanig niet toegestaan.

15.2 Van een handelsonderneming – die geen andere materiële activa heeft dan voorraden – bedraagt de beginvoorraad in het oprichtingsjaar 1.000 stuks en de eindvoorraad 1.500 stuks. In het oprichtingsjaar is de inkoopprijs van de handelsgoederen gestegen.

Bij toepassing van welk winstbepalingssysteem is de winst over het oprichtingsjaar het hoogst?

a Historischekostenstelsel (fifo-variant)

b Vervangingswaardestelsel

c Nederlandse invulling van het moderne nominalisme

d Amerikaanse invulling van het moderne nominalisme

15.3 De oprichtingsbalans van een handelsonderneming is per 31 december 2019 als volgt:

Voorraad (100.000 stuks à €2)	€200.000	Eigen vermogen	€250.000
Liquide middelen	€ 50.000		
	€250.000		€250.000

In de loop 2020 doen zich (à contant) de volgende transacties voor:

10 februari:	verkoop	80.000 stuks à €3
15 april:	inkoop	50.000 stuks à €2
2 juli:	inkoop	30.000 stuks à €2,40
18 oktober:	verkoop	60.000 stuks à €3
31 december:	inkoop	20.000 stuks à €2,40

In de eerste helft van 2020 is de inkoopprijs €2 en in de tweede helft €2,40. De bedrijfskosten over 2020 bedragen €80.000.

Hoeveel bedraagt de winst over 2020 op basis van de Nederlandse invulling van het moderne nominalisme?

a €36.000

b €48.000

c €60.000

d €64.000

15

15.4 Zie de gegevens van vraag **15.3**.

Hoeveel bedraagt het balanstotaal ultimo 2020 op basis van de Nederlandse invulling van het moderne nominalisme?

- **a** €262.000
- **b** €290.000
- **c** €314.000
- **d** €320.000

15.5 Zie de gegevens van vraag **15.3**.

Hoeveel bedraagt de winst over 2020 op basis van de Amerikaanse invulling van het moderne nominalisme?

- **a** €36.000
- **b** €48.000
- **c** €60.000
- **d** €64.000

15.6 Wat is juist ten aanzien van het stelsel van Edwards en Bell?

- **a** Business profit + holding gains = current operating profit
- **b** Current operating profit + holding gains = business profit
- **c** Holding gains = current operating profit + business profit
- **d** Current operating profit = holding gains

15.7 Welke stelling is juist ten aanzien van het stelsel-Bakker?

- **a** Voor de waardering van de activa wordt rekening gehouden met het specifieke prijspeil en voor de instandhoudingsdoelstelling met het algemene prijspeil.
- **b** Voor de waardering van de activa wordt rekening gehouden met het algemene prijspeil en voor de instandhoudingsdoelstelling met het specifieke prijspeil.
- **c** Voor zowel de waardering van de activa als voor de instandhoudingsdoelstelling wordt rekening gehouden met het specifieke prijspeil.
- **d** Voor zowel de waardering van de activa als voor de instandhoudingsdoelstelling wordt rekening gehouden met het algemene prijspeil.

15.8 Het algemene prijspeil is in een jaar met 4% gestegen en het specifieke prijspeil voor een onderneming met 15%.

Wat geldt voor deze onderneming?

- **a** Het balanstotaal op basis van general price-level accounting is hoger dan dat op basis van het stelsel-Bakker.
- **b** Het balanstotaal op basis van vervangingswaarde is hoger dan dat op basis van general price-level accounting.
- **c** Het balanstotaal op basis van historische kosten is hoger dan dat op basis van general price-level accounting.
- **d** Het balanstotaal op basis van vervangingswaarde is hoger dan dat op basis van het stelsel-Bakker

15.9 Wanneer ontstaat er bij general price-level accounting een koopkrachtwinst op de monetaire positie?

a Als het prijspeil stijgt en de monetaire activa groter zijn dan de monetaire passiva.
b Als het prijspeil stijgt en de monetaire activa even groot zijn als de monetaire passiva.
c Als het prijspeil daalt en de monetaire activa groter zijn dan de monetaire passiva.
d Als het prijspeil daalt en de monetaire activa even groot zijn als de monetaire passiva.

15.10 Welke stelling is juist?

a Voor toepassing van general price-level accounting zijn meer schattingen nodig dan voor toepassing van het vervangingswaardestelsel.
b General price-level accounting past binnen het Nederlandse wettelijke kader van de jaarverslaggeving en is tevens fiscaal toegestaan.
c Bij general price-level accounting ontstaat een overwaardering van de materiële activa als de specifieke prijsindex hoger is dan de algemene.
d In vergelijking tot het vervangingswaardestelsel is general price-level accounting objectiever.

Vraagstukken

V15.1 **bv Profit**

De bv Profit is opgericht op 1 januari 2010 en handelt in het product P. Per 31 december 2019 is de volgende balans opgemaakt:

Balans bv Profit per 31 december 2019 (bedragen × €1)

Terrein	75.000	Aandelenkapitaal	100.000
Bedrijfspand	135.000	Winstreserve	360.000
Voorraad P	200.000	Crediteuren	40.000
Liquide middelen	90.000		
	500.000		500.000

Het bedrijfspand (gekocht bij de oprichting van Profit) wordt in vijfentwintig jaar met gelijke bedragen per jaar tot nihil afgeschreven.
De voorraad P per 31 december 2019 bestaat uit 20.000 stuks.
De crediteuren per 31 december 2019 zijn in de loop van 2020 betaald.

In 2020 vinden de volgende gebeurtenissen plaats:

- Van product P worden (gelijkmatig over het jaar gespreid) 112.000 eenheden ingekocht. De leverancier geeft één maand krediet; hiervan wordt volledig gebruikgemaakt.
- Van product P worden (eveneens gelijkmatig over het jaar gespreid) 100.000 eenheden verkocht. De afnemers betalen contant.
- Aan lonen en overige bedrijfskosten is €550.000 betaald.

Met betrekking tot de ontwikkeling van de prijzen is het volgende gegeven:

- Begin 2020 is de waarde van het terrein met 10% gestegen.
- Begin 2020 is de nieuwwaarde van het bedrijfspand met 20% gestegen.

- In 2020 is de inkoopprijs van P één keer veranderd: op 1 juli stijgt de prijs van €10 naar €12 per stuk.
- Gedurende heel 2020 was de verkoopprijs van P €20 per stuk.
- Tot en met 2019 zijn er geen waarde- en prijsveranderingen geweest.

a Stel de balans per 31 december 2020 en de resultatenrekening over 2020 van Profit op volgens de Nederlandse invulling van het moderne nominalisme.
b Stel de balans per 31 december 2020 en de resultatenrekening over 2020 van Profit op volgens de business-profit-benadering van Edwards en Bell.
c Geef aan of toepassing van het moderne nominalisme in de praktijk van de jaarverslaggeving is toegestaan.

***V15.2** **bv Fleece**

De handelsonderneming bv Fleece is in 2019 opgericht. In het oprichtingsjaar zijn 10.000 Polartec Fleece vesten gekocht voor €10 per stuk. De voorraad is gefinancierd met een aandelenkapitaal van €40.000 en een renteloze lening van €60.000. De eerste vijf jaar wordt er op de lening niet afgelost. Er deden zich in 2019 geen verdere in- en verkopen voor.

De prijs van de vesten is op de inkoopmarkt reeds in 2019 gestegen tot €16 per stuk.

Chronologisch vinden in 2020 de volgende gebeurtenissen plaats:

- Verkoop 4.000 vesten voor €40 per stuk (contant afgewikkeld).
- De inkoopprijs van de vesten daalt tot €14 per stuk.
- Inkoop van 1.000 vesten voor €14 per stuk (contant afgewikkeld).

Alle behaalde winsten worden gereserveerd.
Stel de balans per 31 december 2020 en de resultatenrekening over 2020 van Fleece op volgens:

a het vervangingswaardestelsel;
b de business-profit-benadering van Edwards en Bell;
c de Nederlandse invulling van het moderne nominalisme.

V15.3 **bv 'Goeie Bak'**

De bv 'Goeie Bak' houdt zich bezig met de verhuur van aanhangwagens aan particulieren voor kleine verhuizingen en dergelijke.
Het bedrijf is opgericht op 1 januari 2018, met een startkapitaal van €200.000. Dit bestond voor €50.000 uit aandelenkapitaal en voor de rest uit een 9%-banklening. Op de banklening dient aan het eind van elk jaar 10% van de oorspronkelijke hoofdsom afgelost te worden. Tevens wordt dan de interest over een jaar achteraf betaald.
Met de aldus verkregen geldmiddelen zijn begin januari 2018 15 aanhangwagens voor €10.000 per stuk aangeschaft. Verder is voor €20.000 een stukje grasland gekocht waarop de aanhangwagens gestald worden. Wat er daarna aan geld nog over was, vormde de beginkas. De gemiddelde klant zal waarschijnlijk niet zo zorgvuldig met de aanhangwagens omspringen: geschat wordt dat ze vier jaar meegaan en daarna geen restwaarde hebben; afschrijving geschiedt met gelijke bedragen per jaar.

De jaarlijkse huuropbrengst per aanhangwagen is €12.500. Jaarlijks wordt er aan verzekeringskosten, lonen, onderhoudskosten en dergelijke €80.000 betaald. Elk jaar wordt de winst volledig gereserveerd.
Over de prijsontwikkeling wordt de volgende informatie gegeven:

	2018	2019	2020
Specifieke prijsindex aanhangwagens	100	100	120
Specifieke prijsindex grond	100	100	115
Algemene prijsindex	100	100	108

De indexcijfers geven het prijspeil gedurende het hele desbetreffende jaar weer.
Stel de balans per 31 december 2020 en de resultatenrekening over 2020 op, als 'Goeie Bak' *vanaf de oprichting* toepast:

a het vervangingswaardestelsel (splits de herwaarderingsreserve per actief in een ongerealiseerd en een gerealiseerd deel);
b het stelsel-Bakker.

V15.4 **bv Epko**
De oprichtingsbalans van de bv Epko, die handel gaat drijven in het product P, ziet er per 1 januari jaar 1 als volgt uit:

Oprichtingsbalans bv Epko (bedragen × €1)

Pand	500.000	Aandelenkapitaal	400.000
Liquide middelen	450.000	9%-lening	550.000
	950.000		950.000

Transacties (à contant):

- 1 maart jaar 1: inkoop 350.000 stuks P à €1,10
- 1 mei jaar 1: verkoop 180.000 stuks P à €1,80
- 1 september jaar 1: verkoop 140.000 stuks P à €1,90
- 1 november jaar 1: inkoop 170.000 stuks P à €1,15
- 1 februari jaar 2: inkoop 150.000 stuks P à €1,25
- 1 april jaar 2: verkoop 220.000 stuks P à €2
- 1 augustus jaar 2: inkoop 90.000 stuks P à €1,40
- 1 oktober jaar 2: verkoop 210.000 stuks P à €2

De interest op de banklening wordt op 31 december van elk jaar achteraf betaald; de interestkosten worden geacht te zijn ontstaan op moment van betaling. Op 31 december wordt elk jaar tevens €50.000 afgelost.

- Aan bedrijfskosten wordt aan het einde van elke maand €10.000 betaald.
- Op 1 september van jaar 2 vindt er een uitbreiding van het aandelenkapitaal plaats met nominaal €100.000 tegen 140%.
- Op het pand wordt jaarlijks 4% van de aanschafprijs afgeschreven.
- De stand van het algemene prijsindexcijfer was als volgt:
  - Gedurende de eerste helft van jaar 1: 100
  - Gedurende de tweede helft van jaar 1: 104
  - Gedurende de eerste helft van jaar 2: 104
  - Gedurende de tweede helft van jaar 2: 109

- Epko past general price-level accounting toe; voor de bepaling van het verloop van de voorraden wordt uitgegaan van de fifo-volgorde.
- Alle winst wordt gereserveerd.

Stel de balansen ultimo jaar 1 en ultimo jaar 2 en de resultatenrekeningen over jaar 1 en over jaar 2 op. Geef een specificatie van het koopkrachtresultaat (over de monetaire positie).

***V15.5 bv A-contant**

De bv A-contant is opgericht op 1 januari van jaar 1. De oprichtingsbalans zag er als volgt uit:

Oprichtingsbalans bv A-contant (bedragen × €1)

Vast activum	180.000	Aandelenkapitaal	900.000
Voorraad (100.000 stuks)	1.000.000	Banklening	500.000
Liquide middelen	220.000		
	1.400.000		1.400.000

De balans per 31 december van jaar 1 is als volgt:

Balans bv A-contant 31 december jaar 1 (bedragen × €1)

Vast activum	165.528	Aandelenkapitaal	900.000
Voorraad (100.000 stuks)	1.145.000	Herwaardering	178.264
Liquide middelen	375.300	Banklening	500.000
		Winst jaar 1	107.564
	1.685.828		1.685.828

A-contant past het vervangingswaardestelsel toe.
Op het vaste activum wordt 2% per maand afgeschreven van de op het eind van de maand geldende nieuwprijs. Begin juli van jaar 1 is de nieuwprijs van het vaste activum door de leverancier aangepast.
A-contant heeft in jaar 1 verschillende in- en verkooptransacties uitgevoerd; de laatste inkoop betrof 120.000 stuks en vond plaats op 1 december. De enige verandering van de inkoopprijs van de handelsgoederen vond plaats op 31 december van jaar 1.
De algemene prijsindex is in jaar 1 geleidelijk gestegen van 150 op 1 januari tot 168 op 31 december.

a Stel de balans van A-contant per 31 december van jaar 1 op, bij toepassing van het stelsel-Bakker.
b Stel de balans van A-contant per 31 december van jaar 1 op, bij toepassing van general price-level accounting.
c Geef gemotiveerd aan of de bij vraag **a** en **b** gevraagde winstbepalingsstelsels door de IASB, de RJ, de Nederlandse wet en de fiscus zijn toegestaan.

DEEL 4
Concernvorming

16 Kapitaalbelangen

Theorievragen

16.1 Noem vijf mogelijke waarderingsgrondslagen voor een kapitaalbelang.

16.2 Wanneer spreken we bij onderlinge leveranties tussen een deelnemer en een onderneming waarin wordt deelgenomen, van een downstream-sale en wanneer van een upstream-sale?

16.3 Op welke wijze dienen volgens de RJ winsten op onderlinge leveranties tussen de deelnemer en de onderneming waarin wordt deelgenomen, bij toepassing van de nettovermogenswaarde, te worden geëlimineerd?

16.4 Geef aan wat de IASB verstaat onder een:
a subsidiary
b associate
c financial asset.

16.5 Hoe moeten de in vraag **16.4** genoemde kapitaalbelangen volgens de IASB in de enkelvoudige balans worden gewaardeerd?

16.6 Definieer de volgende in de Nederlandse wet neergelegde begrippen:
a dochtermaatschappij
b deelneming.

16.7 Wanneer is er sprake van een wettelijk vermoeden van een deelneming?

16.8 Hoe moeten volgens de wet deelnemingen met invloed van betekenis worden gewaardeerd en hoe deelnemingen zonder invloed van betekenis?

16.9 Hoe dient waardering van een deelneming met invloed van betekenis volgens de RJ te geschieden indien er onvoldoende gegevens zijn om de nettovermogenswaarde te bepalen?

16.10 Waarom zal de fiscale waardering van een deelneming normaliter geen invloed hebben op de winst voor de vennootschapsbelasting?

16.11 In welke situatie moet er een 'wettelijke reserve deelnemingen' gevormd worden?

16.12 Op welke wijze moet gekochte goodwill in de jaarrekening worden gepresenteerd en gewaardeerd volgens de IASB en de Nederlandse verslaggevingsvoorschriften?

16.13 Op welke wijze dient negatieve goodwill te worden verwerkt volgens:
a de IASB
b de RJ?

16.14 Welke informatie moet volgens de wet in de toelichting worden opgenomen over kapitaalbelangen van 20% of meer?

Meerkeuzevragen

16.1 Welke waarderingsmethode van kapitaalbelangen is gebaseerd op de waardering van de achterliggende activa en verplichtingen?
a Reële waarde
b Aanschafprijs
c Equitymethode
d Actuele waarde

16.2 Welke stelling is juist?
a De equitymethode voor het waarderen van kapitaalbelangen leidt in het algemeen tot een andere winst dan bij toepassing van de nettovermogenswaarde.
b Rechtstreekse vermogensmutaties bij een kapitaalbelang hebben bij toepassing van nettovermogenswaarde zowel invloed op de waardering van het kapitaalbelang als op het resultaat uit kapitaalbelang.
c Het verschil tussen toepassing van actuele waarde en reële waarde bij de waardering van kapitaalbelangen is gelegen in het al of niet gebruiken van een herwaarderingsreserve.
d Bij waardering tegen aanschafprijs wordt de betaalde goodwill via jaarlijkse afschrijvingen ten laste van het resultaat gebracht.

16.3 Op de balans van onderneming D per 31 december 2020 komen onder meer de volgende posten voor:

Goodwill	€ 160.000
Kapitaalbelang	€ 420.000

De onderneming bezit slechts één kapitaalbelang (een 60% belang in bv E). E behaalde in 2020 een winst van €180.000 en keerde in dat jaar geen dividend uit. De aandelen in E zijn door D op 1 januari 2020 gekocht. D schrijft goodwill in vijf jaar met gelijke bedragen per jaar af tot nihil.

Wat was voor D de aankoopprijs van het belang in E?
a €382.000
b €440.000
c €486.000
d €512.000

16.4 De balans van onderneming A is per 1 april 2020 als volgt:

Vaste activa	€ 1.000.000	Aandelenkapitaal	€ 200.000
Vlottende activa	€ 500.000	Algemene reserve	€ 550.000
		Winst 1e kwartaal	€ 150.000
		Schulden	€ 600.000
	€ 1.500.000		€1.500.000

De werkelijke waarde van de vaste activa ligt per 1 april 2020 20% boven de boekwaarde. De vaste activa hebben op 1 april 2020 een resterende levensduur van tien jaar en worden tijdsevenredig afgeschreven; de restwaarde is nihil.
Op 1 april 2020 neemt B 40% van de aandelen van A over voor €500.000.
B waardeert het kapitaalbelang in A volgens de nettovermogenswaarde.

De waardering van het kapitaalbelang van B in A per 1 april 2020 is:

a €360.000
b €440.000
c €500.000
d €560.000

16.5 Zie de gegevens van vraag **16.4**.

Over het hele jaar 2020 behaalt A een winst van €400.000.
In zijn resultatenrekening over 2020 verantwoordt B een winst uit kapitaalbelang A (exclusief afschrijving op goodwill) van:

a € 94.000
b €100.000
c €160.000
d €172.000

16.6 De bv Noord koopt op 1 januari 2020 alle aandelen van de bv Zuid, er zijn op dat moment geen verschillen tussen de boekwaarde en de reële waarde van de balansposten van Zuid. Zuid behaalt in 2020 een winst van €1 mln, daarin is begrepen een boekwinst van €200.000 op de verkoop van een machine van Zuid aan Noord per eind december 2020. Deze machine zal naar verwachting eind 2024 het einde van zijn levensduur bereikt hebben en dan een restwaarde van nihil hebben; de machine wordt afgeschreven met jaarlijks gelijke bedragen.

Welke correcties zal Noord maken op de waardering van het kapitaalbelang in Zuid?

a In 2020 een positieve correctie van €200.000 en in 2021 tot en met 2024 een negatieve correctie van €50.000.
b In 2020 een negatieve correctie van €200.000 en in 2021 tot en met 2024 een positieve correctie van €50.000.
c In 2020 een positieve correctie van €40.000 en in 2021 tot en met 2024 een positieve correctie van €40.000.
d In 2020 een negatieve correctie van €40.000 en in 2021 tot en met 2024 een negatieve correctie van €40.000.

16.7 A nv houdt 10% van de aandelen van B bv en 60% van de aandelen van C bv. C houdt 15% van de aandelen van B.

Wat is de B volgens de IASB?

a een financial asset van A
b een subsidiary van A
c een joint arrangement van A
d een associate van A

16.8 Een onderneming die haar jaarrekening opstelt volgens de Nederlandse verslaggevingsvoorschriften, bezit de volgende kapitaalbelangen:
De grootte van het kapitaalbelang stemt overeen met de mate van zeggenschap.

	Grootte kapitaalbelang	Waardering belang op aankoopmoment	Huidige waardering belang
P	35%	€2.200.000	€2.500.000
Q	45%	€3.450.000	€3.350.000
R	55%	€2.800.000	€2.980.000

De kapitaalbelangen hebben nooit winst uitgekeerd. Veranderingen in de waardering zijn uitsluitend veroorzaakt door winsten of verliezen van de kapitaalbelangen.
Hoeveel bedraagt de wettelijke reserve deelnemingen?

a €200.000
b €270.000
c €300.000
d €380.000

16.9 Welke stelling inzake de verwerking van betaalde goodwill is juist?

a De Nederlandse wet schrijft voor dat betaalde goodwill wordt geactiveerd onder de immateriële vaste activa en wordt verminderd met afschrijvingen en eventuele bijzondere waardeverminderingen.
b De IASB schrijft voor dat betaalde goodwill rechtstreeks wordt afgeboekt van de vrije reserves.
c De RJ schrijft voor dat betaalde goodwill direct ten laste van het resultaat wordt gebracht.
d De Nederlandse wet schrijft voor dat betaalde goodwill alleen mag worden afgewaardeerd als gevolg van een jaarlijks uit te voeren impairment test.

16.10 Wanneer is een kapitaalbelang een *lucky buy*?

a Als de aankoopprijs lager is dan de nettovermogenswaarde.
b Als de aankoopprijs hoger is dan de nettovermogenswaarde.
c Als de goodwill positief is.
d Als de toekomstverwachtingen van de deelneming positief zijn.

Vraagstukken

V16.1 **Steen nv**

Steen nv neemt op 1 januari 2020 tegen contante betaling van €2 mln alle aandelen van Goed bv over. De balans van Goed ziet er op dat moment als volgt uit:

Balans Goed per 1 januari 2020 (bedragen × €1)

Pand	1.000.000	Aandelenkapitaal	500.000
Overige activa	1.500.000	Winstreserve	800.000
		Schulden	1.200.000
	2.500.000		2.500.000

Deze balans is representatief voor de bepaling van de fair value, met uitzondering van het pand: een makelaar heeft op 1 januari 2020 het pand van Goed getaxeerd op €1,2 mln. De resterende levensduur van het pand is tien jaar.
Goed behaalt over 2020 een winst van €300.000 en keert in de loop van 2020 een interimdividend uit van €100.000.

Per 31 december 2020 luidt de balans van Goed als volgt:

Balans Goed per 31 december 2020 (bedragen × €1)

Pand	900.000	Aandelenkapitaal	500.000
Overige activa	1.900.000	Winstreserve	700.000
		Winst 2020	300.000
		Schulden	1.300.000
	2.800.000		2.800.000

Steen kent aan het belang in Goed per 31 december 2020 een waarde toe van €2.500.000.
Zowel Steen als Goed gaan voor de waardering en winstbepaling uit van historische kosten en schrijven hun materiële activa met gelijke bedragen per jaar af tot een restwaarde van nihil.

Geef alle met het kapitaalbelang in Goed samenhangende journaalposten die Steen in 2020 maakt, indien Steen het belang in Goed waardeert tegen dan wel volgens:

a aanschafprijs
b actuele waarde
c reële waarde
d nettovermogenswaarde
e equitymethode.

NB Bij toepassing van de nettovermogenswaarde en de equitymethode wordt betaalde goodwill in twintig jaar met gelijke bedragen per jaar afgeschreven tot nihil.

V16.2 Kapitaalbelangen

Gegeven is de volgende kapitaalstructuur.

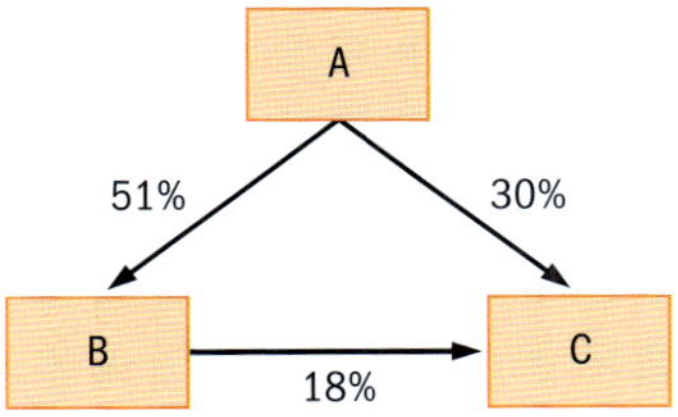

De vermelde percentages geven de kapitaaldeelnames weer; deze weerspiegelen de zeggenschapsverhoudingen.

a 1 Wanneer wordt volgens de IASB een kapitaalbelang aangemerkt als een associate?
2 Wanneer is er sprake van een vermoeden van de IASB van een associate?
b Aan welke voorwaarde moet zijn voldaan, alvorens de IASB een kapitaalbelang kwalificeert als subsidiary?
c Geef aan of er op grond van de voorschriften van de IASB sprake is van een vermoede associate en/of een subsidiary in de relatie tussen:
1 A en B
2 B en C
3 A en C.
d Geef aan welke wijzigingen er in de antwoorden op vraag **c** optreden, indien als aanvulling op het voorgaande nog gegeven is dat C 20% van de eigen aandelen in bezit heeft.

V16.3 **bv Z**
De bv Z wordt geleid door een directie bestaande uit negen personen. Het geplaatste en gestorte aandelenkapitaal van Z bestaat uit 100 gewone aandelen en 9 prioriteitsaandelen; de nominale waarde van de aandelen is €1.000.
De aandelen zijn in handen van:
- bv E: 40 gewone aandelen en 2 prioriteitsaandelen;
- bv H: 50 gewone aandelen en 2 prioriteitsaandelen;
- bv K: 10 gewone aandelen en 5 prioriteitsaandelen.

De prioriteitsaandelen geven elk het recht één lid van de directie te benoemen; de prioriteitsaandelen geven echter geen stemrechten op de algemene vergadering (van de aandeelhouders).
Geef gemotiveerd aan of Z volgens de wet een dochtermaatschappij is van E en/of H en/of K.

V16.4 **nv Pewi**
nv Pewi heeft haar activiteiten ondergebracht in werkmaatschappijen. De volgende (gedeeltelijke) weergave van de kapitaalstructuur is voorhanden:

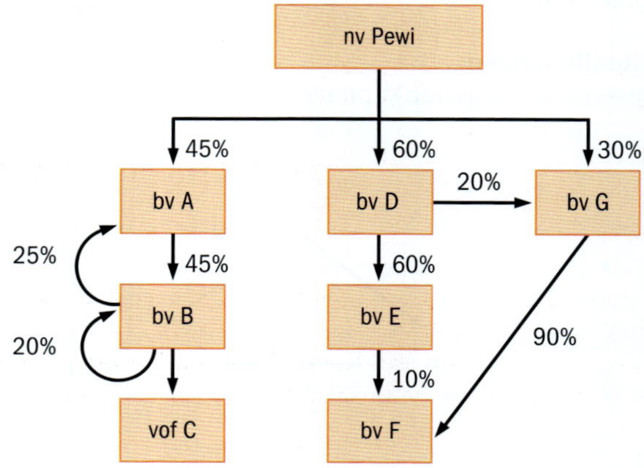

De vermelde percentages geven de kapitaaldeelnames weer, respectievelijk inkoop van eigen aandelen; de grootte van het kapitaalbelang weerspiegelt de zeggenschapsverhoudingen.

a Geef gemotiveerd aan of B volgens de wet een dochtermaatschappij is van A.
b Geef gemotiveerd aan of A volgens de wet een dochtermaatschappij is van Pewi.
c Geef gemotiveerd aan van welke vennootschap(pen) de vennootschap onder firma C volgens de wet een dochtermaatschappij is.
d Bereken het kapitaalbelang van Pewi in F.
e Geef aan of er sprake is van een wettelijk vermoeden van een deelneming van Pewi in F.

V16.5 **nv A**
nv A hanteert bij het opstellen van de jaarrekening de Nederlandse verslaggevingsvoorschriften.
A verwerft op 1 januari 2020 een 40%-belang in nv B voor €1 mln. Op moment van aankoop bedraagt het zichtbaar eigen vermogen van B €2 mln; dit komt overeen met de fair value op dat moment. De grondslagen van waardering en winstbepaling van A zijn gelijk aan die van B.
Het kapitaalbelang van A in B geeft tevens de stemrechten in de algemene vergadering (van de aandeelhouders) van B weer. A waardeert B tegen nettovermogenswaarde en schrijft betaalde goodwill met gelijke bedragen per jaar in vijf jaar af tot nihil.
In 2020 behaalt B een winst van €300.000 en keert een interimdividend uit van €160.000.

a Geef gemotiveerd aan of A voor de waarderingsgrondslag van het belang in B uitgaat van de wettelijke bepalingen.
b Geef aan welke posten (met bedragen) – samenhangend met het belang in B – in de jaarrekening 2020 van A voorkomen.

In aanvulling op het voorgaande is nog gegeven dat nv A dochtermaatschappij is van een in het buitenland gevestigde moedermaatschappij en dat die moedermaatschappij haar deelnemingen waardeert tegen historische kostprijs, hetgeen in het desbetreffende land gebruikelijk is.
c Geef aan of er binnen het kader van de wet een mogelijkheid bestaat dat A als waarderingsgrondslag voor het belang in B uitgaat van historische kostprijs en niet van nettovermogenswaarde.
d Beantwoord vraag **b** opnieuw, nu ervan uitgaande dat A het belang in B waardeert tegen historische kostprijs.
e Welke bezwaren zijn aan te voeren tegen waardering op historische kostprijs?

V16.6 **nv Koop**
nv Koop hanteert bij het opstellen van de jaarrekening de Nederlandse verslaggevingsvoorschriften.
Per 1 januari 2020 verwerft Koop alle aandelen van nv Goed voor €500.000. Per die datum ziet de balans van Goed er als volgt uit:

16

Balans Goed per 1 januari 2020 (bedragen × €1)

Machines	250.000	Aandelenkapitaal	100.000
Voorraden	200.000	Agio	100.000
Liquide middelen	130.000	Winstreserve	134.000
		Winst 2019	40.000
		Vreemd vermogen	206.000
	580.000		580.000

Voor de bepaling van de fair value van Goed op het moment van overname is het volgende gegeven:

- De actuele waarde van de machines is per 1 januari 2020 €50.000 hoger dan de boekwaarde; de machines hebben een resterende levensduur van vijf jaar en worden met gelijke bedragen per jaar afgeschreven tot een restwaarde van nihil.
- Op de voorraden wordt een voorziening voor incourantheid in mindering gebracht. De leiding van Koop acht per 1 januari 2020 op een partij goederen een additionele voorziening van €5.000 nodig; per 31 december 2020 is de desbetreffende partij verkocht.

Voor de waardering en winstbepaling hanteren Koop en Goed dezelfde grondslagen. Koop waardeert haar deelnemingen op nettovermogenswaarde; betaalde goodwill wordt geactiveerd en met gelijke bedragen per jaar in vijf jaar afgeschreven tot nihil. De aandelen van Goed representeren de zeggenschapsverhoudingen.

Per 31 december 2020 ziet de balans van Goed er als volgt uit:

Balans Goed per 31 december 2020 (bedragen × €1)

Machines	260.000	Aandelenkapitaal	100.000
Voorraden	230.000	Agio	100.000
Liquide middelen	125.000	Winstreserve	152.000
		Winst 2020	48.000
		Vreemd vermogen	215.000
	615.000		615.000

Goed heeft in 2020 over de winst van 2019 22% dividend uitgekeerd en het resterende deel van de winst gereserveerd.

a Bereken de goodwill die Koop heeft betaald bij de verwerving van de aandelen Goed op 1 januari 2020.

b Geef de journaalpost die Koop op 1 januari 2020 maakt van de verwerving van de aandelen van Goed.

c Geef het mutatieoverzicht van de balanspost 'Deelneming nv Goed' van Koop over 2020.

d Geef aan hoe er aansluiting bestaat per 31 december 2020 tussen de balanswaarde van de post Deelneming nv Goed in de boekhouding van Koop en het zichtbaar eigen vermogen van Goed.

e Geef de waardering van de volgende posten in de balans van Koop per 31 december 2020:
- Goodwill nv Goed
- Wettelijke reserve deelneming nv Goed.

Stel dat Koop in afwijking van het voorgaande op het moment van overname van Goed onvoldoende gegevens ter beschikking heeft om de fair value en daarmee de nettovermogenswaarde te kunnen vaststellen.

f De wet geeft aan (artikel 389.3) dat een deelneming – indien zich die situatie voordoet – mag worden gewaardeerd op een andere wijze dan de nettovermogenswaarde.
Welke mogelijkheid geeft de Raad voor de Jaarverslaggeving als invulling van deze 'andere wijze'?

g Geef voor de in vraag **f** bedoelde mogelijkheid aan hoe het mutatieoverzicht van de balanspost 'Deelneming nv Goed' van Koop er over 2020 uit zou zien.

***V16.7 nv D**

De balansen van nv D per 31 december 2020 en 2019 zien er als volgt uit:

	2020	**2019**
Activa (× €1.000)		
Duurzame productiemiddelen	170	130
Voorraden	400	380
Monetaire activa	200	215
	770	725
Passiva (× €1.000)		
Aandelenkapitaal	250	250
Winstreserve	125	90
Herwaarderingsreserve duurzame productiemiddelen	100	50
Winst lopend boekjaar	75	60
Crediteuren	220	275
	770	725

Toelichting
- Door waardestijgingen is in 2020 in totaal een bedrag van €40.000 gerealiseerd, waarvan €10.000 betrekking heeft op in 2020 ontstane waardestijgingen.
- D keert jaarlijks 10% dividend uit.

Op 31 december 2019 heeft nv M – die bij het opstellen van de jaarrekening de Nederlandse verslaggevingsvoorschriften hanteert – een deelneming van 80% in D verworven. De verkrijging verliep als volgt:
- M gaf één nieuw aandeel met een nominale waarde per stuk van €25 en €4 in contanten, in ruil voor twee aandelen D met een nominale waarde van €10.
- Het eigen vermogen en de beurswaarde per aandeel M waren op het verkrijgingsmoment €30 respectievelijk €40.

M waardeert deelneming D tegen nettovermogenswaarde en activeert eventueel betaalde goodwill, gevolgd door jaarlijkse afschrijvingen. Voor de grondslagen van waardering en resultaatbepaling gaat M uit van historische kosten. Voor het overige zijn de grondslagen gelijk aan die van D. De fair value op moment van overname is gelijk aan het eigen vermogen, zoals blijkt uit de balans op 31 december 2019.

a Bereken de goodwill die M voor de verwerving van deelneming D heeft betaald.
b Geef de journaalpost die 31 december 2019 in de boekhouding van M is gemaakt in verband met het verwerven van deelneming D.
c 1 Geef het mutatieoverzicht van de post Deelneming D van M over 2020.
2 Geef de journaalposten van de bij vraag **c1** gegeven mutaties.
d Beschrijf in welke situatie M in verband met het bezit van de deelneming per 31 december 2020 tot vorming van een wettelijke reserve deelneming verplicht is. Geef voor die situatie de omvang van deze wettelijke reserve.

***V16.8 Onderneming M**

De industriële onderneming M hanteert bij het opstellen van de jaarrekening de Nederlandse verslaggevingsvoorschriften.
M verwerft per 31 december 2019 de volgende kapitaalbelangen:

1 3% van de aandelen van onderneming B voor de beurswaarde ad €120.000; het doel van deze aankoop is koerswinst te behalen.
M waardeert haar belang in B tegen de beurswaarde.

2 80% van de aandelen van onderneming D voor €1,5 mln; deze aandelen zijn gekocht om de eigen bedrijfsuitoefening duurzaam te dienen.
Het geplaatste aandelenpakket van D bestaat uit gewone aandelen en prioriteitsaandelen. M heeft alleen de beschikking gekregen over gewone aandelen, die stemrecht geven op de algemene vergadering (van de aandeelhouders). De gewone aandeelhouders van D hebben niet het recht om directieleden en commissarissen te benoemen c.q. te ontslaan. Dit laatste recht is uitsluitend voorbehouden aan houders van de prioriteitsaandelen, die in handen zijn van derden.
M waardeert haar belang in D op nettovermogenswaarde; de bij de verwerving betaalde goodwill wordt geactiveerd en met gelijke bedragen per jaar in tien jaar afgeschreven tot nihil.

Per 31 december 2019 ziet de balans van D er als volgt uit:

Balans per 31 december 2019 (bedragen × €1.000)

Materiële activa	1.200	Aandelenkapitaal	500
Monetaire activa	800	Agio	500
		Overige reserves	200
		Voorzieningen	450
		Schulden	350
	2.000		2.000

Voor de bepaling van de fair value van D op het overnamemoment is nog het volgende gegeven:

- De actuele waarde van de materiële activa komt per 31 december 2019 overeen met de boekwaarde als opgenomen in de balans van D. Onder de materiële activa bevindt zich een machinepark met een boekwaarde van €360.000; de resterende levensduur hiervan is door D gesteld op vier jaar, M calculeert deze echter op drie jaar. Zowel D als M gaan uit van een restwaarde van nihil en schrijven af met gelijke bedragen per jaar.
- M hanteert voor de hoogte van de voorzieningen een andere berekeningsmethodiek dan D; uitgaande van de berekeningswijze van M komen de voorzieningen per 31 december 2019 uit op €500.000.
- Verder zijn de grondslagen van waardering en winstbepaling van M en D aan elkaar gelijk; beide gaan (afgezien van het bij punt 1 door M in B gehouden kapitaalbelang) uit van historische kosten.

a M waardeert haar belang in B tegen beurswaarde. Geef aan of deze waarderingsgrondslag binnen het kader van de wet toegelaten is.
b Geef gemotiveerd aan of D per 31 december 2019 volgens de wet een dochtermaatschappij is van M.
c M waardeert haar belang in D tegen nettovermogenswaarde. Geef aan de hand van de wettelijke bepalingen terzake aan of hantering van deze waarderingsgrondslag juist is.
d Bereken de door M betaalde goodwill bij de verwerving van het belang in D.

Omtrent B en D is over 2020 het volgende gegeven:

- B behaalt over 2020 een winst van €750.000. De aandelen van B hebben ultimo 2020 een totale beurswaarde van €5 mln.
- D verantwoordt over 2020 volgens haar eigen grondslagen een winst van €240.000. Per 31 december 2020 staan de voorzieningen op de balans van D voor een bedrag van €480.000; volgens de berekeningsmethodiek van M is dit bedrag per die datum €540.000. D heeft over 2020 een interimdividend uitgekeerd van €50.000.

e Geef alle posten (met bedragen) die in verband met het belang in B per 31 december 2020 op de balans van M voorkomen.
f Stel het mutatieoverzicht op van het kapitaalbelang in D, zoals M dit in de toelichting op haar jaarrekening 2020 dient op te nemen.
g Motiveer of M in verband met het belang in D per 31 december 2020 op de balans een wettelijke reserve deelnemingen dient op te voeren.

V16.9 bv Heavy Metal

De bv Heavy Metal produceert materieel voor de wegenbouw. Per 31 december 2019 is de volgende balans opgesteld, gebaseerd op historische kosten:

Balans Heavy Metal per 31 december 2019 (bedragen × €1.000)

Materiële vaste activa		20.000	Aandelenkapitaal	5.000	
			Algemene reserve	18.000	
Voorraad	2.000				
Liquide middelen	12.000		Eigen vermogen		23.000
Vlottende activa		14.000	Lang vreemd vermogen		11.000
		34.000			34.000

16

Zoals uit de balans blijkt, zit Heavy Metal ruim bij kas. Deze gunstige liquiditeitspositie wordt gebruikt om per 1 januari 2020 kapitaalbelangen in de bedrijven A tot en met D te nemen.
Hierna volgen de gegevens van deze aandelentransacties.

Aandelentransacties van Heavy Metal (bedragen × €1.000)

Onderneming	Branche	Kapitaalbelang	Aankoopprijs	Nettovermogenswaarde gekocht belang	Reden verwerving kapitaalbelang
bv A	Fabrikant van hydraulische apparatuur voor graafmachines	35%	2.000	1.600	Zeker stellen toeleverancier
bv B	Verhuur wegenbouwmachines	8%	1.100	820	Vinger aan de pols houden bij belangrijke afnemer
nv C	Uitgeverij	0,1%	750	540	Verwachting koerswinst
bv D	Fabrikant demontabele strooi-installaties voor wegenzout	60%	3.900	4.200	Aansluiting op eigen productenprogramma

De kapitaaldeelnames representeren de stemrechten. D is verkregen door een 'lucky buy'.
Bij de verwerking van deze belangen en eventuele positieve en negatieve goodwill gaat Heavy Metal uit van de voorschriften van de RJ.

a Stel de balans van Heavy Metal per 1 januari 2020 op, na verwerking van de hiervoor genoemde kapitaalbelangen. Hierbij is nog gegeven dat de reële waarde van de niet-monetaire activa van D per 1 januari 2020 €200.000 bedraagt en het gewogen gemiddelde van de resterende levensduur van de afschrijfbare activa van D per 1 januari 2020 tien jaar is.

Heavy Metal behaalt in 2020 met haar activiteiten een omzet (tevens ontvangst) van €70 mln; hiervoor wordt €60 mln aan kosten (tevens uitgaven) gemaakt wegens lonen, interest en materiaal. De afschrijvingen op de materiele vaste activa in 2020 bedragen 25% van de boekwaarde. Er vindt geen voorraadmutatie plaats; er worden geen investeringen en aflossingen verricht.

De kapitaalbelangen behalen over 2020 de volgende winsten:

	Winst
A	€ 800.000
B	€ 1.400.000
C	€ 60.000.000
D	€ 200.000

De beurswaarde van C bedraagt per 31 december 2020 €800 mln.

b Stel de balans per 31 december 2020 en de resultatenrekening over 2020 van Heavy Metal op.

Terwille van dit vraagstuk veronderstellen we dat al in het begin van januari 2021 de algemene vergaderingen (van de aandeelhouders) van de vennootschappen Heavy Metal, A, B, C en D worden gehouden. Op die vergaderingen wordt besloten tot de volgende winstuitkeringen met betrekking tot 2020:

Heavy Metal	€ 2.000.000
A	€ 240.000
B	€ 550.000
C	€ 20.000.000
D	€ 50.000

c Stel de balans van Heavy Metal op, na uitkering van deze winsten.

Enige dagen hierna gaat het roer bij Heavy Metal radicaal om. Het bedrijf wil zich gaan richten op de groeibranche van de milieutechniek. Teneinde de benodigde investeringen te kunnen financieren, worden alle kapitaalbelangen verkocht, voor de volgende bedragen:

A	€ 2.200.000
B	€ 1.150.000
C	€ 780.000
D	€ 4.000.000
	€ 8.130.000

d Stel de balans van Heavy Metal op, na verkoop van de kapitaalbelangen.

***V16.10 Zia nv**

Zia nv is een onderneming die actief is in de internationale markt voor spellen op het gebied van denksport. Zia richt zich in het bijzonder op denksporten als dammen, schaken, go, bridge en dergelijke. Haar activiteiten bestaan onder meer uit het ter beschikking stellen van spelruimten, het aanbieden van cursussen, alsmede het uitgeven van leerboeken en studiemateriaal. Daarnaast ontwikkelt een denktank van Zia nieuwe denkspellen en geavanceerde speltechnieken.

In verband met de toenemende belangstelling van jongeren voor complexe kaartspellen verwerft Zia op 1 januari 2020 een 80%-kapitaalbelang in Goudsmit bv. Goudsmit is een toonaangevende producent van spelmateriaal en beschikt over geavanceerde machines en installaties. Reden van de overname is het bereiken van synergie in de bedrijfsvoering van beide ondernemingen. De omvang van het verworven kapitaalbelang representeert de stemrechten in de algemene vergadering (van de aandeelhouders). De aankoopprijs van € 4.800.000 wordt op de volgende manier voldaan:

- € 3.600.000 door middel van uitgifte van nieuwe aandelen Zia met een nominale waarde van € 1.000 per aandeel. Een aandeel Zia heeft op het moment van overname een reële waarde van € 1.500 die is bepaald door een externe deskundige.

- € 1.200.000 in de vorm van een uitgestelde betaling aan de aandeelhouders van Goudsmit tegen een rente van 5%. De marktrente (= reële rente) bedraagt op moment van overname 2%. Overeengekomen is dat Zia dit deel van de overnamesom op 31 december 2022 zal betalen. Rentebetalingen vinden jaarlijks achteraf plaats.

Op moment van overname bedraagt het zichtbaar eigen vermogen in de balans van Goudsmit € 1.800.000. Deze waarde komt overeen met de reële waarden van de overgenomen activa en verplichtingen met uitzondering van het volgende:
- In de balans van Goudsmit zijn niet opgenomen de rechten op intellectuele eigendom van een aantal verfijnde druktechnieken. Een onafhankelijke deskundige raamt de reële waarde van deze rechten op moment van overname op € 2.400.000. Zia hanteert voor rechten op intellectuele eigendom een levensduur van vijftien jaar.
- De reële waarde van de machines en installaties – de staat van onderhoud op moment van overname in aanmerking nemende – bedraagt op overnamedatum € 420.000, hetgeen overeenkomt met de boekwaarde. Volgens Goudsmit bedraagt de resterende economische levensduur tien jaar. Zia hanteert voor de overgenomen machines en installaties een resterende levensduur van zes jaar. Er zijn geen restwaarden.
- Eenmaal per vier jaar vindt vervanging van enkele essentiële onderdelen van de machines en installaties plaats. Voor het laatst is dit gebeurd begin 2018. In verband met dit groot onderhoud heeft Goudsmit een voorziening gevormd die op moment van overname € 40.000 bedraagt. Zia past voor de jaarrekeningverwerking van groot onderhoud de componentenbenadering toe. Evenals Goudsmit stelt Zia het onderhoudsinterval op vier jaar en verwacht de eerstkomende revisie van machines en installaties uit te voeren begin 2022. De reële waarde van de component onderhoud die op moment van overname is begrepen in de reële waarde van de machines en installaties bedraagt € 48.000.

Zia en Goudsmit hanteren bij het opstellen van de jaarrekening de wettelijke bepalingen in Titel 9 Boek 2 van het Burgerlijk Wetboek en de Richtlijnen voor de jaarverslaggeving. De grondslagen voor de waardering en resultaatbepaling van beide vennootschappen komen met elkaar overeen, beide gaan uit van historische kosten en schrijven hun materiële vaste activa af met gelijke bedragen per jaar. Zia waardeert haar belang in Goudsmit tegen nettovermogenswaarde. Zia activeert de bij verwerving van kapitaalbelangen betaalde goodwill en schrijft deze af in tien jaar met jaarlijks gelijke bedragen tot nihil.

a Geef aan de hand van de wettelijke bepalingen aan dat Zia het 80%-belang in Goudsmit per 1 januari 2020 moet kwalificeren als een deelneming.

b Beredeneer aan de hand van de wettelijke bepalingen dat Zia haar 80%-belang in Goudsmit terecht waardeert tegen nettovermogenswaarde.

Voor de bepaling van de verkrijgingsprijs van het verworven belang in Goudsmit wordt de reële waarde van de uitgestelde betaling berekend op € 1.304.000 (afgerond op duizenden euro's).

c Geef een controleberekening van de reële waarde van de uitgestelde betaling ten bedrage van € 1.304.000.

d Bereken de goodwill die Zia op 1 januari 2020 heeft betaald bij de verwerving van het 80%-belang in Goudsmit.

e Geef de journaalpost die Zia op 1 januari 2020 maakt van de aankoop van het 80%-belang in Goudsmit.

Goudsmit rapporteert over het boekjaar 2020 een resultaat na belastingen van € 588.000.

f Bereken voor 2020 alle resultaatposten die Zia in verband met haar belang in Goudsmit in haar resultatenrekening over 2020 moet verantwoorden.

g Geef een berekening van de verplichting uit hoofde van de uitgestelde betaling die Zia per 31 december 2020 in haar balans moet opnemen.

17 Consolidatie

Theorievragen

17.1 Wat is een geconsolideerde jaarrekening?

17.2 Welke twee jaarrekeningen zijn te vinden in het jaarrapport van een concernmoeder?

17.3 Welke ondernemingen moeten volgens de IASB in de geconsolideerde jaarrekening van de moedermaatschappij worden geconsolideerd?

17.4 **a** Welke rechtspersonen moeten volgens de wet in beginsel een geconsolideerde jaarrekening opmaken?
b Welke ondernemingen moeten volgens de wet in de consolidatie worden betrokken?

17.5 **a** Definieer het wettelijke begrip groepsmaatschappij.
b Wanneer is er volgens de wet sprake van een groep?

17.6 In welke twee situaties geeft de wet vrijstelling van de consolidatieplicht?

17.7 In welke drie situaties mag van de wet een groepsmaatschappij buiten de consolidatie blijven?

17.8 Onder welke voorwaarde mag de moedermaatschappij voor haar enkelvoudige jaarrekening volstaan met een verkorte resultatenrekening bestaande uit: het resultaat uit deelnemingen na belastingen en het overig resultaat na belastingen?

17.9 Op grond van artikel 403 kan een groepsmaatschappij onder voorwaarden gebruikmaken van vergaande vrijstellingen.
a Wat zijn deze vrijstellingen?
b Aan welke voorwaarden moet zijn voldaan om aanspraak te kunnen maken op deze vrijstellingen?

17.10 Welke fiscale regeling inzake consolidatie bestaat er?

17.11 Wat wordt bij de consolidatietechniek verstaan onder elimineren?

17.12 **a** Wat is het verschil tussen proportionele en integrale consolidatie?
b Welk bezwaar kan aangevoerd worden tegen het toepassen van proportionele consolidatie?
c Welke consolidatietechniek schrijven de IASB, de RJ en de wet in deze voor?

17

17.13 **a** Op welke twee manieren mogen volgens de wet maatschappijen – waarin krachtens een regeling tot samenwerking met andere aandeelhouders, leden of vennoten samen overheersende zeggenschap kan worden uitgeoefend – in de geconsolideerde jaarrekening worden opgenomen?

b Op welke wijze moeten volgens de IASB joint operations en joint ventures in de geconsolideerde jaarrekening worden opgenomen?

17.14 Geef aan wat bij de eliminatie van intercompany-winsten wordt verstaan onder:

a de eenheidstheorie

b de belangentheorie

c de theorie van Bödeker.

Meerkeuzevragen

17.1 Wanneer is het volgens de wet *niet* toegestaan om een groepsmaatschappij buiten de consolidatie te houden?

a Als het een groepsmaatschappij betreft die op de nominatie staat om verkocht te worden.

b Als het een groepsmaatschappij betreft die gevestigd is in een land buiten de Europese Unie.

c Als het een groepsmaatschappij betreft waarbij het onevenredig veel kost om de benodigde gegevens te verkrijgen.

d Als het een groepsmaatschappij betreft van te verwaarlozen betekenis.

17.2 Welke stelling is juist?

a Een groep waarvan de geconsolideerde cijfers de grenzen van een middelgrote rechtspersoon niet overschrijden, is door de wet altijd vrijgesteld van het opmaken van een geconsolideerde jaarrekening.

b Een groepshoofd die een geconsolideerde jaarrekening opmaakt en haar financiële gegevens opneemt in die geconsolideerde jaarrekening, mag van de wet haar enkelvoudige resultatenrekening in verkorte vorm opstellen.

c Een groepsmaatschappij, die in de consolidatie wordt betrokken, wordt door de wet vrijgesteld van het publiceren van haar enkelvoudige jaarrekening, mits de accountant daarmee akkoord gaat.

d Groepsmaatschappijen waarvan de gezamenlijke betekenis te verwaarlozen is op het geheel, moeten van de wet buiten de consolidatie gehouden worden.

17.3 Holtenbroek bv houdt 15% van de aandelen van Dieze bv en 55% van de aandelen van Stadshagen bv. Stadshagen houdt 40% van de aandelen van Dieze. De gegeven kapitaaldeelnames weerspiegelen de zeggenschapsverhoudingen.
Welke bewering is juist?

a Er is sprake van een wettelijk vermoeden van een deelneming van Holtenbroek in Dieze en Dieze zal door Holtenbroek in de consolidatie moeten worden betrokken.

b Er is sprake van een wettelijk vermoeden van een deelneming van Holtenbroek in Dieze en Dieze hoeft *niet* door Holtenbroek in de consolidatie te worden betrokken.

c Er is *geen* sprake van een wettelijk vermoeden van een deelneming van Holtenbroek in Dieze en Dieze hoeft *niet* door Holtenbroek in de consolidatie te worden betrokken.

d Er is *geen* sprake van een wettelijk vermoeden van een deelneming van Holtenbroek in Dieze en Dieze zal *wel* door Holtenbroek in de consolidatie moeten worden betrokken.

17.4 Welke bewering is *niet* juist?

a In het jaarrapport van een groepshoofd komen zowel een enkelvoudige als een geconsolideerde jaarrekening voor.
b In een geconsolideerde balans komt in beginsel geen post Aandelenkapitaal voor.
c Subholdings hoeven van de IASB geen geconsolideerde jaarrekening te publiceren, mits ze beursgenoteerd zijn.
d Een vennootschap onder firma is in het algemeen wel een dochtermaatschappij, maar geen groepsmaatschappij van een als rechtspersoon optredende vennoot.

17.5 E bv houdt alle aandelen van F bv.
Over 2020 is het volgende gegeven:

- Op 1 januari bedroeg de voorraad bij F die door E geleverd was €400.000.
- Op 31 december bedroeg de voorraad bij F die door E geleverd was €200.000.
- Gedurende het jaar heeft E voor €5 mln aan F verkocht.

E gebruikt een winstopslag van 25% op de kostprijs.

Voor welk bedrag dient in de geconsolideerde resultatenrekening over 2020 de kostprijs verkopen gecorrigeerd te worden?

a Verlaging met €5.040.000
b Verlaging met €5.000.000
c Verlaging met €240.000
d Verlaging met €200.000

17.6 Een groepshoofd heeft één groepsmaatschappij (een 80%-kapitaalbelang). Er zijn geen onderlinge leveranties. De groepsmaatschappij wordt in de enkelvoudige balans van de moeder gewaardeerd tegen nettovermogenswaarde.

Welke stelling is *niet* juist?

a Er verschijnt een post Belang derden in de geconsolideerde balans.
b De geconsolideerde winst wijkt af van de enkelvoudige winst van het groepshoofd.
c Het geconsolideerde balanstotaal is hoger dan het enkelvoudige balanstotaal van het groepshoofd.
d Het geconsolideerde groepsvermogen is groter dan het geconsolideerde eigen vermogen.

17.7 W bv bezit de volgende aandelenpakketten:

Grootte kapitaalbelang c.q. stemrecht		*Omzet kapitaalbelang in 2020*
X bv	40%	€20 mln
Y bv	50%	€30 mln
Z bv	60%	€40 mln

De andere helft van de aandelen Y is in handen van een onderneming, waarmee W een regeling inzake het beheer van Y heeft getroffen, met als gevolg dat W en de andere onderneming samen overheersende zeggenschap hebben in Y. Y wordt in de consolidatie betrokken.

W behaalt zelf in 2020 een omzet van €50 mln. Er zijn geen onderlinge leveranties.

De omzet in de geconsolideerde jaarrekening over 2020 van W bedraagt:

a € 89 mln
b € 97 mln
c €105 mln
d €120 mln

17.8 N bv bezit 80% van de aandelen van O bv. O verkoopt een van haar machines (boekwaarde €100.000) aan N voor €150.000.

Welk bedrag aan winst uit hoofde van deze transactie wordt in de geconsolideerde jaarrekening geëlimineerd?

a € 0
b € 40.000
c € 50.000
d €150.000

17.9 M bv neemt op 1 april 2020 60% van de aandelen van O bv over en betaalt daarvoor €120.000.
De balans van O is op de overnamedatum als volgt:

Inventaris	€ 60.000	Aandelenkapitaal	€ 25.000
Vorderingen	€ 55.000	Agio	€ 35.000
Liquide middelen	€ 45.000	Overige reserves	€ 40.000
		Winst 1e kwartaal	€ 10.000
		Voorzieningen	€ 20.000
		Schulden	€ 30.000
	€160.000		€160.000

De actuele waarde van de inventaris op het overnametijdstip bedraagt €75.000.
Betaalde goodwill wordt door M geactiveerd en in tien jaar tijdsevenredig tot nihil afgeschreven.

Welk bedrag aan goodwill staat er in de geconsolideerde balans van de M-O groep per 31 december 2020?

a Niets, want goodwill staat alleen in de enkelvoudige balans.
b €30.525
c €36.725
d €41.625

17.10 Welke stelling is juist, als groepsmaatschappijen in de enkelvoudige balans van de moeder gewaardeerd worden tegen nettovermogenswaarde (en er tussen de moeder en haar groepsmaatschappijen geen onderlinge transacties plaatsvinden en er op balansdatum geen onderlinge schulden en vorderingen bestaan)?

a De rentabiliteit en de liquiditeit van de moeder is enkelvoudig gezien hoger als geconsolideerd.

b De solvabiliteit van de moeder is enkelvoudig gezien hoger als geconsolideerd.

c De solvabiliteit en de liquiditeit van de moeder is enkelvoudig gezien lager als geconsolideerd.

d De rentabiliteit en de solvabiliteit van de moeder is enkelvoudig gezien lager als geconsolideerd.

Vraagstukken

V17.1 **AC-concern**

Van het AC-concern is het volgende structuurschema gegeven:

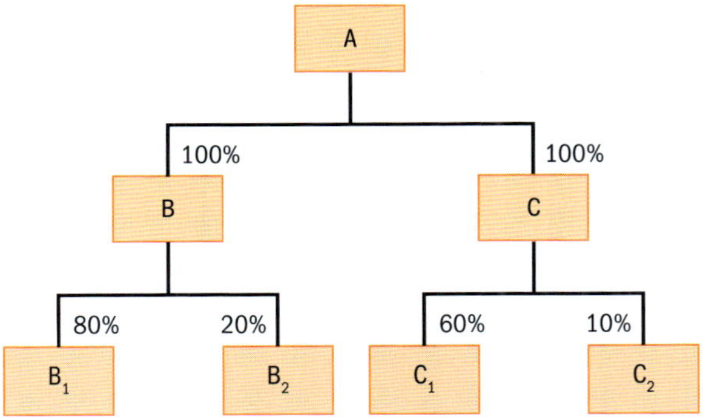

Toelichting

De in het structuurschema gegeven percentages geven de kapitaaldeelnames weer. De getoonde deelnamepercentages geven tevens de mate van zeggenschap weer, die ook feitelijk wordt uitgeoefend. Bovendien bezit B prioriteitsaandelen van B2, waarmee alle directieleden van B2 kunnen worden benoemd en ontslagen.

Geef – uitgaande van de standards van de IASB – aan welke ondernemingen verplicht zijn een geconsolideerde jaarrekening op te stellen en welke ondernemingen dan in de consolidatie moeten worden betrokken.

V17.2 **UniSchelp**

Van UniSchelp is ultimo 2020 de volgende ondernemingsstructuur gegeven:

Toelichting algemeen

H is een Nederlandse naamloze vennootschap, die aan het hoofd van de UniSchelp-groep staat.

De subholdings SH1 tot en met SH3, en de werkmaatschappijen W1 tot en met W6 zijn besloten vennootschappen naar Nederlands recht. Deze besloten vennootschappen zijn grote rechtspersonen.

Alle ondernemingen, met uitzondering van BUI, maken deel uit van de Uni-Schelp-groep. De in de ondernemingsstructuur vermelde percentages vertegenwoordigen de zeggenschapsrechten die tevens feitelijk worden uitgeoefend.

Ondernemingsstructuur UniSchelp

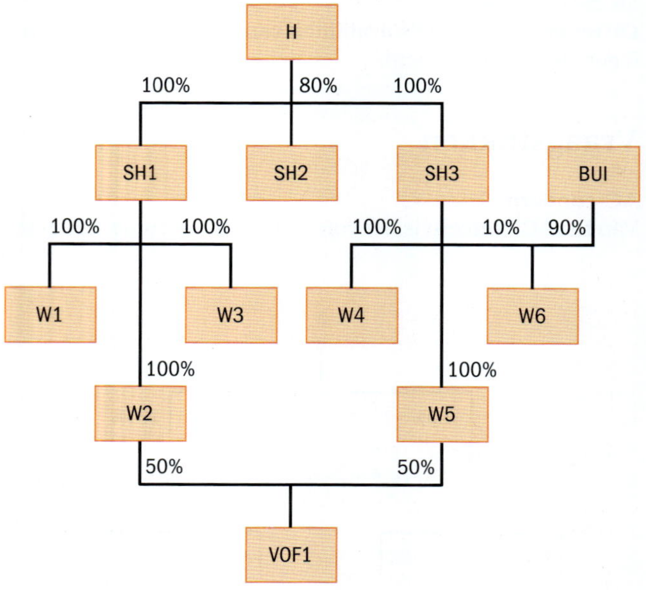

Toelichting bij enkele afzonderlijke ondernemingen
SH2 hield tot voor kort een deel van de belangen in W3 en W4. Deze belangen zijn inmiddels in het kader van een reorganisatie overgedragen aan respectievelijk SH1 en SH3, die reeds in het bezit waren van de resterende aandelen. H heeft inmiddels besloten om haar belang in SH2 af te stoten aan de houders van het resterende 20%-belang.

SH1 heeft vlak voor het einde van het boekjaar 2020 het gehele aandelenpakket van W1 verworven. In verband met de korte beschikbare tijd kon de financiële verantwoording van W1 nog niet worden aangepast aan de voorschriften van de UniSchelp-groep.

BUI is een Duitse GmbH die samen met SH3 een beheersovereenkomst heeft afgesloten op grond waarvan SH3 het management mede namens BUI voert.

Vof1 is een vennootschap onder firma waarin W2 en W5 beide hoofdelijk aansprakelijk zijn.

a Geef met verwijzing naar de relevante wetsartikelen aan welke rechtspersonen verplicht zijn een geconsolideerde jaarrekening op te maken.

b Welke ondernemingen dienen *in beginsel* in de geconsolideerde jaarrekening van de onder vraag **a** bedoelde rechtspersonen te worden betrokken? Verwijs in uw antwoord naar de relevante wetsartikelen.

c Geef voor alle onder vraag **a** genoemde rechtspersonen aan of, en zo ja in hoeverre, zij gebruik kunnen maken van consolidatievrijstellingen. Onderbouw uw antwoord met de relevante wetsartikelen.

d Stel dat een in Canada gevestigde, naar Canadees recht opgerichte onderneming alle aandelen van H opkoopt en vanaf dat moment de financiële gegevens van alle in het structuurschema weergegeven ondernemingen uitgezonderd BUI in haar geconsolideerde jaarrekening betrekt. Geef gemotiveerd aan of in dat geval H op grond van artikel 408 gebruik kan maken van de vrijstelling van de consolidatieplicht.

V17.3 **Tegel bv**

Tegel bv – die bij het opstellen van de jaarrekening de Nederlandse verslaggevingsregels hanteert – houdt zich bezig met de productie en verkoop van wand- en vloertegels. Per 31 december 2020 bezit Tegel de volgende kapitaalbelangen:

1 25% van de aandelen van bv A. Deze aandelen zijn bedoeld ten mede financiering van de over vijf jaar geplande uitbreiding van de productiecapaciteit van Tegel.

2 1% van de aandelen van de beursgenoteerde nv B. Deze aandelen zijn aangeschaft om tijdelijk overtollige liquide middelen rendabel te maken.

3 60% van de aandelen van bv C, fabrikant en belangrijkste leverancier van grondstoffen voor Tegel. Deze aandelen zijn verworven om de grondstoffenaanvoer op lange termijn zeker te stellen.

4 Een 10%-kapitaalbelang in de vennootschap onder firma D als volledig aansprakelijk vennoot.

5 70% van de aandelen van nv E, die in 2020 zijn gekocht en waarvan het voornemen bestaat de aandelen in 2021 te verkopen.

NB De genoemde kapitaaldeelnames representeren de stemrechtverhoudingen.

a Geef voor elk van de genoemde belangen per 31 december 2020, met verwijzing naar de relevante wetsartikelen, zowel de voorgeschreven rubricering als de te hanteren waarderingsgrondslag in de enkelvoudige balans van Tegel.

b Geef gemotiveerd aan op welke wijze Tegel de genoemde belangen dient op te nemen in de geconsolideerde balans per 31 december 2020 van de Tegelgroep.

***V17.4** **Hertog**

Op 1 januari 2020 neemt Hertog alle aandelen van Jan over tegen contante betaling van €6 mln. De balans van Jan luidt op dat moment als volgt:

Balans Jan per 1 januari 2020 (bedragen × €1)

Gebouwen	5.000.000	Aandelenkapitaal	1.000.000
Voorraden	2.000.000	Winstreserve	3.000.000
Liquide middelen	1.000.000	Schulden	4.000.000
	8.000.000		8.000.000

17

Deze balans is representatief voor de bepaling van de fair value.

De enkelvoudige jaarrekeningen van Hertog en Jan over 2020 zien er als volgt uit:

Balans Hertog per 31 december 2020 (bedragen × €1)

Gebouwen	20.000.000	Aandelenkapitaal	6.000.000
Kapitaalbelang Jan	6.000.000	Winstreserve	11.000.000
Vordering Jan	750.000	Winst 2020	3.000.000
Voorraden	4.000.000	Schulden	15.000.000
Liquide middelen	4.250.000		
	35.000.000		35.000.000

Resultatenrekening Hertog over 2020 (bedragen × €1)

Omzet		38.000.000
Kostprijs verkopen	20.000.000	
Loonkosten	8.000.000	
Afschrijvingskosten	2.000.000	
Overige kosten	5.000.000	
		35.000.000
Nettowinst		3.000.000

Balans Jan per 31 december 2020 (bedragen × €1)

Gebouwen	4.500.000	Aandelenkapitaal	1.000.000
Voorraden	2.800.000	Winstreserve	3.000.000
Liquide middelen	1.200.000	Winst 2020	450.000
		Schulden	4.050.000
	8.500.000		8.500.000

Resultatenrekening Jan over 2020 (bedragen × €1)

Omzet		9.000.000
Kostprijs verkopen	4.850.000	
Loonkosten	2.200.000	
Afschrijvingskosten	500.000	
Overige kosten	1.000.000	
		8.550.000
Nettowinst		450.000

Verder is het volgende gegeven:
- De grondslagen voor de waardering en winstbepaling van Hertog en Jan zijn aan elkaar gelijk.
- Hertog waardeert het kapitaalbelang in Jan tegen aanschafprijs. Op de bij de verwerving van het belang betaalde goodwill wordt geen systematische afschrijving toegepast; bovendien is er in 2020 geen aanleiding

geweest tot het boeken van een waardevermindering uit hoofde van impairment.

- In 2020 heeft Hertog een renteloze vijfjarige lening ad €750.000 aan Jan verstrekt.
- In de loop van 2020 heeft Hertog goederen voor een bedrag van in totaal €2,2 mln aan Jan geleverd. Op 31 december 2020 bedraagt de door Hertog geleverde en bij Jan nog aanwezige voorraad €400.000. Hertog levert al zijn goederen met een winstopslag van 12,5% van de verkoopprijs.
- Jan heeft in 2020 geen dividend gedeclareerd.

a Stel de geconsolideerde balans van de Hertog-Jan Groep per 31 december 2020 op; geef hieraan voorafgaand de eliminatieposten in de vorm van journaalposten.

b Stel de geconsolideerde resultatenrekening van de Hertog-Jan Groep over 2020 op; geef hieraan voorafgaand de eliminatieposten in de vorm van journaalposten.

V17.5 **Vélo-groep**

De Vélo-groep is actief in de fietsenbranche. De bv Frame fabriceert fietsen en de bv Bidon exploiteert een aantal fietsenzaken in Nederland. Frame bezit alle aandelen van Bidon.
Alle omzet van Bidon is afkomstig van verkochte fietsen die geleverd zijn door Frame; deze laatste hanteert een winstopslag van 25% van de kostprijs.
Op 1 januari 2020 was de voorraad fietsen bij Bidon nihil.
Frame en Bidon hanteren voor de waardering en winstbepaling dezelfde grondslagen; Frame waardeert het kapitaalbelang in Bidon tegen nettovermogenswaarde.

De balansen per 31 december 2020 en resultatenrekeningen over 2020 van Frame en Bidon zien er als volgt uit:

Balans Frame per 31 december 2020 (bedragen × €1.000)

Materiële vaste activa		18.600	Eigen vermogen	
Financiële vaste activa			Aandelenkapitaal	1.000
Kapitaalbelang Bidon	6.033,6[1]		Winstreserve	18.782
7%-lening Bidon	5.000		Langlopende schulden	8.000
			Kortlopende schulden	2.541
		11.033,6	Winst 2020	1.562,6[2]
Vlottende activa				
Voorraden	1.344			
Liquide middelen	908			
		2.252		
		31.885,6		31.885,6

[1] 6.480 − 446,4 (intercompany-winst) = 6.033,6
[2] 2.009 − 446,4 (intercompany-winst) = 1.562,6

17

Resultatenrekening Frame over 2020 (bedragen × €1.000)

Omzet			92.663
Kostprijs van de omzet			68.429
			24.234
Verkoopkosten		3.728	
Algemene beheerskosten		18.787	
			22.515
			1.719
Financiële baten		350	
Financiële lasten		640	
Winst kapitaalbelang Bidon	580 − 446,4[1] =	133,6	
			156,4 -
Winst			1.562,6

[1] intercompany-winst

Balans Bidon per 31 december 2020 (bedragen × €1.000)

Materiële vaste activa		9.099	Eigen vermogen	
Vlottende activa			Aandelenkapitaal	200
Voorraden	2.232		Winstreserve	5.700
Liquide middelen	498		Langlopende schulden	5.000
			Kortlopende schulden	349
		2.730	Winst 2020	580
		11.829		11.829

Resultatenrekening Bidon over 2020 (bedragen × €1.000)

Omzet		34.721
Kostprijs van de omzet		25.401
		9.320
Verkoopkosten	7.081	
Algemene beheerskosten	1.309	
		8.390
		930
Financiële lasten		350
Winst		580

a Stel de geconsolideerde balans van de Vélo-groep per 31 december 2020 op; geef hieraan voorafgaand de eliminatieposten in de vorm van journaalposten.

b Stel de geconsolideerde resultatenrekening van de Vélo-groep over 2020 op; geef hieraan voorafgaand de eliminatieposten in de vorm van journaalposten.

Toelichting op de enkelvoudige jaarrekening

Grondslagen
De enkelvoudige jaarrekening is opgesteld volgens de wettelijke bepalingen van Titel 9 Boek 2 van het in Nederland geldende Burgerlijk Wetboek (BW), met gebruikmaking van de optie uit artikel 2:362 lid 8, Burgerlijk Wetboek tot toepassing van de grondslagen voor waardering van activa en passiva en resultaatbepaling (waarderingsgrondslagen) die in de geconsolideerde jaarrekening zijn toegepast.
De geconsolideerde jaarrekening is opgesteld in overeenstemming met International Financial Reporting Standards zoals aanvaard binnen de Europese Unie (EU-IFRS).
De waardering van de deelnemingen in dochterondernemingen geschiedt tegen nettovermogenswaarde.

Leningen aan dochterondernemingen

	2018	2017
Begin boekjaar	1.039	886
Herclassificatie kortlopende leningen naar overige vorderingen	-811	-34
Verstrekkingen	491	189
Aflossingen	-63	-2
Einde boekjaar	656	1.039

a Welke conclusies kunnen worden getrokken uit het feit dat het eigen vermogen toe te rekenen aan aandeelhouders van FrieslandCampina in de geconsolideerde balans overeenkomt met het eigen vermogen in de enkelvoudige balans?

b Leg uit waarom bij FrieslandCampina de in de enkelvoudige balans opgenomen post Deelnemingen in dochterondernemingen niet voorkomt in de geconsolideerde balans.

c Geef een verklaring voor het feit dat bij FrieslandCampina de post Joint ventures en geassocieerde deelnemingen wél voorkomt in de geconsolideerde balans, maar níet in de enkelvoudige balans.

d Geef aan waaruit kan worden afgeleid dat FrieslandCampina bij het opstellen van haar geconsolideerde jaarrekeningen gebruik maakt van de integrale methode.

In de toelichting op de geconsolideerde jaarrekening beschrijft FrieslandCampina de waardering van joint ventures en geassocieerde deelnemingen op basis van de equity-methode.

e Noem, naast het aandeel in de winsten van deze kapitaalbelangen, drie mogelijke oorzaken die de balanswaardering *neerwaarts* kunnen beïnvloeden.

f Geef een mogelijke reden voor FrieslandCampina om het 82,33%-belang in CSK Food Enrichment cv in de geconsolideerde balans op te nemen onder het kopje Joint ventures en geassocieerde deelnemingen in plaats van het meeconsolideren van de financiële gegevens van dit belang.

In de toelichting op de geconsolideerde jaarrekening, onder het kopje Minderheidsbelangen verstrekt FrieslandCampina de financiële gegevens van DMV-Fonterra Excipients GmbH & Co. KG waarvan het belang van derden is opgenomen als minderheidsbelang in de geconsolideerde balans respectievelijk geconsolideerde winst-en-verliesrekening over 2018.

g Geef een mogelijke reden voor FrieslandCampina om het 50%-belang in DMV-Fonterra Excipients GmbH & Co. KG integraal te consolideren in plaats van dit belang in de geconsolideerde balans op te nemen onder het kopje Joint ventures en geassocieerde deelnemingen.

FrieslandCampina heeft in 2018 meerdere acquisities van dochterondernemingen gedaan. Onder het kopje Acquisities 2018 verstrekt de vennootschap hierover nadere gegevens.

h Geef aan, in de vorm van een journaalpost, op welke wijze FrieslandCampina het totaal van deze acquisities en de daarmee verband houdende posten heeft verwerkt in de *geconsolideerde* balans per 31 december 2018.

i Geef de wijziging(en) in de journaalpost zoals bedoeld onder vraag **h** indien FrieslandCampina haar geconsolideerde jaarrekening 2018 niet zou opstellen volgens EU-IFRS maar volgens de bepalingen van Titel 9 Boek 2 BW en de Raad voor de Jaarverslaggeving.

Veronderstel dat de vennootschap zelf deze acquisities rechtstreeks heeft gedaan.

j Geef aan, in de vorm van een journaalpost, op welke wijze FrieslandCampina het totaal van deze acquisities en de daarmee verband houdende post(en) zou moeten verwerken in de *enkelvoudige* balans per 31 december 2018.

FrieslandCampina maakt in haar *enkelvoudige* jaarrekeningen 2017 en 2018 herclassificaties van respectievelijk 34 en 811 van Leningen aan dochterondernemingen naar Overige vorderingen.

k Zet een mogelijke achtergrond van deze herclassificaties uiteen.

V17.6 **bv Noord**

Hierna zijn gegeven de balansen van bv Noord en bv Zuid per 31 december 2019.

Balans per 31 december 2019 (bedragen × €1)

	Noord	Zuid		Noord	Zuid
Vrachtauto	50.000	-	Aandelenkapitaal	75.000	40.000
Voorraad	230.000	120.000	Winstreserves	312.000	160.000
Liquide middelen	210.000	100.000	Winst 2019	103.000	20.000
	490.000	220.000		490.000	220.000

Op 1 januari 2020 neemt Noord 60% van de aandelen van Zuid over en betaalt daarvoor €150.000. De fair value van Zuid komt overeen met het zichtbaar eigen vermogen. Noord activeert betaalde goodwill en schrijft deze in twintig jaar met gelijke bedragen per jaar af tot nihil.
Noord reserveert haar gehele winst over 2019, Zuid keert begin 2020 de helft van haar winst over 2019 uit.
In 2020 behaalt Zuid een omzet van €4 mln. Van dit bedrag betreft €1 mln goederen die geleverd zijn aan Noord. Zuid heeft in 2020 voor €3 mln ingekocht.
Zuid realiseert op al haar verkopen een winstopslag van 25% van de inkoopprijs. Per 31 december 2020 bedraagt de voorraad bij Zuid €50.000.
De overige kosten van Zuid bedragen in 2020 €900.000. Dit betreft €886.000 aan uitgaven en €14.000 aan afschrijvingskosten op een vrachtauto. Deze vrachtauto is begin januari 2020 van Noord gekocht voor €70.000 en had op dat moment een resterende levensduur van vijf jaar en een geschatte restwaarde van nihil. Zowel Noord als Zuid schrijft materiële vaste activa af met jaarlijks gelijkblijvende bedragen.
Noord behaalt in 2020 een omzet van €9 mln. Noord heeft in 2020 (behalve de inkoop van €1 mln bij Zuid) voor €6,5 mln bij derden ingekocht. De voorraad per 1 januari 2020 van Noord was geheel bij derden ingekocht; per 31 december 2020 bestaat de voorraad van Noord voor €200.000 uit goederen ingekocht van Zuid en voor €100.000 uit bij derden ingekochte goederen. De overige kosten van Noord bedragen in 2020 €1,5 mln.

Per 31 december 2020 zijn alle genoemde transacties financieel afgewikkeld.

Stel de geconsolideerde balans van de Noord-Zuid Groep per 31 december 2020 op.

V17.7 **nv M**

Tegen betaling van €475.000 in contanten verwerft nv M eind 2019 een 80%-belang in haar belangrijkste afnemer, de nv N.
M waardeert het belang in N tegen nettovermogenswaarde; betaalde goodwill wordt geactiveerd en in vijf jaar met gelijke bedragen per jaar afgeschreven tot nihil. De grondslagen van waardering en winstbepaling van M en N zijn aan elkaar gelijk: beide waarderen hun materiële vaste activa op actuele waarde en hun voorraden op historische kosten.
De balansen van nv N per 31 december 2020 en 2019 luiden als volgt (bedragen × €1):

17

	31 december 2020	31 december 2019
Activa		
Vaste activa	130.000	110.000
Voorraden	310.000	360.000
Debiteuren	100.000	75.000
Liquide middelen	120.000	60.000
	660.000	605.000
Passiva		
Aandelenkapitaal	250.000	250.000
Herwaarderingsreserve	10.000	-
Winstreserve	250.000	200.000
Winst boekjaar	100.000	50.000
Crediteuren	50.000	105.000
	660.000	605.000

De in de balansen opgenomen waarden van de activa en passiva geven de fair value weer.

a Bereken de goodwill die M bij verwerving van de aandelen van N heeft betaald.
b Geef het mutatieoverzicht van de balanspost Kapitaalbelang nv N over 2020, zoals die in de boekhouding van M voorkomt. Hierbij is nog gegeven dat M in haar enkelvoudige jaarrekening intercompany-winsten (zie tekst hierna) overeenkomstig RJ 260 elimineert.
c Geef alle mutaties in de jaarrekening van M over 2020 die verband houden met het belang in N.

Ten behoeve van de geconsolideerde jaarrekening van de M/N-Groep wordt N in de consolidatie betrokken volgens de integrale methode.
De op de balans van N vermelde voorraden zijn voor nihil (31 december 2019) en €150.000 (31 december 2020) afkomstig van M. In de loop van 2020 heeft M voor in totaal €2 mln aan N geleverd. M levert al haar producten met een winstopslag van 25% op de kostprijs. Met betrekking tot de eliminatie van intercompany-winsten wordt de eenheidstheorie toegepast.
d Geef de eliminatieposten in de vorm van journaalposten die eind 2020 moeten worden gemaakt ten behoeve van de:
1 geconsolideerde balans van de M/N-Groep per 31 december 2020;
2 geconsolideerde resultatenrekening van de M/N-Groep over 2020.
e 1 Geef aan of N volgens de wet ook volgens de proportionele methode in de geconsolideerde balans van de M/N-Groep had mogen worden betrokken.
2 Welke posten komen bij integrale consolidatie wél en bij proportionele consolidatie níet voor in de geconsolideerde jaarrekening in geval van aanwezigheid van niet-100%-kapitaalbelangen?

***V17.8** **nv Foodsupply**
nv Foodsupply – die bij het opstellen van de jaarrekening uitgaat van de Nederlandse verslaggevingsvoorschriften – is een internationaal opererend detailhandelsconcern. Met haar eigen bedrijfsactiviteiten behaalt ze in 2020 een omzet van €500 mln en een winst van €25 mln.

Foodsupply heeft een 50%-belang in Smörrebröd A/S, een Scandinavische bakkerijketen. De andere 50% is in handen van Superfood Ltd. Smörrebröd behaalt in 2020 een omzet van €100 mln en een winst van €10 mln.

a Stel dat Foodsupply en Superfood afspraken hebben gemaakt over de gezamenlijke zeggenschap over Smörrebröd.
Welke twee mogelijkheden zijn er ten aanzien van het verwerken van Smörrebröd in de geconsolideerde jaarrekening van Foodsupply? Geef bij elke mogelijkheid aan tot welke geconsolideerde omzet en geconsolideerde winst deze in 2020 leidt.

b Stel dat Foodsupply beschikt over prioriteitsaandelen die haar volledige zeggenschap geven over Smörrebröd.
Hoeveel bedragen dan de geconsolideerde omzet en de geconsolideerde winst van Foodsupply in 2020?

***V17.9** **bv Over**

Per 31 maart 2021 zien de balansen van bv Over en bv Sticht er als volgt uit:

Balans Over per 31 maart 2021 (bedragen × €1.000)

Materiële vaste activa	35.000	Eigen vermogen		
		Aandelenkapitaal	1.500	
		Agio	3.500	
		Algemene reserve	14.000	
				19.000
		Vreemd vermogen		15.000
		Winst 1e kwartaal 2021		1.000
	35.000			35.000

Balans Sticht per 31 maart 2021 (bedragen × €1.000)

Materiële vaste activa	22.000	Eigen vermogen		
		Aandelenkapitaal	1.000	
		Agio	2.000	
		Algemene reserve	12.500	
				15.500
		Vreemd vermogen		5.000
		Winst 1e kwartaal 2021		1.500
	22.000			22.000

De werkelijke waarde per 31 maart 2021 van de materiële vaste activa van Over is €40 mln; die van Sticht zijn €30 mln waard. Aan Over wordt een goodwill van €5 mln toegekend en aan Sticht van €20 mln.
De nominale waarde van de aandelen van Over en Sticht is €100.

Op 1 april 2021 verwerft Over alle aandelen van Sticht in ruil voor nieuw uit te geven eigen aandelen. De ruilverhouding wordt gebaseerd op de werkelijke waarden van beide bedrijven.

a Hoeveel aandelen worden door Over uitgegeven?
b Stel de enkelvoudige balans van Over per 1 april 2021 op, direct na de overname van de aandelen Sticht.
c Wat is de zeggenschapsverdeling tussen de oude aandeelhouders Over en de oude aandeelhouders Sticht en wat voor betekenis heeft deze voor het opstellen van de geconsolideede balans?
d Stel de geconsolideerde balans van de Over-Sticht Groep per 1 april 2021 op.

V17.10 **bv Publica**

Alle in dit vraagstuk voorkomende ondernemingen hanteren bij het opstellen van hun jaarrekening de Nederlandse verslaggevingsvoorschriften.

Met het oog op de strategische en financiële voordelen van centrale leiding en organisatorische integratie heeft het in Nederland gevestigde, middelgrote reclamebureau bv Publica per 31 december 2019 een 60%-belang verworven in het modellenbureau bv TopM. De contante verkrijgingsprijs bedroeg €750.000.
Uit hoofde van een gewenste duurzame ondersteuning van eigen activiteiten was reeds in de loop van 2018 door Publica een 12%-belang genomen in een fotostudio, de bv Shoot, voor een bedrag van €120.000. Deze verkrijgingsprijs vormde tevens de waarderingsgrondslag voor deze (enige) deelneming op de balans van Publica.
Het nu overgenomen modellenbureau TopM had zelf ook al, in 2017, op grond van vergelijkbare motieven, een 10%-belang gekocht in diezelfde fotostudio Shoot voor €130.000.
Omdat alle genoemde belangen tevens de zeggenschapsverhoudingen weergeven, heeft Publica met deze overname naast de beslissende zeggenschap in TopM, ook invloed van betekenis op het zakelijke en financiële beleid in bv Shoot verkregen.
De kapitaalstructuur c.q. zeggenschapsverhoudingen tussen de ondernemingen zien er vanaf 31 december 2019 dus als volgt uit:

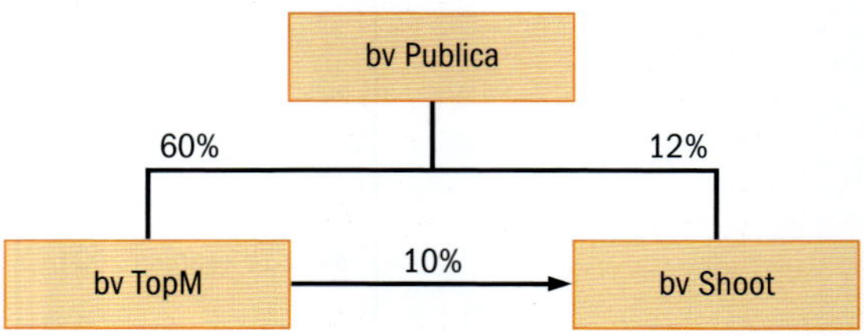

a Verklaar waarom Publica in 2018 het belang in Shoot heeft geclassificeerd als deelneming en wordt gewaardeerd op basis van de verkrijgingsprijs.

Voor de bepaling van de fair value van TopM beschikte Publica over de volgende gegevens:

DEEL 5
Overige onderwerpen

18
Vreemde valuta

Theorievragen

18.1 In welk geval mag volgens de Nederlandse wet bij het opstellen van de jaarrekening een vreemde valuta als rapporteringsvaluta worden gehanteerd?

18.2 Welke soorten valutarisico's kunnen onderscheiden worden?

18.3 Wat verstaat de IASB onder de 'functionele valuta'?

18.4 **a** Tegen welke koers dienen volgens de IASB en de RJ in vreemde valuta luidende monetaire posten te worden omgerekend?
b Op welke wijze dienen volgens de IASB en de RJ de daardoor ontstane valutaresultaten in de jaarrekening te worden verwerkt?

18.5 Welke voorschriften geeft de wet inzake opneming van informatie in de toelichting over de verwerking van vreemde valuta in de jaarrekening?

18.6 Tegen welke koers moeten in vreemde valuta luidende monetaire posten fiscaal worden omgerekend?

18.7 Op welke wijze kan een onderneming het risico van fluctuerende valutakoersen elimineren?

18.8 Geef aan wanneer er sprake is van:
a een fair value hedge
b een cashflow hedge.

18.9 Waarom is het van belang te weten wat de functionele valuta is van een buitenlandse deelneming?

18.10 Welke omrekeningsvoorschriften voor de balans schrijven de IASB en de RJ voor indien:
a de functionele valuta van de buitenlandse deelneming gelijk is aan die van de moeder
b de functionele valuta van de buitenlandse deelneming verschilt van die van de moeder?

18.11 Hoe worden de uit de omrekening ontstane resultaten bij de in vraag **18.10** gevraagde voorschriften verwerkt?

18.12 Wat wordt verstaan onder 'first restate then translate'?

18.13 Welke omrekeningsmethode wordt in de praktijk meestal toegepast?

Meerkeuzevragen

18.1 Een op 1 januari opgerichte Nederlandse handelsonderneming koopt gedurende het eerste bedrijfsjaar jaar 50.000 stuks goederen in bij Nederlandse leveranciers voor €110 per stuk. Alle verkopen gaan naar de VS, waar 45.000 stuks worden afgezet tegen $ 130. De afzet is regelmatig over het jaar gespreid. De Amerikaanse afnemers krijgen twee maanden krediet, waarvan ze volledig gebruikmaken.
In de eerste helft van het jaar geldt $ 1 = € 1, in de tweede helft $ 1 = € 0,90.

Hoeveel bedraagt de opbrengst verkopen in het eerste bedrijfsjaar?

a € 5.265.000
b € 5.412.500
c € 5.557.500
d € 5.850.000

18.2 Zie de gegevens van vraag **18.1**.

Hoeveel bedraagt het koersresultaat in het eerste bedrijfsjaar?

a € 292.500 negatief
b € 97.500 negatief
c € 97.500 positief
d € 292.500 positief

18.3 Een Nederlandse onderneming heeft per 1 januari 2020 een 5%-lening van $ 2 mln opgenomen; de betaling van de rente vindt jaarlijks achteraf op 30 december plaats. Op die datum wordt ook 10% van de hoofdsom afgelost.
De koersverhouding tussen $ en € is als volgt:

1 januari 2020	$ 1 = € 1
Gemiddelde in 2020	$ 1 = € 0,90
31 december 2020	$ 1 = € 0,80

Voor welk bedrag staat de lening in de balans per 31 december 2020?

a € 1.440.000
b € 1.620.000
c € 1.760.000
d € 1.800.000

18.4 Een Nederlandse onderneming heeft op 1 december 2020 een verkoop in dollars aan een Amerikaanse afnemer verricht. De afnemer zal op 1 februari 2021 betalen.

Hoe worden de vordering in de balans per 31 december 2020 en de opbrengst verkopen in de resultatenrekening over 2020 omgerekend?

a Vordering: koers 31 december 2020; opbrengst verkopen: koers 1 december 2020.
b Vordering: koers 1 februari 2021; opbrengst verkopen: koers 1 december 2020.
c Vordering: koers 1 december 2020; opbrengst verkopen: koers 1 februari 2021.
d Vordering: koers 1 februari 2021; opbrengst verkopen: koers 1 februari 2021.

18

18.5 Hoe dient een cashflow hedge volgens de IASB verwerkt te worden?

a Waardeveranderingen van het dekkingsinstrument worden eerst in een herwaarderingsreserve opgenomen en later overgeboekt naar het resultaat.

b Waardeveranderingen van het dekkingsinstrument worden onmiddellijk in het resultaat verwerkt.

c Waardeveranderingen van het dekkingsinstrument worden alleen in een herwaarderingsreserve opgenomen en niet in het resultaat.

d Waardeveranderingen van het dekkingsinstrument worden eerst in een herwaarderingsreserve opgenomen en later overgeboekt naar de vrije reserves.

18.6 Wanneer is de euro normaliter de functionele valuta van een Zuid-Amerikaans bedrijf, waarvan een Nederlandse onderneming alle aandelen houdt?

a Als de geldstromen tussen de deelnemer en deelneming van ondergeschikte betekenis zijn.

b Als de deelneming beschouwd kan worden als zelfstandige buitenlandse eenheid.

c Als de deelneming Nederlands management heeft.

d Als de deelneming uitsluitend fungeert als verkoopkantoor van de producten van de deelnemer.

18.7 Een Nederlandse onderneming heeft op 1 april 2020 een buitenlandse deelneming verworven, die – net als de Nederlandse onderneming– de euro als functionele valuta heeft. De deelneming beschikt per 31 december 2020 over een voorraad die is ingekocht op 1 oktober 2020 en betaald is op 1 december 2020.
De onderneming gaat voor de waardering en winstbepaling uit van het historischekostenstelsel.

Tegen welke koers wordt de voorraad in de balans per 31 december 2020 omgerekend?

a Die van 1 april 2020.

b Die van 1 oktober 2020.

c Die van 1 december 2020.

d Die van 31 december 2020.

18.8 Hierna zijn in de lokale valuta gegeven de balansen per 31 december 2020 en 31 december 2019 van Fremd, een in het buitenland gevestigde onderneming.

	31-12-2020	31-12-2019		31-12-2020	31-12-2019
Vaste activa	690.000	800.000	Aandelenkapitaal	200.000	200.000
Vlottende activa	480.000	345.000	Reserves	490.000	400.000
			Winst	115.000	90.000
			Lening	300.000	350.000
			Crediteuren	65.000	105.000
	1.170.000	1.145.000		1.170.000	1.145.000

Over het koersverloop van de euro ten opzichte van de lokale valuta is het volgende gegeven:

1 januari 2020	lokale valuta 1 = € 1,30
Gemiddeld over 2020	lokale valuta 1 = € 1,10
31 december 2020	lokale valuta 1 = € 0,90

Vanaf 1 januari 2020 is 70% van de aandelen van Fremd in handen van de Nederlandse bv Oranje.
Oranje waardeert Fremd tegen nettovermogenswaarde en past voor de omrekening van de balans van Fremd in euro's de closing-rate method toe, met gebruikmaking van de gemiddelde koers voor de omrekening van het resultaat.

Hoeveel bedraagt de post Reserve omrekenverschillen in de balans van Oranje per 31 december 2020?

a € 209.300 negatief
b € 179.400 negatief
c € 179.400 positief
d € 209.300 positief

18.9 Zie de gegevens van vraag **18.8**.

Wat is de waardering van het kapitaalbelang in Fremd in de balans van Oranje per 31 december 2020?

a € 268.500
b € 422.800
c € 507.150
d € 791.850

18.10 De balanspost Reserve omrekenverschillen, die ontstaat bij toepassing van de closing-rate method, dient te worden beschouwd als een:

a statutaire reserve
b wettelijke reserve
c vrije reserve
d agio

Vraagstukken

V18.1 **Specula bv**

Specula bv wordt op 1 januari 2020 opgericht en gaat zich bezighouden met de handel in het product B, dat geëxporteerd gaat worden naar Syldavië. De klanten zullen betalen in de *sylda*, de valuta van Syldavië.
Bij de oprichting wordt nominaal € 200.000 aandelenkapitaal uitgegeven tegen 200%; de aandelen worden direct volgestort. Verder neemt Specula een lening op. Op advies van de bank is het een lening in *bordu*, de munt van Bordurië. De verwachting is namelijk dat de *bordu* de komende jaren in waarde gaat verliezen ten opzichte van de euro, zodat de effectieve financieringskosten gedrukt kunnen worden. De lening is groot *bordu* 200.000; dit bedrag wordt meteen per 1 januari 2020 in euro's omgewisseld.
De lening dient in vijf gelijke jaarlijkse termijnen te worden afgelost, voor het eerst op 31 december 2020; per die datum wordt tevens de interest ad 8% (achteraf) voldaan.

Begin januari 2020 wordt een pand aangeschaft voor € 400.000. Dit pand wordt in veertig jaar met gelijke bedragen per jaar tot nihil afgeschreven.

In 2020 vinden de volgende transacties in het product B plaats:

- 20 januari: inkoop en betaling van 2.000 producten à € 100 per stuk
- 5 april: verkoop 1.500 producten à *sylda* 200 per stuk

- 5 juni: ontvangst van de verkoop van 5 april; de ontvangen *sylda's* zijn direct omgewisseld in euro's
- 9 augustus: inkoop en betaling van 1.000 producten à € 110 per stuk
- 8 november: verkoop 1.000 producten à *sylda* 220. De debiteur zal betalen op 8 februari 2021.

Specula gaat voor het verloop van de voorraad B uit van de fifo-volgorde.

De bedrijfskosten (andere dan hiervoor genoemde) bedroegen over 2020 € 10.000 en zijn in 2020 ook betaald.

Het koersverloop van de *sylda* en de *bordu* ten opzichte van de euro over 2020 is als volgt:

1 januari – 30 april:	*sylda* 1 = € 1
1 mei – 31 juli:	*sylda* 1 = € 0,90
1 augustus – 30 november:	*sylda* 1 = € 0,80
1 december – 31 december:	*sylda* 1 = € 1
1 januari – 30 juni:	*bordu* 1 = € 2
1 juli – 31 december:	*bordu* 1 = € 1,90

Bij de verwerking van vreemde valuta in de jaarrekening worden de voorschriften van de IASB en de RJ gevolgd.

Stel de balans van Specula per 31 december 2020 en de resultatenrekening over 2020 (met daarin opgenomen een specificatie van de koersresultaten) op.

***V18.2** **bv Troost**

De Nederlandse bv Troost is een groothandel die zich bezighoudt met de in- en verkoop van Java-koffie. De koffie wordt gekocht in Indonesië; betaling vindt plaats in Indonesische rupiah's (IDR). De koffie wordt in Nederland verkocht aan speciaalzaken.

De balans van Troost ziet er per 1 januari 2020 als volgt uit:

Balans bv Troost per 1 januari 2020 (× €1.000)

Materiële vaste activa		*Eigen vermogen*	
Bedrijfspand	2.400	Aandelenkapitaal	5.000
Vlottende activa		Winstreserve	6.500
Voorraad koffie			
1 mln kg à € 7	7.000		
Liquide middelen	2.100		
	11.500		11.500

Toelichting en gegevens over boekjaar 2020

In 2020 koopt Troost 10 mln kg koffie in à IDR 72.000. Eind 2020 is hiervan 7 mln kg geleverd. De resterende 3 mln kg zal geleverd worden na de januari-oogst van 2021. De betaling van de in 2020 geleverde koffie vindt plaats op 1 juli 2020; Troost koopt op die datum de benodigde IDR's in. Betaling van de in 2021 te leveren koffie zal plaatsvinden na levering.

In 2020 verkoopt Troost aan diverse afnemers 5 mln kg à €8. Daarnaast vindt er in 2020, ingevolge een langlopend contract met een horeca-leverancier, een levering plaats van 2,5 mln kg. Deze hoeveelheid wordt ook in 2021 geleverd. Er is met de horeca-leverancier voor het totaal van de leveringen in 2020 en 2021 een vaste prijs van €7,50 per kg afgesproken.
De in 2020 afgezette koffie is eind 2020 door de afnemers geheel betaald.

Op het bedrijfspand wordt jaarlijks 5% van de aankoopprijs van €3 mln afgeschreven.
De bedrijfskosten over 2020 (andere dan de hiervoor genoemde) bedragen €5 mln.

Op 30 december 2020 neemt Troost een 30%-kapitaalbelang in het Indonesische handelsbedrijf Kopi Enak. Op die datum ziet de balans van dit bedrijf er als volgt uit:

Balans Kopi Enak per 30 december 2020 (× IDR 1.000)

Materiële vaste activa		*Eigen vermogen*	
Bedrijfspand	3.000.000	Aandelenkapitaal	7.500.000
Vlottende activa		*Vreemd vermogen*	
Voorraad koffie		10%-lening	1.000.000
80.000 kg à IDR 50.000	4.000.000		
Liquide middelen	1.500.000		
	8.500.000		8.500.000

De werkelijke waarde van het pand wordt op 30 december 2020 door een onafhankelijke deskundige 20% hoger ingeschat dan de boekwaarde.
De aankoopprijs van het 30%-belang is IDR 3 mld. De verkopende Indonesische aandeelhouder krijgt voor de helft in contanten betaald (de benodigde IDR's worden door Troost op 30 december 2020 aangeschaft) en voor de andere helft in aandelen Troost (hiervoor wordt door Troost nominaal €75.000 aandelenkapitaal uitgegeven).

De wisselkoersverhouding tussen € en IDR is gedurende 2020 als volgt:

1 januari	1 € = IDR 16.000
1 april	1 € = IDR 14.000
1 juli	1 € = IDR 12.000
1 oktober	1 € = IDR 10.000
30 december	1 € = IDR 8.000

Troost gaat voor de waardering en winstbepaling uit van historische kosten, met toepassing van de fifo-volgorde voor de voorraad koffie.
Troost waardeert haar kapitaalbelang in Kopi Enak tegen nettovermogenswaarde.

Stel de balans per 31 december 2020 van Troost op, luidende in euro's.

V18.3 **nv X**

nv X heeft op 1 september 2020 een vordering verkregen op een Amerikaanse afnemer van $ 1 mln. De koers van een dollar bedroeg op dat moment €0,80.

De vordering zal op 1 maart 2021 worden betaald.
Om het koersrisico uit te schakelen, heeft X per 1 september 2020 een putoptie gekocht voor €70.000. De looptijd van de optie is zes maanden. Door de optie verkrijgt X het recht om $1 mln te verkopen tegen een koers van €0,74. Op 31 december 2020 is de koers van een dollar €0,68; de marktwaarde van de optie is op dat moment €150.000.

a Geef aan welke posten (met de daarbij behorende bedragen) bij X uit hoofde van deze vordering/optie voorkomen in de balans per 31 december 2020 en in de resultatenrekening over 2020, uitgaande van de voorschriften van de IASB.

b Beantwoord vraag **a** nogmaals, maar nu als op 31 december 2020 de koers van een dollar €0,86 en de marktwaarde van de optie €20.000 is.

c Geef aan of hier sprake is van een fair value hedge of van een cashflow hedge.

V18.4 **bv Nedopia**

De bv Nedopia is een groothandelsbedrijf dat Nederlands fabrikaat exporteert naar Utopia. Op de termijnmarkt vindt een levendige handel plaats in de topi, de nationale munt van Utopia.
Voor 2020 zijn de volgende contante koersen bekend:

	1 topi
1 november 2020	€ 0,05
1 december 2020	€ 0,04
31 december 2020	€0,032

Op 1 november 2020 is de tweemaandstermijnkoers van de topi €0,048.
Op 1 december 2020 is de marktwaarde van een tweemaandstermijncontract voor 1 mln topi €14.000 en op 31 december 2020 €16.000.

Op 1 november 2020 gebeurt het volgende:

1 Er wordt door Nedopia voor topi 5 mln aan handelsgoederen verkocht en afgeleverd. De boekwaarde van de verkochte voorraad is €200.000.
De importeur in Utopia zal op 31 december 2020 betalen.
Nedopia sluit een transactie op de tweemaandstermijnmarkt om het valutarisico af te dekken.

2 Nedopia sluit een verkoopcontract af ter grootte van topi 10 mln voor de levering van handelsgoederen (met een boekwaarde van €420.000) op 31 december 2020. De importeur zal op die datum betalen.
Nedopia sluit een transactie op de tweemaandstermijnmarkt om het valutarisico af te dekken.

a Geef per gebeurtenis aan of hier sprake is van een fair value hedge of van een cashflow hedge.

b Geef de journaalposten die Nedopia maakt naar aanleiding van genoemde transacties op 1 november 2020, 1 december 2020 en 31 december 2020, als zij de voorschriften van de IASB volgt.

18

V18.5 Wijo bv

Wijo bv heeft op 31 december 2019 de onderneming Tropical opgericht, die is gevestigd in een Aziatisch land, dat als munt de valu gebruikt. Tropical wordt door Wijo gewaardeerd tegen nettovermogenswaarde.
De jaarrekening van Tropical over 2020 (met voor de balans vergelijkende cijfers over 2019) ziet er als volgt uit:

Balansen ultimo 2020 en ultimo 2019 (bedragen × valu 1 mln)

	2020	2019		2020	2019
Pand	780	800	Aandelenkapitaal	500	500
Machines	360	400	Agio	800	800
Voorraad	480	400	Winst boekjaar	110	–
Liquide middelen	350	260	Vreemd vermogen	560	560
	1.970	1.860		1.970	1.860

Resultatenrekening over 2020 (bedragen × valu 1 mln)

Omzet			1.200
Kostprijs van de omzet			900
			300
Afschrijvingskosten			
Pand	20		
Machines	40		
		60	
Overige kosten		130	
			190
Winst			110

Toelichting

Het pand, de machines en de voorraad zijn per 31 december 2019 aangeschaft; de grondslag voor de waardering en winstbepaling is historische kosten.
Het pand wordt in veertig jaar afgeschreven, de machines in tien jaar; in beide gevallen wordt afgeschreven met gelijke bedragen per jaar tot een restwaarde van nihil.
De in- en verkoop van de goederen hebben regelmatig gespreid in het jaar plaatsgevonden. Voor het verbruik van de voorraden wordt uitgegaan van de fifo-volgorde.
De overige kosten worden gelijkmatig over het jaar gespreid gemaakt en betaald.

De koersverhouding tussen de valu en de euro was in 2020 als volgt:

1e kwartaal valu 1 = €0,04 (tevens per 31 december 2019)
2e kwartaal valu 1 = €0,043

3e kwartaal	valu 1 = € 0,047
4e kwartaal	valu 1 = € 0,05
Gemiddeld	valu 1 = € 0,045

a Geef de balansmutaties (in journaalpostvorm) die zich per 31 december 2019 bij Wijo voordoen als gevolg van de oprichting van Tropical.

Stel dat de functionele valuta van Tropical de euro is.

b Reken de balans per 31 december 2020 en de resultatenrekening over 2020 van Tropical om in euro's volgens de voorschriften van de IASB en de RJ; geef een specificatie van de omrekeningsverschillen.

c Geef de balansmutaties (in journaalpostvorm) die zich per 31 december 2020 bij Wijo voordoen als gevolg van het aanhouden van Tropical in 2020.

d Noem een sterk en een zwak punt van de bij vraag **b** gehanteerde methode.

Stel dat de functionele valuta van Tropical de valu is.

e Reken de balans per 31 december 2020 en de resultatenrekening over 2020 van Tropical om in euro's volgens de voorschriften van de IASB en de RJ, met gebruikmaking van de gemiddelde koers voor de omrekening van de posten van de resultatenrekening; geef een specificatie van de omrekeningsverschillen.

f Geef de balansmutaties (in journaalpostvorm) die zich per 31 december 2020 bij Wijo voordoen als gevolg van het aanhouden van Tropical in 2020.

g Noem een sterk en een zwak punt van de bij vraag **e** gehanteerde methode.

***V18.6 Ned nv**

De in Nederland gevestigde onderneming Ned nv heeft op 31 december 2019 in het buitenland de 100%-deelneming Buit opgericht. Ned gaat voor de waardering en winstbepaling uit van historische kosten; deelnemingen worden gewaardeerd op nettovermogenswaarde. Voor de omrekening van de jaarrekening van Buit in euro's wordt uitgegaan van de closing-rate method met hantering van de gemiddelde koers voor de omrekening van de posten van de resultatenrekening.

De openingsbalans en de jaarrekening 2020 van Buit in de lokale valuta (bv) zien er als volgt uit:

Balans per 31 december (bedragen × bv 1.000)

	2020	2019		2020	2019
Vaste activa	450	500	Eigen vermogen 1/1	1.000	1.000
Voorraden	2.200	1.920	Lang vreemd vermogen	800	900
Liquide middelen	420	180	Kort vreemd vermogen	700	700
			Winst boekjaar	570	
	3.070	2.600		3.070	2.600

18

Resultatenrekening over 2020 (bedragen × bv 1.000)

Opbrengst verkopen		3.600
Kostprijs verkopen		2.880
Transactieresultaat		720
Afschrijvingen	50	
Overige kosten	100	
		150
Winst		570

Verdere gegevens over Buit

- De grondslagen van waardering en winstbepaling komen overeen met die van Ned.
- De afschrijvingstermijn op de vaste activa is tien jaar; afschrijving geschiedt met gelijke bedragen per jaar tot een restwaarde van nihil.
- Op het lang vreemd vermogen werd per 30 juni 2020 100.000 bv afgelost.
- De koers van de bv ten opzichte van de euro heeft zich als volgt ontwikkeld:

31 december 2019	1 bv = € 0,30
Gemiddelde koers 2020	1 bv = € 0,25
31 december 2020	1 bv = € 0,20

a Stel de balans ultimo 2020 en de resultatenrekening over 2020 van Buit op in euro's; geef een specificatie van de omrekeningsverschillen.

b Geef alle relevante journaalposten die in de boekhouding van Ned zijn gemaakt met betrekking tot de mutaties in de post Deelneming Buit over 2020.

c Geef het mutatieoverzicht van deelneming Buit over 2020 op basis van de onder vraag **a** uitgevoerde omrekening ten behoeve van de toelichting op de enkelvoudige balans van Ned.

d Stel dat in afwijking van voorgaande gegevens als gevolg van hyperinflatie in het land waar Buit is gevestigd de koers van één bv per 31 december 2020 nog slechts € 0,03 is.

1 Voor welk bedrag zullen in dat geval de vaste activa op de balans gevraagd bij vraag **a** voorkomen?

2 Welk bezwaar is aan te voeren tegen de bij vraag **d1** berekende boekwaarde?

3 Wat schrijven de IASB en de RJ in deze situatie voor om aan dit bezwaar tegemoet te komen?

V18.7 Neon nv

De Nederlandse onderneming Neon nv heeft op 1 januari 2020 alle aandelen van de in het buitenland gevestigde onderneming Buon overgenomen voor een bedrag van € 50 mln.

Neon en Buon hanteren dezelfde grondslagen voor de waardering en winstbepaling; voor de materiële activa wordt uitgegaan van historische kosten met toepassing van de fifo-volgorde voor de voorraden.

Neon waardeert deelneming Buon tegen nettovermogenswaarde.

De balans van Buon ziet er per 1 januari 2020 als volgt uit:

Balans Buon per 1 januari 2020 (× VrV 1.000)

Vaste activa	8.000	Aandelenkapitaal	8.000
Voorraad goederen	4.000	Algemene reserve	3.000
Liquide middelen	3.960	8%-hypothecaire lening	4.800
		Nog te betalen interest	160
	15.960		15.960

Toelichting

- De vaste activa zijn aangeschaft op 1 januari 2018 voor een bedrag van VrV 10 mln en worden in tien jaar met gelijke bedragen per jaar tot nihil afgeschreven.
  De actuele waarde van de vaste activa ligt op balansdatum 20% boven de waarde op basis van historische kosten.
- De voorraad goederen bestaat uit 10.000 stuks; deze zijn alle op 1 december 2019 ingekocht voor VrV 400 per eenheid.
  Per balansdatum is de actuele waarde VrV 430 per eenheid.
- De hypothecaire lening is afgesloten op 1 augustus 2017. De lening wordt afgelost in tien gelijke jaarlijkse termijnen, de eerste is voldaan op 1 augustus 2018. De interestbetaling vindt eveneens achteraf plaats (zie hiervoor de post Nog te betalen interest).

Verdere gegevens over Buon met betrekking tot 2020:

- Inkoop:
  Eerste halfjaar 24.000 stuks, inkoopprijs VrV 450 per stuk.
  Tweede halfjaar 26.000 stuks, inkoopprijs VrV 470 per stuk.
- Verkoop:
  Eerste halfjaar 25.000 stuks, verkoopprijs VrV 850 per stuk.
  Tweede halfjaar 24.000 stuks, verkoopprijs VrV 950 per stuk.
- Overige kosten:
  Aan overige kosten is, gelijkmatig over het jaar verspreid, VrV 18 mln betaald.
- Overige informatie:
  Alle transacties worden contant afgerekend.

De jaarrekening van Buon over 2020 luidt als volgt:

Balans per 31 december 2020 (bedragen × VrV 1.000)

Vaste activa	7.000	Aandelenkapitaal	8.000
Voorraad goederen	5.170	Algemene reserve	3.000
Liquide middelen	6.006	8%-hypothecaire lening	4.200
		Nog te betalen interest	140
		Winst 2020	2.836
	18.176		18.176

18

Resultatenrekening over 2020 (bedragen × VrV 1.000)

Opbrengst verkopen		44.050
Kostprijs verkopen	21.850	
Afschrijvingen	1.000	
Interest	364	
Overige kosten	18.000	
		41.214
Winst		2.836

Over de ontwikkeling van de koers van de VrV ten opzichte van de euro is het volgende gegeven:

- 1 augustus 2017 — 1 VrV = €2,40
- 1 januari 2018 — 1 VrV = €2,50
- 1 augustus 2018 — 1 VrV = €2,60
- 1 augustus 2019 — 1 VrV = €2,65
- 1 december 2019 — 1 VrV = €2,75
- 1 januari 2020 — 1 VrV = €3
- 2 januari 2020 – 30 december 2020 — 1 VrV = €3,20
- 31 december 2020 — 1 VrV = €3,50

a Bereken in euro's de door Neon betaalde goodwill bij de overname van Buon.

Ter bepaling van de nettovermogenswaarde van en het resultaat uit de deelneming zal Neon de balans ultimo boekjaar en de resultatenrekening over het boekjaar van Buon herrekenen.

b Stel deze herrekende balans per 31 december 2020 en de resultatenrekening over 2020 op in VrV.

c Reken de balans per 31 december 2020 en de resultatenrekening over 2020 van Buon – als uitgewerkt bij vraag **b** – om in euro's volgens het temporal principle. Geef een afzonderlijke specificatie van de omrekeningsverschillen.

d Geef het mutatieoverzicht van de deelneming Buon over 2020 zoals dit moet worden opgenomen in de toelichting op de enkelvoudige balans van Neon.

***V18.8 Vad nv**

De internationale handelsonderneming Vad nv heeft per 31 december 2020 op haar balans zowel monetaire posten als deelnemingen in vreemde valuta.

Monetaire posten

Onder de monetaire posten bevindt zich een buitenlandse lening, die is aangegaan op 1 januari 2020 en oorspronkelijk 500.000 Floxs bedroeg; dit bedrag is direct per 1 januari 2020 omgewisseld in euro's. Afgesproken is dat de lening in vijf gelijke jaarlijkse termijnen zal worden afgelost, voor het eerst op 31 december 2020; per die datum zal tevens de interest ad 6% van de hoofdsom (achteraf) worden voldaan.

Het koersverloop van de Flox ten opzichte van de euro was gedurende 2020 als volgt:

- 1 januari: — 1 Flox = € 1,50
- 2 januari tot en met 31 december: — 1 Flox = € 1,40

Voor de verwerking van de monetaire posten luidend in vreemde valuta in de jaarrekening gaat Vad uit van de voorschriften van de RJ:

- De per balansdatum aanwezige posten worden omgerekend tegen de actuele koers.
- De door omrekening ontstane koersresultaten worden direct na constateren tot het resultaat gerekend.

a Geef alle posten (met bedragen) met betrekking tot de buitenlandse lening die in de balans per 31 december 2020 en in de resultatenrekening over 2020 voorkomen.

Deelnemingen
Per 1 januari 2020 heeft Vad voor €30 mln 70% van de aandelen gekocht van Vreemd, een buitenlandse onderneming die handelt in dezelfde artikelen als Vad. Vreemd zal uitsluitend dienst doen als verkoopkantoor van Vad; hiermee tracht Vad haar aandeel in de buitenlandse markt aanzienlijk te vergroten. De functionele valuta van Vreemd is – net als die van Vad – de euro.
De aandelen van Vreemd representeren de zeggenschapsverhoudingen.

De balans van Vreemd zag er per 1 januari 2020 als volgt uit:

Balans Vreemd per 1 januari 2020 (bedragen × VV 1.000)

Gebouwen	3.000	Aandelenkapitaal	4.000
Voorraden	2.000	Algemene reserves	3.000
Monetaire activa	4.500	Monetaire passiva	2.500
	9.500		9.500

Toelichting op de balans

- De balans is representatief voor de bepaling van de fair value, met uitzondering van de gebouwen: de actuele waarde hiervan bedraagt per 1 januari 2020 VV 6 mln. De gebouwen zijn 31 december 2009 aangeschaft voor VV 4 mln en worden in veertig jaar met gelijke bedragen per jaar afgeschreven.
- De voorraden zijn alle ingekocht op 1 december 2019.

De jaarrekening van Vreemd over 2020 luidt als volgt:

Balans Vreemd per 31 december 2020 (bedragen × VV 1.000)

Gebouwen	2.900	Aandelenkapitaal	4.000
Voorraden	1.800	Algemene reserve	3.000
Monetaire activa	5.800	Monetaire passiva	2.500
		Winst 2020	1.000
	10.500		10.500

Resultatenrekening over 2020 (bedragen × VV 1.000)

Opbrengst verkopen		7.000
Kostprijs verkopen	5.000	
Afschrijvingen	100	
Overige kosten	900	
		6.000
Winst		1.000

Toelichting op de jaarrekening

- Zowel de inkopen als de verkopen van de voorraad vinden regelmatig gespreid over het jaar plaats.
- De overige kosten zijn gemaakt en betaald per 1 juli 2020.

Vad en Vreemd hanteren dezelfde grondslagen voor de waardering en winstbepaling; voor de materiële activa wordt uitgegaan van historische kosten met toepassing van de fifo-volgorde voor de voorraden. Vad waardeert deelneming Vreemd tegen nettovermogenswaarde. Voor de omrekening van de jaarrekening van Vreemd in euro's gaat Vad uit van het temporal principle.

Over de ontwikkeling van de koers van VV ten opzichte van de euro is het volgende gegeven:

- 31 december 2009: 1 VV = € 1,30
- 1 december 2019: 1 VV = € 1,60
- 1 januari 2020: 1 VV = € 1,70
- 2 januari tot en met 30 december 2020: 1 VV = € 1,80
- 31 december 2020: 1 VV = € 1,90

b Bereken in euro's de door Vad betaalde goodwill bij de overname van Vreemd.

c Voor de omrekening van de jaarrekening van Vreemd in euro's gaat Vad uit van het temporal principle. Geef gemotiveerd aan of Vad hiermee handelt overeenkomstig de voorschriften van de RJ.

d Reken de balans per 31 december 2020 en de resultatenrekening over 2020 van Vreemd om in euro's. Geef een afzonderlijke specificatie van de omrekeningsverschillen.
NB Bedoeld zijn hier de herrekende balans en resultatenrekening van Vreemd, zoals die in de boekhouding van Vad voorkomen ter bepaling van de nettovermogenswaarde en het resultaat uit deelneming.

V18.9 **nv Euro**

Op 1 januari 2020 verwerft nv Euro alle aandelen van de in het buitenland gevestigde onderneming Bruce voor een bedrag van VR 1,1 mln. De balans van Bruce ziet er op dat moment als volgt uit:

Balans Bruce per 1 januari 2020 (bedragen × VR 1.000)

Gebouwen	1.000	Aandelenkapitaal	100
Voorraden	500	Winstreserve	600
Liquide middelen	300	Voorzieningen	100
		Lening nv Euro	700
		Kortlopende schulden	300
	1.800		1.800

De fair value van Bruce op het overnamemoment is gelijk aan het zichtbaar eigen vermogen met uitzondering van het volgende:

- De actuele waarde van de gebouwen per 1 januari 2020 bedraagt VR 1,25 mln. De resterende levensduur, vijfentwintig jaar, blijft ongewijzigd. Er wordt afgeschreven met gelijke bedragen per jaar tot een restwaarde van nihil.
- Met betrekking tot de bepaling van de voorzieningen hanteert Euro een andere systematiek dan Bruce. Uitgaande van de berekeningswijze van Euro zijn de voorzieningen per 1 januari 2020 VR 50.000 lager.

Er vinden tussen Euro en Bruce geen goederentransacties plaats. De aan Bruce verstrekte lening dateert van 1 januari 2017. Toen is aan Bruce een tienjarige lening verstrekt van VR 1 mln, af te lossen in tien jaarlijkse termijnen van VR 100.000, voor het eerst op 31 december 2017. Over de lening wordt een rente vergoed van 6%, te betalen per 31 december van elk jaar.

Voor de waardering en winstbepaling hanteert Bruce het systeem van historische kosten, terwijl Euro uitgaat van actuele waarde.
Euro waardeert haar belang in Bruce tegen nettovermogenswaarde; de bij de verwerving betaalde goodwill wordt geactiveerd en tot nihil afgeschreven in twintig jaar met gelijke bedragen per jaar.

De jaarrekening van Bruce over 2020 ziet er als volgt uit:

Balans Bruce per 31 december 2020 (bedragen × VR 1.000)

Gebouwen	960	Aandelenkapitaal	100
Voorraden	600	Winstreserve	600
Liquide middelen	540	Voorzieningen	150
		Lening nv Euro	600
		Kortlopende schulden	350
		Winst 2020	300
	2.100		2.100

Resultatenrekening over 2020 (bedragen × VR 1.000)

Opbrengst verkopen		12.000
Kostprijs verkopen	10.000	
Verkoopkosten	700	
Algemene beheerskosten	958	
Rentelasten	42	
		11.700
Winst		300

18

Toelichting

- De waarde van de gebouwen is eind 2020 gestegen met 10%.
- De inkoopprijs van de voorraden is in 2020 niet gewijzigd.
- De stand van de voorzieningen is eind 2020 gelijk aan die volgens de berekeningssystematiek van Euro.
- Over de ontwikkeling van de VR ten opzichte van de euro is het volgende gegeven:
  - 1 januari 2020 1 VR = €2,20
  - gemiddelde koers 2020 1 VR = €2,30
  - 31 december 2020 1 VR = €2,40

a Bereken in euro's de door Euro betaalde goodwill bij de overname van Bruce.

b Geef de journaalpost die Euro op 1 januari 2020 maakt van de verwerving van de aandelen Bruce.

c Reken de balans per 31 december 2020 en de resultatenrekening over 2020 van Bruce om in euro's volgens de closing-rate method. Voor de omrekening van de posten van de resultatenrekening wordt de gemiddelde koers gehanteerd. Geef tevens een specificatie van de omrekeningsverschillen.
NB Bedoeld is hier de herrekende balans en resultatenrekening van Bruce, zoals die in de boekhouding van Euro voorkomt ter bepaling van de nettovermogenswaarde en het resultaat uit deelneming.

d Geef het mutatieoverzicht van deelneming Bruce over 2020, zoals dat wordt opgenomen in de toelichting op de enkelvoudige balans van Euro.

e Geef de journaalpost die Euro per 31 december 2020 maakt van de mutatie in de nettovermogenswaarde van deelneming Bruce over 2020.

Op 1 januari 2021 verkoopt Euro het gehele belang in Bruce.

f Op welke wijze dient Euro volgens de IASB, de RJ en de Nederlandse wet de vrijval van de posten Herwaarderingsreserve en Reserve omrekeningsverschillen, voor zover betrekking hebbend op Bruce, als gevolg van de verkoop in de jaarrekening over 2021 te verwerken?

19 Winstbelasting

Theorievragen

19.1 **a** Geef een omschrijving van de door de fiscus gehanteerde begrippen saldo fiscale winst, belastbare winst en belastbaar bedrag.
b Welke term gebruiken wij in dit boek voor het fiscale begrip belastbare winst?

19.2 Hoe werkt de fiscale verliescompensatie?

19.3 Geef aan op welke wijze een compenseerbaar verlies in de bedrijfseconomische jaarrekening verwerkt dient te worden indien er sprake is van:
a carry back
b carry forward.

19.4 **a** Wanneer is er sprake van een tijdelijk verschil tussen bedrijfseconomische en fiscale winst?
b Geef drie voorbeelden van tijdelijke winstverschillen.

19.5 Wat is het verschil tussen de statische en dynamische bepaling van de voorziening voor latente belastingverplichtingen?

19.6 **a** Wat is het verschil tussen actieve en passieve belastinglatenties?
b Geef een voorbeeld van een situatie die leidt tot een actieve latentie.

19.7 In hoeverre dient volgens de IASB en de RJ een actieve latentie in de balans te worden opgenomen?

19.8 **a** Wanneer is er sprake van een definitief verschil tussen bedrijfseconomische en fiscale winst?
b Geef drie voorbeelden van definitieve winstverschillen.

19.9 Wat wordt verstaan onder onderdruk respectievelijk overdruk?

19.10 Waarom is het voor de vermogenspresentatie gewenst dat er bij toepassing van actuele c.q. reële waarde een voorziening voor latente belastingverplichtingen gevormd wordt?

19.11 **a** Op welke twee manieren kan bij toepassing van actuele c.q. reële waarde de overdruk uit hoofde van herwaardering worden verwerkt?
b Welke verwerkingsmethode doet het meest recht aan de uitgangspunten van de substantialistische winstopvatting?

19.12 **a** Welke argumenten zijn er aan te voeren pro en contra het waarderen van belastinglatenties op contante waarde?
b Wat zijn de opvattingen van de IASB en de RJ ter zake?

19.13 Op welke wijze dient een resultaat verwerkt te worden dat ontstaat doordat wegens een wijziging van het belastingtarief de voorziening voor latente belastingverplichtingen hoger of lager wordt?

19.14 Welke kritiek kan gegeven worden op de naamgeving Voorziening voor latente belastingverplichtingen?

Meerkeuzevragen

19.1 Wat is de juiste omschrijving van het door de fiscus gehanteerde begrip belastbare winst (in het theorie- en opgavenboek fiscale winst genoemd)?
a De nettowinst, zoals die wordt gepubliceerd bij het Handelsregister.
b De winst op basis van fiscale grondslagen, zonder rekening te houden met de geldende fiscale faciliteiten en het feit dat bepaalde kostenposten fiscaal geheel of gedeeltelijk niet worden erkend.
c De winst waarover belasting verschuldigd is, welke berekend wordt door het saldo fiscale winst te corrigeren voor de van toepassing zijnde bedragen van de fiscale faciliteiten en de fiscaal niet-aftrekbare kosten.
d De winst waarnaar vennootschapsbelasting wordt geheven, zijnde de in een boekjaar genoten belastbare winst verminderd met te verrekenen verliezen.

19.2 Een onderneming heeft de volgende resultaten vóór aftrek van belasting behaald (in deze vraag zijn er geen verschillen tussen de bedrijfseconomische en de fiscale winst):

2017	€300.000 positief
2018	€200.000 positief
2019	€180.000 positief
2020	€500.000 negatief

De onderneming neemt in haar balans alleen vorderingen uit hoofde van carry back op.
Het tarief van de vennootschapsbelasting is 20%.

Hoeveel bedraagt in 2020 de post Belastingen (als bate) in de resultatenrekening?
a €0
b €45.000
c €100.000
d €125.000

19.3 Zie de gegevens van vraag **19.2.**

Hoeveel bedraagt in 2020 de post Belastingen (als bate) in de resultatenrekening als ook vorderingen uit hoofde van carry forward in de balans worden opgenomen?
a €0
b €36.000
c €180.000
d €100.000

19.4 Per 1 januari 2020 staat op de balans van bv Tax een machine (boekwaarde € 120.000); de machine heeft (zowel bedrijfseconomisch als fiscaal) een resterende levensduur van drie jaar, een geschatte restwaarde van nihil en wordt tijdsevenredig tot nihil afgeschreven.
Op 1 oktober 2020 wordt de machine vervangen door een nieuwe. De aankoopprijs van de nieuwe machine is € 500.000; omdat de oude machine ingeruild wordt, hoeft maar € 390.000 bijbetaald te worden. De nieuwe machine heeft (zowel bedrijfseconomisch als fiscaal) een geschatte levensduur van vijf jaar, een restwaarde van nihil en wordt eveneens tijdsevenredig afgeschreven.
Het tarief van de vennootschapsbelasting is 20%.

Hoeveel wordt er in 2020 in de bedrijfseconomische resultatenrekening aan afschrijvingskosten opgenomen?

a € 45.000
b € 55.000
c € 51.740
d € 62.500

19.5 Zie de gegevens van vraag **19.4.**

Tax maakt gebruik van de fiscale regeling van de herinvesteringsreserve, die inhoudt dat boekwinsten op verkochte bedrijfsmiddelen voorlopig buiten de belastingheffing blijven; de behaalde boekwinst wordt in mindering gebracht op de aanschafprijs van een nieuw bedrijfsmiddel.

Uit hoofde van de machine bedraagt de voorziening voor latente belastingverplichtingen per 31 december 2020:

a € 3.275
b € 3.387,80
c € 3.800
d € 4.475

19.6 Welke gebeurtenis leidt tot een *actieve* belastinglatentie?

a Bedrijfseconomisch afschrijven in drie jaar, fiscaal in vijf jaar.
b Het toepassen van de deelnemingsvrijstelling.
c Het fiscaal eerder erkennen van een voorziening dan bedrijfseconomisch.
d Bedrijfseconomisch fifo toepassen en fiscaal lifo in tijden van prijsstijging.

19.7 Wat is geen voorbeeld van een factor die een definitief verschil veroorzaakt tussen de bedrijfseconomische en de fiscale winst?

a Boetes opgelopen in de uitoefening van het bedrijf.
b Toepassing van de herinvesteringsreserve.
c Toepassing van de deelnemingsvrijstelling.
d Toepassing van de investeringsaftrek.

19.8 Een onderneming bezit een stuk land, destijds gekocht voor € 500.000. Volgens een makelaar is de huidige waarde € 700.000. De onderneming waardeert het stuk land op actuele waarde; het belastingtarief is 20%.
Welke balansmutaties (in journaalpostvorm) vinden plaats als gevolg van de taxatie, ervan uitgaande dat de voorschriften van de IASB worden gevolgd?

a

Land	€ 200.000	
Aan (Ongerealiseerde) Herwaarderingsreserve		€ 200.000

b	Land	€200.000	
	Aan (Gerealiseerde) Herwaarderingsreserve		€200.000
c	Land	€200.000	
	Aan (Ongerealiseerde) Herwaarderingsreserve		€160.000
	Aan Voorziening latente belastingverplichtingen		€ 40.000
d	Land	€200.000	
	Aan (Gerealiseerde) Herwaarderingsreserve		€160.000
	Aan Voorziening latente belastingverplichtingen		€ 40.000

19.9 Welke stelling is juist?

- **a** Zowel de IASB als de RJ schrijven waardering van belastinglatenties op nominale waarde voor.
- **b** De IASB schrijft waardering van belastinglatenties op nominale waarde voor, de RJ geeft de keuze tussen nominale waarde of contante waarde.
- **c** De IASB geeft bij belastinglatenties de keuze tussen nominale waarde of contante waarde, de RJ schrijft nominale waarde voor.
- **d** Zowel de IASB als de RJ schrijven waardering van belastinglatenties op contante waarde voor.

19.10 Wat is juist ten aanzien van de IASB- en RJ-voorschriften inzake een wijziging in het belastingtarief?

- **a** Alleen formele belastingschulden (in de vorm van een aanslag) worden verwerkt in de jaarrekening.
- **b** Een volgend jaar ingaande tariefswijziging leidt tot aanpassing van de belastinglatenties.
- **c** Alleen carry back-vorderingen worden verwerkt in de jaarrekening.
- **d** Voor de tijdelijke winstverschillen wordt geen voorziening voor latente belastingen gevormd.

Vraagstukken

V19.1 **bv Flex**

De bv Flex behaalde jarenlang winsten. De meest recente jaren gaven het volgende beeld (het betreft hier de winst vóór aftrek van belasting):

- 2017 €570.000
- 2018 €510.000
- 2019 €640.000

Flex werd in 2020 (als gevolg van een overstroming, waardoor een deel van de activa verloren is gegaan) geconfronteerd met een verlies van €800.000. Bij Flex is het bedrijfseconomische resultaat gelijk aan het fiscale. Het tarief van de vennootschapsbelasting is 20%.

De jaarrekening over 2020 – voordat met de heffing van vennootschapsbelasting over dat jaar is rekening gehouden – ziet er als volgt uit:

Balans per 31 december 2020 (bedragen × €1.000)

Materiële vaste activa	6.000	Eigen vermogen		
Vlottende activa		Aandelenkapitaal	1.500	
Kortlopende vorderingen	1.620	Winstreserve	6.972	
Liquide middelen	180			8.472
		Vreemd vermogen kort		
		Te betalen vennootschaps-belasting 2019		128
		Winst 2020		– 800
	7.800			7.800

Resultatenrekening over 2020 (bedragen × bv €1.000)

Netto-omzet		14.000
Kostprijs omzet		11.800
		2.200
Verkoopkosten	500	
Algemene beheerskosten	1.100	
Schade door overstroming	1.400	
		3.000
Winst		– 800

a Welk principe staat centraal bij de bepaling van de belastinglast in de bedrijfseconomische resultatenrekening?

b Stel de jaarrekening van Flex over 2020 op nadat met de belastingheffing is rekening gehouden, uitgaande van het bij vraag **a** bedoelde principe.

c Stel dat de leiding van Flex met een beroep op het voorzichtigheidsprincipe alleen 'zekere' vorderingen in de balans wenst op te nemen.

1 Welke wijzigingen treden er dan op in de bij **b** gevraagde jaarrekening?

2 Wat is hiervan de consequentie voor de belastinglast in de bedrijfseconomische resultatenrekening in relatie tot de winst vóór aftrek van belasting?

3 Welke informatie eisen de IASB en de RJ in deze situatie in de toelichting op de jaarrekening?

V19.2 **Karrent bv**

De onderneming Karrent bv start haar activiteiten op 1 januari 2020. De oprichtingsbalans ziet er als volgt uit:

Balans Karrent bv per 1 januari 2020

Auto's 5 stuks à € 40.000	€ 200.000	Aandelenkapitaal	€ 200.000
	€ 200.000		€ 200.000

Karrent verhuurt auto's met een opbrengst van € 25.000 per auto per jaar. De kosten van onderhoud, verzekering en dergelijke bedragen jaarlijks € 5.000 per auto.

Bedrijfseconomisch schrijft Karrent af met gelijke bedragen per jaar, fiscaal volgens de sum-of-the-years'-digitsmethode. De levensduur is zowel bedrijfseconomisch als fiscaal gesteld op vier jaar, de restwaarde op nihil. Voor verschillen tussen bedrijfseconomische en fiscale waardering wordt in de bedrijfseconomische balans een voorziening voor latente belastingverplichtingen opgenomen.

Voor dit vraagstuk geldt het volgende:
- Alle transacties worden onmiddellijk per kas afgewikkeld.
- Met andere kosten dan uit het vraagstuk blijken, hoeft geen rekening te worden gehouden.
- Het tarief van de vennootschapsbelasting is 20%.
- Vennootschapsbelasting wordt betaald in het jaar volgend op dat waarop de belasting betrekking heeft.

a Welk voordeel heeft het voor Karrent de auto's fiscaal zo snel mogelijk af te schrijven?
b Bereken:
 1 de bedrijfseconomische winst vóór aftrek van belasting over 2020;
 2 de fiscale winst over 2020.
c Bereken:
 1 de bedrijfseconomische waardering van de auto's per 31 december 2020;
 2 de fiscale waardering van de auto's per 31 december 2020.
d Bereken de voorziening voor latente belastingverplichtingen per 31 december 2020 volgens:
 1 de dynamische methode
 2 de statische methode.
e Geef de journaalpost van de verwerking van de winstbelasting in de bedrijfseconomische jaarrekening over 2020.
f Stel de bedrijfseconomische balans per 31 december 2020 op.
g De leiding van Karrent wil inzicht in de ontwikkeling van de voorziening voor latente belastingverplichtingen. Vul hiertoe het volgende schema in. (Met bedrijfseconomische winst wordt de winst vóór aftrek van belasting bedoeld.)

Jaar	Bedrijfseconomische winst	Fiscale winst	Voorziening latente belasting	
			Mutatie	Stand 31 december
2020	....	....	....	....
2021	....	....	....	....
2022	....	....	....	....
2023	....	....	....	....

V19.3 **bv Promotie**

Per 1 januari 2020 heeft reclamebureau bv Promotie de volgende beginbalans opgesteld:

Balans bv Promotie per 1 januari 2020

Liquide middelen	€ 100.000	Aandelenkapitaal	€ 100.000
	€ 100.000		€ 100.000

Op 2 januari 2020 wordt er kantoorinventaris (computer, kopieermachine, schrijfbureaus) aangeschaft voor € 30.000, in vier jaar met gelijke bedragen per jaar naar nihil af te schrijven.

In 2020 wordt een omzet gegenereerd van € 400.000.
Dat jaar worden de volgende kosten gemaakt:

• Huur kantoorunit	€ 35.000
• Loonkosten	€ 310.000
• Kosten bijwonen congres 'Marketing in perspective' te Miami	€ 18.000
	€ 363.000

Eind 2020 zijn al deze gebeurtenissen per kas afgewikkeld.
Op 1 juli 2020 wordt tegen betaling van € 80.000 een 60%-belang verworven in de bv Print, gespecialiseerd in reclamedrukwerk. Per die datum ziet de balans van Print er als volgt uit:

Balans Print per 1 juli 2020 (bedragen × €1)

Diverse activa	250.000	Aandelenkapitaal	40.000
		Algemene reserve	50.000
		Banklening	140.000
		Winst 1e halfjaar 2020	20.000
	250.000		250.000

Deze balans is representatief voor de bepaling van de 'fair value' van Print. Betaalde goodwill wordt door Promotie geactiveerd en in vijf jaar tijdsevenredig tot nihil afgeschreven. Promotie waardeert haar deelneming in Print op nettovermogenswaarde. Over 2020 behaalt Print een winst van € 50.000.

Het tarief van de vennootschapsbelasting is 20%.

Hierna zijn enige voor de uitwerking van dit vraagstuk relevante artikelen uit de fiscale wetgeving opgenomen:

Artikel 3.15 Wet op de inkomstenbelasting (gedeeltelijk aftrekbare kosten)
1 Bij het bepalen van de winst komen, onverminderd artikel 3.14, tot een bedrag van € 4.500 niet in aftrek kosten en lasten die verband houden met de volgende posten: voedsel, drank en genotmiddelen; representatie, daaronder begrepen recepties, feestelijke bijeenkomsten en vermaak en congressen, seminars, symposia, excursies, studiereizen en dergelijke.

Artikel 3.41 Wet op de inkomstenbelasting (kleinschaligheidsinvesteringsaftrek)

19

1 Indien in een kalenderjaar wordt geïnvesteerd in bedrijfsmiddelen, en de belastingplichtige daarvoor bij de aangifte kiest, wordt een op de voet van het tweede lid berekende kleinschaligheidsinvesteringsaftrek ten laste gebracht van de winst over dat jaar.
2 Bij een investering in een kalenderjaar van:

meer dan	maar niet meer dan	bedraagt de kleinschaligheidsinvesteringsaftrek
€ 0	€ 2.300	nihil
€ 2.300	€ 57.321	28% van het investeringsbedrag
€ 57.321	€ 106.150	€ 16.051
€ 106.150	€ 318.449	€ 16.051 verminderd met 7,56% van het gedeelte van het investeringsbedrag dat hoger is dan € 106.150
€ 318.449	–	nihil

Artikel 13 Wet op de vennootschapsbelasting (deelnemingsvrijstelling)
1 Bij het bepalen van de winst blijven buiten aanmerking de voordelen uit hoofde van een deelneming, alsmede de kosten ter zake van de verwerving of de vervreemding van die deelneming.
2 Van een deelneming is sprake indien de belastingplichtige:
a voor ten minste 5% van het nominaal gestorte kapitaal aandeelhouder is van een vennootschap waarvan het kapitaal geheel of ten dele in aandelen is verdeeld.

a Geef van Promotie de bedrijfseconomische balans per 31 december 2020 en de bedrijfseconomische resultatenrekening over 2020, uitmondend in de winst na aftrek van belasting.
b Is er in 2020 per saldo sprake van overdruk of onderdruk?
c Wat schrijven de RJ en de IASB voor inzake overdruk en onderdruk?

V19.4 **bv Holiday Out**
De bv Holiday Out is een hotel annex congrescentrum.
Per 1 januari 2020 ziet de balans er als volgt uit:

Balans Holiday Out per 1 januari 2020 (bedragen × €1.000)

Pand			Aandelenkapitaal	500
Aanschafprijs	1.500		Winstreserve	1.194,667
Afschrijving	300		Voorziening latente	
		1.200	belastingverplichtingen	13,333
Autobusje				
Aanschafprijs	40			
Afschrijving	32			
Inventaris		8		
Aanschafprijs	500			
Afschrijving	100			
		400		
Liquide middelen		100		
		1.708		1.708

Verdere gegevens:
- In 2020 is de omzet €3 mln; de loonkosten bedragen €2,5 mln. Eind 2020 zijn deze bedragen ook ontvangen respectievelijk betaald.
- Op het pand wordt zowel bedrijfseconomisch als fiscaal per jaar 5% van de aanschafprijs afgeschreven.
- Het autobusje, dat gebruikt wordt voor vervoer van congresgangers, is begin 2020 ingeruild voor een nieuw busje met een catalogusprijs van €80.000. Vanwege de inruil van het oude busje hoefde slechts €63.000 betaald te worden. Op de behaalde boekwinst wordt fiscaal de herinvesteringsreserve toegepast: de boekwinst wordt op het moment van verkoop niet belast; in plaats daarvan wordt voor het bedrag van de boekwinst een herinvesteringsreserve gevormd die wordt afgeboekt op de aanschafprijs van een nieuwe investering (in casu het nieuwe busje). Holiday Out schrijft vervoermiddelen zowel bedrijfseconomisch als fiscaal in vijf jaar met gelijke bedragen per jaar tot nihil af.
- Op de inventaris wordt bedrijfseconomisch jaarlijks 20% van de aanschafprijs afgeschreven en fiscaal in vijf jaar afgeschreven volgens de sum-of-the-years'-digitsmethode.
  Op 31 december 2020 wordt voor €50.000 aan extra inventaris gekocht.
- Door de aanschaf van het busje en de inventaris ontstaat een recht op fiscale investeringsaftrek – een bedrag dat ten laste van de fiscale winst gebracht mag worden – van €15.533.
- Over het jaar 2019 was de fiscale winst nihil, vandaar dat geen post Te betalen vennootschapsbelasting op de balans per 1 januari 2020 voorkomt.
- Het tarief vennootschapsbelasting is 20%.

a Bereken de bedrijfseconomische winst vóór aftrek van belasting over 2020 van Holiday Out.

b Bereken de fiscale winst over 2020 vanuit de bij vraag **a** berekende bedrijfseconomische winst vóór aftrek van belasting; geef tevens bij de afzonderlijke verschillen tussen bedrijfseconomische en fiscale winst aan of er sprake is van een tijdelijk of een definitief winstverschil.

c Bereken de belastinglast in de bedrijfseconomische resultatenrekening over 2020:

1 vanuit de bedrijfseconomische winst vóór aftrek van belasting;

2 vanuit de fiscale winst.

d Bereken de voorziening latente belastingverplichtingen per 31 december 2020 volgens:

1 de statische methode

2 de dynamische methode.

e Stel de bedrijfseconomische balans per 31 december 2020 van Holiday Out op.

V19.5 **Maxtax bv**

Maxtax bv start op 1 januari 2019 een taxibedrijf.
De beginbalans ziet er als volgt uit:

Beginbalans Maxtax bv per 1 januari 2019

Taxi's	€400.000	Aandelenkapitaal	€475.000
Liquide middelen	€ 75.000		
	€475.000		€475.000

Bedrijfseconomisch gaat Maxtax voor de waardering en winstbepaling van de taxi's uit van actuele waarde. Fiscaal wordt het historischekostenstelsel gehanteerd. De taxi's worden zowel bedrijfseconomisch als fiscaal afgeschreven in vijf jaar met gelijke bedragen per jaar tot een restwaarde van nihil. Herwaarderingen van de taxi's worden – onder aftrek van een voorziening voor latente belastingverplichtingen – verwerkt in een herwaarderingsreserve. De overdruk vennootschapsbelasting uit hoofde van herwaarderingen wordt ten laste van het eigen vermogen gebracht. Het tarief van de vennootschapsbelasting is 20%.
Op het moment van realisatie wordt de herwaarderingsreserve op grond van artikel 390.3 overgeboekt naar de overige reserves.

Gegevens over de boekjaren 2019 en 2020

Jaarlijks behaalt Maxtax een omzet van €600.000, de overige bedrijfskosten bedragen €320.000 per jaar. Deze bedragen worden in het betreffende boekjaar volledig ontvangen c.q. betaald.
Op 31 december 2019 stijgt de actuele waarde van de taxi's met 5%.
Vennootschapsbelasting wordt betaald in het jaar volgend op dat waarop de belasting betrekking heeft. De nettowinst wordt geheel gereserveerd.

a Waarom is het voor de vermogenspresentatie gewenst dat Maxtax op moment van stijging van de actuele waarde van de taxi's (in casu 31 december 2019) een voorziening voor latente belastingverplichtingen vormt?
b Geef de journaalpost die Maxtax op 31 december 2019 maakt van de stijging van de actuele waarde van de taxi's.
c Bereken de (bedrijfseconomische en fiscale) winst over 2019.
d Stel de bedrijfseconomische balans per 31 december 2020 en de bedrijfseconomische resultatenrekening over 2020 op. Geef tevens de journaalpost die in 2020 wordt gemaakt van de verwerking van de winstbelasting in combinatie met de realisatie van de herwaarderingsreserve.

Stel dat Maxtax de overdruk vennootschapsbelasting uit hoofde van herwaardering niet ten laste van het eigen vermogen brengt, maar dat deze ten laste van het resultaat komt.
1 Welke wijzigingen zouden er dan in de bij vraag **d** gevraagde balans en resultatenrekening optreden?
2 Geef voor die situatie de journaalpost die in 2020 wordt gemaakt van de verwerking van de winstbelasting in combinatie met de realisatie van de herwaarderingsreserve.

***V19.6 bv Wibe**
De bedrijfseconomische balans van handelsonderneming bv Wibe ziet er per 1 januari 2020 als volgt uit:

Balans bv Wibe per 1 januari 2020 (bedragen × €1.000)

Gebouwen	460.000	Aandelenkapitaal	200.000
Voorraad B	30.000	Lening	300.000
Debiteuren	40.000	Voorziening latente vennootschapsbelasting	2.000
Liquide middelen	25.000	Crediteuren	23.000
		Overige kortlopende schulden	30.000
	555.000		555.000

Toelichting

Gebouwen
De gebouwen zijn begin 2016 aangeschaft en worden in vijftig jaar met jaarlijks gelijke bedragen afgeschreven tot een restwaarde van nihil; fiscaal is de levensduur gesteld op veertig jaar, de restwaarde is fiscaal eveneens nihil. De gebouwen worden gewaardeerd tegen verkrijgingsprijs verminderd met de afschrijvingen.

Voorraad B
De voorraad B betreft handelsgoederen die worden gewaardeerd tegen historische kosten, uitgaande van de fifo-volgorde; fiscaal wordt gewaardeerd volgens het collectief-lifo-systeem. De op balansdatum aanwezige voorraad bedraagt 10.000 stuks, die op balansdatum zowel bedrijfseconomisch als fiscaal gewaardeerd worden tegen €3 per stuk.

Lening
Op de lening wordt jaarlijks €10.000 afgelost. De interest is 10%. Aflossing en interest worden op 31 december van elk jaar betaald.

Voorziening latente vennootschapsbelasting
Voor verschillen tussen bedrijfseconomische en fiscale waardering wordt een voorziening voor latente vennootschapsbelasting opgenomen. Deze voorziening wordt gewaardeerd op nominale waarde tegen het geldende belastingtarief van 20%.

a Geef een controleberekening van het bedrag van de balanspost Voorziening latente vennootschapsbelasting per 1 januari 2020.

Gedurende 2020 vinden de volgende in- en verkooptransacties plaats:

• 2 februari:	inkoop	11.000 à €3,20	=	€35.200
• 9 februari:	verkoop	12.000 à €7	=	€84.000
• 7 november:	inkoop	15.000 à €3,50	=	€52.500
• 9 november:	verkoop	13.000 à €7	=	€91.000

De overige kosten, exclusief de interest op de lening, bedragen €15.000 en zijn op 31 december 2020 betaald; deze kosten zijn fiscaal volledig aftrekbaar.

Het verloop van de liquide middelen in 2020 is als volgt:

Saldo 1 januari 2020		€ 25.000
Debiteuren 1 januari 2020	€ 40.000	
Verkoop 9 februari 2020	€ 84.000	
		€ 124.000
		€ 149.000
Crediteuren 1 januari 2020	€ 23.000	
Overige kortlopende schulden 1 januari 2020	€ 30.000	
Inkoop 2 februari 2020	€ 35.200	
Aflossing	€ 10.000	
Interest	€ 30.000	
Overige kosten	€ 15.000	
		€ 143.200
Saldo 31 december 2020		€ 5.800

b1 Geef de bedrijfseconomische balans per 31 december 2020 en de bedrijfseconomische resultatenrekening over 2020 van Wibe. Splits hierbij de latente vennootschapsbelasting per actief.

2 Geef de journaalpost van de verwerking van de vennootschapsbelasting in de bedrijfseconomische jaarrekening over 2020.

De actuele waarde van de gebouwen stijgt op 1 juli 2020 met 20%. De gebouwen zijn niet eerder in waarde gestegen.

De leiding van Wibe wil in de toelichting aanvullende informatie opnemen over vermogen en resultaat op basis van actuele waarde van de gebouwen, met inachtneming van de volgende uitgangspunten:

- Voor verschillen tussen bedrijfseconomische en fiscale waardering wordt een voorziening voor latente vennootschapsbelasting opgenomen.
- De overdruk vennootschapsbelasting uit hoofde van herwaarderingen komt ten laste van het resultaat.
- Op moment van realisatie wordt de herwaarderingsreserve op grond van artikel 390.3 overgeboekt naar de overige reserves.

c1 Geef de bedrijfseconomische balans per 31 december 2020 en de bedrijfseconomische resultatenrekening over 2020 op basis van deze uitgangspunten.
NB Splits de voorziening voor latente belastingverplichtingen naar actief en naar oorzaak.

2 Splits de belastinglast in nominale druk en overdruk.

d Stel dat Wibe de overdruk vennootschapsbelasting uit hoofde van herwaarderingen niet ten laste van het resultaat, maar ten laste van het eigen vermogen wenst te brengen.
Welke wijzigingen zouden er dan in de bij vraag **c1** gevraagde balans en resultatenrekening optreden?

V19.7 **bv Taxabel**

Per 1 januari 2020 is de bv Taxabel opgericht; zij gaat activiteiten ontplooien in de groenvoorzieningssector.
De openingsbalans ziet er als volgt uit:

Openingsbalans bv Taxabel per 1 januari 2020

Materiële vaste activa		Eigen vermogen	
Gebouw	300.000	Aandelenkapitaal	800.000
Grondverzetmachines	210.000		
Vrachtauto	100.000		
	610.000		
Vlottende activa			
Liquide middelen	190.000		
	800.000		800.000

In 2020 wordt voor €750.000 werk aangenomen en uitgevoerd; dit bedrag is eind 2020 ook ontvangen.

Ten behoeve van het opstellen van de bedrijfseconomische jaarrekening zijn de volgende verschillen tussen de bedrijfseconomische en de fiscale grondslagen van waardering en winstbepaling van belang.

Gebouw
Het gebouw wordt bedrijfseconomisch en fiscaal in twintig jaar met gelijke bedragen per jaar tot nihil afgeschreven.
De actuele waarde van het gebouw stijgt begin 2020 tot €360.000.

Grondverzetmachines
De machines worden bedrijfseconomisch afgeschreven met gelijke bedragen per jaar en fiscaal volgens de sum-of-the-years'-digitsmethode. Zowel bedrijfseconomisch als fiscaal is de levensduur vijf jaar en de restwaarde nihil. Gedurende 2020 verandert de nieuwprijs van de machines niet.

Vrachtauto
De vrachtauto wordt zowel bedrijfseconomisch als fiscaal in vijf jaar met gelijke bedragen naar nihil afgeschreven.
De auto blijkt echter al snel niet geheel geschikt voor Taxabel, daarom wordt hij eind 2020 ingeruild voor een ander type, met een aanschafprijs van €120.000. Omdat de oude auto ingeruild wordt, behoeft slechts €20.000 bijbetaald te worden.
Fiscaal wordt gebruikgemaakt van de regeling van de herinvesteringsreserve; dit houdt in dat de boekwinst op de auto op moment van verkoop niet tot de fiscale winst wordt gerekend, maar in mindering gebracht wordt op de aanschafprijs van de nieuwe auto; daardoor wordt de fiscale afschrijvingsbasis van de nieuwe auto lager.
De nieuwprijs van de oude auto is gedurende 2020 niet veranderd.

Ontwikkeling
Begin 2020 wordt aan een ingenieursbureau €100.000 betaald om een nieuwe methode voor het verplanten van bomen te ontwikkelen. Bedrijfsecono-

misch wordt deze € 100.000 als investeringsuitgave gezien en geactiveerd als uitgave voor ontwikkeling; ze wordt in vijf jaar met gelijke bedragen per jaar tot nihil afgeschreven. Fiscaal wordt deze uitgave direct als kosten verantwoord.

Deelneming
Op 1 juli 2020 wordt voor € 150.000 een 80%-belang verworven in de bv Groen. Fiscaal wordt dit belang gewaardeerd tegen verkrijgingsprijs, bedrijfseconomisch tegen nettovermogenswaarde; eventueel betaalde goodwill wordt geactiveerd en in vijf jaar tijdsevenredig tot nihil afgeschreven.

Het verloop van de bedrijfseconomische waardering van de deelneming is als volgt:

1 juli 2020	€ 75.000
Bij: winst 2020	€ 25.000
31 december 2020	€ 100.000

Reclamekosten
In 2020 is een bedrag betaald van € 40.000 voor een reclamecampagne. Bedrijfseconomisch worden deze kosten in 2020 volledig ten laste van het resultaat gebracht; fiscaal worden ze voor de helft als last genomen in 2020 en voor de helft in 2021.

Aan overige bedrijfskosten wordt in 2020 € 400.000 betaald; deze zijn fiscaal volledig aftrekbaar.

Taxabel past bedrijfseconomisch voor de gebouwen actuele waarde toe en fiscaal het historischekostenstelsel. Herwaarderingen van activa worden – onder aftrek van een voorziening voor latente belastingverplichtingen – verwerkt in een herwaarderingsreserve. De overdruk vennootschapsbelasting uit hoofde van herwaardering wordt ten laste van het resultaat gebracht. Op moment van realisatie wordt de herwaarderingsreserve op grond van artikel 390.3 overgeboekt naar de overige reserves.
Belastinglatenties die voortvloeien uit verschillen tussen bedrijfseconomische en fiscale waardering worden gewaardeerd tegen nominale waarde; actieve en passieve latenties (uitgezonderd die uit hoofde van herwaardering) worden gesaldeerd opgenomen in de balans.
Het tarief van de vennootschapsbelasting bedraagt 20%.
Alle winsten worden gereserveerd.

a Bereken de bedrijfseconomische winst vóór aftrek van belasting over 2020 van Taxabel.
b Bereken de fiscale winst over 2020 vanuit de bedrijfseconomische winst vóór aftrek van belasting; geef tevens per verschil aan of er sprake is van een tijdelijk of van een definitief winstverschil.
c Bereken de belastinglast in de bedrijfseconomische resultatenrekening over 2020, uitgaande van de bedrijfseconomische winst vóór aftrek van belasting.
d Bereken per actief het bedrag van de latentie per 31 december 2020; geef hierbij aan of het een actieve (A) of een passieve (P) latentie betreft.
e Geef de bedrijfseconomische balans per 31 december 2020 van Taxabel na winstverdeling.

V19.8 **Agri nv**

Agri nv is een industriële onderneming die zich bezighoudt met de productie en verkoop van grasmaaimachines.
Op 1 januari 2020 neemt Agri alle aandelen over van concurrent Culture nv. Agri verkrijgt de aandelen Culture door aan de oude aandeelhouders in totaal 1.000 nieuwe aandelen Agri met een nominale waarde van € 1.000 per stuk te verstrekken. Op moment van overname bedraagt het zichtbaar eigen vermogen per aandeel Agri € 3.000 en de beurswaarde € 9.750 per aandeel Agri. Naast Culture heeft Agri geen kapitaalbelangen.

Agri en Culture hanteren dezelfde grondslagen voor de waardering en winstbepaling. Voor de materiële activa wordt door beide ondernemingen uitgegaan van historische kosten, waarbij de materiële vaste activa worden afgeschreven met gelijke bedragen per jaar tot een restwaarde van nihil. De grondslagen voor de bedrijfseconomische waardering en winstbepaling zijn – afgezien van de verwerking van deelnemingen – zowel bij Agri als bij Culture gelijk aan de fiscale grondslagen.
Agri waardeert Culture tegen nettovermogenswaarde. Agri activeert de bij de verwerving van Culture betaalde goodwill en schrijft deze vervolgens in tien jaar met gelijke bedragen per jaar af tot nihil.
Het tarief van de vennootschapsbelasting is 20%.

De balans van Culture luidt per 1 januari 2020 als volgt:

Balans per 1 januari 2020 (bedragen × €1.000)

Gebouwen	5.000	Aandelenkapitaal	2.000
Machines	3.000	Agio	1.000
Voorraden	1.500	Overige reserves	3.000
Debiteuren	1.800	Voorzieningen	2.500
Liquide middelen	700	Schulden	3.500
	12.000		12.000

De balans van Culture is representatief voor de bepaling van de fair value, met uitzondering van het volgende:

1 Per 1 januari 2020 is de actuele waarde van de gebouwen van Culture € 7 mln. De resterende levensduur van de gebouwen is op het moment van overname twintig jaar.

2 De voorzieningen van Culture komen per 1 januari 2020 volgens de door Agri gehanteerde schatting € 500.000 lager uit dan in de balans van Culture opgenomen.

a Bereken de goodwill die Agri heeft betaald bij de verwerving van de aandelen Culture op 1 januari 2020; houd hierbij rekening met de bij de overname ontstane latente belasting.

b Geef de journaalpost die Agri op 1 januari 2020 heeft gemaakt van de verwerving van de aandelen Culture.

c Als gevolg van de overname per 1 januari 2020 verschijnt er in de enkelvoudige balans van Agri geen en in de geconsolideerde balans van de Agri-Culture Groep wel een voorziening voor latente belastingverplichtingen. Geef hiervoor een verklaring.

De (gecomprimeerde) resultatenrekening over 2020 van Culture ziet er als volgt uit:

Resultatenrekening over 2020

Opbrengsten		€ 6.900.000
Kosten		€ 5.300.000
Winst vóór aftrek van belasting		€ 1.600.000
Belastinglast:	20% × € 1.600.000 =	€ 320.000
Nettowinst		€ 1.280.000

Verder is nog gegeven dat de in de balans opgenomen voorzieningen van Culture per 31 december 2020 € 2.300.000 bedragen. Agri komt na beoordeling van de juiste hoogte van deze voorzieningen uit op hetzelfde bedrag.

d Bereken voor Agri het resultaat uit deelneming Culture over 2020.

e Hoeveel bedraagt de post Voorziening voor latente belastingverplichtingen in de geconsolideerde balans van de Agri-Culture Groep per 31 december 2020?

In verband met de herstructurering van de activiteiten van Agri besluit de leiding begin 2021 het gehele kapitaalbelang in Culture van de hand te doen; kort daarop worden alle in bezit zijnde aandelen van Culture verkocht voor € 12.500.000.

f Bereken de boekwinst die Agri heeft behaald op de verkoop van de aandelen Culture.

V19.9 **bv Tax**

Op de voorlopige balans van bv Tax komt per 31 december 2020 de post Voorziening voor latente belastingverplichtingen voor ter grootte van € 868.000; de boekhouder heeft deze post als volgt berekend:

1. € 105.000 vanwege een fiscaal gevormde herinvesteringsreserve;
2. € 70.000 omdat fiscaal een lagere garantievoorziening is toegestaan dan bedrijfseconomisch is opgenomen;
3. € 455.000 als gevolg van waardering van de materiële vaste activa in de bedrijfseconomische balans tegen actuele waarde;
4. € 28.000 wegens fiscaal niet aftrekbare kosten;
5. € 210.000 in verband met een fiscaal kortere afschrijvingstermijn dan bedrijfseconomisch voor het machinepark.

De voorziening is gewaardeerd op nominale waarde tegen het over het boekjaar 2020 geldende tarief voor de vennootschapsbelasting van 20%. Voor zover van toepassing, neemt Tax actieve latenties gesaldeerd op met bestaande passieve latenties (uitgezonderd die uit hoofde van herwaardering).

a Welke onjuistheden komen in de door de boekhouder gemaakte berekening voor? Geef tevens de juiste hoogte en samenstelling van de voorziening voor latente belastingverplichtingen per 31 december 2020.

Nadat de boekhouder de bij vraag **a** gebleken onjuistheden heeft gecorrigeerd, wordt bekend dat – door wijziging in de belastingwetgeving – het tarief voor de vennootschapsbelasting met ingang van 1 januari 2021 wordt verlaagd tot 18%.

b Geef gemotiveerd aan of, en zo ja op welke wijze, het gegeven omtrent de tariefswijziging alsnog in de jaarrekening 2020 dient te worden verwerkt (kwantificeer uw antwoord zo veel mogelijk).

V19.10 **Vion Food Group**

Vion Food Group is een internationale vleesproducent met productievestigingen in Nederland en Duitsland en verkoopvestigingen in dertien landen wereldwijd.
Aan het jaarrapport 2018 zijn de volgende passages ontleend, waar nodig aangepast voor de vraagstelling. Bedragen luiden in duizenden euro's, tenzij anders vermeld.

Geconsolideerde winst- en verliesrekening (vereenvoudigd)

	2018	2017
Netto-omzet	4.670.161	5.070.002
Overige bedrijfsopbrengsten	8.568	22.156
Bedrijfslasten	-4.661.928	-5.068.614
Bedrijfsresultaat	16.801	23.544
Financieringslasten minus -baten	-5.029	-6.745
Resultaat uit geassocieerde deelnemingen en joint ventures	1.275	1.217
Winst voor belastingen	13.047	18.016
Belastingen	-2.864	3.833
Nettowinst boekjaar	10.183	21.849

Toelichting op de geconsolideerde jaarrekening

Gehanteerde grondslagen voor financiële verslaggeving

Algemene grondslagen
Vion Holding nv (hierna: Vion) stelt haar geconsolideerde jaarrekening op in overeenstemming met International Financial Reporting Standards, zoals aanvaard binnen de Europese Unie (EU-IFRS).
De algemene grondslag voor waardering van zowel activa en passiva als de bepaling van het en resultaat is de historische kostprijs. Tenzij anders vermeld, zijn activa en passiva opgenomen tegen kostprijs.

Winstbelastingen
De vennootschapsbelasting wordt berekend aan de hand van de verwachte ontvangsten van of betalingen aan de belastingautoriteiten. De belastingtarieven en -wetgeving die worden gebruikt om het bedrag van de winstbelasting te berekenen zijn van toepassing en/of goedgekeurd in de landen waar Vion werkzaam is en belastbare inkomsten genereert.
De winstbelasting wordt in de winst- en verliesrekening opgenomen, behoudens voor zover deze betrekking heeft op posten die rechtstreeks in het eigen vermogen worden gemuteerd, in welk geval de belasting in het eigen vermogen wordt verwerkt. De ondernemingsleiding evalueert periodiek de belastingposities in situaties waar verschillende interpretatiemogelijkheden zijn en vormt waar nodig voorzieningen.

Uitgestelde belastingen
Uitgestelde belastingen hebben betrekking op toekomstige belastingen, voortvloeiend uit de verschillen tussen de bedrijfseconomische waardering van activa en passiva in de jaarrekening en de fiscale waardering daarvan. Uitgestelde belastingverplichtingen worden opgenomen voor alle belastbare tijdelijke verschillen.

Uitgestelde belastingvorderingen worden opgenomen voor alle verrekenbare tijdelijke verschillen en verrekenbare voorwaartse verliescompensatie, voor zover het waarschijnlijk is dat toekomstige fiscale winst beschikbaar zal zijn waarmee de uitgestelde belastingvorderingen kunnen worden verrekend.

In de balans opgenomen uitgestelde belastingvorderingen worden op iedere balansdatum opnieuw beoordeeld en naar beneden toe bijgesteld indien het niet langer waarschijnlijk is dat er toekomstige fiscale winst beschikbaar zal zijn waarmee de uitgestelde belastingvorderingen kunnen worden verrekend.
Niet in de balans opgenomen uitgestelde belastingvorderingen worden op iedere balansdatum eveneens opnieuw beoordeeld en alsnog in de balans opgenomen voor zover het waarschijnlijk is geworden dat toekomstige fiscale winst beschikbaar zal zijn waarmee de uitgestelde belastingvorderingen kunnen worden verrekend.

Uitgestelde belastingvorderingen en verplichtingen worden vastgesteld op basis van de belastingtarieven die verwacht worden van toepassing te zijn in het jaar waarin deze vorderingen worden gerealiseerd of de verplichting wordt afgewikkeld.

Toelichting op de geconsolideerde winst- en verliesrekening

Winstbelastingen		
Verschuldigde winstbelasting	**2018**	**2017**
- Over huidig boekjaar	-890	-1.077
- Aanpassingen over voorgaande boekjaren	-238	-66
Mutaties uitgestelde belastingposities	-1.736	4.976
Totale belastinglast in winst- en verliesrekening	-2.864	3.833

Aansluiting tussen toepasselijk tarief en de effectief belastingdruk	**2018**
Geldende Nederlands tarief winstbelasting	25%
Winst voor belasting uit bedrijfsoperaties	13.047
Winst joint ventures voor belastingen	409
Totale winst voor belastingen	13.456
Nominale Nederlandse belastingdruk	-3.364
Aanpassing waardering compensabele verliezen en tijdelijke verschillen	-6.603
Onbelaste winsten	10.988
Effect van deelnemingsvrijstelling	-736
Niet-aftrekbare kosten	-2.171
Wijziging in belastingtarieven	-1.947
Afwijking door andere buitenlandse belastingtarieven	923
Overige belastingeffecten	-53
	-2.963
Exclusief winstbelasting joint ventures	99
Belastinglast in winst- en verliesrekening	-2.864
Effectieve belastingdruk	22%

Toelichting op de geconsolideerde balans

Uitgestelde belastingvorderingen en verplichtingen	**2018**	**2017**
Uitgestelde belastingvorderingen	29.923	32.456
Uitgestelde belastingverplichtingen	-6	-8
Saldo uitgestelde belastingen	29.917	32.448

Mutatieoverzicht uitgestelde belastingvorderingen (UBVo) en uitgestelde belastingverplichtingen (UBVe)

	UBVo tijdelijke verschillen	UBVo verlies-Compensatie	UBVo totaal	UBVe tijdelijke verschillen
Totaal per 1 januari 2018	32.050	225.338	257.388	-5.387
Niet-gewaardeerde UBVo	-29.592	-189.961	-219.553	-
Gewaardeerde UBVo	2.458	35.377	37.835	-5.387
Saldering			-5.379	5.379
Balansposities per 1 januari 2018			32.456	-8
Wijzigingen in 2018:				
Verwerkt in het resultaat	-9.298	-1.527	-10.825	-2.148
Niet-gewaardeerde UBVo	12.627	-1.390	11.237	-
Per saldo mutaties	3.329	-2.917	412	-2.148
Verwerkt rechtstreeks in het eigen vermogen	421		421	379
Niet-gewaardeerde UBVo	-269		-269	-
Per saldo mutaties	152		152	379
Overige wijzigingen				-1.326
Saldering			-3.097	3.097
Totaal per 31 december 2018	23.173	223.811	246.984	-8.482
Niet-gewaardeerde UBVo	-17.234	-191.351	-208.585	-
Gewaardeerde UBVo	5.939	32.460	38.399	-8.482
Saldering			-8.476	8.476
Balanspositie per 31 december 2018			29.923	-6

Overzicht fiscale verliezen en andere voorwaartse compensaties

	2018		**2017**	
	Expireert 2020-23	*Onbeperkt*	*Expireert 2020-23*	*Onbeperkt*
Niet-benutte fiscale verliezen	217.332	1.083.031	217.952	1.036.343
Niet-benutte tax credits		58.953		54.396
Totale UBVo op niet-benutte fiscale verliezen en tax credits	44.553	179.258	54.488	170.850
Niet-gewaardeerde UBVo	-31.284	-160.067	-37.438	-152.523
Gewaardeerde UBVo op niet-benutte fiscale verliezen en tax credits	13.269	19.191	17.050	18.327

Een totaalbedrag van € 71,2 miljoen (2017: € 104,3 miljoen) van niet-gewaardeerde aftrekbare tijdelijke verschillen expireren na 2023 (2017: 2022). De niet-gewaardeerde uitgestelde belastingvorderingen die hierop betrekking hebben bedragen € 17,2 miljoen (2017: € 29,6 miljoen).

a Geef voor boekjaar 2018 in journaalpostvorm aan op welke wijze Vion de winstbelasting heeft verwerkt in de geconsolideerde jaarrekening.

b Geef een controleberekening van de effectieve belastingdruk voor 2018 van 22%.

Het gewogen gemiddelde belastingtarief over 2018 wijkt af van het geldende Nederlandse belastingtarief van 25%.

c Bereken het gewogen gemiddelde belastingtarief over 2018.

Vion neemt in de toelichting op de geconsolideerde winst- en verliesrekening bij de post Winstbelastingen een overzicht op waaruit een aansluiting wordt gegeven tussen de nominale Nederlandse belastingdruk van -3.364 en de effectieve belastingdruk van -2.864.
De vragen **d** en **e** gaan in op de regel 'Aanpassing waardering compensabele verliezen en tijdelijke verschillen' ten bedrage van -6.603.
De regel 'Niet-aftrekbare kosten' ad -2.171 komt terug in vraag **f**.
De vragen **h** en **i** hebben betrekking op de regel 'Wijziging in belastingtarieven' ad -1.947.

d Noem twee mogelijke oorzaken in verband met verliescompensatie die in het aansluitingsoverzicht leiden tot *belastingoverdruk*.
e Noem twee mogelijke oorzaken in verband met verliescompensatie die in het aansluitingsoverzicht leiden tot *belastingonderdruk*.
f Beredeneer dat de belastingoverdruk van 2.171 inzake fiscaal niet-aftrekbare kosten geen verband houdt met stelselmatige afschrijving van geactiveerde goodwill die is betaald bij de aankoop van een deelneming.
g Bereken het belastingtarief waartegen de onbeperkt fiscaal verrekenbare verliezen eind 2017 en 2018 worden gewaardeerd.
h Bereken, uitsluitend met behulp van de verstrekte gegevens, welk deel van de overdruk inzake 'Wijziging in belastingtarieven' van -1.947 verband houdt met fiscaal in toekomstige jaren verrekenbare verliezen. Veronderstel dat het effect van de wijziging van het belastingtarief wordt berekend naar de stand *eind 2018*.
i Geef een mogelijke verklaring voor het verschil tussen het in vraag **h** gevraagde belastingeffect inzake fiscaal in toekomstige jaren verrekenbare verliezen enerzijds en de overdruk van 1.947 door 'Wijziging in belastingtarieven'.
j Onder welke voorwaarde is het in de balans opnemen van een uitgestelde belastingvordering uit hoofde van fiscaal in toekomstige jaren verrekenbare verliezen volgens de IASB verplicht?
k Noem de voorwaarde(n) voor het gesaldeerd opnemen van uitgestelde belastingvorderingen en uitgestelde belastingverplichtingen in de balans.
l Zet uiteen waarom het niet in de balans opnemen van een uitgestelde belastingvordering voor fiscaal verrekenbare verliezen de veronderstelling van continuïteit in de situatie van Vion niet behoeft aan te tasten.

Integratieoefeningen

Hoofdstukoverstijgende vraagstukken

V1 **bv Rokershoestje**

bv Rokershoestje (groothandel in sigaren) hanteert bij het opstellen van de jaarrekening de Nederlandse verslaggevingsvoorschriften.
Per 1 januari 2020 ziet de balans van Rokershoestje er als volgt uit:

Balans per 1 januari 2020 (bedragen × €1)

Materiële vaste activa:		Eigen vermogen:	
Bestelauto	50.000	Aandelenkapitaal	200.000
Financiële vaste activa:		Winstreserve	1.210.000
Deelneming Smoke	300.000	Vreemd vermogen:	
Vlottende activa:		Voorziening proces	40.000
Voorraad sigaren	500.000	Bolknak	
Liquide middelen	600.000		
	1.450.000		1.450.000

De bestelauto (aangeschaft op 1 januari 2018) wordt in vijf jaar naar nihil afgeschreven volgens de sum-of-the-years'-digitsmethode.

In 2020 vinden de volgende gebeurtenissen plaats:

- Op 2 januari wordt de deelneming in de bv Smoke verkocht voor €375.000.
- Eveneens op 2 januari krijgt Rokershoestje van een leasemaatschappij de beschikking over een droogkast voor sigaren. Deze heeft een contante aankoopprijs van €25.000. Aan het eind van 2020, 2021, 2022, 2023 en 2024 zal Rokershoestje telkens €6.595 betalen. Het contract is niet tussentijds opzegbaar. De geschatte levensduur van de droogkast is vijf jaar. De in het contract begrepen interestvergoeding bedraagt 10%. De droogkast wordt met gelijke bedragen per jaar tot nihil afgeschreven.
- Op 1 juli betaalt Rokershoestje €150.000 aan een adviesbureau dat een reclamecampagne moet gaan opzetten voor een eigen merk sigaren dat Rokershoestje wil gaan introduceren. De directie wenst dit bedrag in de vorm van ontwikkelingskosten als investeringsuitgaaf te beschouwen en tijdsevenredig in vijf jaar af te schrijven tot nihil.
- De volgende partijen sigaren zijn verkocht:

Partij	Verkoopbedrag	Verkoopdatum	Afleverdatum	Betaaldatum
1	€3.700.000	25-04-20	20-05-20	23-07-20
2	€ 400.000	25-08-20	27-10-20	04-01-21
3	€ 720.000	29-11-20	22-01-21	07-03-21
4	€ 540.000	05-12-20	17-01-21	08-12-20

- In totaal is in 2020 voor €4.500.000 aan sigaren (à contant) ingekocht.
- Op alle verkopen wordt een winst behaald van 20% van de verkoopprijs.
- Sigarengroothandel Bolknak heeft in 2019 een proces aangespannen tegen Rokershoestje wegens oneerlijke concurrentie. De rechter veroordeelt Rokershoestje in 2020 tot het betalen (in januari 2021) van een schadevergoeding van €60.000.
- Aan loonkosten wordt €300.000 betaald.
- Van andere kosten dan de hiervoor genoemde en van belastingen wordt eenvoudigheidshalve afgezien.

a Stel de balans per 31 december 2020 en de resultatenrekening over 2020 van Rokershoestje op.

b Is het activeren van de uitgave ad €150.000 voor de reclamecampagne in overeenstemming met de voorschriften van de IASB, de RJ en de Nederlandse wet? Motiveer uw antwoord.

V2 **Mirror bv**

Mirror bv houdt zich bezig met de productie en verkoop van spiegels en hanteert bij het opstellen van de jaarrekening de Nederlandse verslaggevingsvoorschriften. De balans van Mirror luidt per 31 december 2020 als volgt:

Balans per 31 december 2020 (bedragen × €1.000)

Materiële vaste activa	1.200	Aandelenkapitaal	300
Voorraad spiegels	400	Herwaarderingsreserve	240
Debiteuren	200	Overige reserves	805
Effecten	150	Voorziening latente belastingen	130
Liquide middelen	350	Langlopende schulden	500
		Kortlopende schulden	325
	2.300		2.300

In de toelichting op de balans is onder andere het volgende opgenomen:

Materiële vaste activa

De materiële vaste activa worden gewaardeerd tegen actuele waarde, waarop afschrijvingen in mindering worden gebracht. Herwaarderingen die uit genoemde wijze van waarderen voortvloeien, worden ten gunste van een herwaarderingsreserve gebracht, rekening houdend met latente belastingen. Op moment dat de herwaarderingsreserve gerealiseerd wordt, wordt deze overgeboekt naar de overige reserves.

Voorraad spiegels

De voorraad spiegels is gewaardeerd tegen standaardkostprijs. In deze standaardkostprijs zijn opgenomen de directe kosten, de indirecte kosten en een rentebestanddeel, dat is berekend over het gemiddeld in de onderneming geïnvesteerde vermogen.

Effecten

De effecten betreffen tijdelijke beleggingen van overtollige kasmiddelen en zijn gewaardeerd tegen actuele waarde, zijnde de beurswaarde.

Herwaarderingsreserve
De herwaarderingsreserve heeft uitsluitend betrekking op de materiële vaste activa.
Het verloop van de herwaarderingsreserve over boekjaar 2020 is als volgt (bedragen × € 1.000):

Stand 01-01-2020	320	
Herwaarderingen	80	+
Realisatie	160	–
Stand 31-12-2020	240	

Voorziening latente belastingen
De voorziening voor latente belastingverplichtingen wordt gevormd voor verschillen tussen bedrijfseconomische en fiscale waardering; de voorziening is opgenomen voor de nominale waarde, uitgaande van het geldende belastingtarief van 20%.

Schulden
De langlopende schulden betreffen een banklening met een resterende looptijd van acht jaar. Het binnen een jaar af te lossen bedrag is opgenomen onder de kortlopende schulden.

Voorgenomen stelselwijziging
Met ingang van boekjaar *2021* zal een stelselwijziging worden doorgevoerd: de waardering en winstbepaling van de materiële vaste activa zal dan niet meer plaatsvinden op basis van actuele waarde, maar op basis van historische kosten. Tot deze stelselwijziging is besloten om een betere vergelijking van de jaarrekening van de vennootschap met die van andere Nederlandse en buitenlandse ondernemingen mogelijk te maken.

a Geef gemotiveerd van elk van de kostenbestanddelen van de voorraad spiegels aan of opname hiervan in de voorraadwaardering in overeenstemming is met de wet.
b Geef aan op welke wijze volgens de RJ en volgens de wet Mirror een stijging van de beurskoers van de effecten in de jaarrekening dient te verwerken.
c In hoeverre is de herwaarderingsreserve bij Mirror aan te merken als een wettelijke reserve?
d Bereken het deel van de post Voorziening latente belastingen per 31 december 2020 dat betrekking heeft op tijdelijke verschillen tussen bedrijfseconomisch en fiscaal resultaat.
e Zet uiteen of de door Mirror gegeven motivering van de voorgenomen stelselwijziging wettelijk toelaatbaar is.
f Geef in de vorm van een journaalpost de aanpassingen in de balans weer als gevolg van de stelselwijziging per 1 januari 2021.
g Welke wettelijk vereiste informatie ontbreekt in de toelichting inzake de banklening?

De overboeking van de gerealiseerde herwaarderingsreserve naar bijvoorbeeld de overige reserves (zoals Mirror dat doet) is verplicht op grond van artikel 390.3.

h Stel dat Mirror bij het opstellen van de jaarrekening niet de Nederlandse verslaggevingsvoorschriften hanteert, maar die van de IASB. Geef gemotiveerd aan of Mirror de genoemde overboeking dan ook had moeten maken.

***V3** **Make & Trade bv**

De balans van Make & Trade per 31 december 2019 luidt als volgt:

Balans per 31 december 2019 (bedragen × €1)

Immateriële vaste activa:			Eigen vermogen:	
Ontwikkelingskosten		300.000	Aandelenkapitaal	100.000
Materiële vaste activa		500.000	Wettelijke reserve	300.000
Vlottende activa:			Overige reserves	5.432.778
Voorraad handelsgoederen (100.000 × €2)		200.000		
Onderhanden werk		4.277.778		
Debiteuren:				
Nominaal	580.000			
Voorziening	125.000			
		455.000		
Liquide middelen		100.000		
		5.832.778		5.832.778

Toelichting en relevante gegevens over het boekjaar 2020

- De immateriële vaste activa betreffen een betaling aan een ingenieursbureau per 30 december 2019. Afschrijving vindt plaats met gelijke bedragen per jaar over vijf jaar tot nihil.
- Op de materiële vaste activa (aangeschaft op 30 december 2019) wordt met gelijke bedragen per jaar in acht jaar afgeschreven tot een restwaarde van nihil.
- De handelsgoederen worden gewaardeerd op basis van historische kosten, uitgaande van collectief-lifo.

  In 2020 hebben zich de volgende transacties voorgedaan:

1 februari	verkoop	100.000 stuks à	€4,50
1 augustus	inkoop	400.000 stuks à	€3
1 december	verkoop	150.000 stuks à	€5

  Inkopen worden contant betaald; afnemers krijgen twee maanden krediet, waarvan ze volledig gebruikmaken.

  Voor het debiteurenrisico op handelstransacties wordt een voorziening gevormd, waaraan 2% van de omzet wordt toegevoegd. In 2020 is een bedrag ad €50.000 als oninbaar afgeboekt.
- Voor de winstneming op onderhanden werk maakt Make & Trade gebruik van de percentage of completion method, waarbij de voortgang van de werken wordt bepaald door de reeds bestede kosten in verhouding tot de totale verwachte kosten.

  Over de werken is het volgende gegeven:

	Werk A	Werk B
Start	1 augustus 2018	1 februari 2020
Oplevering	1 augustus 2020	1 februari 2022
Aanneemsom:	€ 5.500.000	€ 8.000.000
Begrote kosten:		
2018	€ 1.500.000	
2019	€ 2.000.000	
2020	€ 1.000.000	€ 3.500.000
2021		€ 3.000.000
2022		€ 500.000

Voor de jaren 2018 tot en met 2020 waren de werkelijke kosten conform de begroting. De aanneemsommen worden ontvangen bij oplevering.

- Als gevolg van een arbeidsconflict in maart 2020 ligt er bij Make & Trade een claim van een (inmiddels ex-)werknemer, die een schadevergoeding van € 200.000 eist. De advocaat van Make & Trade acht de kans dat de rechter deze claim toekent 'tussen de zestig en zeventig procent'.
- Aan bedrijfskosten (andere dan de hiervoor genoemde) is in 2020 € 400.000 betaald.
- Het tarief van de vennootschapsbelasting is 20%. Tussen bedrijfseconomische en fiscale winstberekening is er slechts één tijdelijk verschil: fiscaal worden de materiële vaste activa in vijf jaar naar nihil afgeschreven, in plaats van in acht jaar. Er zijn verder nog wel definitieve verschillen tussen bedrijfseconomisch en fiscaal resultaat.
- Over 2020 (te betalen in 2021) zal een belastingaanslag van € 96.000 opgelegd worden.

a Stel de balans per 31 december 2020 en de resultatenrekening over 2020 van Make & Trade op.

b 1 Welke methode gebruikt Make & Trade voor de vorming van een voorziening voor dubieuze debiteuren?

2 Is deze methode in overeenstemming met de voorschriften van de IASB en de RJ? Motiveer uw antwoord.

***V4** **Bouwhuis bv**

Bouwhuis bv is actief in de nieuwbouwmarkt van woningen en gaat bij het opstellen van de jaarrekening uit van de Nederlandse verslaggevingsvoorschriften.

De balans per 1 januari 2020 is als volgt:

Balans per 1 januari 2020 (bedragen × €1)

Materiële vaste activa:		Eigen vermogen:	
Machines/gereedschappen	900.000	Aandelenkapitaal	500.000
Vlottende activa:		Overige reserves	4.200.000
Onderhanden werk	1.200.000		
Liquide middelen	2.600.000		
	4.700.000		4.700.000

Alle materiële vaste activa worden door Bouwhuis afgeschreven met 40% van de boekwaarde.

In 2020 vinden de volgende gebeurtenissen plaats:

- Bouwhuis werkt dat jaar slechts aan één project: de bouw van tien woningen in het uitbreidingsplan 'Welgelegen' in Breukelen. Met de bouw is gestart op 1 juli 2019; oplevering zal plaatsvinden medio 2021.
  Voor dit project is de volgende kostencalculatie gemaakt:

Fase 1	Fundering	€ 1.000.000
Fase 2	Ruwbouw	€ 2.000.000
Fase 3	Afbouw	€ 500.000

  Op 1 januari 2020 is fase 1 net gereed; op 31 december 2020 is fase 2 net gereed. Alle werkzaamheden zijn verlopen conform de begroting; ook voor fase 3 verwacht men de oorspronkelijke calculatie precies te halen. Bouwhuis past de percentage of completion method toe, waarbij de voortgang wordt bepaald door de reeds bestede kosten in verhouding tot de totale verwachte kosten. De hele aannemingssom wordt betaald bij oplevering.
- Vanaf 2 januari 2020 is een geavanceerde bouwkraan (cataloguswaarde €150.000) in gebruik. Deze is verkregen via een financial-leasecontract met importeur Heavylift. Gedurende vier jaar (de vermoedelijke economische levensduur van de kraan) zal Bouwhuis aan het eind van elk jaar €51.480 betalen. De kosten van verzekering, onderhoud enzovoort betaalt Bouwhuis zelf. De financieringskosten voortvloeiend uit het contract bedragen 14% per jaar.
- Op 1 juli 2020 zijn 80% van de aandelen van de bv Bouwbeslag overgenomen voor €500.000; deze bv is werkzaam in de branche van de toelevering voor bouwbedrijven. De balans van Bouwbeslag op die datum is als volgt:

Balans bv Bouwbeslag per 1 juli 2020 (bedragen × €1)

Diverse activa	500.000	Aandelenkapitaal	40.000
		Reserves	160.000
		Schulden	250.000
		Winst 1e halfjaar 2020	50.000
	500.000		500.000

Onder de diverse activa van Bouwbeslag zijn onder andere zeer exclusieve deurkrukken opgenomen die zijn gekocht door Arie Spouw, de oprichter van Bouwbeslag. Hij heeft ze in de jaren vijftig van de vorige eeuw voor een paar tientjes op de kop getikt en altijd zorgvuldig bewaard. Op dit moment zou je €50.000 of meer kwijt zijn voor deze juweeltjes. Voor de rest is de balans representatief voor de bepaling van de fair value van Bouwbeslag. Bouwhuis activeert betaalde goodwill en schrijft deze tijdsevenredig in vijf jaar af tot nihil.
In het tweede halfjaar van 2020 behaalt Bouwbeslag een winst van €120.000. Dit is mede te danken aan het feit dat in november de exclusieve deurkrukken verkocht werden. Alle winst wordt door Bouwbeslag gereserveerd.

- Begin 2020 is een Delftse ingenieur ingehuurd om een efficiëntere methode te bedenken voor het construeren van huizen op basis van systeembouw.
  Eind 2020 lijkt het erop dat hij een verrassend nieuw concept zal ontwikkelen. Aan de ingenieur is € 100.000 betaald; Bouwhuis beschouwt dit bedrag in de vorm van ontwikkelingskosten als investeringsuitgaaf en schrijft het met gelijke bedragen per jaar in vijf jaar af tot nihil, vanaf het moment van ingebruikname van het nieuwe concept.
- Als gevolg van de bedrijfsuitoefening zijn de liquide middelen in 2020 met € 2,5 mln afgenomen. Hierin zijn dus alle hiervoor genoemde gebeurtenissen al verwerkt.

Stel de balans van Bouwhuis per 31 december 2020 op, volgens de wettelijk voorgeschreven rubricering.

*V5 **Actueel bv**

Actueel bv koopt goederen in en verkoopt deze nadat ze ten behoeve van de detailhandel zijn verpakt.
Voor de waardering en winstbepaling gaat Actueel voor de materiële vaste activa uit van actuele waarde en voor de voorraad goederen van historische kosten, met toepassing van de fifo-volgorde.

De balans van Actueel bv is per 1 januari 2020 als volgt:

Balans per 1 januari 2020 (bedragen × €1)

Pand	1.150.000	Aandelenkapitaal	400.000
Machines	180.000	Overige reserves	500.000
Voorraad goederen	96.000	Lening	700.000
Liquide middelen	330.000	Crediteuren	156.000
	1.756.000		1.756.000

Toelichting en relevante gegevens voor het boekjaar 2020

Pand
Het pand is begin 2018 aangeschaft voor € 1,25 mln. De afschrijving geschiedt in vijfentwintig jaar met gelijke bedragen per jaar tot een restwaarde van nihil. Afschrijvingen worden gezien als periodekosten.
Op 2 januari 2020 stijgt voor het eerst de actuele waarde van het pand en wel met 10%.

Machines
Er zijn drie machines van hetzelfde type aanwezig, aangeschaft op respectievelijk 31 december 2017, 31 december 2018 en 31 december 2019.
De aanschafprijs van iedere machine is € 90.000. De economische levensduur van een machine is drie jaar en de restwaarde nihil. De afschrijving geschiedt met gelijke bedragen per jaar. Afschrijvingen worden gezien als periodekosten.
Op 1 juli 2020 stijgt voor het eerst de actuele waarde van deze machines en wel met 5%.

Door omstandigheden is op 31 december 2020 nog geen nieuwe machine aangeschaft.

Voorraad goederen
De voorraad op 1 januari 2020 is 8.000 stuks. De voorraad is ingekocht tegen €12 per stuk.
In 2020 vinden de volgende goederentransacties en gebeurtenissen plaats:

- 13 januari : inkoop 24.000 stuks à €12 = €288.000
- 25 mei : verkoop 26.000 stuks à €42 = €1.092.000
- 24 november : verkoop 4.000 stuks à €44 = €176.000
- 21 december : inkoop 2.000 stuks à €13 = €26.000

Liquide middelen
Het verloop van de liquide middelen in 2020 is als volgt:

Saldo 1 januari 2020	€ 330.000	
Bij: Ontvangsten uit hoofde van verkopen	€ 1.092.000	+
Af: Uitgaven in verband met inkopen	€ 444.000	–
Aankoop deelneming	€ 400.000	–
Bedrijfskosten (inclusief interest)	€ 450.000	–
Saldo 31 december 2020	€ 128.000	

De in dit overzicht opgenomen bedrijfskosten (zijnde periodekosten) hebben volledig betrekking op 2020 en zijn gelijkmatig gespreid over het jaar betaald.

Deelneming
Op 1 juli 2020 worden alle aandelen van Histor bv overgenomen tegen betaling van €400.000. Dit 100%-belang is bedoeld om de bedrijfsuitoefening van Actueel bv duurzaam te dienen. Voor de waardering en winstbepaling gaat Histor bv uit van historische kosten. Verder zijn de grondslagen van Histor bv gelijk aan die van Actueel bv.
Per 1 juli 2020 ziet de (geschematiseerde) balans van Histor bv er als volgt uit:

Balans per 1 juli 2020 (bedragen × €1)

Materiële vaste activa	400.000	Aandelenkapitaal	200.000
Monetaire activa	200.000	Algemene reserve	80.000
		Winst 1e halfjaar 2020	20.000
		Monetaire passiva	300.000
	600.000		600.000

Deze balans is representatief voor de bepaling van de fair value van Histor bv, met uitzondering van de materiële vaste activa. De actuele waarde hiervan bedraagt per 1 juli 2020 €450.000. De materiële vaste activa zijn een pand en enige machines.
Actueel bv waardeert de deelneming Histor bv op nettovermogenswaarde, waarbij eventueel betaalde goodwill wordt geactiveerd en in vijf jaar tijdsevenredig afgeschreven.

Histor bv heeft over het *gehele* jaar 2020 op basis van haar eigen grondslagen een winst behaald van €50.000.
Indien Histor bv bij de waardering en winstbepaling uitgegaan zou zijn van de grondslagen van Actueel bv, dan zou Histor bv rekening moeten hebben gehouden met de volgende in 2020 ongerealiseerde en gerealiseerde waardestijgingen (bedragen × €1):

	Ongerealiseerd	**Gerealiseerd**	**Totaal**
Stand 01-01-2020	0	0	0
Herwaarderingen 2020:			
• 01-04-2020 Pand	55.000 +		55.000 +
• 01-11-2020 Machines	10.000 +		10.000 +
Realisatie via afschrijvingen 2020:			
• Pand	15.000 –	15.000 +	
• Machines	2.000 –	2.000 +	
Stand 31-12-2020	48.000	17.000	65.000

a Stel de balans per 31 december 2020 en de resultatenrekening over 2020 van Actueel bv op.

Actueel bv geeft in de toelichting aanvullende informatie over vermogen en resultaat waarbij ook de materiële vaste activa worden gebaseerd op historische kosten.

b Leid voor de toelichting het resultaat 2020 op basis van historische kosten van Actueel bv af uit het resultaat zoals uitgewerkt bij vraag **a**.

c Leid voor de toelichting het eigen vermogen per 31 december 2020 op basis van historische kosten van Actueel bv af uit het eigen vermogen zoals uitgewerkt bij vraag **a**.

V6 **Kazo nv**

Kazo nv houdt zich bezig met de productie en verkoop van artikelen behorende tot de productcategorieën pharma, coatings en chemicaliën. In haar streven een groter marktaandeel in deze sector te verkrijgen, neemt Kazo op 1 oktober 2020 alle aandelen over van concurrent MDS nv.
Kazo verkrijgt de aandelen MDS door aan de oude aandeelhouders in totaal 1.000 nieuwe aandelen Kazo met een nominale waarde van €1.000 per stuk te verstrekken. Op moment van overname bedraagt het zichtbaar eigen vermogen per aandeel Kazo €5.000 en de beurswaarde €9.600 per aandeel Kazo.

Kazo en MDS hanteren dezelfde grondslagen voor de waardering en winstbepaling.
Voor de materiële activa wordt door beide ondernemingen uitgegaan van historische kosten, waarbij de materiële vaste activa worden afgeschreven met gelijke bedragen per jaar tot een restwaarde van nihil. Kazo waardeert haar deelnemingen tegen nettovermogenswaarde en activeert eventueel be-

taalde goodwill, gevolgd door tijdsevenredige afschrijvingen in twintig jaar tot een restwaarde van nihil.

De enkelvoudige balansen van Kazo en MDS luiden per 1 oktober 2020 (vóór de overname) als volgt:

Balans Kazo per 1 oktober 2020 (bedragen × €1.000)

Gebouwen	8.500	Aandelenkapitaal:	
Machines	9.500	3.000 aandelen × € 1.000 =	3.000
Voorraden	4.000	Agio	5.000
Debiteuren	5.000	Overige reserves	6.000
Liquide middelen	3.000	Winst 2020 (tot 1 oktober)	1.000
		Voorzieningen	6.000
		Schulden	9.000
	30.000		30.000

Balans MDS per 1 oktober 2020 (bedragen × €1.000)

Gebouwen	5.000	Aandelenkapitaal:	1.500
Machines	2.800	Agio	1.500
Voorraden	1.700	Overige reserves	3.000
Debiteuren	2.000	Winst 2020 (tot 1 oktober)	500
Liquide middelen	1.500	Voorzieningen	2.500
		Schulden	4.000
	13.000		13.000

Deze balansen zijn representatief voor de bepaling van de fair value, met uitzondering van het volgende:

1. Per 1 oktober 2020 is de actuele waarde van de gebouwen van Kazo € 18 mln en die van MDS € 7 mln. De resterende levensduur van de gebouwen van beide ondernemingen is op moment van overname twintig jaar.
2. De voorzieningen van MDS komen per 1 oktober 2020 (afgezien van het hierna onder punt 3 vermelde) volgens de door Kazo gehanteerde schatting € 500.000 hoger uit dan in de balans van MDS opgenomen.
3. In verband met de overname is besloten dat een deel van het personeel van MDS zal afvloeien; de hiermee verband houdende kosten worden geraamd op € 700.000. Afgesproken is dat deze kosten ten laste zullen komen van MDS.

NB Bij de uitwerking dient het eigen vermogen in de geconsolideerde balans op dezelfde wijze gespecificeerd te worden als in de enkelvoudige balans.

a Bereken de goodwill die Kazo heeft betaald bij de verwerving van de aandelen MDS op 1 oktober 2020.

b Geef de journaalpost die Kazo op 1 oktober 2020 heeft gemaakt van de verwerving van de aandelen MDS.

c Stel de geconsolideerde balans van de Kazo-MDS Groep op direct na de overname.

Over boekjaar 2020 is verder het volgende gegeven:

- De voorzieningen van MDS (exclusief die getroffen zijn in verband met de reorganisatie vanwege de overname door Kazo) bedragen per 31 december 2020 € 2,7 mln; volgens de schatting van Kazo zou dit bedrag per 31 december 2020 € 3,1 mln zijn geweest.
- In december 2020 blijkt dat de per 1 oktober 2020 bij MDS gevormde reorganisatievoorziening ad € 700.000 in verband met de overname door Kazo te laag is ingeschat. Besloten wordt dat er een *extra* voorziening moet worden getroffen van € 250.000. Deze extra kosten (die ook ten laste van MDS zullen komen) worden door Kazo in boekjaar 2020 alsnog bij de bepaling van de betaalde goodwill in aanmerking genomen.
- MDS verantwoordt over het *gehele* jaar een *verlies* van € 225.000. In dit resultaat zijn de kosten van zowel de oorspronkelijke gevormde reorganisatievoorziening ad € 700.000 als die van de extra toevoeging van € 250.000 verwerkt.

d Bereken voor Kazo het resultaat uit deelneming MDS over boekjaar 2020.

Op 2 januari 2021 brengt een buitenlandse onderneming uit dezelfde branche waarin Kazo en MDS opereren, een bod uit van € 13 mln op alle aandelen MDS. Kazo besluit op dit bod in te gaan. De door Kazo aan deelneming MDS toegekende nettovermogenswaarde is tussen 31 december 2020 en het moment van verkoop niet gewijzigd.

e Bereken het boekresultaat van Kazo bij de verkoop van het belang in MDS.

V7 **Hol nv**

De Nederlandse onderneming Hol nv heeft op 31 december 2019 80% van de aandelen van de in het land Lap gevestigde onderneming Buit overgenomen. Hol heeft de aandelen Buit verkregen door aan de oude aandeelhouders in totaal 10.000 nieuwe aandelen Hol met een nominale waarde van € 500 per stuk te verstrekken. Op moment van overname waren het eigen vermogen en de beurswaarde per aandeel Hol € 3.000 respectievelijk € 5.200.
De bedrijfsuitoefening van Buit zal zelfstandig plaatsvinden en er zullen weinig geldstromen zijn tussen Hol en Buit. Als gevolg hiervan is de functionele valuta van Buit (de lokale valuta, de bv) een andere dan die van Hol (de euro).
Hol en Buit hanteren dezelfde grondslagen voor de waardering en winstbepaling; voor de materiële activa wordt uitgegaan van historische kosten met toepassing van de fifo-volgorde voor de voorraden.
Hol waardeert deelneming Buit tegen nettovermogenswaarde en activeert de bij de verwerving van deelnemingen betaalde goodwill, gevolgd door jaarlijkse afschrijvingen.

De balans van Buit ziet er per 31 december 2019 vóór de overname als volgt uit:

Balans per 31 december 2019 (bedragen × bv 1.000)

Gebouwen	7.000	Aandelenkapitaal	6.000
Voorraad goederen	4.000	Overige reserves	4.000
Liquide middelen	3.000	7%-Banklening	3.000
		Crediteuren	1.000
	14.000		14.000

Toelichting

- De gebouwen zijn aangeschaft op 1 januari 2017 voor een bedrag van bv 10 mln en worden in tien jaar met gelijke bedragen per jaar tot nihil afgeschreven.
- De voorraad goederen bestaat uit 8.000 stuks, op 1 december 2019 ingekocht voor bv 500 per eenheid.
- Op de banklening wordt jaarlijks per 31 december bv 500.000 afgelost; per die datum wordt tevens de interest (achteraf) betaald.

Voor de bepaling van de fair value van de activa en passiva op het overnamemoment is nog het volgende gegeven:

- De actuele waarde van de gebouwen ligt per 31 december 2019 30% hoger dan de waarde zoals in de gegeven balans opgenomen.
- Op 31 december 2019 is de actuele waarde van de voorraad goederen bv 540 per stuk.
- In verband met de overname is besloten dat een deel van het personeel van Buit zal afvloeien; de hiermee verband houdende kosten worden geraamd op bv 800.000.

Verdere gegevens over Buit met betrekking tot 2020

Inkoop- en verkooptransacties

Inkopen:	1e halfjaar 28.000 stuks à bv 560 = bv 15.680.000
	2e halfjaar 22.000 stuks à bv 580 = bv 12.760.000
Verkopen:	1e halfjaar 26.000 stuks à bv 900 = bv 23.400.000
	2e halfjaar 23.000 stuks à bv 970 = bv 22.310.000

Liquide middelen

Het verloop van de liquide middelen in 2020 is als volgt (bedragen × bv 1.000):

Saldo 1 januari 2020			3.000
Bij:	Verkopen 2020		45.710
Af:	Crediteuren 1 januari 2020	1.000	
	Inkopen 2020	26.440	
	Interest	210	
	Aflossing	500	
	Afvloeiing personeel	400	
	Overige bedrijfskosten	15.000	
			43.550
Saldo 31 december 2020			5.160

Overige informatie

De interestkosten worden geacht maandelijks te zijn ontstaan. De overige bedrijfskosten ad bv 15 mln zijn voor bv 10 mln ontstaan in de eerste helft van 2020 en voor bv 5 mln in de tweede helft van 2020.

Over de ontwikkeling van de koers van de bv ten opzichte van de euro is het volgende gegeven:

- 1 januari 2017 1 bv = €2,05
- 1 december 2019 1 bv = €2,40
- 31 december 2019 1 bv = €2,50

• 1 januari 2020	1 bv = €2,50
• 2 januari 2020 tot en met 30 juni 2020	1 bv = €2,60
• 1 juli 2020 tot en met 30 december 2020	1 bv = €2,80
• 31 december 2020	1 bv = €2,90
• gemiddeld over 2020	1 bv = €2,70

a Bereken in euro's de door Hol betaalde goodwill bij de overname van Buit.

b Geef de journaalpost die per 31 december 2019 in de boekhouding van Hol is gemaakt in verband met de verwerving van deelneming Buit.

c Hol zal in haar administratie de balans ultimo boekjaar en de resultatenrekening over het boekjaar van Buit herrekenen ter bepaling van de nettovermogenswaarde van en het resultaat uit de deelneming.
Stel deze herrekende balans per 31 december 2020 en resultatenrekening over 2020 op in de locale valuta (de bv) van Buit.

d Reken de balans per 31 december 2020 en de resultatenrekening over 2020 van Buit – zoals uitgewerkt bij vraag **c** – om in euro's volgens het temporal principle. Geef een afzonderlijke specificatie van de omrekeningsverschillen.

e Reken de balans per 31 december 2020 en de resultatenrekening over 2020 van Buit – als uitgewerkt bij vraag **c** – om in euro's volgens de closing-rate method; ga hierbij voor de omrekening van de resultatenrekening uit van de gemiddelde koers. Geef een afzonderlijke specificatie van de omrekeningsverschillen.

f Geef gemotiveerd aan of Hol voor de omrekening van de jaarrekening van Buit in euro's volgens de IASB en de RJ uit dient te gaan van het temporal principle of van de closing-rate method.

g Welke voorschriften zijn in de wet opgenomen met betrekking tot de omrekening van jaarrekeningen luidende in vreemde valuta?

h Is het toegestaan dat Hol haar jaarrekening opmaakt in de lokale valuta van Buit (de bv)?

i Is het gebruik van de nationale taal van Lap (het Laps) toegestaan in de voor de aandeelhouders van Hol opgemaakte jaarrekening van Hol?

j Is het gebruik van de nationale taal van Lap (het Laps) toegestaan in de voor de publicatie van Hol opgemaakte jaarrekening van Hol?

*V8 Taxes bv

De bedrijfseconomische balans van handelsonderneming Taxes bv ziet er per 1 januari 2020 als volgt uit:

Balans per 1 januari 2020 (bedragen × €1.000)

Gebouwen	690.000	Aandelenkapitaal	500.000
Voorraad K	40.000	Overige reserves	302.250
Debiteuren	38.000	Voorziening latente vennootschapsbelasting	3.000
Liquide middelen	433.000	Lening	345.000
		Crediteuren	50.750
	1.201.000		1.201.000

Toelichting en relevante gegevens over het boekjaar 2020

Gebouwen
De gebouwen zijn begin 2016 aangeschaft en worden in vijftig jaar met jaarlijks gelijke bedragen afgeschreven tot een restwaarde van nihil; fiscaal is de levensduur gesteld op veertig jaar, de restwaarde is fiscaal eveneens nihil. De gebouwen worden zowel bedrijfseconomisch als fiscaal gewaardeerd tegen verkrijgingsprijs verminderd met de afschrijvingen.

Voorraad K
De voorraad wordt gewaardeerd tegen historische kosten, uitgaande van fifo; fiscaal wordt hierbij uitgegaan van collectief-lifo. De op 1 januari 2020 aanwezige voorraad bedraagt 10.000 stuks, zowel bedrijfseconomisch als fiscaal gewaardeerd tegen €4 per stuk.

Gedurende 2020 vinden de volgende in- en verkooptransacties plaats:

- 10 maart : inkoop 11.000 stuks à €4,20 = € 46.200
- 17 maart : verkoop 12.000 stuks à €12,00 = €144.000
- 18 november : inkoop 15.000 stuks à €4,50 = € 67.500
- 25 november : verkoop 13.000 stuks à €12,00 = €156.000

Liquide middelen
Het verloop van de liquide middelen in 2020 is als volgt:

Saldo 1 januari 2020			€ 433.000
Bij:	Debiteuren 1 januari 2020	€ 38.000	
	Verkoop 17 maart 2020	€ 144.000	
			€ 182.000
Af:	Crediteuren 1 januari 2020	€ 50.750	
	Inkoop 10 maart 2020	€ 46.200	
	Aankoop deelneming	€ 300.000	
	Bedrijfskosten (inclusief interest)	€ 45.000	
			€ 441.950
Saldo 31 december 2020			€ 173.050

De in dit overzicht opgenomen bedrijfskosten hebben volledig betrekking op 2020; fiscaal zijn deze kosten voor €40.000 aftrekbaar.

Voorziening latente vennootschapsbelasting
Voor verschillen tussen de bedrijfseconomische en de fiscale waardering wordt een voorziening voor latente vennootschapsbelasting opgenomen. De voorziening wordt gewaardeerd op nominale waarde tegen het geldende belastingtarief van 20%.

Lening
Op de lening is in 2020 niet afgelost.

Deelneming
Op 1 juli 2020 wordt voor €300.000 een 80%-deelneming verworven. Dit belang wordt bedrijfseconomisch gewaardeerd tegen nettovermogenswaarde, waarbij eventueel betaalde goodwill wordt geactiveerd en in vijf jaar tijdsevenredig afgeschreven. Fiscaal wordt de deelneming gewaardeerd tegen verkrijgingsprijs. Op de baten en lasten uit deelnemingen is fiscaal de deelnemingsvrijstelling van toepassing, hetgeen inhoudt dat deze baten en lasten bij de fiscale winstbepaling buiten aanmerking blijven.

Het verloop van de bedrijfseconomische waardering van de deelneming is als volgt:

1 juli 2020	€ 150.000
Bij: winst 2020	€ 50.000
31 december 2020	€ 200.000

a1 Stel de fiscale resultatenrekening over 2020 van Taxes op.
2 Stel de bedrijfseconomische resultatenrekening over 2020 van Taxes op.
3 Stel de bedrijfseconomische balans per 31 december 2020 van Taxes op. Geef hierbij een specificatie van de voorziening latente vennootschapsbelasting per activum.
4 Geef de journaalpost van de verwerking van de vennootschapsbelasting in de bedrijfseconomische jaarrekening over 2020 van Taxes.

Prijsstijgingen
De vervangingswaarde van de gebouwen is op 1 juli 2020 met 20% gestegen.
De vervangingswaarde van handelsgoed K gedurende 2020 is als volgt:
- januari : €4,00 per stuk
- februari tot en met juli : €4,20 per stuk
- augustus tot en met november : €4,50 per stuk
- december : €5,00 per stuk

Tot 2020 hebben zich bij Taxes geen prijsveranderingen van de materiële activa voorgedaan. De materiële activa van de deelneming zijn in de periode 1 juli 2020 tot en met 31 december 2020 niet in waarde gestegen.

Vanwege de genoemde prijsstijgingen wil de leiding van Taxes in de toelichting aanvullende informatie opnemen over vermogen en resultaat op basis van het vervangingswaardestelsel, met inachtneming van de volgende uitgangspunten:
- Herwaarderingen van activa worden – onder aftrek van een voorziening voor latente vennootschapsbelasting van 20% – verwerkt in een herwaarderingsreserve.
- De overdruk vennootschapsbelasting uit hoofde van herwaarderingen wordt ten laste van het resultaat gebracht.

b1 Stel de bedrijfseconomische balans per 31 december 2020 en de bedrijfseconomische resultatenrekening over 2020 van Taxes op, op basis van het vervangingswaardestelsel, met inachtneming van de genoemde uitgangspunten. NB Maak in (de toelichting op) de balans onderscheid tussen de ongerealiseerde en de gerealiseerde herwaarderingsreserve en splits deze per activum.

Splits tevens de voorziening latente vennootschapsbelasting naar actief en binnen een activum naar soort verschil.

2 Bereken de effectieve belastingdruk over 2020.

3 Splits de belastinglast in de bedrijfseconomische resultatenrekening over 2020 in nominale druk, overdruk en onderdruk.

c Welke veranderingen treden in de balans en resultatenrekening van vraag **b1** op, indien de overdruk vennootschapsbelasting uit hoofde van herwaardering ten laste van het eigen vermogen wordt gebracht?

d Stel dat met ingang van 1 januari 2020 het tarief van de vennootschapsbelasting wordt verlaagd naar 18%. Welke aanpassingen dienen er in de balans van vraag **b1** te worden gemaakt naar aanleiding van dit extra gegeven?

e In hoeverre is het vervangingswaardestelsel, zoals uitgewerkt in de vragen **b** en **c**, toegelaten door de Nederlandse wet, de RJ en de IASB?

V9 **Promotion bv**

Per 31 december 2019 luidt de bedrijfseconomische balans van reclamebureau Promotion bv – die bij het opstellen van de jaarrekening uitgaat van de Nederlandse verslaggevingsvoorschriften – als volgt (bedragen × € 1):

Balans Promotion per 31 december 2019

Gebouw	944.000	Aandelenkapitaal	200.000
Inventaris	30.000	Agio	175.000
Vorderingen	45.000	Overige reserves	296.700
Effecten	100.000	Latente belastingen	300
Liquide middelen	206.000	Schulden	653.000
	1.325.000		1.325.000

Toelichting

Algemeen

Promotion gaat voor de waardering en winstbepaling zowel bedrijfseconomisch als fiscaal uit van historische kosten.

Gebouw

Het gebouw is op 1 januari 2019 opgeleverd en in gebruik genomen; de aankoopprijs bedroeg € 1 mln. Het gebouw wordt zowel bedrijfseconomisch als fiscaal in vijfentwintig jaar met gelijke bedragen per jaar afgeschreven tot een restwaarde van nihil.

Bedrijfseconomisch is echter van de aankoopprijs € 100.000 afgesplitst, zijnde de waarde van de grootonderhoudsbeurt die is inbegrepen in de oplevering van het gebouw; hiervoor geldt een afschrijvingstermijn van vijf jaar.

Fiscaal worden de kosten van groot onderhoud niet afgesplitst, maar ineens ten laste van het resultaat gebracht in het jaar waarin het onderhoud daadwerkelijk wordt uitgevoerd; dit zal naar verwachting voor het eerst eind 2023 plaatsvinden.

Inventaris

De inventaris is op 1 januari 2018 aangeschaft voor € 50.000. Op deze inventaris wordt bedrijfseconomisch jaarlijks 20% van de aanschafprijs afgeschreven en fiscaal 50% van de boekwaarde.

Effecten
Onder de effecten zijn opgenomen op 1 juli 2019 gekochte beursgenoteerde aandelen, bedoeld als belegging van tijdelijk overtollige liquide middelen. De beurswaarde van deze aandelen bedraagt per 31 december 2019 € 115.000.

Latente belastingen
De latente belastingvordering uit hoofde van het gebouw is volledig in de balans opgenomen en is gesaldeerd met de latente belastingverplichting uit hoofde van de inventaris.
De latente belastingen zijn gewaardeerd op nominale waarde.

Het tarief van de vennootschapsbelasting is 20%.

a Geef een controleberekening van de bedragen van de volgende posten, zoals die voorkomen in de bedrijfseconomische balans per 31 december 2019 van Promotion:
1 Gebouw
2 Latente belastingen.
b Promotion heeft de latente belastingvordering uit hoofde van het gebouw volledig in de balans opgenomen. Onder welke voorwaarde is dit op grond van de richtlijnen van de RJ voorgeschreven?

De ondernemingsleiding van Promotion besluit tot een stelselwijziging inzake de verwerking van tijdelijke beleggingen: met ingang van 1 januari 2020 worden deze gewaardeerd op beurswaarde, waarbij de waardemutaties direct in de resultatenrekening worden verantwoord. Tot deze stelselwijziging is besloten om aan te sluiten bij de richtlijnen van de RJ. Het cumulatief effect van de stelselwijziging wordt rechtstreeks in het eigen vermogen verwerkt.
Fiscaal worden de grondslagen van waardering en winstbepaling niet gewijzigd.
c Zet uiteen of de door Promotion gegeven motivering van deze stelselwijziging op basis van wet- en regelgeving toelaatbaar is.
d Geef de journaalpost die op 1 januari 2020 in de boekhouding van Promotion wordt gemaakt van de verwerking van het cumulatief effect van de stelselwijziging.

In haar streven een groter aandeel in de reclamemarkt te verkrijgen, neemt Promotion op 1 januari 2020 tegen contante betaling van € 150.000 alle aandelen over van concurrent Tours bv.
De bedrijfseconomische balans van Tours per 1 januari 2020 luidt als volgt (bedragen × € 1):

Balans Tours per 1 januari 2020

Inventaris	60.000	Aandelenkapitaal	25.000
Vorderingen	55.000	Agio	35.000
Liquide middelen	45.000	Overige reserves	40.000
		Voorzieningen	30.000
		Schulden	30.000
	160.000		160.000

Deze balans is representatief voor de bepaling van de fair value, met uitzondering van het volgende:

- Per 1 januari 2020 is de actuele waarde van de inventaris € 72.000. De inventaris is op 1 januari 2018 aangeschaft voor € 100.000 en heeft op 1 januari 2020 een resterende levensduur van drie jaar.
- De voorzieningen komen per 1 januari 2020 volgens de door Promotion gehanteerde schatting € 10.000 lager uit dan in de balans van Tours opgenomen.

Verder is inzake het door Promotion verkregen belang in Tours het volgende gegeven:

- De grondslagen voor de bedrijfseconomische waardering en winstbepaling van Tours zijn gelijk aan die van Promotion.
- De fiscale grondslagen voor de waardering en winstbepaling van Tours zijn gelijk aan de bedrijfseconomische grondslagen.
- Promotion waardeert Tours tegen nettovermogenswaarde.
- Promotion activeert de bij de verwerving van Tours betaalde goodwill en schrijft deze vervolgens in tien jaar met gelijke bedragen per jaar af tot nihil.
- Op de baten en lasten uit deelnemingen is *fiscaal* de deelnemingsvrijstelling van toepassing, hetgeen inhoudt dat deze baten en lasten bij de fiscale winstbepaling niet in aanmerking worden genomen.

e Bereken de goodwill die Promotion heeft betaald bij de verwerving van de aandelen Tours op 1 januari 2020; houd hierbij rekening met de bij de overname ontstane latente belasting.

f Als gevolg van de overname per 1 januari 2020 is er in de *enkelvoudige* balans van Promotion geen toevoeging en in de *geconsolideerde* balans van de Promotion-Tours Groep wel een toevoeging aan de voorziening voor latente belastingverplichtingen. Geef hiervoor een verklaring.

Tours heeft over 2020 een winst na aftrek van belasting van € 25.000 verantwoord.
De voorzieningen van Tours bedragen per 31 december 2020 € 35.000; volgens de schatting van Promotion zou dit bedrag per 31 december 2020 € 30.000 zijn geweest.

g Bereken voor Promotion het resultaat uit deelneming Tours over boekjaar 2020.

Verdere gegevens over boekjaar 2020:

- Promotion heeft in 2020 een omzet behaald van € 500.000.
- Van de per 31 december 2019 aanwezige effecten is een partij aandelen met een aankoopprijs van € 40.000 verkocht voor € 50.000. De overige aandelen zijn per 31 december 2020 nog in bezit van Promotion; de beurswaarde bedraagt daarvan op dat moment € 80.000.
- Op 31 december 2020 heeft Promotion voor € 10.000 extra inventaris gekocht. Hierdoor ontstaat een recht op fiscale investeringsaftrek – een bedrag dat ten laste van de fiscale winst gebracht mag worden – van € 2.800.
- De overige bedrijfskosten van Promotion bedragen in 2020 € 350.000. Fiscaal zijn deze bedrijfskosten slechts voor € 320.000 aftrekbaar.

h Stel de bedrijfseconomische resultatenrekening van Promotion over 2020 op; splits daarbij het bedrag van de belastinglast in nominale druk, overdruk en onderdruk.

i Bereken, op basis van de statische methode, per activum het bedrag van de in de *enkelvoudige* balans van Promotion per 31 december 2020 voorkomende latentie en geef hierbij steeds aan of het een actieve of een passieve latentie betreft.

j Bereken de hoogte van de als gevolg van de overname van Tours door Promotion ontstane post Latente belastingverplichtingen in de *geconsolideerde* balans van de Promotion-Tours Groep per 31 december 2020.

*V10 Rijns bv

NB: In dit vraagstuk wordt afgezien van belastingen.

Rijns bv – een havenbedrijf dat zich bezighoudt met opslag en overslag – verwerft op 31 december 2019 70% van de aandelen van Oever bv. Rijns betaalt voor dit kapitaalbelang € 7 mln in contanten en kwalificeert Oever als een deelneming; Rijns – dat voor het opstellen van de jaarrekening uitgaat van de Nederlandse verslaggevingsvoorschriften – waardeert Oever tegen nettovermogenswaarde. De aandelen van Oever weerspiegelen de zeggenschapsverhoudingen.

De (gecomprimeerde) balans van Oever ziet er per 31 december 2019 als volgt uit:

Balans Oever bv per 31 december 2019 (× €1 mln)

Materiële vaste activa	9,6	Eigen vermogen:	
Financiële vaste activa:		– Aandelenkapitaal	5,0
– Effecten	0,4	– Overige reserves	2,0
Vlottende activa	4,0	– Winst 2019	1,0
		Langlopende schulden	4,0
		Kortlopende schulden	2,0
	14,0		14,0

Naar aanleiding van onderzoek van de jaarrekening 2019 van Oever komt het volgende aan het licht:

- De actuele waarde van het onder de materiële vaste activa opgenomen pand van Oever wordt op 31 december 2019 getaxeerd op € 2,5 mln; de boekwaarde per die datum bedraagt € 2.350.000. De resterende levensduur van dit pand is op 31 december 2019 vijftien jaar.
- De post Effecten bestaat uit een langetermijnbelegging in 5%-obligaties en is in de balans van Oever opgenomen voor de nominale waarde. De interest wordt aan het eind van elk jaar voldaan en de obligaties worden op 31 december 2023 in één keer volledig afgelost. Rijns waardeert langetermijnbeleggingen tegen geamortiseerde kostprijs, met toepassing van de effectieve rentemethode. De marktrente voor vergelijkbare leningen is op 31 december 2019 6%.
- Onder de 'Niet uit de balans blijkende verplichtingen' is op 31 december 2019 het volgende opgenomen: 'Oever heeft een duurzaam productie-

middel verkregen via een twaalfjarig operational leasecontract. Het contract heeft op 31 december 2019 een resterende looptijd van acht jaar. De jaarlijks achteraf te betalen leasetermijn bedraagt € 250.000.
Op basis van de grondslagen van Rijns wordt dit leasecontract geclassificeerd als een financial lease. De boekwaarde (tevens te beschouwen als de reële waarde) van het duurzaam productiemiddel wordt op 31 december 2019 bepaald op € 1.324.000. De economische levensduur van het productiemiddel komt overeen met de leaseperiode.
De tegen 7% contant gemaakte waarde van de resterende leaseverplichtingen bedraagt per diezelfde datum (afgerond) € 1.500.000.
- De overige balansposten van Oever zijn op 31 december 2019 representatief voor de bepaling van de fair value.

De grondslagen voor de waardering en winstbepaling van Rijns en Oever komen (afgezien van de hiervoor aangegeven verschillen) met elkaar overeen; beide ondernemingen gaan uit van historische kosten, waarbij wordt afgeschreven met gelijke bedragen tot een restwaarde van nihil.

a Bereken de goodwill die Rijns heeft betaald bij de verwerving van het kapitaalbelang in Oever op 31 december 2019.
b Beredeneer of er – uitgaande van integrale consolidatie – een post Aandeel derden voorkomt in de *geconsolideerde* balans per 31 december 2019 en in de *geconsolideerde* resultatenrekening over 2019 van de Rijns-Oever Groep; bereken ook – indien van toepassing – de hoogte van deze post.

Uit de gepubliceerde jaarrekening over 2020 van Oever blijkt het volgende:
- De winst van Oever over 2019 is geheel gereserveerd.
- De winst van Oever over 2020 bedraagt € 900.000; hiervan is op 30 september 2020 € 400.000 als interimdividend uitgekeerd.
- Andere rechtstreekse vermogensmutaties dan die uit hoofde van de winst(verdeling) hebben zich bij Oever in 2020 niet voorgedaan.

c Bereken voor Rijns het resultaat uit deelneming Oever over 2020.
d Stel voor Rijns het mutatieoverzicht van de balanspost Deelneming Oever over 2020 op.
e Geef gemotiveerd aan of Rijns in haar balans per 31 december 2020 een post Wettelijke reserve deelneming Oever moet opnemen.
f Bereken – uitgaande van integrale consolidatie – de post Aandeel derden in de *geconsolideerde* balans per 31 december 2020 van de Rijns-Oever Groep.
g Geef gemotiveerd aan of het is toegestaan dat Oever via proportionele consolidatie in de geconsolideerde jaarrekening 2020 van de Rijns-Oever Groep wordt betrokken.

V11 **Diervoeders bv**

Diervoeders bv houdt zich bezig met de ontwikkeling, productie en verkoop van honden- en kattenvoer. Bij het opstellen van de jaarrekening gaat Diervoeders uit van de bepalingen uit Titel 9 Boek 2 BW en de Richtlijnen voor de jaarverslaggeving (RJ).
Er wordt in dit vraagstuk afgezien van de invloed van belastingen.

Onderzoek en ontwikkeling

Binnen de afdeling Onderzoek en ontwikkeling van Diervoeders zijn in 2020 onder meer de volgende uitgaven verricht:

1	Intern onderzoek naar productie-efficiency	€ 125.000
2	Ontwikkeling prototype machine	€ 100.000
3	Van derden gekochte intellectuele eigendom	€ 150.000

Diervoeders wenst genoemde uitgaven – voor zover toegestaan binnen de RJ – te activeren als immateriële vaste activa.

a Geef van elk van de genoemde uitgaven afzonderlijk de journaalpost(en) die Diervoeders maakt; geef hierbij steeds aan of de uitgave als een balanspost (B) of een resultatenrekeningpost (RR) wordt geboekt.

Leasing
Diervoeders heeft op 1 januari 2020 een leasecontract afgesloten, waarmee een machine met een contante aankoopprijs van € 150.000 wordt geleased: aan de leasemaatschappij wordt gedurende vijf jaar aan het eind van elk jaar een termijn van € 39.570 betaald; het interestpercentage dat ligt opgesloten in dit contract is 10%.
Dit leasecontract is in de jaarrekening 2020 verwerkt als zijnde operational lease, bij nader inzien blijkt dit contract de kenmerken te bezitten van financial lease en moet het alsnog als zodanig in de jaarrekening 2020 worden opgenomen.
Diervoeders schrijft dit soort machines in vijf jaar met gelijke bedragen per jaar af tot een restwaarde van nihil.

b Geef de correctiejournaalpost(en) die Diervoeders per 31 december 2020 moet maken om genoemde foutieve leaseverwerking te corrigeren.
c Welke informatie hoeft Diervoeders nu niet meer in de toelichting op te nemen, welke volgens de wet wel verplicht was in geval van operational lease?
d Welke informatie over de machine moet Diervoeders volgens de wet nu in de toelichting opnemen, welke niet verplicht was in geval van operational lease?
e Geef gemotiveerd aan of het afsluiten van genoemd financial leasecontract dient te worden opgenomen in het kasstroomoverzicht.
f Geef aan hoe de betaling van de financial leasetermijn ad € 39.570 in het kasstroomoverzicht dient te worden opgenomen.

Uit liquiditeitsoverwegingen heeft Diervoeders op 31 december 2020 een sale-and-lease-backconstructie toegepast: een aantal bestelauto's is verkocht aan een leasemaatschappij en per diezelfde datum teruggeleased via operational lease. Op 31 december 2020 is de boekwaarde van de bestelauto's € 125.000 en de reële waarde € 110.000. Om over wat extra liquiditeiten te kunnen beschikken, is Diervoeders met de leasemaatschappij een verkoopprijs van € 180.000 overeengekomen; het verschil met de reële waarde wordt verdisconteerd in de leasetermijnen.

g Geef de journaalpost die Diervoeders per 31 december 2020 maakt van deze sale-and-lease-backconstructie.

Bijzonder waardeverminderingsverlies en terugneming
Diervoeders heeft op 1 januari 2016 een machine aangeschaft waarmee een speciaal soort hondenvoer kan worden geproduceerd. De machine kostte € 200.000 en wordt in acht jaar met gelijke bedragen per jaar tot nihil afgeschreven.

Eind 2018 wordt Diervoeders – als gevolg van negatieve aandacht in de media – geconfronteerd met beduidend teruglopende afzet van het met de machine geproduceerde soort hondenvoer, hetgeen aanleiding vormt voor een bijzondere waardevermindering. Eind 2018 wordt de bedrijfswaarde (= indirecte opbrengstwaarde) becijferd op € 90.000, terwijl de directe opbrengstwaarde dan € 60.000 bedraagt.

h Geef aan voor welk bedrag de machine in de balans per 31 december 2018 is opgenomen en geef tevens de met de machine samenhangende posten (met bedragen) in de resultatenrekening over 2018.

In de loop van 2020 trekt de genoemde negatieve aandacht in de media weg en neemt de vraag naar het betreffende soort hondenvoer flink toe. Deze ontwikkelingen zijn voor de leiding van Diervoeders aanleiding eind 2020 onderzoek te doen naar een eventuele terugneming van de eind 2018 verwerkte bijzondere waardevermindering. Dit onderzoek levert eind 2020 een verwachte bedrijfswaarde van de machine op van € 85.000, terwijl de directe opbrengstwaarde dan € 50.000 bedraagt.
Op de boekwaarde die ná de bijzondere waardevermindering op 31 december 2018 is ontstaan, zijn sindsdien geen andere wijzigingen verwerkt dan die uit hoofde van lineaire afschrijvingen.

i Geef aan voor welk bedrag de machine in de balans per 31 december 2020 wordt opgenomen en geef tevens de met de machine samenhangende posten (met bedragen) in de resultatenrekening over 2020.

Groot onderhoud
Diervoeders gaat ervan uit dat haar bedrijfspanden vijfentwintig jaar meegaan en dan worden gesloopt en vervangen door nieuwe panden. Aan het begin van de gebruiksjaren 6, 11, 16 en 21 is een grootonderhoudsbeurt gepland.
De RJ laat voor het uitvoeren van groot onderhoud twee verwerkingswijzen toe:

1. De uitgaven voor groot onderhoud worden geactiveerd, gevolgd door jaarlijkse afschrijvingen (als onderdeel van de componentenbenadering).
2. Het vormen van een voorziening voor groot onderhoud.

j Geef gemotiveerd aan of de twee gegeven verwerkingswijzen van groot onderhoud geheel, gedeeltelijk of in het geheel niet aansluiten bij het matchingprincipe.

Casussen

De volgende onderwerpen komen in de casussen aan de orde:

C1	bv AppelGroen	Winst- en vermogensbepaling & belastingen
C2	nv Regenboog	Kapitaalbelangen
C3	Greenfeed	Kapitaalbelangen
C4	bv De Groene Draak	Vreemde valuta
C5	bv GreenGreen	Winstbelastingen
C6	Rugby Club Blued bv	Immateriële en materiële vaste activa, kasstroomoverzicht en eigen vermogen

De casussen C7 t/m C11 hebben betrekking op gepubliceerde jaarrapporten van Nederlandse ondernemingen.

C7	Timber and Building Supplies Holland N.V.
C8	SnowWorld N.V.
C9	Coöperatie Koninklijke Cosun U.A.
C10	Holland Casino N.V.
C11	Swinkels Family Brewers Holding N.V.

***C1** **bv AppelGroen**

De bv AppelGroen houdt zich bezig met de in- en verkoop van één soort appel, de Granny Smith. Deze appel wordt gedurende het tweede halfjaar uit het buitenland per schip aangevoerd en gespreid over het jaar verkocht aan enkele binnenlandse groothandelsbedrijven.
In verband met de seizoengebonden aanvoer beschikt AppelGroen over een eigen koelhuis. Het vervoer van de haven naar het koelhuis, en vandaar naar de afnemers geschiedt met behulp van eigen vrachtauto's.
De balans per 31 december 2019 van AppelGroen luidt als volgt:

Balans AppelGroen per 31 december 2019 (bedragen × €1.000)

Koelhuis	650	Aandelenkapitaal	1.500
Wagenpark	450	Algemene reserve	2.080
Voorraad appels	2.000	Langlopende schulden	400
Liquide middelen	880		
	3.980		3.980

Toelichting

Algemeen
AppelGroen heeft tot op heden een nominalistisch winstbegrip gehanteerd, waarbij de waardering geschiedt tegen historische kosten. De balans per 31 december 2019 is volgens dit stelsel opgesteld. Als gevolg van het uitblijven van prijsstijgingen in het verleden wijken de balanswaarde (op basis van historische kosten) en de actuele waarde van de materiële activa niet van elkaar af.
Met het oog op de verwachte ontwikkeling van de inkoopprijzen van de appels overweegt de directie van AppelGroen om met ingang van 2020 de jaarrekening op te stellen op basis van een winstbepalingsstelsel waarbij de effecten van inkoopprijsstijgingen van de appels buiten de winst worden gehouden. Voorlopig wordt in eerste instantie de jaarrekening 2020 op basis van het tot nu toe gehanteerde stelsel (historische kosten met fifo-volgorde voor de voorraden appels) opgesteld. Daartoe worden nog de volgende gegevens verstrekt.

Koelhuis
Het koelhuis is op 1 januari 2013 aangeschaft. De economische levensduur is bij aanschaf geraamd op twintig jaar. Afschrijving vindt plaats met jaarlijks gelijke bedragen zonder rekening te houden met een eventuele restwaarde.

Wagenpark
Voor het transport maakt AppelGroen gebruik van een wagenpark dat bestaat uit drie vrachtauto's die onderling gelijkmatig in ouderdom verschillen. Deze vrachtauto's zijn aangeschaft op 2 januari 2017, 2018 en 2019. De economische levensduur is drie jaar. Afschrijving vindt plaats met jaarlijks gelijke bedragen zonder rekening te houden met een eventuele restwaarde. Bij aanschaf van een nieuwe vrachtauto wordt de oudste ingeruild, waarbij in 2020 een boekwinst van €50.000 is ontstaan. Boekwinsten worden zowel bedrijfseconomisch als fiscaal verantwoord onder de overige bedrijfs opbrengsten.

Voorraad appels
Op 31 december 2019 waren in het koelhuis 2.000 ton Granny Smith opgeslagen.
Deze zijn ingekocht voor € 1.000 per ton (= 1.000 kg).

Inkopen en verkopen
Gedurende 2020 vonden de volgende inkoop- en verkooptransacties plaats. Aangenomen moet worden dat de verkopen van enige periode pas plaatsvinden ná eventuele inkopen van die periode.

Periode	**Inkopen**			**Verkopen**		
	Hoeveelheid (ton)	Prijs per ton (€)	Waarde (€)	Hoeveelheid (ton)	Prijs per ton (€)	Waarde (€)
Januari/maart	–	1.000	–	750	1.500	1.125.000
April/juni	–	1.000	–	900	1.600	1.440.000
Juli	–	1.100	–	250	1.700	425.000
Juli (veevoer)				100	200	20.000
Augustus/september	2.200	1.450	3.190.000	950	2.200	2.090.000
Oktober/december	1.800	1.500	2.700.000	1.050	2.300	2.415.000
	4.000		5.890.000	4.000		7.515.000

In verband met de aanvoer van de nieuwe oogst appels is de restvoorraad appels oude oogst ad 100 ton per eind juli 2020 tegen een sterk gereduceerde prijs verkocht als veevoer.
Alle transacties zijn contant afgewikkeld. De inkoopprijs wijzigt steeds op de eerste dag van de in vorenstaand overzicht vermelde periodes; na 1 oktober 2020 is de inkoopprijs niet meer gewijzigd.

Personeelskosten en overige kosten
De lonen en sociale lasten ad € 385.000 en de overige kosten ad € 940.000 zijn in 2020 betaald.

Langlopende schulden
Op de langlopende schulden is eind 2020, evenals eind 2019, € 50.000 afgelost. De rente bedraagt 10% per jaar en wordt samen met de aflossing betaald.

Algemene reserve
De algemene reserve is opgebouwd uit ingehouden winsten van voorgaande jaren.

Liquide middelen
Het verloop van de liquide middelen was in 2020 als volgt (× € 1.000).

Saldo 31 december 2019		880
Ontvangsten uit hoofde van:		
• verkopen	7.515	
• opbrengst bij inruil vrachtauto	50	
		7.565
		8.445

Uitgaven uit hoofde van:		
• inkopen	5.890	
• aanschaf vrachtauto	450	
• personeelskosten	385	
• overige kosten	940	
• aflossing lening	50	
• rente lening	40	
		7.755
Saldo 31 december 2020		690

Vennootschapsbelasting
Het tarief voor de vennootschapsbelasting bedraagt 20%.

a Stel de balans per 31 december 2020 en de resultatenrekening over 2020 van AppelGroen op onder toepassing van het huidige stelsel (historische kosten met fifo-volgorde).

b Bereken de wijziging in het resultaat vóór aftrek van belasting van vraag **a** indien het individueel-lifostelsel zou worden toegepast.

c Beschrijf de omstandigheden waaronder het individueel-lifo-stelsel een nominalistische in plaats van de beoogde substantialistische werking heeft.

d Bereken de wijziging in het resultaat vóór aftrek van belasting van vraag **a** indien het collectief-lifostelsel zou worden toegepast.

e Veronderstel dat de boekwinst ad €50.000 ontstaan bij inruil van de vrachtwagen in 2020 fiscaal niet als bate wordt verantwoord maar in plaats daarvan onder de herinvesteringsreserve. Bepaal de eventuele wijzigingen in de balans en resultatenrekening van vraag **a**.

***C2** **nv Regenboog**

nv Regenboog is een in Nederland gevestigde houdstermaatschappij van een aantal, eveneens in Nederland gevestigde werkmaatschappijen die zich bezighouden met de productie van en de handel in hoogwaardige drukinkten voor de grafische industrie en van componentenlak op waterbasis.
De groepsstructuur per 31 december 2019 wordt schematisch weergegeven in figuur 1.

FIGUUR 1 Groepsstructuur nv Regenboog per 31 december 2019

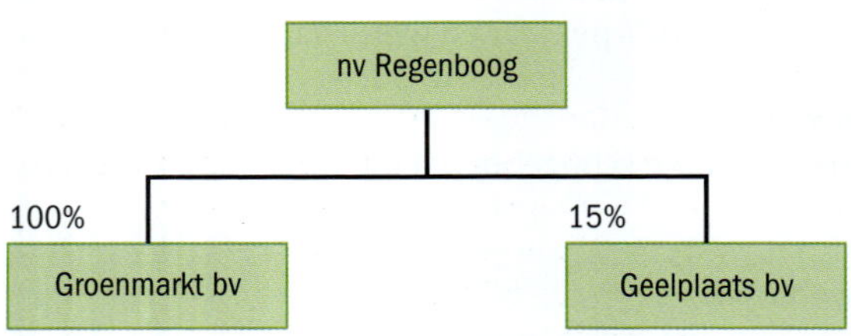

In verband met de herpositionering van Regenboog in de drukinktenmarkt en uitbreiding van de activiteiten in componentenlak op waterbasis heeft Regenboog gedurende 2020 belangen in drie ondernemingen verworven en het belang in Groenmarkt afgestoten. Na deze transacties ziet de groepsstructuur eruit als in figuur 2.

FIGUUR 2 Groepsstructuur nv Regenboog eind 2020 na herpositionering

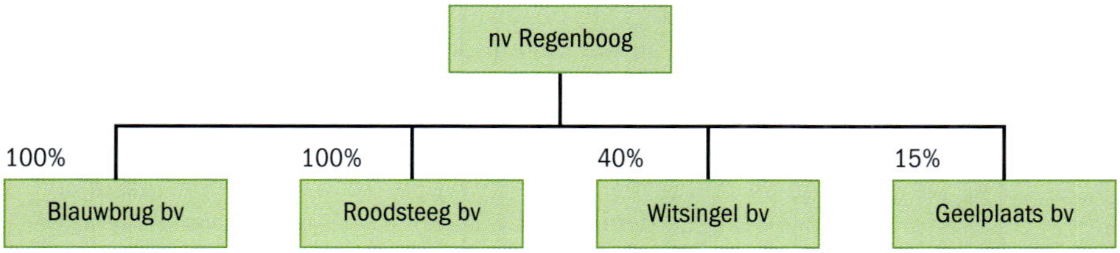

De in de figuren 1 en 2 vermelde percentages stellen zowel de omvang van het kapitaalbelang als dat van de zeggenschap voor, met uitzondering van Witsingel. Een uiteenzetting over de zeggenschap in deze onderneming is opgenomen onder de aanvullende gegevens van Witsingel.

Aanvullende gegevens

Regenboog
nv Regenboog hanteert bij het opstellen van de jaarrekening de Nederlandse verslaggevingsvoorschriften.
Aan de jaarrekening 2020 van Regenboog zijn de volgende grondslagen van waardering en resultaatbepaling ontleend: waardering en resultaatbepaling vinden plaats op grondslag van historische kosten.
Deelnemingen waarop invloed van betekenis op het zakelijk en financieel beleid wordt uitgeoefend, worden gewaardeerd tegen nettovermogenswaarde. Indien invloed van betekenis ontbreekt, vindt waardering van de deelneming plaats tegen verkrijgingsprijs.
De bij verwerving van een deelneming betaalde goodwill, zijnde het verschil tussen verkrijgingsprijs en nettovermogenswaarde, wordt voor acquisities vanaf 2018 in de balans geactiveerd en afgeschreven op basis van de economische levensduur.
Bij verwerving van een deelneming werd tot 2018 het verschil tussen verkrijgingsprijs en nettovermogenswaarde rechtstreeks in het eigen vermogen verantwoord. De reële waarde of fair value van de activa op het tijdstip van aankoop wordt geacht overeen te komen met de actuele waarde op dat moment.

Groenmarkt
Regenboog heeft het belang in Groenmarkt op 1 januari 2017 verworven voor € 10 mln. Het eigen vermogen op basis van historische kosten bedroeg op dat moment € 5 mln, en op basis van actuele waarde € 7 mln. Over de jaren 2017 tot en met 2019 bedroeg de winst van Groenmarkt volgens de grondslagen van Regenboog € 3 mln, waarvan tot april 2020 € 2,8 mln als dividend betaalbaar is gesteld.
Op 1 juli 2020 heeft Regenboog haar belang in Groenmarkt verkocht voor € 12 mln, inclusief de winst over het eerste halfjaar 2020 ad € 0,4 mln.

Blauwbrug
Op 1 november 2020 heeft Regenboog een 100%-belang in Blauwbrug verworven.

Voor de bepaling van de aankoopprijs zijn in het overnamecontract de volgende afspraken met de verkopende partij vastgelegd:

- De winst van Blauwbrug over de periode 1 januari 2020 tot 1 november 2020 komt voor rekening van Regenboog. De winst over dit tijdvak zal na het opstellen van de jaarrekening 2020 van Blauwbrug worden bepaald op een evenredig deel van de jaarwinst over 2020 die, zoals inmiddels bekend is geworden, € 1,2 mln bedraagt.
- De koopsom bestaat uit een per 1 november 2020 te voldoen vast deel van € 8 mln, en uit een deel dat afhankelijk wordt gesteld van de resultaten van Blauwbrug over de jaren 2021 tot en met 2025. Voor de berekening van dit variabele deel hanteren partijen de volgende benadering:
  - Gedurende de jaren 2021 tot en met 2025 zal de overwinst van elk jaar volgens een bepaalde formule deel uitmaken van de totale aankoopprijs.
  - Onder overwinst wordt verstaan de winst die uitgaat boven de door koper gewenste rentabiliteit ad 10% van het oorspronkelijk geïnvesteerde vermogen, zijnde de op 1 november 2020 verschuldigde vaste component van de aankoopprijs.
  - De uit voornoemde berekening voortvloeiende overwinst zal voor 2021 worden vermenigvuldigd met factor 5, jaarlijks met 1 afnemend tot factor 1 in 2025.
- De grondslagen van waardering en resultaatbepaling van Blauwbrug blijven gedurende de jaren 2021 tot en met 2025 ongewijzigd, dat wil zeggen op basis van historische kosten.
- De winstprognoses bedragen voor 2021 tot en met 2025 € 1 mln per jaar.

Het eigen vermogen per 1 november 2020 op basis van historische kosten bedraagt € 5 mln en dat op basis van actuele waarde € 7 mln. Op 1 januari 2020 bedragen deze waarden € 4 mln, respectievelijk € 6 mln.

Roodsteeg
Op 31 december 2020 verwerft Regenboog een 100%-belang in Roodsteeg tegen een aankoopprijs van € 2 mln. Op dat moment bedraagt het eigen vermogen op basis van historische kosten € 2,5 mln en dat op basis van actuele waarde € 3,5 mln.

Witsingel
Teneinde een voldoende aanvoer van grondstoffen voor de productie van componentenlak op waterbasis voor de komende tijd te waarborgen, zijn Regenboog en haar grondstoffenleverancier Witsingel met ingang van 2020 een leverings- en afnamegarantie overeengekomen. Ter financiering van de daartoe noodzakelijke uitbreiding van de productiecapaciteit van Witsingel heeft Regenboog op 1 januari 2020 een langlopende lening van € 10 mln aan Witsingel verstrekt.
Daarnaast verkrijgt Regenboog eveneens op 1 januari 2020 een 40%-belang in Witsingel door overname van dit aandelenpakket van de grootaandeelhouder. Hierbij is overeengekomen dat aan de overgedragen aandelen gedurende 2020 en 2021 geen stemrechten zijn verbonden. Vanaf 1 januari 2022 zal aan deze aandelen wél het volledige zeggenschapsrecht zijn verbonden, met de mogelijkheid om ook de resterende aandelen aan te kopen.

De aankoopprijs van het 40%-belang bedraagt € 4 mln. Het eigen vermogen van Witsingel per 1 januari 2020 bedraagt op basis van historische kosten € 5 mln en dat op basis van actuele waarde € 7 mln.

Over 2020 heeft Witsingel een winst van € 1 mln gerapporteerd (conform grondslagen Regenboog) en een interimdividend van € 0,5 mln betaalbaar gesteld.
Waardering en resultaatbepaling in de jaarrekening van Witsingel vinden plaats op basis van historische kosten.

Geelplaats
Sinds begin 2019 bezit Regenboog een belang van 15% in Geelplaats. Deze onderneming waardeert haar materiële activa en de daarmee verband houdende resultaten tegen actuele waarde.

NB Bij de beantwoording van de volgende vragen behoeft geen rekening te worden gehouden met belastingen.

Algemene vragen

a Geef aan in welke categorieën kapitaalbelangen volgens de wettelijke bepalingen in het algemeen kunnen worden ingedeeld en welke betekenis dit onderscheid heeft voor de jaarrekening.

b Classificeer de kapitaalbelangen in Roodsteeg, Witsingel en Geelplaats volgens de in vraag **a** bedoelde categorieën. Vermeld daarbij de kenmerken van elke categorie en de overwegingen voor de door u gekozen indeling van voornoemde kapitaalbelangen.

Vragen betreffende Groenmarkt

c Bereken het boekresultaat bij verkoop van het belang in Groenmarkt.

d Zet gemotiveerd uiteen op welke aanvaardbare wijze Regenboog dit resultaat in haar jaarrekening 2020 kan verwerken.

Vragen betreffende Blauwbrug

e Bereken de door Regenboog betaalde goodwill bij de verwerving van het belang in Blauwbrug.

Veronderstel dat de winst van Blauwbrug over 2021 € 1,1 mln zal blijken te zijn.

f Welk effect heeft dit gegeven op de presentatie in de jaarrekening 2021 van Regenboog?

Vragen betreffende Roodsteeg

Bij de verwerving van het belang in Roodsteeg ontstaat een negatieve goodwill.

g Geef een uiteenzetting overde berekeningswijze en de omvang van negatieve goodwill.

h Geef aan op welke wijze volgens de richtlijnen van de Raad voor de Jaarverslaggeving negatieve goodwill in de jaarrekening moet worden verwerkt.

Vragen betreffende Witsingel

i Onder welke rubriek dient Regenboog volgens de wet haar lening aan Witsingel in de enkelvoudige balans ultimo 2020 op te nemen? Onderbouw uw antwoord.

j Geef gemotiveerd aan op welke wijze Regenboog de bij de verwerving van Witsingel betaalde goodwill heeft verwerkt in haar jaarrekening over 2020.

k Stel het mutatieoverzicht van het kapitaalbelang in Witsingel op zoals Regenboog dit in de toelichting van haar jaarrekening over 2020 moet opnemen. Neem daarbij de aankoopprijs als uitgangspunt.

l Bereken het in de jaarrekening 2020 van Regenboog op te nemen aandeel in het resultaat van Witsingel en vermeld de wijze van presentatie in de resultatenrekening.

m Bepaal de omvang van de wettelijke reserve deelnemingen op de balans ultimo 2020 van Regenboog. Motiveer uw antwoord.

n Beantwoord wederom de vragen **k, l** en **m**, doch nu onder de veronderstelling dat het koopcontract geen beperkende clausule inzake het stemrecht van de door Regenboog verworven aandelen bevat.

Vragen betreffende Geelplaats

Voor de beantwoording van de volgende vragen wordt het belang in Geelplaats verondersteld als een deelneming waarop geen invloed van betekenis kan worden uitgeoefend. Volgens haar waarderingsgrondslagen waardeert Regenboog deze deelnemingen tegen verkrijgingsprijs.

o Noem een bezwaar van het waarderen van het belang in Geelplaats tegen verkrijgingsprijs.

Uit de jaarrekening 2020 van Geelplaats blijkt dat zij op 1 januari 2020 30% van het geplaatste eigen aandelenkapitaal heeft ingekocht. Tot op heden zijn deze aandelen niet heruitgegeven.

p Geef aan op welke wijze Geelplaats de inkoop eigen aandelen in haar jaarrekening over 2020 dient te verwerken. Motiveer uw antwoord.

q Omschrijf de gevolgen van de inkoop eigen aandelen door Geelplaats voor de waardering en de presentatie van de deelnemingen in de jaarrekening 2020 van Regenboog. Op 1 januari 2020 ligt de verkrijgingsprijs van het 15%-belang in Geelplaats boven de nettovermogenswaarde.

C3 **Greenfeed**

Greenfeed Manufacturing Public Limited Company, gevestigd in Greenwich (Engeland), staat aan het hoofd van een concern dat zich bezighoudt met het produceren van een groot assortiment aan voedingsmiddelen. Het concern is internationaal wijdvertakt. De Nederlandse besloten vennootschap Groenvoer Holland is een 100%-deelneming (tevens groepsmaatschappij) van Greenfeed Plc.

Als uitvloeisel van zijn expansiestrategie heeft het concern per 1 januari 2020, via Groenvoer, kapitaalbelangen verworven in twee Nederlandse ondernemingen: Kakigroen bv, een producent van biscuits met tuinkruidenaroma (100%) en Redcotrade bv, een handelsonderneming in voedingsmiddelen die haar producten onder meer van het Greenfeed-concern betrekt (40%). Dit deel van de groepsstructuur, die sinds 1 januari 2020 bestaat, is hierna schematisch weergegeven in figuur 3. Na voornoemde acquisities op 1 januari 2020 is in deze structuur nadien geen wijziging meer opgetreden.

De in figuur 3 vermelde percentages weerspiegelen de relatieve omvang van de kapitaalbelangen, die voor Groenvoer en Kakigroen parallel lopen met de mate van zeggenschap. De resterende aandelen in Redcotrade zijn in handen van een derde. Deze derde heeft bij de verkoop van het 40%-belang aan Groenvoer het recht bedongen om alle commissarissen en de directie van Redcotrade te blijven benoemen, waardoor de volle en feitelijke zeggenschap in deze vennootschap bij die andere deelnemende partij berust.

FIGUUR 3 Groepsstructuur Greenfeed Manufacturing Plc per 1 januari 2020

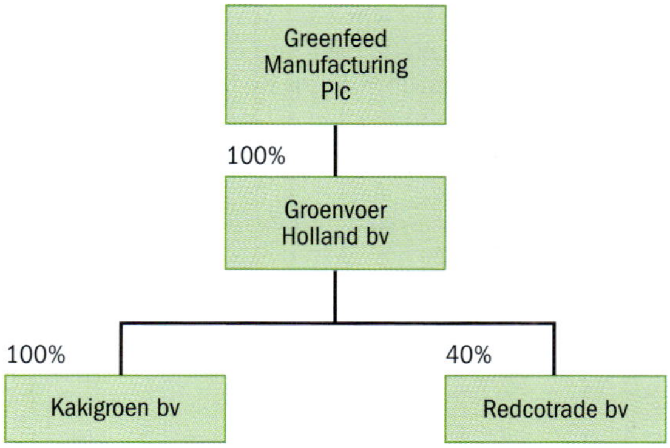

Aanvullende gegevens

Groenvoer
Groenvoer Holland bv hanteert bij het opstellen van de jaarrekening de Nederlandse verslaggevingsvoorschriften.
Aan de jaarrekening 2020 van Groenvoer zijn de volgende grondslagen van waardering en resultaatbepaling ontleend:

- Waardering van materiële activa en bepaling van de daarmee verband houdende resultaten geschieden tegen actuele waarde.
- Gerealiseerde herwaardering wordt overgeboekt naar de algemene reserve.
- Deelnemingen waarop invloed van betekenis wordt uitgeoefend, worden volgens de vermogensmutatiemethode gewaardeerd tegen nettovermogenswaarde.
- Deelneming waarop invloed van betekenis ontbreekt, worden gewaardeerd tegen actuele waarde. In dit geval wordt de nettovermogenswaarde als benadering van de actuele waarde genomen.
- Het verschil tussen de bij verwerving van een deelneming betaalde aankoopprijs enerzijds en de beginwaarde van de deelneming anderzijds, wordt in de balans geactiveerd als betaalde goodwill, en tijdsevenredig in tien jaar afgeschreven. De beginwaarde van de deelneming (fair value) wordt geacht overeen te komen met het saldo van activa en passiva, bepaald op basis van actuele waarde.

Kakigroen
Op 1 januari 2020 heeft Groenvoer tegen contante betaling alle aandelen in Kakigroen verworven. De aankoopprijs bedroeg € 10 mln. Op dat moment was de werkelijke waarde van de activa en passiva van Kakigroen € 6 mln; deze waarde is gelijk aan de fair value, tevens de waarde zoals deze blijkt uit de balans per 1 januari 2020.
Voor de waardering van de materiële activa hanteert Kakigroen de grondslag van actuele waarde.

Redcotrade
Eveneens op 1 januari 2020 heeft Groenvoer tegen contante betaling een 40%-belang in Redcotrade verworven voor de aankoopprijs van € 12 mln. De fair value van de activa en passiva van Redcotrade was op dat tijdstip € 20 mln, en is gelijk aan de waarde volgens de balans per 1 januari 2020.
Voor de waardering van de materiële activa hanteert Redcotrade de grondslag van actuele waarde.

Wijzigingen in het eigen vermogen van de deelnemingen gedurende 2020
Aan de balansen van Kakigroen en Redcotrade ultimo 2020 (vóór verwerking voorstel tot winstverdeling) met bijbehorende toelichtingen zijn de volgende gegevens omtrent het verloop van de eigen vermogens van deze ondernemingen ontleend:

Verloop eigen vermogen Kakigroen (bedragen × €1.000)

	Aandelen-kapitaal	Herwaar-deringsreserve	Algemene reserve	Onverdeelde winst	Totaal eigen vermogen
Saldo 1 januari 2020	1.000	800	3.700	500	6.000
Mutaties 2020:			500	−500	
Winstverdeling 2019					
Waardestijgingen 2020		400			400
Realisatie door afschrijvingen		−500	500		
Interimdividend 2020			−300		−300
Winst 2020				800	800
Saldo 31 december 2020	1.000	700	4.400	800	6.900

Van de gerealiseerde herwaardering ad € 500.000 heeft € 100.000 betrekking op de in 2020 ontstane waardestijgingen.

Verloop eigen vermogen Redcotrade (bedragen × €1.000)

	Aandelen-kapitaal	Herwaar-deringsreserve	Algemene reserve	Onverdeelde winst	Totaal eigen vermogen
Saldo 1 januari 2020	5.000	2.000	11.000	2.000	20.000
Mutaties 2020:					
Winstverdeling 2019			2.000	−2.000	
Waardestijgingen 2020		800			800
Realisatie door afschrijvingen		−900	900		
Interimdividend 2020			−1.200		−1.200
Winst 2020				2.500	2.500
Saldo 31 december 2020	2.000	1.900	12.700	2.500	22.100

Van de gerealiseerde herwaardering ad € 900.000 heeft € 200.000 betrekking op de in 2020 ontstane waardestijgingen.

NB Bij de beantwoording van de volgende vragen behoeft geen rekening te worden gehouden met belastingen.

a Geef de journaalposten van de aankoop van de kapitaalbelangen in Kakigroen en Redcotrade per 1 januari 2020 in de administratie van Groenvoer.

Ten aanzien van de informatieverschaffing over kapitaalbelangen in de jaarrekening van Groenvoer moet onderscheid worden gemaakt tussen het belang in Kakigroen en dat in Redcotrade.

b Zet – vooralsnog verbaal – uiteen en met inachtneming van voornoemd onderscheid op welke wijze Groenvoer in haar jaarrekening 2020 informatie moet verstrekken over:

1 Kakigroen

2 Redcotrade.

Vermeld voor beide kapitaalbelangen de rubricering in de enkelvoudige balans ultimo 2020 van Groenvoer. Op vrijstellingen, vereenvoudigingen en ontheffingen behoeft niet te worden ingegaan.

c Geef voor beide deelnemingen Kakigroen en Redcotrade aan volgens welke waarderingsmethodiek deze op de balans van Groenvoer volgens de wet dienen te worden verwerkt. Motiveer uw antwoord.

d Geef voor zowel Kakigroen als Redcotrade cijfermatig aan, uitgaand van het verloop van de respectievelijke eigen vermogens gedurende 2020, op welke wijze Groenvoer deze deelnemingen en de daarmee samenhangende posten in haar enkelvoudige jaarrekening over 2020 dient te presenteren. Maak voor het onderdeel toelichting gebruik van een verloopoverzicht per deelneming gedurende 2020. Volg hiertoe de volgende aanwijzingen op:

- Neem als uitgangspunt de aankoopbedragen op 1 januari 2020.
- Vermeld van iedere mutatie op welke wijze de tegenpost in de enkelvoudige balans en resultatenrekening van Groenvoer wordt gepresenteerd.

e Bereken de voorgeschreven minimumhoogte van de wettelijke reserve deelnemingen in de enkelvoudige balans ultimo 2020 van Groenvoer. Motiveer uw berekening.

Veronderstel dat Groenvoer voor de waardering en resultaatbepaling de grondslag van historische kosten of verkrijgingsprijs zou hebben gehanteerd.

f Beantwoord wederom vraag **d**, maar nu met inachtneming van voornoemde veronderstelling van historische kosten of verkrijgingsprijs als grondslag van waardering en resultaatbepaling.

***C4 bv De Groene Draak**

De bv De Groene Draak is een Nederlandse onderneming met als activiteit het importeren en verkopen van producten uit verschillende landen in het Verre Oosten. Om zich te verzekeren van de noodzakelijke expertise ter plaatse en van een snelle aanvoer van bestaande en nieuwe artikelen uit China, heeft de directie van De Groene Draak begin 2018 het gehele aandelenkapitaal van de in Hong Kong gevestigde Blue Snake Inc. verworven.

Blue Snake levert aan circa 80 afnemers over de gehele wereld haar producten, waaronder aan De Groene Draak. Bij de overname van Blue Snake door De Groene Draak is de toenmalige directeur/enig aandeelhouder gevraagd

om voorlopig de leiding van Blue Snake op de oude basis voort te zetten, hetgeen ook is gerealiseerd. De omvang van de handelstransacties met De Groene Draak is overigens in verhouding tot de leveringen aan de overige afnemers van Blue Snake van ondergeschikte betekenis. Sinds de overname zijn er geen andere transacties tussen De Groene Draak en Blue Snake geweest dan alleen handelstransacties en dividenduitkeringen. Blue Snake financiert haar activiteiten uit eigen middelen.
Blue Snake beschouwt de lokale valuta, de Hong Kong Dollar, als haar functionele valuta.
De Groene Draak beschouwt de euro als haar functionele valuta; de euro is tevens haar rapporteringsvaluta.

Ten behoeve van de consolidatie rekent de administrateur van De Groene Draak de jaarrekening van Blue Snake om in euro's.

De beknopte jaarrekening 2020 van Blue Snake luidt als volgt:

Balans per 31 december 2020 (bedragen × 1.000 Hong Kong Dollar)

Materiële vaste activa	8.000	Aandelenkapitaal	4.000
Monetaire activa minus monetaire passiva	1.000	Algemene reserve	3.000
		Winst 2020	2.000
	9.000		9.000

Resultatenrekening over 2020 (bedragen × 1.000 Hong Kong Dollar)

Omzet		20.000
Inkoopwaarde	15.000	
Afschrijving materiële vaste activa	2.000	
Overige kosten	1.000	
		18.000
Winst		2.000

Aanvullende informatie
De Groene Draak hanteert voor de waardering van de materiële vaste activa de grondslag van historische kosten. Gedurende 2020 is de boekwaarde van de materiële vaste activa alleen gewijzigd door afschrijving. Monetaire activa en passiva worden gewaardeerd tegen nominale waarde. Voorraden zijn, zowel begin als einde boekjaar, niet aanwezig.

Verkopen en inkopen, alsmede betaling van de overige kosten hebben gelijkmatig gespreid gedurende 2020 plaatsgevonden.
Aandelenkapitaal en algemene reserve zijn gedurende het boekjaar niet gewijzigd.

De Groene Draak dient in haar (geconsolideerde) jaarrekening 2020 informatie te verstrekken over Blue Snake en de omrekening van vreemde valuta's. Voor de keuze van de valutaomrekeningsgrondslagen baseert De Groene Draak zich op de richtlijnen van de Raad voor de Jaarverslaggeving.

a Geef ingevolge de richtlijnen van de Raad voor de Jaarverslaggeving vier factoren op grond waarvan is bepaald dat de functionele valuta van Blue Snake niet dezelfde is als de functionele valuta van De Groene Draak.

b Geef het belang aan van de keuze om de functionele valuta van de bedrijfsuitoefening in het buitenland, in casu via Blue Snake, al dan niet te laten overeenkomen met de functionele valuta van de rapporterende rechtspersonen, in casu De Groene Draak.

c Geef een uiteenzetting van de closing-rate method en het temporal principle. Daarbij dient u aandacht te besteden aan:
- de omrekening van balansposten naar onderscheiden aard;
- de resultaatposten van onderscheiden aard;
- de wijze van verwerking van het omrekenresultaat.

Koersverloop Hong Kong Dollar:
- tot 1 januari 2020: 100 Hong Kong Dollar = € 9,75
- gemiddeld 2020: 100 Hong Kong Dollar = € 9,25
- 31 december 2020: 100 Hong Kong Dollar = € 8,75

d Reken de – beknopte – jaarrekening 2020 van Blue Snake om in euro's. Maak daarbij gebruik van:
1 de closing-rate method
2 het temporal principle.

Bij de omrekening van de resultaten pleegt De Groene Draak de gemiddelde koers (voor zover van toepassing) te gebruiken.
NB U dient in uw berekeningen duidelijk de gebruikte koersen te vermelden, alsmede de hoogte en de presentatiewijze van het omrekenresultaat. Tevens dient u een specificatie van het omrekenresultaat te geven.

e Noem van zowel de closing-rate method als het temporal principle twee bezwaren.

C5 **bv GreenGreen**

bv GreenGreen houdt zich bezig met de aanleg en het onderhoud van golfterreinen in binnen- en buitenland. Daarbij maakt de vennootschap onder meer gebruik van milieuvriendelijke machines. De volgende toelichtingen zijn van belang.

Machines
Deze machines zijn aangeschaft begin 2020 voor € 10 mln. Waardering geschiedt tegen verkrijgingsprijs onder aftrek van (jaarlijks gelijkblijvende) afschrijvingen. Bedrijfseconomisch wordt de levensduur geraamd op tien jaar. Omdat deze machines voorkomen op de zogenoemde Milieulijst kunnen zij fiscaal willekeurig worden afgeschreven. GreenGreen schrijft de machines fiscaal af in twee jaar, namelijk in 2020 en 2021, met jaarlijks gelijke bedragen. Met een eventuele restwaarde wordt, zowel bedrijfseconomisch als fiscaal, geen rekening gehouden. Alle activa worden gewaardeerd volgens het uitgangspunt van continuïteit.
Er zijn geen andere verschillen tussen bedrijfseconomische en fiscale waardering dan de hiervoor genoemde.

Belastingen
Met betrekking tot de verwerking van belasting in de jaarrekening hanteert GreenGreen het in de Nederlandse verslaggevingspraktijk gebruikelijke uit-

gangspunt dat de belastingdruk in de resultatenrekening in principe een oorzakelijk verband vertoont met het resultaat vóór aftrek van belastingen. Voor het verschil tussen de bedrijfseconomische en fiscale waardering wordt een voorziening voor latente belastingen gevormd; deze wordt gewaardeerd tegen nominale waarde volgens het geldende belastingtarief.

Gegevens 2020, 2021 en prognose 2022
Zowel in 2020 als in 2021 als in de prognose voor 2022 bedraagt de winst vóór afschrijving en vóór aftrek van belasting €6 mln. De belasting die sinds 2020 wordt berekend tegen het geldende tarief van 20%, wordt geheel betaald in het jaar waarop zij betrekking heeft.

a Bereken voor de jaren 2020, 2021 en de prognose voor 2022 de met belastingen samenhangende posten in de balans (acuut verschuldigde en latente belasting) en in de resultatenrekening (belastinglast).

De door GreenGreen gevolgde wijze van belastingverwerking sluit *in het algemeen* niet de mogelijkheid uit dat de als last opgenomen effectieve belastingdruk afwijkt van de nominale belastingdruk.

b Noem vier situaties waarin in de jaarrekening sprake kan zijn van een afwijking tussen de effectieve belastingdruk en de nominale belastingdruk volgens het toepasselijke tarief van 20% (over- of onderdruk).

Bij het opstellen van de jaarrekening 2022 blijkt dat de winst vóór afschrijving en vóór aftrek van belasting, evenals de prognose, €6 mln bedraagt. In aanvulling hierop moet nog rekening worden gehouden met de volgende feiten en gebeurtenissen:

- Eind 2022 heeft GreenGreen het besluit genomen om haar activiteiten in te krimpen, waardoor personeel zal moeten afvloeien en productiemiddelen zullen moeten worden afgestoten. GreenGreen raamt de financiële gevolgen van deze reorganisatie op €1,5 mln, waarvoor zij in 2022 een voorziening treft. In overleg met de fiscus wordt deze post niet in 2022 als fiscaal aftrekbare last aangemerkt, maar in de periode waarin de feitelijke betaling aan ex-personeel of afstoting van bedrijfsmiddelen plaatsvindt. GreenGreen verwacht in elk van de jaren 2023 en 2024 €750.000 aan reorganisatiekosten te betalen.
- Eind 2021 beschikt GreenGreen nog over een fiscaal te verrekenen verlies van €10 mln dat is ontstaan in 2017. De faciliteit tot verrekening met de fiscale winst uit 2016 (carry back) is geheel benut. Daarnaast bestaat nog de mogelijkheid om het resterende verlies te verrekenen met toekomstige fiscale winsten vanaf 2018 tot en met 2023; deze zogenoemde carry forward is tot en met 2021 toegepast (waarna dus nog €10 mln compensabel verlies resteert).

Tot en met 2021 heeft GreenGreen ten aanzien van de belastingverwerking de volgende methode gehanteerd: voor verschillen tussen bedrijfseconomische en fiscale waardering van activa en passiva kunnen zowel actieve als passieve belastinglatenties ontstaan. Actieve latenties worden in de balans gesaldeerd opgenomen met passieve latenties voor zover de actieve latenties kunnen worden verrekend met de passieve latenties. Waardering van latenties geschiedt tegen nominale waarde volgens het geldende belastingtarief.

In aanvulling op deze grondslag wordt ultimo 2022 voor het eerst een actieve latentie uit hoofde van fiscaal compensabele verliezen in aanmerking genomen. GreenGreen neemt vorderingen uit hoofde van voorwaartse verliescompensatie in de balans op voor zover het waarschijnlijk is dat er toekomstige fiscale winst beschikbaar zal zijn, waarmee de verliezen kunnen worden gecompenseerd.

Beantwoord, uitgaande van voornoemde aanvullende feiten en met inachtneming van de beschreven wijze van belastingverwerking, de volgende vragen.
U kunt ervan uitgaan dat het vanaf 2022 waarderen van fiscaal verrekenbare verliezen niet leidt tot een stelselwijziging.

c Bereken de hoogte van de voorziening voor latente belastingen ultimo 2022. Neem hierbij als uitgangspunt het antwoord op vraag **a** en geef per oorzaak aan welke aanpassingen moeten worden aangebracht om tot het saldo van de voorziening per eind 2022 te komen.

d Stel de resultatenrekening over 2022 na aftrek van belasting op. Maak binnen de post Belastinglast onderscheid in belastingdruk volgens het toepasselijke tarief van 20% en over- en/of onderdruk.

e Geef een oordeel over de verwerking van de winstbelasting in de jaarrekening van GreenGreen. In uw uiteenzetting dient u dit te toetsen aan de volgende verslaggevingsbeginselen c.q. voorschriften:
- toerekening/matching
- realisatie/voorzichtigheid
- continuïteit
- saldering/compensatie.

Als voorwaarde voor het opnemen van een actieve latentie uit hoofde van tijdelijke verschillen en verliescompensatie, alsmede voor het compenseren daarvan met een passieve latentie, stellen de richtlijnen van de Raad voor de Jaarverslaggeving dat saldering van een actieve latentie met een passieve latentie niet is toegestaan indien en voor zover de passieve latentie ontstaan is uit hoofde van herwaardering.

f Noem twee redenen op grond waarvan saldering van een actieve latentie met een passieve latentie uit hoofde van herwaardering niet toelaatbaar wordt geacht.

*C6 Rugby Club Blued bv

Rugby Club Blued bv is een in Nederland gevestigde sportorganisatie waarvan de leden beoefenaren zijn van de rugbysport. De aandelen zijn in het bezit van oprichters, leden en andere ondersteuners van de club.

Aan de jaarrekening 2019-2020 van Rugby Club Blued bv (hierna te noemen RCB) zijn de volgende gegevens ontleend.

Balans (voor verwerking van de voorgestelde resultaatbestemming) (bedragen × €1.000)

Activa	**30 juni 2020**		**30 juni 2019**	
Vaste activa				
Immateriële vaste activa				
Spelerstransfers		2.843		2.010
Materiële vaste activa				
Gebouwen en terreinen	6.958		7.630	
Andere vaste bedrijfsmiddelen	665		796	
		7.623		8.426
Financiële vaste activa				
Leningen en andere langlopende vorderingen		688		39
Totaal vaste activa		11.154		10.475
Vlottende activa				
Voorraden	66		91	
Vorderingen	1.724		1.228	
Liquide middelen	1.445		1.170	
Totaal vlottende activa		3.235		2.489
Totaal activa		**14.389**		**12.964**

Passiva	**30 juni 2020**		**30 juni 2019**	
Eigen vermogen				
Geplaatst kapitaal	100		100	
Overige reserves	– 565		– 1.140	
Reserve plaatsparticipaties	30		27	
Resultaat boekjaar	2.339		575	
		1.904		– 438
Egalisatierekening		598		645
Voorzieningen				
Latente belastingverplichtingen		398		225
Achtergestelde leningen		2.408		2.854
Langlopende schulden		5.124		5.359
Kortlopende schulden				
Aflossingsverplichting langlopende schulden	890		1.742	
Crediteuren	429		449	
Overige schulden en overlopende passiva	2.638		2.128	
		3.957		4.319
Totaal passiva		**14.389**		**12.964**

Winst- en verliesrekening over 2019-2020 (bedragen × € 1.000)

Opbrengsten	8.488	
Overige opbrengsten	1.257	
Netto-omzet		9.745
Kostprijs van de omzet	357	
Lonen, salarissen en sociale lasten	3.361	
Afschrijving materiële vaste activa	491	
Overige bedrijfskosten	1.533	
Som der bedrijfslasten		5.742
Vertrekvergoedingen	1.128	
Afschrijving spelerstransfers	– 1.537	
Resultaat spelerstransfers		– 409
Bedrijfsresultaat		3.594
Rentelasten minus rentebaten		571
Resultaat uit gewone bedrijfsuitoefening voor belastingen		3.023
Belastingen		– 684
Resultaat na belastingen		2.339

Kasstroomoverzicht over 2019-2020 (bedragen × € 1.000)

Resultaat na belastingen		2.339
Aanpassingen voor:		
Afschrijving immateriële vaste activa		1.537
Afschrijving materiële vaste activa		491
Boekwinst verkoop materiële vaste activa		– 891
Mutatie langlopende vorderingen inzake spelerstransfers		– 685
Mutatie werkkapitaal		
Afname voorraden	25	
Toename vorderingen	– 496	
Toename kortlopende schulden exclusief aflossingsverplichting langlopende schulden	27	
		– 444
Toename voorzieningen		173
Kasstroom uit operationele activiteiten		2.520
Investering spelerstransfers	– 2.273	
Investering materiële vaste activa	– 92	
Desinvestering spelerstransfers	836	
Mutatie financiële vaste activa	36	
Kasstroom uit investeringsactiviteiten		– 1.493
transporteren		1.027

transport		1.027
Aflossing langlopende leningen	– 808	
Opname nieuwe financiering	53	
Uitgifte plaatsparticipaties	3	
Kasstroom uit financieringsactiviteiten		– 752
Toename geldmiddelen		275
Geldmiddelen op 1 juli 2019		1.170
Geldmiddelen op 30 juni 2020		1.445

Grondslagen voor de waardering en resultaatbepaling

Algemeen uitgangspunt
De jaarrekening van Rugby Club Blued bv is opgesteld in overeenstemming met de bepalingen van Titel 9 Boek 2 BW en de Richtlijnen van de Raad voor de Jaarverslaggeving.

Grondslagen voor de waardering

Algemeen
Voor de waardering van activa en passiva, alsmede voor de bepaling van het resultaat wordt uitgegaan van historische kosten. Alle activa en passiva worden in beginsel gewaardeerd tegen nominale waarde, voor zover niet anders vermeld.

Immateriële vaste activa
Uitgaven voor de aankoop van spelers waarmee een meerjarig contract is afgesloten, verhoogd met bijkomende kosten, worden als spelerstransfers geactiveerd tot ten hoogste de aan derden gedane uitgaven, verminderd met lineaire afschrijvingen over de contractperiode. Bij tussentijdse verlenging van spelerscontracten vindt afschrijving van de nog aanwezige boekwaarde plaats gedurende de resterende looptijd.

Materiële vaste activa
Terreinen, waaronder speelvelden worden gewaardeerd tegen aanschafwaarde. Hierop wordt niet afgeschreven.
Gebouwen en andere materiële vaste activa worden gewaardeerd tegen aanschafwaarden verminderd met afschrijvingen. Afschrijving vindt plaats over de verwachte economische levensduur met jaarlijks gelijke bedragen, rekening houdend met restwaarden.

Financiële vaste activa
Leningen en andere langlopende vorderingen worden gewaardeerd tegen nominale waarde, verminderd met eventueel noodzakelijk geachte voorzieningen voor oninbaarheid. Vorderingen waarvoor geen rentevergoeding is overeengekomen, worden gewaardeerd tegen contante waarde.

Vlottende activa
Voorraden worden gewaardeerd tegen kostprijs onder aftrek van noodzakelijk geachte voorzieningen wegens incourantheid, dan wel lagere actuele waarde.
Vorderingen worden gewaardeerd tegen nominale waarde, verminderd met eventueel noodzakelijk geachte voorzieningen voor oninbaarheid.
Liquide middelen bestaan uit kas- en banksaldi, alsmede direct opvraagbare deposito's.

Voorziening latente belastingverplichtingen
Een voorziening voor latente belastingverplichtingen wordt opgenomen voor verwachte belastingeffecten uit hoofde van verrekenbare en belastbare tijdelijke verschillen tussen de boekwaarden van activa en passiva bepaald volgens fiscale voorschriften enerzijds en bedrijfseconomische grondslagen anderzijds. Belastinglatenties worden gewaardeerd tegen nominale waarde met toepassing van de verwachte belastingtarieven die gelden in de periodes waarin de verschillen waarschijnlijk zullen worden gerealiseerd.

Schulden
Lang- en kortlopende schulden worden gewaardeerd tegen nominale waarde. Het binnen één jaar te betalen deel van langlopende schulden wordt opgenomen onder de kortlopende schulden.

Grondslagen voor de resultaatbepaling

Netto-omzet
Hieronder worden begrepen de opbrengsten uit hoofde van entreegelden, seizoenkaarten, sponsorbijdragen, promotieartikelen en de exploitatieopbrengsten van het clubhuis en het restaurant.

Kostprijs van de omzet
De kostprijs van de omzet betreft de inkoopwaarde van de omzet van het restaurant en de inkoopwaarde van de verkochte promotieartikelen.

Resultaat spelerstransfers
Deze post betreft de ontvangen vergoedingen bij vertrek van gecontracteerde spelers onder aftrek van de boekwaarde van de in het verleden betaalde transferbedragen. Hierop worden tevens in mindering gebracht de systematische afschrijvingen van spelerstransfers.

Belastingen
Belastingen worden berekend op basis van het bedrijfseconomische resultaat voor belasting, rekening houdend met fiscale faciliteiten en verzwaringen.

Toelichting op de balans
(bedragen × € 1.000, tenzij anders aangegeven)

Immateriële vaste activa
Het verloop van de boekwaarde van de hieronder opgenomen spelerstransfers is gedurende het boekjaar 2019-2020 als volgt:

Boekwaarde per 1 juli 2019		
Aanschafwaarde	5.387	
Afschrijvingen	– 3.377	
		2.010
Mutaties in 2019-2020		
Investeringen	3.206	
Afschrijvingen	– 1.537	
Desinvesteringen	– 836	
		833
Boekwaarde per 30 juni 2020		
Aanschafwaarde	6.673	
Afschrijvingen	– 3.830	
		2.843

De investeringen in 2019-2020 houden verband met de aankoop en huisvesting van spelers. Zij bestaan uit betaalde of nog verschuldigde transferbedragen, bemiddelingskosten, advieskosten, verhuiskosten, aanschaf personenauto's en aankoop woonhuizen. Auto's en huizen staan op naam van de vennootschap.

Materiële vaste activa
Het verloop van de boekwaarde van de materiële vaste activa is gedurende het boekjaar 2019-2020 als volgt:

	Gebouwen en terreinen	*Andere bedrijfsmiddelen*	*Totaal*
Boekwaarde per 1 juli 2019			
Aanschafwaarde	11.385	2.208	13.593
Afschrijvingen	– 3.755	– 1.412	– 5.167
	7.630	796	8.426
Mutaties in 2019-2020			
Investeringen	86	6	92
Afschrijvingen	– 401	– 137	– 538
Desinvesteringen	– 357	0	– 357
	– 672	– 131	– 803
Boekwaarde per 30 juni 2020			
Aanschafwaarde	11.088	2.215	13.303
Afschrijvingen	–4.130	–1.550	–5.680
	6.958	665	7.623

Terreinen zijn voornamelijk in gebruik als speelveld en worden niet stelselmatig afgeschreven. De desinvesteringen betreffen de overdracht van het parkeerterrein.
Voor groot onderhoud aan de gebouwen is een onderhoudsplan opgesteld.

De kosten verband houdend met het groot onderhoud worden rechtstreeks ten laste van het resultaat gebracht in het jaar waarin het groot onderhoud plaatsvindt.

Financiële vaste activa
De hieronder opgenomen leningen en andere langlopende vorderingen muteerden gedurende het boekjaar 2019-2020 als volgt:

Stand per 1 juli 2019	39
Verstrekkingen	688
Aflossingen	– 39
Stand per 30 juni 2020	688

Deze vorderingen betreffen transferbedragen van verkochte spelers. De overeengekomen transfersommen zijn nog te vorderen van de kopende partijen, en zijn niet-rentedragend.

Eigen vermogen
De hieronder opgenomen reserve plaatsparticipaties betreft de waarde van verkochte participaties op grond waarvan de houder het voorkeursrecht kan uitoefenen op bepaalde tribuneplaatsen.

Voorzieningen
De hieronder opgenomen voorziening voor latente belastingverplichtingen wordt berekend tegen een verwacht tarief van 20% en heeft een vrijwel geheel langlopend karakter.

Achtergestelde leningen
Onder de achtergestelde leningen is een lening opgenomen van derde partijen ter afwikkeling van de financiering van een aantal spelers aangekocht in het boekjaar 2015-2016. Bij het aangaan had deze lening een nominale waarde van € 20.000.000.
Naar verwachting zal aflossing van de lening plaatsvinden in 10 à 15 jaar.

Langlopende schulden
Deze betreffen schulden aan kredietinstellingen en overige geldverstrekkers. Hiervan wordt volgens schema een bedrag van E 2.054.000 afgelost over een tijdvak van maximaal 5 jaar.
De gemiddelde rentevoet bedraagt 7,1% per jaar.

Kortlopende schulden
De hieronder opgenomen aflossingsverplichting betreft het kortlopende deel van de achtergestelde leningen en langlopende schulden.
In de aflossingsverplichtingen per 30 juni 2019 is een bedrag van E 1.248.000 begrepen inzake de aflossing van de lening die samenhing met het in het boekjaar 2019-2020 feitelijk overgedragen, reeds in 2015 verkochte parkeerterrein.

Onder de overige schulden en overlopende passiva bevinden zich per 30 juni 2020 nog te betalen bedragen uit hoofde van spelerstransfers ad €437.000. Hieronder zijn voor een bedrag van €150.000 voorwaardelijke verplichtingen opgenomen voor zover de vennootschap het aannemelijk acht dat de condities die aan deze verplichtingen zijn verbonden, in de toekomst gerealiseerd zullen gaan worden. Van deze verplichting heeft een bedrag van €100.000 een looptijd van langer dan 1 jaar maar korter dan 5 jaar.

De overlopende passiva bestaan grotendeels uit vooruitontvangen betalingen voor seizoenkaarten voor het nieuwe seizoen.

Toelichting op de winst- en verliesrekening over 2019-2020
(bedragen × €1.000, tenzij anders aangegeven)

Netto-omzet
In de overige opbrengsten is een boekwinst van €891.000 begrepen in verband met de overdracht van het parkeerterrein.

Afschrijving materiële vaste activa

Afschrijving volgens mutatieoverzicht materiële vaste activa	538
Af: vrijval uit egalisatierekening	47
Afschrijving ten laste van het resultaat	491

Rentelasten en soortgelijke kosten

Rentelasten	683
Rentebaten	112
	571

Immateriële vaste activa

a Beredeneer aan de hand van de bepalingen in Titel 9 Boek 2 BW en de Richtlijnen voor de jaarverslaggeving (RJ) dat RCB uitgaven in verband met spelerstransfers terecht in de balans activeert en rubriceert onder immateriële vaste activa.

b Beoordeel aan de hand van de RJ of de uitgaven die RCB opneemt in de Spelerstransfers onder de Immateriële vaste activa voor activering in aanmerking komen.

Materiële vaste activa

c Geef uit verslaggevingstechnisch oogpunt een argument tegen de wijze waarop RCB de kosten van groot onderhoud verwerkt in haar jaarrekening.

d Noem twee door de RJ toegestane methoden van verwerking van kosten van groot onderhoud, die het in vraag **c** bedoelde bezwaar wegnemen.

Veronderstel dat RCB uitsluitend in de *bedrijfseconomische* jaarrekening met ingang van boekjaar 2019-2020, halverwege een onderhoudsinterval, zou overgaan op een andere, door de RJ toelaatbare wijze van verwerken van de kosten groot onderhoud.

e Beredeneer voor deze situatie welke invloed deze overstap naar één van beide in vraag **d** bedoelde methoden zou hebben op de jaarrekening 2019-2020.

Fiscaal brengt RCB in 2019-2020, evenals in voorgaande jaren, de kosten van groot onderhoud rechtstreeks ten laste van het resultaat in het jaar waarin groot onderhoud plaatsvindt. Veronderstel dat het groot onderhoud naar verwachting in boekjaar 2021-2022 zal plaatsvinden.

f Beredeneer voor de situatie dat RCB in haar bedrijfseconomische jaarrekening met ingang van 2019-2020 zou kiezen voor één van beide in vraag **d** bedoelde methoden in hoeverre deze overstap invloed zou hebben op de verwerking van belastingen in de jaarrekening 2019-2020.

Kasstroomoverzicht

In 2015 heeft RCB een overeenkomst met een derde partij gesloten voor de overdracht van het parkeerterrein in 2019-2020. De derde partij heeft ter grootte van de overeengekomen koopsom in 2015 een lening aan RCB verstrekt. Deze lening, groot €1.248.000, was in de balans per 30 juni 2019 opgenomen onder de kortlopende schulden als aflossingsverplichting langlopende schulden.
Volgens het koopcontract behoudt RCB tot de datum van feitelijke overdracht de juridische en economische eigendom van het parkeerterrein.
In het boekjaar 2019-2020 is het parkeerterrein juridisch overgedragen en is het actief van de geconsolideerde balans van RCB verwijderd.
De boekwinst ad €891.000 is verantwoord onder de Overige bedrijfsopbrengsten.
Andere desinvesteringen van gebouwen en terreinen hebben zich gedurende 2019-2020 niet voorgedaan.

g Bereken de verkoopopbrengst van het parkeerterrein.
h Geef aan op welke twee punten de presentatie van de kasontvangsten in verband met de desinvestering van spelerstransfers ad €836.000 niet in overeenstemming is met de RJ. Betrek in uw uiteenzetting de wijze waarop RCB dan wél dient te handelen.

Eigen vermogen

RCB geeft sinds enkele jaren tegen betaling participaties uit aan leden van de Vrienden van Blued, de supportersvereniging van de rugbyclub. Deze participaties geven de houder het voorkeursrecht op bepaalde plaatsen op de hoofdtribune. Daarnaast organiseert RCB jaarlijks een ontmoeting tussen de participatiehouders en de spelers. De participaties zijn vrij verhandelbaar, en hebben een looptijd van maximaal 10 jaar na ingang van de participatieregeling. De participaties dragen het karakter van niet-rentedragende obligaties. Desgewenst kan een houder de participatie inwisselen bij RCB onder teruggave van het oorspronkelijk betaalde bedrag.

i Zet uiteen dat de door RCB gekozen balanspresentatie van de participaties onder het eigen vermogen niet in overeenstemming is met de RJ. Ga in op de juiste balanspresentatie en waardering volgens de RJ. Motiveer uw keuze voor de juiste presentatie aan de hand van de algemene definities voor posten op te nemen onder passiva.

C7 **Timber and Building Supplies Holland N.V.**
Timber and Building Supplies Holland N.V. (hierna TABS) bestaat uit een groep bedrijven die met elkaar vooraanstaande leveranciers van hout en bouwmaterialen zijn op de Nederlandse markt van nieuwbouw, renovatie en onderhoud.

TABS heeft over 2018 haar jaarrekening uitgebracht die is opgemaakt volgens in Nederland algemeen aanvaarde grondslagen voor financiële verslaggeving (NL GAAP).
Aan de geconsolideerde en vennootschappelijke jaarrekening 2018 is een aantal onderdelen ontleend die voor het doel van de vraagstelling kunnen zijn aangepast. Niet alle daarin opgenomen gegevens zijn nodig voor de beantwoording van de vragen over deze jaarrekening. Zij zijn alleen vermeld ter behoud van de onderlinge samenhang en voor de beeldvorming over TABS.
Tenzij anders aangegeven, luiden bedragen in duizenden euro's.

Geconsolideerde balans per 31 december

	2018	**2017**
Vaste activa		
Immateriële vaste activa	3.756	1.687
Materiële vaste activa	153.124	150.937
Financiële vaste activa	353	262
	157.233	152.886
Vlottende activa		
Voorraden	137.464	131.804
Vorderingen en overlopende activa	67.338	68.630
Liquide middelen	6.454	800
	211.256	201.234
Totaal activa	368.489	354.120
Eigen vermogen	154.070	133.538
Voorzieningen	55.964	57.182
Langlopende schulden	60.479	64.820
Kortlopende schulden en overlopende passiva	97.976	98.580
Totaal passiva	368.489	354.120

Toelichting op de geconsolideerde jaarrekening

Groepsverhoudingen
Timber and Building Supplies Holland N.V. behoort tot een groep waarvan HAL Trust, gevestigd te Bermuda, aan het hoofd staat. De jaarrekening van Timber and Building Supplies Holland N.V. is opgenomen in de geconsolideerde jaarrekening van HAL Trust en van HAL Holding N.V., gevestigd te Willemstad, Curaçao.

Consolidatiegrondslagen
In de geconsolideerde jaarrekening worden de financiële gegevens opgenomen van Timber and Building Supplies Holland N.V. en haar groepsmaatschappijen waarop zij een overheersende zeggenschap kan uitoefenen of waarover zij de centrale leiding heeft.
Groepsmaatschappijen zijn rechtspersonen waarin Timber and Building Supplies Holland N.V. direct of indirect overheersende zeggenschap kan uitoefenen, doordat zij beschikt over de meerderheid van de stemrechten of op enig andere wijze de financiële en operationele activiteiten kan beheersen.
De groepsmaatschappijen en andere rechtspersonen waarop zij een overheersende zeggenschap kan uitoefenen of waarover zij de centrale leiding heeft, worden voor 100% in de consolidatie betrokken.

Acquisities van groepsmaatschappijen
Voor de verwerking van acquisities wordt de purchase-accounting methode toegepast. Vanaf de overnamedatum worden de resultaten en de identificeerbare activa en passiva van de overgenomen vennootschap opgenomen in de geconsolideerde jaarrekening. De overnamedatum is het moment dat overheersende zeggenschap kan worden uitgeoefend op de desbetreffende vennootschap.
De verkrijgingsprijs bestaat uit het geldbedrag of het equivalent hiervan dat is overeengekomen voor de verkrijging van de overgenomen onderneming vermeerderd met eventuele direct toerekenbare kosten. Indien de verkrijgingsprijs hoger is dan het nettobedrag van de reële waarde van de identificeerbare activa en passiva wordt het meerdere als goodwill geactiveerd onder de immateriële vaste activa. Indien de verkrijgingsprijs lager is dan het nettobedrag van de reële waarde van de identificeerbare activa en passiva, wordt het verschil (negatieve goodwill) als overlopende passiefpost verantwoord.

Grondslagen voor waardering van activa en passiva

Algemeen
De geconsolideerde jaarrekening is opgesteld in overeenstemming met de wettelijke bepalingen van Titel 9 Boek 2 BW en de stellige uitspraken van de Richtlijnen voor de jaarverslaggeving, uitgegeven door de Raad voor de Jaarverslaggeving. Activa en passiva worden gewaardeerd tegen verkrijgings- of vervaardigingsprijs of de actuele waarde tenzij een andere waarderingsgrondslag is vermeld.

Stelselwijziging
Timber and Building Supplies Holland N.V. heeft in 2018 een stelselwijziging doorgevoerd in de waardering van materiële vaste activa, zijnde bedrijfsgebouwen en terreinen. De waarderingsgrondslag van de bedrijfsgebouwen en terreinen is gewijzigd van actuele waarde naar historische kostprijs. De reden voor het doorvoeren van deze stelselwijziging betreft de wijziging van het Besluit Actuele Waarde (BAW). Binnen het BAW is het begrip marktwaarde vervangen door het begrip actuele kostprijs. In de praktijk blijkt het begrip actuele kostprijs vrijwel onuitvoerbaar te zijn.

Op grond van RJ 212.802 is het toegestaan om de stelselwijziging naar historische kosten als gevolg van de wijziging van het BAW prospectief te verwerken. Timber and Building Supplies Holland N.V. heeft gekozen voor deze prospectieve verwerking waarbij de actuele waarde per 31 december 2017 geldt als uitgangspunt van de historische kostprijs per 1 januari 2018. De resterende herwaarderingsreserve op gebouwen zal naargelang de resterende economische levensduur worden gerealiseerd. Op terreinen wordt niet afgeschreven, waardoor de herwaarderingsreserve die betrekking heeft op terreinen wordt gerealiseerd bij eventuele toekomstige verkoop.

Vergelijking met voorgaand jaar
De vergelijkende cijfers over 2017 in de vennootschappelijke jaarrekening zijn niet overeenkomstig de vastgestelde jaarrekening 2017. Een aantal activa en passiva waren in voorgaande jaren ten onrechte verantwoord in de juridische entiteit en een aantal was ten onrechte niet verantwoord. In de jaarrekening 2018 zijn de hiervoor benodigde reclassificaties doorgevoerd. Deze reclassificaties zijn doorgevoerd op basis van artikel 2:363 lid 5 BW ter wille van de vergelijkbaarheid tussen de bedragen in 2017 en 2018 en hebben voornamelijk betrekking op de materiële vaste activa, financiële vaste activa, vorderingen met groepsverhoudingen en voorzieningen. De reclassificaties hebben geen effect op het vermogen en resultaat in de vennootschappelijke jaarrekening.

Materiële vaste activa
De bedrijfsgebouwen en terreinen worden gewaardeerd tegen de historische kostprijs, zijnde de verkrijgingsprijs plus bijkomende kosten of vervaardigingsprijs, verminderd met een lineaire afschrijving gebaseerd op de verwachte economische levensduur. Over terreinen wordt niet afgeschreven.

Financiële vaste activa
Deelnemingen waarop invloed van betekenis kan worden uitgeoefend, worden gewaardeerd volgens de vermogensmutatiemethode (nettovermogenswaarde). Wanneer 20% of meer van de stemrechten uitgebracht kan worden, wordt ervan uitgegaan dat er invloed van betekenis is.
De nettovermogenswaarde wordt berekend volgens de grondslagen die gelden voor deze jaarrekening. Indien de waardering van een deelneming volgens de nettovermogenswaarde negatief is, wordt deze op nihil gewaardeerd.
De eerste waardering van gekochte deelnemingen is gebaseerd op de reële waarde van de identificeerbare activa en passiva op het moment van acquisitie. Voor de vervolgwaardering worden de grondslagen toegepast die gelden voor deze jaarrekening, uitgaande van de waarden bij eerste waardering.

Herwaarderingsreserve
Herwaarderingen zijn in de herwaarderingsreserve onder aftrek van relevante (latente) belastingverplichtingen verwerkt. De gerealiseerde herwaarderingen worden ten gunste van de overige reserves gebracht. De corresponderende vrijval van de (latente) belastingverplichtingen wordt onder de post belastingen op resultaat uit gewone bedrijfsuitoefening ten gunste van het resultaat gebracht.

Voorzieningen
Voorzieningen worden gevormd voor in rechte afdwingbare of feitelijke verplichtingen die op de balansdatum bestaan, waarbij het waarschijnlijk is dat een uitstroom van middelen noodzakelijk is en waarvan de omvang op betrouwbare wijze is te schatten. De voorzieningen worden gewaardeerd tegen de nominale waarde van de uitgaven die naar verwachting noodzakelijk zijn om de verplichtingen af te wikkelen, tenzij anders vermeld.

De voorziening latente belastingen heeft voornamelijk betrekking op tijdelijke verschillen in commerciële en fiscale waardering van materiële vaste activa en voorraden. De voorziening latente belastingen is berekend op basis van 21,3%, zijnde het gewogen gemiddelde nominale toekomstige vennootschapsbelastingtarief (berekend op basis van de afwikkeling per jaar).

Toelichting op de geconsolideerde balans

Materiële vaste activa

	Bedrijfsgebouwen en terreinen	Activa niet aan het productieproces dienstbaar	Overige vaste bedrijfsmiddelen	Totaal
Boekwaarde per 1 januari 2018	130.074	2.154	18.709	150.937
Mutaties boekjaar:				
Investeringen	3.945		8.200	12.145
Desinvesteringen	-4.020	-50	-137	-4.207
Reclassificaties	4.185	-6	-4.581	-402
Afschrijvingen	-1.899	-44	-3.366	-5.309
Waardeverminderingen	-40			-40
Boekwaarde per 31 december 2018	132.245	2.054	18.825	153.124
Cumulatieve aanschafwaarden	163.912	3.302	54.189	221.403
Cumulatieve afschrijvingen	-31.667	-1.248	-35.364	- 68.279
In de boekwaarde begrepen herwaarderingen				
- 1 januari 2018	20.373	238	-	20.611
- 31 december 2018	20.362	238	-	20.600

Negatieve goodwill (opgenomen onder de kortlopende schulden en overlopende passiva)
Bij de verwerking van een overname van een dochtermaatschappij in 2015 is negatieve goodwill van 31.711 ontstaan en in de balans als overlopende passiefpost verantwoord. Jaarlijks vindt vrijval plaats ten gunste van het resultaat, onder de overige bedrijfskosten.

Het verloop van de negatieve goodwill in 2018 is als volgt:

Stand per 1 januari 2018	27.869
Afschrijving	-1.803
Stand per 31 december 2018	26.066

Vennootschappelijke balans per 31 december

	2018	2017 na stewij	2017 oorspr
Vaste activa			
Materiële vaste activa	15.266	17.656	10.645
Financiële vaste activa	308.172	260.828	270.492
	323.438	278.484	281.137
Vlottende activa			
Vorderingen en overlopende activa	40	342	5.808
Vorderingen op groepsmaatschappijen	920	39.609	7.244
Liquide middelen	5.762	0	0
	6.722	39.951	13.052
Totaal activa	330.160	318.435	294.189
Eigen vermogen			
Gestort en opgevraagd kapitaal	31.160	31.160	31.160
Agio	7.484	7.484	7.484
Herwaarderingsreserve	16.211	16.489	16.489
Andere wettelijke reserves	353	262	262
Overige reserves	66.148	44.068	44.068
Onverdeeld resultaat	32.714	34.075	34.075
	154.070	133.538	133.538
Voorzieningen	50.151	51.654	36.317
Langlopende schulden	60.479	64.820	64.820
Kortlopende schulden en overlopende passiva	65.460	68.423	59.514
Totaal passiva	330.160	318.435	294.189

Vennootschappelijke winst- en verliesrekening

	2018	2017 na stewij	2017 oorspr
Resultaat deelnemingen	50.268	53.336	48.023
Overige resultaten	-17.554	-19.261	-13.948
Nettoresultaat na belastingen	32.714	34.075	34.075

Toelichting op de vennootschappelijke jaarrekening

Algemeen

De enkelvoudige jaarrekening is opgesteld in overeenstemming met de wettelijke bepalingen van Titel 9 Boek 2 BW en de stellige uitspraken van de Richtlijnen voor de jaarverslaggeving, uitgegeven door de Raad voor de Jaarverslaggeving. De grondslagen voor waardering en resultaatbepaling voor de

vennootschappelijke jaarrekening zijn gelijk aan de grondslagen die worden vermeld in de toelichting op de geconsolideerde jaarrekening.
Deelnemingen in groepsmaatschappijen en overige deelnemingen waarin invloed van betekenis kan worden uitgeoefend, worden gewaardeerd volgens de nettovermogenswaardemethode.
Wanneer 20% of meer van de stemrechten uitgebracht kan worden, wordt ervan uitgegaan dat er invloed van betekenis is. Het resultaat uit deelnemingen komt overeen met het aandeel in de winst van het boekjaar van de desbetreffende vennootschap.

Financiële vaste activa	**2018**	**2017**	**2017**
		na stewij	oorspr
Deelnemingen in groepsmaatschappijen			
Stand per 1 januari	240.605	187.269	202.246
Resultaat boekjaar	50.268	53.336	48.023
Stand per 31 december	290.873	240.605	250.269
Vorderingen op deelnemingen met een negatieve nettovermogenswaarde	17.299	20.223	20.223
	308.172	260.828	270.492

Herwaarderingsreserve
De onder het eigen vermogen opgenomen herwaarderingsreserve wijzigde in 2018 als volgt:

Stand per 1 januari 2018	16.489
Mutatie latentie tarief herwaarderingen	-268
Realisatie herwaardering	-10
Stand per 31 december 2018	16.211

Stelselwijziging
TABS vermeldt onder de Grondslagen voor waardering van activa en passiva twee stelselwijzigingen die zij in 2018 heeft doorgevoerd.

a Geef voor beide stelselwijzigingen gemotiveerd aan welke vormen van stelselmatigheid in 2018 deze betreffen.
b Leg uit waarom TABS naar aanleiding van de stelselwijziging inzake de waardering van materiële vaste activa geen cumulatief effect heeft verwerkt.

Herwaardering en belastingen
Tot 2018 waardeerde TABS haar bedrijfsgebouwen en terreinen, alsmede activa niet aan het productieproces dienstbaar tegen actuele waarde.
Met ingang van 2018 waardeert TABS deze duurzame bedrijfsmiddelen tegen de historische kostprijs. TABS verwerkt de overgang van actuele waarde naar historische kostprijs prospectief.

c Bereken het cumulatief effect van de stelselwijziging bij de desbetreffende materiële vaste activa indien TABS zou hebben gekozen voor retrospectieve verwerking.

d Geef in de vorm van een journaalpost aan op welke wijze TABS het cumulatief effect in haar geconsolideerde jaarrekening 2018 zou moeten verwerken indien zij de retrospectieve methode had toegepast.

e Bereken voor de tot 2018 geherwaardeerde materiële vaste activa, de afschrijving 2018 op basis van de historische kosten.

f Bereken de voorziening latente belastingen per 31 december 2018 voor zover deze is gevormd uit hoofde van herwaarderingen materiële vaste activa tot en met 2017.

g Bereken voor 2018 de onttrekking aan de voorziening latente belastingen voor zover deze onttrekking het gevolg is van gerealiseerde herwaardering van bedrijfsgebouwen en terreinen.

h Geef een aanwijzing voor het feit dat TABS de overdruk vennootschapsbelasting uit hoofde van gerealiseerde waardestijging in 2018 ten laste van het eigen vermogen brengt.

De volgende passage is overgenomen uit de jaarrekening *2017* van TABS:

"De voorziening latente belastingen heeft voornamelijk betrekking op tijdelijke verschillen in commerciële en fiscale waardering van materiële vaste activa en voorraden. De voorziening latente belastingen ten aanzien van gebouwen en terreinen is berekend op basis van de contante waarde, welke is gesteld op 20%. De voorziening latente belasting ten aanzien van overige waarderingsverschillen is berekend op basis van het nominale toekomstige vennootschapsbelastingtarief."

i Zet gemotiveerd uiteen welke specifieke toelichting TABS in haar geconsolideerde jaarrekening 2018 zou moeten opnemen over de verwerking van latente belastingen uit hoofde van gebouwen en terreinen.

j Geef in journaalpostvorm aan op welke wijze TABS de mutaties 2018 in de herwaarderingsreserve heeft verwerkt.

Overname
In toelichting op de post Kortlopende schulden en overlopende passiva in de geconsolideerde jaarrekening is het verloop van de negatieve goodwill gegeven.

k Zet uiteen op welke wijze TABS de afschrijving negatieve goodwill berekent.

l Welke aanpassingen zou TABS met betrekking tot de verwerking van de negatieve goodwill in haar geconsolideerde jaarrekening 2018 moeten aanbrengen indien TABS, uitsluitend voor boekjaar 2018, de standaarden van IASB (IFRS-EU) zou toepassen?

***C8** **SnowWorld N.V.**
SnowWorld N.V. (hierna: SnowWorld) is een beursgenoteerde onderneming die twee indoor skiresorts in Zoetermeer en Landgraaf exploiteert. Beide locaties beschikken over skipistes, horecafaciliteiten, een healthclub en een 4-sterrenhotel.

Aan de (geconsolideerde) jaarrekening 2017/2018 van SnowWorld zijn enkele onderdelen ontleend. Niet alle gegevens zijn nodig voor de beantwoording van de vragen over deze jaarrekening. Deze zijn slechts vermeld ter behoud van de onderlinge samenhang.
SnowWorld stelt haar geconsolideerde jaarrekening op in overeenstemming met International Financial Reporting Standards (IFRS) zoals aanvaard voor gebruik binnen de Europese Unie (EU-IFRS).
Bedragen luiden in duizenden euro's, tenzij anders vermeld.

Overzicht van het totaalresultaat

		2017/2018
Resultaat na belastingen		2.448
Posten die in toekomstige jaren in de winst- en verliesrekening worden verwerkt:		
- mutatie waardering renteswap 1)	661	
- vennootschapsbelastingeffect	-165	
Totaal van de rechtstreekse mutaties in het groepsvermogen		496
Totaalresultaat		2.944

1) De mutatie waardering renteswap bestaat uit de volgende componenten:

Wijziging in de waardering	-28
Afgerekende rente via de renteswap	689
	661

Geconsolideerd mutatieoverzicht groepsvermogen

	Geplaatst kapitaal	Agio-reserve	Hedge-reserve	Overige reserves	Resultaat boekjaar	Totaal
Stand 1 oktober 2017	6.293	12.237	-1.473	-3.137	2.367	16.287
Resultaat boekjaar					2.448	2.448
Verwerking resultaat vorig boekjaar	944	3.304		2.367	-2.367	0
Uitgifte aandelen						4.248
Kosten aandelenopties				2		2
Mutatie waardering renteswap			495			495
Overige mutaties		-1		1		0
Stand 30 september 2018	7.237	15.540	-978	-767	2.448	23.480

Grondslagen voor de waardering van activa en passiva

Materiële vaste activa
De materiële vaste activa worden gewaardeerd tegen verkrijgingsprijs of vervaardigingsprijs minus eventuele investeringssubsidies verminderd met een lineaire afschrijving of bijzondere waardeverminderingsverliezen. Lineaire afschrijvingen zijn gebaseerd op de verwachte economische levensduur van ieder afzonderlijk onderdeel van een materieel vast actief, rekening houdend met de restwaarde. Indien de verwachting omtrent de totale gebruiksduur in de loop van de tijd wijzigingen ondergaat, worden zij als een schattingswijziging verantwoord.

Wanneer materiële vaste activa bestaan uit onderdelen met een ongelijke gebruiksduur, worden deze als afzonderlijke posten onder de materiële vaste activa opgenomen.

Belastingen
Voor alle belastbare tijdelijke verschillen wordt een latente belastingverplichting opgenomen. Voor alle verrekenbare tijdelijke verschillen en voor beschikbare voorwaartse verliescompensatie wordt een latente belastingvordering opgenomen voor zover het waarschijnlijk is dat er fiscale winst beschikbaar zal zijn voor verrekening.
De waardering van latente belastingverplichtingen en -vorderingen wordt gebaseerd op de fiscale gevolgen van de door SnowWorld, per balansdatum, voorgenomen wijze van realisatie of afwikkeling van activa, voorzieningen, schulden of overlopende passiva. De latente belastingverplichtingen en -vorderingen worden gewaardeerd tegen nominale waarde.

Hedge accounting
De vennootschap maakt gebruik van afgeleide financiële instrumenten, zoals renteswap, voor het afdekken van kasstroomrisico's uit langlopende leningen. In overeenstemming met haar treasurybeleid, houdt of initieert de vennootschap geen afgeleide financiële instrumenten voor handelsdoeleinden. De verwerking van mutaties in de reële waarde van afgeleide instrumenten die voor hedge accounting kwalificeren is afhankelijk van de aard van de afgedekte transactie. De reële waarde van afgeleide financiële instrumenten wordt berekend op basis van prijzen in actieve markten voor soortgelijke activa of verplichtingen of overige waarderingstechnieken waarvan alle belangrijke inputfactoren zijn gebaseerd op observeerbare marktdata (level 2).
Indien een afgeleid financieel instrument wordt aangemerkt als een afdekking tegen fluctuaties in de kasstromen uit activa, passiva of geprognosticeerde kasstromen met een zeer hoge waarschijnlijkheid, wordt het effectieve deel van de hedge via het totaalresultaat in het eigen vermogen verantwoord. Op het moment dat de afdekking van een geprognosticeerde transactie resulteert in een financieel actief of financiële verplichting, wordt het resultaat dat direct was verantwoord in het eigen vermogen ten gunste of ten laste van de winst- en verliesrekening gebracht. Voor zover hedge accounting wordt toegepast, draagt de vennootschap zorg voor documentatie van de relatie tussen de afgeleide financiële instrumenten en de afgedekte transactie en ook van de risicomanagementdoelen die ten grondslag liggen aan de inzet van deze afgeleide financiële instrumenten.
Veranderingen in de reële waarde van kasstroominstrumenten die op basis van hedge accounting worden geadministreerd, worden via het totaalresultaat gemuteerd in het eigen vermogen, rekening houdend met de van toepassing zijnde belastingen. Op expiratiedatum wordt het resultaat van deze afgeleide financiële instrumenten in de winst- en verliesrekening verantwoord in relatie met de onderliggende waarden van de onderdelen waar deze instrumenten betrekking op hebben.

Toelichting op de geconsolideerde winst- en verliesrekening

Belastingen
De aansluiting tussen het commercieel en het fiscaal resultaat vóór belastingen kan als volgt worden weergegeven:

	2017/2018
Commercieel resultaat vóór belastingen	3.258
Niet-aftrekbaar deel kosten personeelsoptie	2
Fiscaal lagere afschrijvingen materiële vaste activa	289
Fiscaal hogere kosten/lagere investeringen	-90
Dotatie fiscale onderhoudsvoorziening	-207
Energie-investeringsaftrek	-7
Niet-aftrekbare kosten	30
Fiscaal resultaat vóór belastingen	3.275

Toelichting op de geconsolideerde balans

Bedrijfsgebouwen en -terreinen

Boekwaarde 1 oktober 2017		55.958
Investeringen	704	
Afschrijvingen	-2.575	
		-1.871
Cumulatieve aanschafwaarde 30 september 2018	93.190	
Cumulatieve afschrijvingen en waardeverminderingen30 september 2018	-39.103	
Boekwaarde 30 september 2018		54.087

De bedrijfsgebouwen en -terreinen zijn gewaardeerd tegen historische kostprijs onder aftrek van lineaire afschrijving op basis van de geschatte economische levensduur. De boekwaarde van de bedrijfsgebouwen en -terreinen ultimo 2017/2018 bedraagt 54.087. De actuele waarde van de bedrijfsgebouwen en -terreinen, volgens een berekening gebaseerd op de contante waarde van geschatte toekomstige kasstromen, bedraagt 79.600 (2016/2017: 86.400). De actuele waarde van de bedrijfsgebouwen en -terreinen is in boekjaar 2016/2017 door een externe taxateur berekend.

Belastinglatentie

Boekwaarde per 1 oktober 2017 (actief)		89
Mutatie als gevolg van fiscaal lagere afschrijvingen	72	
Mutatie als gevolg van fiscaal hogere investeringen	-23	
Mutatie als gevolg van fiscale voorzieningen	-52	
Mutatie als gevolg van herwaardering renteswap	-165	
Overige mutaties	1	
		-167
Boekwaarde 30 september 2018 (passief)		-78

Hedgereserve

De hedgereserve heeft betrekking op de waardering van de renteswap onder de langlopende schulden. Bij de herwaardering is rekening gehouden met de invloed van belastingen op vermogen en resultaat door een voorziening belastinglatentie ten laste van de hedgereserve te vormen. Hiervoor wordt verwezen naar de toelichting op de belastingen.

Langlopende schulden

	2017/2018	2016/2017
Renteswap	1.964	1.303

Toelichting op de vennootschappelijke balans

Algemeen
De deelneming in de groepsmaatschappij wordt gewaardeerd tegen nettovermogenswaarde op basis van de grondslagen zoals toegepast in de geconsolideerde jaarrekening.

Financiële vaste activa
Deze betreffen de 100%-deelneming in groepsmaatschappij SnowWorld Leisure N.V. Het verloop van de boekwaarde in 2017/2018 is als volgt:

Boekwaarde 1 oktober 2017	20.032
Vermogensmutatie deelneming als gevolg van:	
• Renteswap	495
• Kosten personeelsoptie	2
Agiostorting	4.248
Resultaat deelneming	2.701
Boekwaarde 30 september 2018	27.478

Materiële vaste activa

a Geef aan uit welke passage in de geconsolideerde jaarrekening valt af te leiden dat SnowWorld bij de materiële vaste activa de componentenbenadering hanteert.

SnowWorld hanteert voor de waardering en resultaatbepaling van bedrijfsgebouwen en -terreinen het kostprijsmodel. In de toelichting op de materiele vaste activa verstrekt SnowWorld onder meer informatie over de actuele waarde van de bedrijfsgebouwen en -terreinen.
Veronderstel dat SnowWorld zou overwegen om voor de waardering en resultaatbepaling van bedrijfsgebouwen en -terreinen het herwaarderingsmodel te hanteren. Waardewijzigingen komen daarbij tot uitdrukking in een herwaarderingsreserve onder aftrek van latente belastingen. Het toepasselijke belastingtarief voor boekjaar 2017/2018 bedraagt 25%.

b Geef aan welke posten in de geconsolideerde balans per 30 september 2018 en voor welke bedragen deze zouden wijzigen bij toepassing van het herwaarderingsmodel voor bedrijfsgebouwen en -terreinen. Het resultaateffect voor boekjaar 2017/2018 kan buiten beschouwing blijven.

Veronderstel dat SnowWorld in verband met de relatief lange resterende gebruiksduur van de bedrijfsgebouwen en -terreinen latente belastingen in verband met de herwaardering van bedrijfsgebouwen en -terreinen zou willen opnemen tegen contante waarde.

c Is het opnemen van latente belastingen tegen contante waarde binnen de voorschriften van de IASB toegestaan?

d Onderzoek of en zo ja, in hoeverre de uitkomsten van de waardering van

bedrijfsgebouwen en -terreinen tegen actuele waarde zoals bedoeld in b effect zouden hebben op
1. het geconsolideerd kasstroomoverzicht 2017/2018, en
2. het overzicht van het totaalresultaat 2017/2018.

Eigen vermogen

e Geef in de vorm van een journaalpost de wijze waarop SnowWorld de volgende posten heeft verwerkt in de *geconsolideerde* jaarrekening over boekjaar 2017/2018:
1. de wijziging in de waarde van de verplichtingen uit hoofde van renteswaps ad 661
2. kosten aandelenopties ad 2

Belastingen

SnowWorld neemt in de toelichting op belastingen een overzicht op met de aansluiting tussen het commercieel en fiscaal resultaat voor belastingen.

f Bepaal voor boekjaar 2017/2018 voor elk van de in dit overzicht opgenomen verschillen tussen commercieel en fiscaal resultaat of er sprake is van een tijdelijk of van een definitief winstverschil.

g Geef – vanuit verslagtechnisch oogpunt – aan waarvoor het in vraag **f** bedoelde onderscheid in tijdelijke en definitieve winstverschillen van belang is.

Deelnemingen

h Geef in de vorm van een journaalpost aan op welke wijze SnowWorld de mutaties 2017/2018 in de post Deelnemingen in groepsmaatschappijen in de vennootschappelijke jaarrekening 2017/2018 heeft verwerkt.

C9 Coöperatie Koninklijke Cosun U.A.

Coöperatie Koninklijke Cosun U.A. (hierna: Cosun) bewerkt en verwerkt onder meer grondstoffen van agrarische oorsprong tot producten voor de voedingsmiddelenindustrie en foodservice.

Aan de jaarrekening 2018 van Cosun zijn een aantal onderdelen ontleend die voor het doel van de vraagstelling kunnen zijn aangepast. Niet alle daarin opgenomen gegevens zijn nodig voor de beantwoording van de vragen over deze jaarrekening. Zij zijn alleen vermeld ter behoud van de onderlinge samenhang en voor de beeldvorming over Cosun.
Tenzij anders aangegeven, luiden bedragen in miljoenen euro's.

Geconsolideerde winst- en verliesrekening (gedeeltelijk)

	2018	**2017**
Resultaat uit gewone bedrijfsuitoefening voor belastingen	1,9	102,8
Belastingen resultaat uit gewone bedrijfsuitoefening	-0,3	-26,2
Resultaat deelnemingen	0,2	0,1
Resultaat uit gewone bedrijfsuitoefening na belastingen	1,8	76,7
Aandeel derden in resultaat	-1,8	-2,0
Nettoresultaat	0,0	74,7

Toelichting op de geconsolideerde jaarrekening

Toegepaste standaarden
De jaarrekening is opgesteld volgens de wettelijke bepalingen van Titel 9 Boek 2 BW. Bij het weergeven van de enkelvoudige winst- en verliesrekening is gebruik gemaakt van de vrijstellingen van artikel 402 Boek 2 BW.

Grondslagen voor consolidatie
In de geconsolideerde jaarrekening worden de financiële gegevens opgenomen van Cosun en van de groepsmaatschappijen waarop overheersende zeggenschap kan worden uitgeoefend. Geacquireerde groepsmaatschappijen worden in de consolidatie betrokken vanaf het moment dat overheersende zeggenschap op het zakelijke en het financiële beleid kan worden uitgeoefend. De resultaten van verkochte groepsmaatschappijen worden verwerkt tot het moment van beëindiging van overheersende zeggenschap.
In de geconsolideerde jaarrekening zijn de onderlinge vorderingen, schulden en transacties geëlimineerd, evenals de daarop binnen Cosun geboekte maar nog niet gerealiseerde winsten. De groepsmaatschappijen zijn integraal geconsolideerd, waarbij het minderheidsbelang van derden afzonderlijk tot uitdrukking is gebracht. Joint ventures worden proportioneel geconsolideerd.

Acquisities
In 2018 heeft de acquisitie plaatsgevonden van GreenProtein B.V., hiermee is 100% van de aandelen verworven. Daarnaast is een participatie aangegaan in de commanditaire vennootschap ICF III Collaborative Venture Fund.
Voor deze participatie is geen sprake van invloed van betekenis.

Grondslagen voor de waardering van activa en passiva en de resultaatbepaling

Algemeen
De grondslagen die worden toegepast voor de waardering van activa en passiva en de resultaatbepaling zijn gebaseerd op historische kosten. Tenzij anders is vermeld, worden activa en passiva opgenomen tegen nominale waarde.
De opbrengsten en kosten worden toegerekend aan de periode waarop zij betrekking hebben.

Immateriële vaste activa
Goodwill is het positieve verschil tussen de verkrijgingsprijs en de reële waarde van de identificeerbare activa en passiva van de overgenomen partij op overnamedatum. Goodwill betaald bij de acquisitie van buitenlandse groepsmaatschappijen en deelnemingen wordt omgerekend tegen de koers op moment van verkrijging. De geactiveerde goodwill wordt lineair afgeschreven over de geschatte economische levensduur, over het algemeen tussen de 5 en 20 jaar.

Materiële vaste activa
De bedrijfsgebouwen en -terreinen, machines en installaties en andere vaste bedrijfsmiddelen worden gewaardeerd tegen verkrijgings- of vervaardigingsprijs verminderd met de cumulatieve afschrijvingen en andere waarde-

verminderingen. Subsidies en investeringspremies worden in mindering gebracht op de verkrijgingsprijs van de activa waarop deze betrekking hebben. De afschrijvingen worden berekend als een percentage over de verkrijgings- of vervaardigingsprijs volgens de lineaire methode op basis van de economische levensduur. Op bedrijfsterreinen en materiële vaste bedrijfsactiva in uitvoering en vooruitbetaald wordt niet afgeschreven. Onderhoudsuitgaven worden slechts geactiveerd, indien zij de gebruiksduur van het object verlengen.

Financiële vaste activa
Deelnemingen waarin de groep invloed van betekenis uitoefent op het zakelijke en financiële beleid worden tegen de vermogensmutatiemethode gewaardeerd.
Overeenkomstig de vermogensmutatiemethode worden de deelnemingen in de balans opgenomen tegen het aandeel van de groep in de nettovermogenswaarde vermeerderd met haar aandeel in de resultaten van de deelnemingen en haar aandeel in de directe mutaties in het eigen vermogen van de deelnemingen vanaf het moment van verwerving, bepaald volgens de grondslagen zoals vermeld in deze jaarrekening, verminderd met haar aandeel in de dividenduitkeringen van de deelnemingen. In de winst- en verliesrekening wordt het aandeel van de groep in het resultaat van de deelnemingen opgenomen.

Minderheidsbelang derden
Het minderheidsbelang derden wordt gewaardeerd op het aandeel van derden in de nettovermogenswaarde.

Toelichting op de posten van de geconsolideerde balans

Immateriële vaste activa
De hieronder opgenomen goodwill houdt verband met acquisities.
Het verloop van de goodwill in 2018 is als volgt:

Boekwaarde per 1 januari 2018		92,1
Investeringen	1,5	
Desinvesteringen	-0,5	
Afschrijvingen	-12,4	
		-11,4
Boekwaarde per 31 december 2018		80,7

Financiële vaste activa
De post Deelnemingen heeft onder meer betrekking op het niet-geconsolideerde belang in Aviko Kloosterboer Verpakkingen B.V. en het Spaanse aardappelspecialiteitenbedrijf Eurofrits S.A. Aangezien op deze belangen invloed van betekenis kan worden uitgeoefend worden ze gewaardeerd op basis van de nettovermogenswaarde. In de post Deelnemingen is tevens een participatie begrepen in een startup-fonds (een 'collaborative venture fund') voor een bedrag van € 1,5 miljoen. Aangezien op dit belang geen invloed van betekenis kan worden uitgeoefend wordt deze gewaardeerd tegen verkrijgingsprijs minus eventuele bijzondere waardeverminderingen.
Het verloop van de deelnemingen in 2018 is als volgt:

Stand per 1 januari 2018		3,6
Investeringen	1,5	
Aandeel in resultaat deelnemingen en ontvangen dividend	-0,5	
		1,0
Stand per 31 december 2018		4,6

Minderheidsbelang derden

Stand per 1 januari 2018		17,0
Aandeel in resultaten	1,8	
Kapitaalmutaties en wijziging in consolidatie	-0,9	
Dividend en liquidatie-uitkeringen	-2,0	
Koersverschillen en overige	-0,1	
		-1,2
Stand per 31 december 2018		15,8

Toelichting op de enkelvoudige jaarrekening

Immateriële vaste activa
De hieronder opgenomen goodwill houdt verband met acquisities.
Het verloop van de goodwill in 2018 is als volgt:

Boekwaarde per 1 januari 2018	58,8
Afschrijvingen	-7,6
Boekwaarde per 31 december 2018	51,2

Financiële vaste activa
Het verloop van de deelnemingen in groepsmaatschappijen in 2018 is als volgt:

Stand per 1 januari 2018		262,4
Aandeel in resultaat deelnemingen	20,3	
Uitkering uit agioreserve	-20,0	
Dividend	-8,8	
Koersverschillen	-1,2	
Overige	0,1	
		-9,6
Stand per 31 december 2018		252,8

Groot onderhoud
In de grondslagen voor *materiële vaste activa* vermeldt Cosun dat onderhoudsuitgaven slechts worden geactiveerd indien zij de gebruiksduur van het object verlengen.

a Beredeneer dat Cosun voor de verwerking van uitgaven voor groot onderhoud in de jaarrekening *niet* de componentenbenadering toepast.

Veronderstel dat Cosun voor de verwerking van uitgaven voor groot onderhoud in de *geconsolideerde* jaarrekening geen voorziening vormt.

b Beredeneer op welke wijze Cosun uitgaven voor groot onderhoud in haar jaarrekening zou verwerken.

In de *fiscale* jaarrekening 2018 vormt Cosun in verband met groot onderhoud wél een voorziening.

c Zet gemotiveerd uiteen op welke wijze Cosun de consequenties van de fiscale verwerking als voorziening tot uitdrukking zou moeten brengen in haar geconsolideerde jaarrekening 2018.

Met ingang van boekjaren die aanvangen op of na 1 januari 2019 staat RJ de onder vraag **b** veronderstelde methode voor het verwerken van groot onderhoud niet meer toe.

d Beschrijf voor elk van de twee vanaf 2019 wél toegestane methoden voor de verwerking van groot onderhoud welke gevolgen de overgang naar een alternatieve methode zou hebben voor de geconsolideerde jaarrekening *2019* van Cosun. Veronderstel hierbij dat de verwerking van groot onderhoud in de fiscale jaarrekening vanaf 2019 niet wijzigt.

Deelnemingen en consolidatie
In de toelichting onder het kopje *Acquisities maakt* Cosun melding van twee acquisities in 2018.

e Zet gemotiveerd uiteen op welke wijze Cosun de aankoop van de participatie in de commanditaire vennootschap ICF III Collaborative Venture Fund in de geconsolideerde jaarrekening 2018 heeft verwerkt.

Veronderstel dat van de overname van het 100%-belang GreenProtein B.V. de volgende gegevens beschikbaar zijn:
- de aankoopprijs van de aandelen bedraagt € 1,9 miljoen en is geheel in contanten voldaan
- op moment van overname is de volgende balans van GreenProtein B.V. beschikbaar. Hierin zijn opgenomen de identificeerbare activa en verplichtingen, gewaardeerd tegen reële waarde (bedragen x € 1mln).

Activa:	materiële vaste activa	2,1
	voorraden	0,6
	vorderingen	0,3
	liquide middelen	1,8
	totaal	4,8
Passiva:	voorzieningen	2,5
	schulden	1,9
	totaal	4,4

f Toon aan dat de aankoop van het belang in GreenProtein niet is gedaan door Cosun zelf, maar door één van haar geconsolideerde groepsmaatschappijen.

g Geef met behulp van de verstrekte gegevens over de acquisitie, in de vorm van een journaalpost aan op welke wijze Cosun de aankoop van GreenProtein in de geconsolideerde jaarrekening 2018 heeft verwerkt.

In het geconsolideerd kasstroomoverzicht 2018 neemt Cosun onder de kas stroom uit investeringsactiviteiten de mutatie 'Investeringen deelnemingen -1,6' op.

h Geef met behulp van een berekening voor elke verworven deelneming afzonderlijk de opbouw van de kasuitstroom aan van deze € 1,6 mln inzake investering deelnemingen.

Cosun neemt in de toelichting op de financiële vaste activa in de geconsolideerde jaarrekening 2018 het verloop van de post Deelnemingen op. Hierin is opgenomen de mutatie 'Aandeel in resultaat deelnemingen en ontvangen dividend -0,5'.

i Bereken het in 2018 van niet-geconsolideerde deelnemingen ontvangen dividend.

j Toon met behulp van gegevens uit de geconsolideerde jaarrekening aan dat integraal geconsolideerde, niet-100% groepsmaatschappijen per saldo positief hebben bijgedragen aan het resultaat 2018 van de groep.

*C10 Holland Casino N.V.

Holland Casino N.V. (hierna: Holland Casino) is een in Nederland gevestigde exploitant van tafelspelen en speelautomaten.

Holland Casino heeft haar geconsolideerde jaarrekening 2018 opgesteld in overeenstemming met de International Financial Reporting Standards (IFRS) zoals goedgekeurd door de Europese Unie (IFRS-EU).
Aan deze geconsolideerde jaarrekening zijn een aantal onderdelen over vennootschapsbelasting ontleend. Niet alle gegevens zijn nodig voor de beantwoording van de vragen over dit onderwerp. Zij zijn slechts vermeld ter behoud van de onderlinge samenhang.
Tenzij anders vermeld, luiden bedragen in duizenden euro's.

Geconsolideerde balans	**2018**	**2017**
Vaste activa		
Latente vennootschapsbelasting	10.139	14.283
Vlottende activa		
Acute belastingvorderingen	742	1.014
Langlopende verplichtingen		
Latente vennootschapsbelasting	1.941	4.502
Kortlopende verplichtingen		
Acute belastingverplichtingen	20.632	15.634

Geconsolideerde winst- en verliesrekening	**2018**	**2017**
Resultaat voor vennootschapsbelasting	82.709	97.990
Vennootschapsbelasting	-23.248	-24.510
Resultaat na belasting	59.461	73.480

Geconsolideerd kasstroomoverzicht	**2018**	**2017**
Kasstroom uit operationele activiteiten		
Betaalde vennootschapsbelasting	-19.394	-21.953

Toelichting op de geconsolideerde jaarrekening

Winstbelasting

Winstbelastingen omvatten de over de verslagperiode verschuldigde en terug te ontvangen winstbelastingen alsmede uitgestelde winstbelastingen. Winstbelastingen worden in het resultaat verwerkt, behalve voor zover deze betrekking hebben op een bedrijfscombinatie of op posten die rechtstreeks in het eigen vermogen of in niet-gerealiseerde resultaten worden opgenomen.

Actuele winstbelastingen

De actuele winstbelastingen omvatten de verwachte te betalen of terug te ontvangen belastingen over de fiscale winst of verlies over het boekjaar, en eventuele correcties op de over voorgaande jaren verschuldigde of terug te ontvangen belastingen. Het bedrag van de actuele winstbelastingen wordt bepaald op basis van de beste schatting van de belastingbate of -last, waarbij rekening wordt gehouden met eventuele onzekerheid met betrekking tot winstbelastingen.
De actuele winstbelasting wordt berekend aan de hand van belastingtarieven die zijn vastgesteld op verslagdatum, dan wel waartoe materieel al op verslagdatum is besloten. De actuele winstbelasting omvat tevens eventuele belastingen voortvloeiend uit dividenden. Actuele belastingvorderingen en -verplichtingen worden uitsluitend gesaldeerd als aan bepaalde criteria wordt voldaan.

Uitgestelde winstbelastingen

Uitgestelde winstbelastingen worden opgenomen voor tijdelijke verschillen tussen de boekwaarden van activa en verplichtingen ten behoeve van de financiële verslaggeving en de fiscale boekwaarden van die posten.
Uitgestelde belastingvorderingen worden opgenomen voor onbenutte fiscale verliezen, ongebruikte fiscaal verrekenbare tegoeden en aftrekbare tijdelijke verschillen, voor zover het waarschijnlijk is dat er in de toekomst belastbare winsten beschikbaar zullen komen waartegen deze kunnen worden afgezet. Toekomstige belastbare winsten worden bepaald op basis van de terugname van relevante belastbare tijdelijke verschillen. Als het bedrag van de belastbare tijdelijke verschillen niet voldoende is om een uitgesteld belastingvoordeel volledig op te nemen, worden toekomstige belastbare winsten – aangepast voor de terugnames van bestaande tijdelijke verschillen – in aanmerking genomen, gebaseerd op de bedrijfsplannen van individuele dochterondernemingen binnen Holland Casino. Uitgestelde belastingvorderingen worden op iedere verslagdatum beoordeeld en worden verlaagd voor zover het niet langer waarschijnlijk is dat het daarmee samenhangende belastingvoordeel zal worden gerealiseerd. Dergelijke verlagingen worden teruggeboekt zodra het waarschijnlijk is dat in de toekomst belastbare winsten weer toenemen.
Niet-opgenomen uitgestelde belastingvorderingen worden op iedere verslagdatum opnieuw beoordeeld en worden opgenomen zodra het waarschijnlijk is dat er in de toekomst belastbare winsten beschikbaar zijn, waartegen ze kunnen worden gebruikt.
Uitgestelde winstbelastingen worden gewaardeerd op basis van de belastingtarieven die naar verwachting van toepassing zullen zijn bij afloop van de tijdelijke verschillen, een en ander op basis van belastingtarieven die op de verslagdatum zijn vastgesteld of materieel zijn vastgesteld.

De waardering van uitgestelde winstbelastingen weerspiegelt de fiscale gevolgen die voortvloeien uit de wijze waarop Holland Casino aan het eind van de verslagperiode verwacht de boekwaarde van haar activa en verplichtingen te realiseren of af te wikkelen.
Uitgestelde belastingvorderingen en -verplichtingen worden uitsluitend gesaldeerd als aan bepaalde criteria wordt voldaan.

Vennootschapsbelasting ten laste gebracht van het resultaat

	2018
Acute belastingen	-21.665
Latente belastingen	-1.583
Totale vennootschapsbelasting	-23.248

Aansluiting brutoresultaat met het belastbaar bedrag

		2018	
Resultaat voor belasting		82.709	
Permanente verschillen			
Beperkt aftrekbare kosten	637		
Energie- en milieuaftrek	-97		
Deelnemingsvrijstelling	3.490		
Resterende aftrek voorgaand jaar	-2.004		
		2.026	
Tijdelijke verschillen			
Fiscaal hogere desinvesteringslast	-569		
Fiscaal lagere afschrijving	2.462		
Fiscaal lagere last met betrekking tot voorzieningen	115		
		2.008	
Belastbaar bedrag		86.743	
Totaal te betalen acute winstbelastingen (effectief)		21.665	26,2%

Opbouw latente vennootschapsbelasting

	1-1-2018	mutatie	31-12-2018
Immateriële activa	373	-95	278
Materiële vaste activa	11.591	-3.655	7.936
Voorzieningen	2.319	-394	1.925
Herinvesteringsreserve	-4.502	2.561	-1.941
Stand latentie voor vennootschapsbelasting	9.781	-1.583	8.198

Acute belastingvorderingen	**2018**	**2017**
Vennootschapsbelasting	0	40
Omzetbelasting	742	974
	742	1.014

Acute belastingverplichtingen	**2018**	**2017**
Vennootschapsbelasting	2.232	0
Kansspelbelasting	13.154	10.811
Omzetbelasting	93	0
Loonheffing	5.153	4.823
	20.632	15.634

a Geef in de vorm van een journaalpost aan op welke wijze Holland Casino de over 2018 verschuldigde winstbelasting heeft verwerkt in de geconsolideerde jaarrekening 2018. Geef bij elke post aan of het een balanspost (B) of een resultaatpost (WV) betreft.
b Waar moet het verschil tussen de over 2018 verschuldigde vennootschapsbelasting van 21.665 en de in 2018 betaalde vennootschapsbelasting van 19.394 volgens het kasstroomoverzicht 2018 op aansluiten? Geef tevens deze aansluiting.

IAS 12 vereist een toelichting op de afwijking tussen effectieve belastingdruk en de nominale belastingdruk volgens het toepasselijke belastingtarief.

c Bereken aan de hand van de toelichting de effectieve belastingdruk 2018, uitgedrukt in een percentage.

Veronderstel dat Holland Casino voor geheel 2018 het in Nederland toepasselijke tarief vennootschapsbelasting van 25% hanteert, en dit tarief ook toepast voor de berekening van de latente vennootschapsbelasting.

d Geef met behulp van de gegevens uit de toelichting onder het kopje *'Aansluiting brutoresultaat met het belastbaar bedrag'* voor 2018, in bedragen, een zo volledig mogelijke aansluiting tussen de effectieve belastingdruk en de nominale belastingdruk volgens het toepasselijke tarief.
e Geef aan op welke punten het aansluitingsoverzicht dat Holland Casino in de toelichting op de geconsolideerde jaarrekening 2018 opneemt, niet voldoet aan het desbetreffende voorschrift van IAS 12.

Holland Casino neemt in de toelichting onder het kopje *'Opbouw latente vennootschapsbelasting'* het verloop van de belastinglatenties in 2018 op. De vermelde latenties komen voort uit verschillen tussen commerciële en fiscale waardering van vier balansposten.

f Beredeneer voor elke in het verloopoverzicht opgenomen balanspost of sprake is van een hogere of lagere bedrijfseconomische waardering dan fiscaal.

Veronderstel dat Holland Casino eind 2018 het tarief vennootschapsbelasting waartegen naar verwachting latente belastingen zullen worden afgerekend, daalt van 25% tot 21%.

g Zet uiteen op welke wijze Holland Casino het effect van de daling van het tarief vennootschapsbelasting in haar geconsolideerde jaarrekening 2018 zou moeten verwerken.

C11 Swinkels Family Brewers Holding N.V.

Swinkels Family Brewers Holding N.V. (hierna: Swinkels) is een in Nederland gevestigde bierbrouwerij met vestigingen in binnen- en buitenland. Het is tevens één van de oudste familiebedrijven in Nederland; sinds 1719 brouwt de onderneming bier volgens een uniek familierecept. Daarnaast is de onderneming actief in de frisdrankensector.

Swinkels heeft over 2018 haar geconsolideerde en enkelvoudige jaarrekening uitgebracht die zijn opgemaakt met inachtneming van de wettelijke bepalingen van Titel Boek 2 van het Burgerlijk Wetboek. Verondersteld wordt dat Swinkels hierbij ook de Richtlijnen van de Raad voor Jaarverslaggeving (RJ) hanteert.
Aan deze jaarrekeningen zijn een aantal onderdelen ontleend die voor het doel van de vraagstelling kunnen zijn aangepast. Niet alle gegevens zijn nodig voor de beantwoording van de vragen over deze jaarrekening. Zij zijn slechts vermeld ter behoud van de onderlinge samenhang.
Tenzij anders vermeld, luiden bedragen in duizenden euro's.

Geconsolideerde balans per 31 december (vereenvoudigd)

	Noot	**2018**	**2017**
Vaste Activa			
Immateriële vaste activa	1		
Goodwill		13.618	3.634
Software		7.368	4.572
Overige		32.471	32.952
		53.457	41.158
Materiële vaste activa	2	388.715	367.183
Financiële vaste activa	3		
Deelnemingen		1.063	963
Overige		12.407	8.395
		13.470	9.358
vlottende activa			
Voorraden			
Grond- en hulpstoffen		30.624	19.386
Product in bewerking		7.743	5.832
Gereed product		33.795	29.072
Overige voorraden		15.370	12.565
		87.532	66.855
Vorderingen		164.229	144.013
Liquide middelen		26.334	24.854
Totaal activa		733.737	653.421
Groepsvermogen	8		
Aandeel Swinkels Family Brewers Holding N.V.		354.441	329.449
Minderheidsbelang derden		20.859	13.390
		375.300	342.839
Voorzieningen		23.176	22.593

	Noot		
Langlopende schulden	10		
Uitgestelde betalingsverplichting		37.631	37.264
Kredietinstellingen en leningen		94.144	60.056
		131.775	97.320
Kortlopende schulden		203.486	190.669
Totaal passiva		733.737	653.421

Geconsolideerde winst- en verliesrekening (vereenvoudigd)

	Noot	**2017**	**2018**
Netto-omzet		713.067	658.988
Mutatie voorraden product in bewerking en gereed product		6.634	-4.138
Overige bedrijfsopbrengsten		27.343	28.538
Bedrijfsopbrengsten		747.044	-683.388
Bedrijfslasten		-693.294	-642.284
Bedrijfsresultaat		53.750	41.104
Financiële baten en lasten		-4.274	-2.941
Resultaat voor belastingen		49.476	38.163
Belastingen	13	-11.777	-30
Aandeel in resultaat van ondernemingen waarin wordt deelgenomen		120	218
Resultaat na belastingen		37.819	38.351
Aandeel derden in resultaat		-1.495	-2.937
Nettoresultaat		36.324	35.414

Geconsolideerd kasstroomoverzicht (vereenvoudigd)

	2018	**2017**
Kasstroom uit operationele activiteiten		
Kasstroom uit bedrijfsoperaties	67.116	95.750
Ontvangen interest	332	363
Betaalde interest	-4.475	-3.041
Betaalde winstbelasting	-8.845	-9.988
	54.128	83.084
Kasstroom uit investeringsactiviteiten		
Investeringen in (im)materiële vaste activa	-65.511	-83.000
Ontvangsten uit verkoop van materiële vaste activa	4.050	3.031
Verstrekte leningen minus aflossingen leningen	-4.567	1.593
Verwerving groepsmaatschappijen	-11.273	0
	-77.301	-78.376
Kasstroom uit financieringsactiviteiten	24.450	-34.137
Netto kasstroom	1.277	-29.429

Toelichting op de geconsolideerde jaarrekening

Algemeen

Toegepaste standaarden
De geconsolideerde jaarrekening is opgesteld volgens de wettelijke bepalingen van Titel 9 Boek 2 van het Burgerlijk Wetboek.
De grondslagen die worden toegepast voor de waardering van activa en passiva en de resultaatbepaling zijn gebaseerd op historische kosten, tenzij anders vermeld in de verdere grondslagen.

Presentatie en functionele valuta
De jaarrekening wordt gepresenteerd in euro's, wat tevens de functionele valuta van de onderneming is. Financiële informatie in euro's is afgerond op het dichtstbijzijnde duizendtal.

Grondslagen voor consolidatie

Consolidatiekring
De geconsolideerde jaarrekening omvat de financiële gegevens van Swinkels Family Brewers Holding N.V. en haar dochtermaatschappijen in de groep, andere groepsmaatschappijen en andere rechtspersonen waarop overheersende zeggenschap kan worden uitgeoefend dan wel waarover de centrale leiding bestaat.

Overnames
Een overname is een transactie waarbij de groep de beschikkingsmacht verkrijgt over de activa en passiva, alsmede over de activiteiten van de overgenomen partij.
Overnames worden verwerkt op basis van de 'purchase-accounting' methode op de datum waarop de zeggenschap overgaat naar de groep. De verkrijgingsprijs wordt daarbij gesteld op het overeengekomen geldbedrag of equivalent voor de verkrijging van de overgenomen partij, dan wel de reële waarde van de op overnamedatum verstrekte tegenprestaties.
Op de overnamedatum worden de identificeerbare activa en verplichtingen van de overgenomen partij gewaardeerd tegen de reële waarden.
Zie de grondslag onder het hoofd Immateriële vaste activa voor de verwerking van eventuele positieve of negatieve goodwill die ontstaat bij de overname.

Consolidatiemethode
De posten in de geconsolideerde jaarrekening worden opgesteld volgens uniforme grondslagen van waardering en resultaatbepaling van de groep.
In de geconsolideerde jaarrekening zijn de onderlinge aandelenverhoudingen, schulden, vorderingen en transacties geëlimineerd.
De groepsmaatschappijen zijn integraal geconsolideerd, waarbij het minderheidsbelang van derden afzonderlijk tot uitdrukking is gebracht binnen het groepsvermogen.

Grondslagen voor de omrekening van vreemde valuta's

Bedrijfsuitoefening in het buitenland

De activa en verplichtingen die deel uitmaken van de netto-investering in een bedrijfsuitoefening in het buitenland worden in de functionele valuta omgerekend tegen de koers op balansdatum. De opbrengsten en kosten van een dergelijke bedrijfsuitoefening worden in de functionele valuta omgerekend tegen de wisselkoers op de transactiedatum.
Omrekeningsverschillen worden verwerkt in de reserve omrekeningsverschillen in het eigen vermogen.
Als een buitenlandse activiteit geheel of gedeeltelijk wordt verkocht, wordt het hierop betrekking hebbende cumulatieve bedrag uit de reserve omrekeningsverschillen overgeboekt naar de winst-en-verliesrekening.

Grondslagen voor de waardering van activa en passiva en resultaatbepaling

Immateriële vaste activa
Goodwill wordt bepaald als het positieve verschil tussen de verkrijgingsprijs van de deelnemingen en het belang van de groep in de netto reële waarde van de overgenomen identificeerbare activa en de verplichtingen van de overgenomen deelneming, verminderd met de cumulatieve afschrijvingen en bijzondere waardeverminderingen.
De geactiveerde goodwill wordt lineair afgeschreven over de geschatte economische levensduur.

Financiële vaste activa
Deelnemingen, waarop invloed van betekenis op het zakelijke en financiële beleid kan worden uitgeoefend, worden gewaardeerd volgens de vermogensmutatiemethode op basis van de nettovermogenswaarde. Bij de bepaling van de nettovermogenswaarde worden de waarderingsgrondslagen van de onderneming gehanteerd.
Deelnemingen waarin geen invloed van betekenis wordt uitgeoefend, worden gewaardeerd tegen verkrijgingsprijs of lagere realiseerbare waarde. Dividenden worden verantwoord in de periode waarin zij betaalbaar worden gesteld.

Minderheidsbelang derden
Het minderheidsbelang derden wordt gewaardeerd op het proportionele deel van derden in de nettowaarde van de activa en verplichtingen van geconsolideerde maatschappij, bepaald volgens de waarderingsgrondslagen Swinkels Family Brewers Holding N.V.

Belastingen
Belastingen omvatten de over de verslagperiode verschuldigde en verrekenbare winstbelastingen en latente belastingen. De belastingen worden in de winst-en-verliesrekening opgenomen, behalve voor zover deze betrekking hebben op posten die rechtstreeks in het eigen vermogen worden opgenomen, in welk geval de belasting in het eigen vermogen wordt verwerkt.
De over het boekjaar verschuldigde en verrekenbare belasting is de naar verwachting te betalen belasting over de belastbare winst over het boekjaar, berekend aan de hand van belastingtarieven die zijn vastgesteld op verslagdatum, dan wel waartoe materieel al op verslagdatum is besloten, en eventuele correcties op de over voorgaande jaren verschuldigde belasting.

Indien de boekwaarden van activa en verplichtingen ten behoeve van de financiële verslaggeving afwijken van hun fiscale boekwaarden, is sprake van tijdelijke verschillen. Voor belastbare tijdelijke verschillen wordt een voorziening latente belastingverplichtingen getroffen.
De waardering van latente belastingverplichtingen en latente belastingvorderingen wordt gebaseerd op de fiscale gevolgen van de door de onderneming op balansdatum voorgenomen wijze van realisatie of afwikkeling van zijn activa, voorzieningen, schulden en overlopende passiva. Latente belastingvorderingen en -verplichtingen worden gewaardeerd tegen nominale waarde.

Fusies en overnames
De groep heeft op 3 oktober 2018 100% van de aandelen en stemrechten in Bier & Co Holding B.V., een groothandel in speciaalbieren, overgenomen voor een koopsom van € 11.273.000.

Toelichting op afzonderlijke posten van de geconsolideerde jaarrekening

1 Immateriële vaste activa
Onder de immateriële vaste activa zijn onder meer opgenomen de posten Goodwill en Software. Het verloop van beide posten in 2018 luidt als volgt:

	Goodwill	*Software*
Stand per 1 januari 2018		
Aanschafwaarde	4.433	9.108
Cumulatieve afschrijvingen	-799	-4.536
Boekwaarde	3.634	4.572
Mutaties 2018		
Investeringen	11.267	3.529
Nieuwe consolidatie		360
Afschrijvingen	-1.405	-1.231
Omrekenverschillen	122	138
	9.984	2.796
Stand per 31 december 2018		
Aanschafwaarde	15.872	13.002
Cumulatieve afschrijvingen	-2.254	-5.634
Boekwaarde	13.618	7.368

De investeringen in goodwill hebben geheel betrekking op de verwerving van het belang in Bier & Co Holding B.V. De economische levensduur van geactiveerde goodwill bedraagt twintig jaar.

2 Materiële vaste activa
Onder de materiële vaste activa is onder meer opgenomen de post Andere vaste bedrijfsmiddelen. Het verloop van deze post in 2018 luidt als volgt:

Stand per 1 januari 2018	
Aanschafwaarde	105.517
Cumulatieve afschrijvingen en waardeverminderingen	-74.999
Boekwaarde	30.518
Mutaties 2018	
Investeringen	6.168
Nieuwe consolidatie	180
Desinvesteringen	-151
In gebruik genomen activa	3.499
Afschrijvingen	-7.852
Omrekenverschillen	166
	2.010
Stand per 31 december 2018	
Aanschafwaarde	105.959
Cumulatieve afschrijvingen	-73.431
Boekwaarde	32.528

3 Financiële vaste activa

De hieronder opgenomen deelnemingen zijn:

Brouwerij De Molen B.V.	35%
EESV Beer & Selected Beverages (BSB)	9%
Beer & Selected Beverages Services B.V.	9%
Drankenpallet Beheer Nederland B.V.	13%
Malt Africa B.V.	15%
Kestedemena Beverage Products Import & Export PLC	51%

De procentuele belangen en de stemrechten komen overeen en zijn in 2018 niet gewijzigd.
Het verloop van de post Deelnemingen in 2018 luidt als volgt:

Saldo per 1 januari 2018	963
Aandeel in resultaat deelnemingen	120
Koersresultaat deelneming	2
Overige	-22
Saldo per 31 december 2018	1.063

8 Groepsvermogen

Minderheidsbelang derden	
Stand per 1 januari 2018	13.390
Dividenduitkering	-518
Kapitaalstortingen	6.237
Wijziging belang	-110
Aandeel derden in het nettoresultaat 2018	1.495
Omrekeningsverschillen	365
Stand per 31 december 2018	20.859

10 Langlopende schulden
De hieronder opgenomen post Uitgestelde betalingsverplichting betreft een deel van de verkrijgingsprijs van het in 2016 verworven 60%-belang in Palm N.V. Betaling hiervan zal contractueel plaatsvinden op 9 mei 2021. Waardering van de verplichting geschiedt tegen contante waarde.

13 Belastingen
De belastinglast in de geconsolideerde winst-en-verliesrekening 2018 is als volgt opgebouwd:

Verschuldigd over lopend boekjaar	13.265
Correcties van voorgaande jaren	520
Mutatie uitgestelde belastingverplichtingen	-2.008
Totaal	11.777

De aansluiting tussen het toepasselijke belastingtarief in Nederland en het effectieve belastingtarief in 2018 luidt als volgt:

Resultaat voor belastingen	49.476
Belastinglast op basis van toepasselijke tarief in Nederland	12.349
Belastingeffect van:	
- afwijkende toepasselijke belastingtarieven in het buitenland	131
- niet-aftrekbare kosten	1.240
- fiscale stimuleringsmaatregelen	-1.751
- tariefswijziging latente belastingverplichting	-192
- belastingdruk oude jaren	520
- overige	-520
Belastinglast	11.777

Toelichting op de enkelvoudige jaarrekening

Grondslagen voor de waardering en resultaatbepaling
De grondslagen voor de waardering van activa en passiva en de resultaatbepaling zijn gelijk aan die voor de geconsolideerde jaarrekening.

Deelnemingen in groepsmaatschappijen
In de enkelvoudige balans worden deelnemingen in groepsmaatschappijen gewaardeerd volgens de vermogensmutatiemethode op basis van de nettovermogenswaarde.

Toelichting op afzonderlijke posten van de enkelvoudige jaarrekening

25 Deelnemingen in groepsmaatschappijen
De (gecomprimeerde) lijst van kapitaalbelangen naar de stand van eind 2018 luidt als volgt:

Palm N.V. te Steenhuffel (België)	60%
Habesha Breweries SC te Addis Abeba (Ethiopië	61%
Latis LLC te Richfield (VS)	90%
Overige belangen in Nederland en andere landen	100%

De lijst vermeldt zowel directe als indirecte belangen die volgens de integrale methode in de consolidatie worden betrokken.
Het 60%-belang in Palm N.V. betreft een juridisch belang. Economisch is sprake van een 100%-belang.

Het verloop van deze post in 2018 is als volgt:

Stand per 1 januari 2018	366.989
Omrekenverschillen	406
Verwatering aandelenkapitaal	66
Aandeel in resultaat deelnemingen	36.849
Stand per 31 december 2018	404.310

29 Eigen vermogen
Het posten Geplaatst kapitaal (45) en de Agioreserve (49.777) zijn gedurende 2018 ongewijzigd.
In onderstaand overzicht zijn de mutaties in 2018 in de overige bestanddelen van het eigen vermogen weergegeven:

	Reserve omrekenings-verschillen	*Andere wettelijke reserves*	*Overige reserves*	*Onverdeeld resultaat*	*Totaal eigen vermogen*
Stand per 1 januari 2018	-7.984	65.272	186.925	35.414	329.449
Mutaties 2018					
Resultaat 2018				36.324	36.324
Uitgekeerd dividend				-11.804	-11.804
Omrekenings-verschillen	406				406
Verwatering aandelenkapitaal deelneming			66		66
Overboeking wettelijke reserves		-2.465	2.465		-
Overboeking naar overige reserves			23.610	-23.610	-
Stand per 31 december 2018	-7.578	62.807	213.066	36.324	354.441

Voorraden

a Leg uit waarom Swinkels in haar geconsolideerde winst- en verliesrekening de post Mutatie voorraden product in bewerking en gereed product opneemt. Betrek in uw antwoord het matchingprincipe.

b Geef voor boekjaar 2018 een zo nauwkeurig mogelijke berekening van de post Mutatie voorraden product in bewerking en gereed product ad 6.634.

Overname

Swinkels heeft in 2018 een 100%-belang in Bier & Co Holding B.V. verworven.

c Beredeneer dat niet Swinkels Family Brewers Holding N.V. maar één van haar dochtermaatschappijen de aankoop van het belang in Bier & Co Holding B.V. heeft gedaan.

d Geef in journaalpostvorm aan op welke wijze de in vraag **c** bedoelde dochtermaatschappij de aankoop van het belang in Bier & Co Holding B.V. in haar jaarrekening 2018 heeft verwerkt.

e Wijs, uitsluitend aan de hand van de verstrekte gegevens, twee posten aan die deel uitmaken van de eerste waardering van het belang in Bier & Co Holding B.V.

f Bereken het deel van de afschrijving 2018 dat kan worden toegerekend aan de goodwill in verband met Bier & Co Holding B.V.

g Beoordeel of het deel van de afschrijving 2018 dat kan worden toegerekend aan geactiveerde goodwill, anders dan die van Bier & Co Holding B.V., is berekend in overeenstemming met de in de toelichting vermelde economische levensduur van twintig jaar.

Consolidatie

h Geef een mogelijke reden voor Swinkels om het 51%-belang in Kestedemena Beverage Products Import & Export PLC niet mee te consolideren.

i Beredeneer of niet-100% integraal geconsolideerde deelnemingen in 2017 en 2018 gezamenlijk en per saldo een voordelig of nadelig resultaat hebben behaald.

j Beredeneer voor de posten Minderheidsbelang derden ad 20.859 (in de geconsolideerde balans per 31 december 2018) en Aandeel van derden in resultaat ad 1.495 (in de geconsolideerde winst- en verliesrekening 2018) op welke groepsmaatschappij(en) deze posten betrekking hebben.

Op 9 mei 2016 heeft de groep 60% van de aandelen en stemrechten in Palm N.V. verworven. Hiermee is op de genoemde datum zeggenschap in Palm N.V. verkregen. De resterende 40% van de aandelen wordt aan Swinkels in 2021 overgedragen. De totale koopsom bedraagt € 78.750.000, waarvan een deel ad € 46.603.000 in 2016 is betaald. Het resterende deel zal worden voldaan bij de overdracht van de resterende 40%.
Omdat reeds afspraken bestaan over overname van de resterende 40% van de aandelen in 2021, wordt Palm N.V. economisch beschouwd als 100% eigendom van de groep en is zonder het opnemen van een minderheidsbelang van derden vanaf 9 mei 2016 verwerkt in de geconsolideerde jaarrekening.

k Onder welke voorwaarde(n) is het niet-opnemen van een minderheidsbelang derden bij het belang in Palm N.V. in de geconsolideerde jaarrekening tegen de achtergrond van wet- en regelgeving verdedigbaar?

l Geef een berekening van de uiteindelijk in 2021 verschuldigde uitgestelde betaling van het resterende deel van de verkrijgingsprijs van de aandelen Palm N.V.

Belastingen

m Geef in de vorm van een journaalpost aan op welke wijze Swinkels de over 2018 verschuldigde winstbelasting heeft verwerkt in de geconsolideerde jaarrekening 2018. Geef bij elke post aan of het een balanspost (B) of een resultaatpost (WV) betreft.

n Bereken aan de hand van de informatie in toelichting *13 Belastingen*

1 de effectieve belastingdruk 2018

2 het gewogen gemiddelde toepasselijke belastingtarief 2018

Veronderstel dat eind 2018 het in Nederland toepasselijke tarief vennootschapsbelasting waartegen naar verwachting latente belastingen zullen worden afgerekend, daalt van 25% tot 23%.

o Bereken het deel van de voorziening latente belastingverplichtingen per 31 december 2018, na toepassing van de tariefsdaling.

p Geef twee mogelijke verklaringen voor het verschil tussen de post Belastingen van 11.777 in de geconsolideerde winst- en verliesrekening 2018 en de post Betaalde winstbelasting van 8.845 in het geconsolideerde kasstroomoverzicht 2018. Berekeningen worden niet gevraagd.

Deelnemingen en eigen vermogen

q Beredeneer op welke niet-geconsolideerde deelneming(en) in de geconsolideerde balans het aandeel in resultaat 2018 ad 120 betrekking heeft.

r Geef in de vorm van een journaalpost aan op welke wijze Swinkels de wijzigingen in de boekwaarde van de deelnemingen in groepsmaatschappijen in de enkelvoudige jaarrekening 2018 heeft verwerkt.

s Noem twee categorieën wettelijke reserves die Swinkels in haar enkelvoudige jaarrekening 2018 in verband met deelnemingen moet vormen. Verwijs in uw antwoord naar relevante passages in de verstrekte gegevens in de casus.

t Geef in verband met vervreemding van een buitenlandse activiteit een voor Swinkels alternatieve methode om een eventueel in het verleden verantwoord cumulatief omrekenverschil in de jaarrekening te verwerken.

Swinkels neemt in haar geconsolideerde jaarrekening 2018 een overzicht van het totaalresultaat op. Dit overzicht is niet opgenomen bij de verstrekte jaarrekeninggegevens in de casus.

u Bereken voor Swinkels het totaalresultaat over boekjaar 2018 op.

v Geef in het algemeen een reden om, naast de geconsolideerde winst- en verliesrekening, een overzicht van het totaalresultaat in de geconsolideerde jaarrekening op te nemen.

Uitwerkingen theorievragen

1 Externe verslaggeving: relaties met andere vakgebieden en ontwikkeling

1.1 Belanghebbenden kunnen zijn:
- de leiding van de organisatie en haar overige werknemers;
- de eigenaren (bijvoorbeeld aandeelhouders);
- andere (feitelijke en potentiële) vermogenverschaffers, zoals banken;
- afnemers en leveranciers;
- de overheid (met name de fiscus);
- vakbonden.

1.2 **a** Interne informatieverschaffing: hulpmiddel bij door de leiding te nemen beslissingen inzake (beheersing van) het bedrijfsproces.
Externe informatieverschaffing: afleggen van verantwoording aan de belanghebbenden; hulpmiddel bij besluitvorming door belanghebbenden.

b Interne informatieverschaffing:
- geen bemoeienis van de wetgever;
- vrijwel doorlopend;
- gedetailleerd;
- snel beschikbaar;
- (op het niveau van de centrale leiding) geen neiging tot creative accounting.

Externe informatieverschaffing:
- wel bemoeienis van de wetgever;
- periodiek;
- meer globaal;
- later beschikbaar;
- mogelijk neiging tot creative accounting.

1.3 Door de specifieke fiscale regels wordt de externe jaarrekening in Nederland in beginsel niet voor de belastingaangifte gebruikt; daarvoor wordt een afzonderlijke fiscale jaarrekening opgesteld.

1.4 Het verschil is de termijn waarop het geïnvesteerde vermogen weer in geldvorm vrijkomt: bij vaste activa is dit een lange termijn, bij vlottende activa een korte termijn.

1.5 Eigen vermogen wordt verschaft door eigenaren, staat voor onbepaalde tijd ter beschikking en is risicodragend. Vreemd vermogen wordt verschaft door schuldeisers, is tijdelijk vermogen en is risicomijdend.

1.6 Bij materiële posten dient een vertaalslag gemaakt te worden van hoeveelheden naar geld. Bij monetaire posten hoeft deze vertaalslag niet gemaakt te worden, omdat die al in een geldbedrag vermeld worden.

1.7

Eigen vermogen einde periode	€......
Eigen vermogen begin periode	€...... –
Vermogenstoename	€......
Kapitaalstortingen	€...... –
Kapitaalonttrekkingen	€...... +
Winst	€......

1.8 Soorten rentabiliteit:
- rentabiliteit van het totale vermogen = winst vóór aftrek van interest en vóór aftrek van belasting/totale vermogen;
- rentabiliteit van het eigen vermogen = winst/eigen vermogen (hierbij kan de winst vóór of de winst na aftrek van belasting genomen worden);
- rentabiliteit van het vreemd vermogen = rentelasten/vreemd vermogen.

1.9 a Solvabiliteit is de mate waarin de onderneming in staat is aan haar verplichtingen jegens de schuldeisers te voldoen.
b Garantievermogen is het totaal van al het vermogen dat voor schuldeisers een bufferfunctie vervult; het bestaat uit het eigen vermogen plus de achtergestelde leningen.

1.10 a Liquiditeit is de mate waarin de onderneming in staat is aan haar lopende betalingsverplichtingen te voldoen.
b Statische liquiditeit is de op een bepaald moment uit de balans af te leiden liquiditeit. Dynamische liquiditeit is de liquiditeit gebaseerd op een prognose van de toekomstige ontvangsten en uitgaven.

1.11 Window dressing is het verrichten van activiteiten die ertoe leiden dat de statische liquiditeit een beter aanzien krijgt, bijvoorbeeld door vlak vóór balansdatum kortlopende schulden af te lossen.

1.12 Factoren die hebben bijgedragen zijn:
- nieuwe ondernemingsvormen, waarbij er een grote groep eigenaren is (nv's);
- kapitaalintensieve productie, waardoor vermogen via de kapitaalmarkt moet worden aangetrokken (aandelen- en obligatie-emissies);
- de gedachte dat ondernemingen een maatschappelijke verantwoordingsfunctie hebben.

1.13 De onderneming bestaat niet uitsluitend ten behoeve van de eigenaren, maar ten behoeve van alle participanten.

1.14 Bezitsmodel:
- geen scheiding tussen leiding en eigendom;
- belanghebbenden: ondernemer en fiscus.

Klassieke model:
- scheiding van leiding en eigendom;
- belanghebbenden: kapitaalverschaffer, kapitaalbeheerder en fiscus.

Moderne model:
- coalitie van meerdere partijen;
- belanghebbenden: alle participanten.

1.15 Kernfuncties van de externe jaarrekening zijn:
- verantwoordingsfunctie ten behoeve van de kapitaalverschaffers;
- informatiefunctie ten behoeve van de overige externe belanghebbenden.

1.16 Deze kwaliteitskenmerken zijn relevantie en betrouwbaarheid.

1.17 Creative accounting is het aanpassen van de jaarrekening, om het door de leiding gewenste beeld naar buiten te geven, bijvoorbeeld door minder af te schrijven op vaste activa of minder toe te voegen aan voorzieningen.

1.18 Met 'taking a bath'-strategie wordt bedoeld dat het management in een verliesjaar via jaarrekeningaanpassingen het verlies nog verder vergroot, bijvoorbeeld door het extra afschrijven op vaste activa en het extra toevoegen aan voorzieningen.

1.19 Deze vormen zijn het opwaarts bijstellen van de winst, het neerwaarts bijstellen van de winst en het egaliseren van de winst.

1.20 Normatief onderzoek richt zich op het aan de verslaggevingspraktijk voorschrijven van de beste verslaggevingsalternatieven (geeft aan hoe het zou moeten). Beschrijvend onderzoek houdt zich bezig met het verklaren en voorspellen van de verslaggevingspraktijk (geeft aan hoe het feitelijk is).

1.21 Bij deductie wordt, uitgaande van een logische veronderstelling, door middel van logisch redeneren tot conclusies gekomen. Bij inductie worden uit observaties van de werkelijkheid algemene regels afgeleid.

2 Waarde en winst

2.1 De bedrijfswaarde (of indirecte opbrengstwaarde) is de contante waarde van de toekomstige netto-ontvangsten of nettokasstromen (het verschil tussen de te realiseren verkoopontvangsten en de te verrichten exploitatie-uitgaven) uit hoofde van de te produceren goederen en/of diensten.
De directe opbrengstwaarde is de netto-opbrengst (het bedrag waartegen naar verwachting verkocht kan worden onder aftrek van nog te maken kosten) van de productiemiddelen van de onderneming.

2.2 De relevante waarde van een onderneming is de hoogste van indirecte en directe opbrengstwaarde.

2.3 Het economisch waardebegrip wordt met name toegepast bij het nemen van managementbeslissingen, bijvoorbeeld inzake afstoten van activiteiten of plegen van overnames. Ook beleggers hebben behoefte aan informatie over verwachte ontvangsten en uitgaven van een onderneming die een beslissing kan ondersteunen inzake het kopen, aanhouden of verkopen van aandelen.

2.4 De activa (en daarmee het eigen vermogen) worden hoger gewaardeerd.

2.5 De verschillende activa die in een productieproces worden ingezet, zijn alle onmisbaar; als een activum buiten beschouwing gelaten wordt, is de economische waarde van de rest nihil.

2.6 De waarderingsgrondslag van het boekhoudkundig waardebegrip wordt in eerste instantie gevormd door de inkoopprijzen van de individuele activa.

2.7 Het economisch waardebegrip steunt veel meer op schattingen (inzake toekomstige kasstromen) dan het (meer op het verleden georiënteerde) boekhoudkundig waardebegrip.

2.8 Deze ontwikkelingen zijn:
- Bedrijfsmiddelen worden vaker als activum erkend.
- Bepaalde activa worden gewaardeerd tegen opbrengstwaarde in plaats van tegen aanschafprijs.
- Aan het vormen van voorzieningen worden strengere eisen gesteld.

3 Verslaggevingsprincipes van de boekhoudkundige waarde- en winstbepaling

3.1 De verslaggevingsprincipes zijn:
- Het toerekeningsbeginsel: voor de winstbepaling worden niet de ontvangsten en uitgaven in een periode genomen, maar de opbrengsten en kosten die op die periode betrekking hebben.
- Het realisatieprincipe: winsten uit hoofde van bijvoorbeeld verkooptransacties worden genomen als de economische eigendom is overgedragen op de koper; normaliter is dit het geval wanneer verkoop en levering hebben plaatsgevonden.
- Het matchingprincipe: kosten worden verantwoord in de periode waarin de uit die kosten voortvloeiende opbrengsten worden behaald.
- Het continuïteitsprincipe: bij de waardering en winstbepaling wordt er impliciet van uitgegaan dat de organisatie haar activiteiten in de toekomst zal blijven voortzetten.
- Het voorzichtigheidsprincipe: verwachte voordelen worden geboekt op het moment dat het voldoende zeker is dat ze behaald worden, verwachte nadelen op het moment dat ze geconstateerd worden.
- Het bestendigheidsprincipe:
  - Volgtijdelijke bestendigheid: eenmaal gekozen grondslagen van waardering, winstbepaling en presentatie worden van periode tot periode gehandhaafd, tenzij zich bijzondere omstandigheden voordoen.
  - Gelijktijdige bestendigheid: soortgelijke posten worden in de jaarrekening op consistente wijze behandeld.

3.2 Er moeten dan – soms arbitraire – beslissingen genomen worden om kosten en opbrengsten aan een periode toe te rekenen.

3.3 Dynamische waardebepaling geschiedt primair ten behoeve van een juiste winstbepaling, statische waardebepaling ten behoeve van een juiste vermogensbepaling.

3.4 De monisten zijn van mening dat een balans niet zowel vermogensbepalend als winstbepalend kan zijn; de dualisten zijn van mening dat een balans wel beide functies kan vervullen.

3.5 Deze specifieke situaties zijn:
1. Het uitvoeren van langlopende werken.
2. Het aanhouden van tijdelijke beleggingen.
3. Het aanhouden van vorderingen of schulden luidende in vreemde valuta.

3.6 Bij product matching worden uitgaven toegerekend aan producten en als zodanig uiteindelijk geactiveerd onder de voorraden; bij verkoop en aflevering van de voorraad worden ze ten laste van het resultaat gebracht.

Bij period matching worden de uitgaven onder een andere balanspost opgenomen en via afschrijvingen ten laste van het resultaat gebracht.

3.7 Het realisatieprincipe rekent de verkoopopbrengsten toe aan de juiste perioden, het matchingprincipe is de uitwerking van het toerekeningsbeginsel aan de kostenkant.

3.8 Bij gedwongen verkoop van losse onderdelen van de onderneming brengen die normaliter veel minder op dan de boekwaarde, gebaseerd op de in het verleden betaalde inkoopprijzen.

3.9 Het realisatieprincipe specificeert wanneer het voldoende zeker is dat een verwacht voordeel wordt behaald (voor verkoopwinsten als de economische eigendom is overgedragen) en is daarmee in situaties van verwachte voordelen een nadere uitwerking van het voorzichtigheidsprincipe.

3.10 Misbruik maken kan door in goede jaren te voorzichtig te zijn en vervolgens in slechte jaren dit weer te herstellen, bijvoorbeeld door in goede jaren te hoge voorzieningen te vormen en deze in slechte jaren weer vrij te laten vallen.

3.11 Gebeurtenissen na balansdatum dienen te worden verwerkt in de jaarrekening van het afgesloten boekjaar indien er nadere informatie wordt verkregen over de feitelijke situatie op balansdatum.

3.12 **a** Er is sprake van een stelselwijziging indien de eerder gekozen grondslagen van waardering, winstbepaling of presentatie worden gewijzigd.
b Bij prospectieve toepassing van een stelselwijziging wordt deze niet met terugwerkende kracht doorgevoerd, bij retrospectieve toepassing geschiedt de stelselwijziging wel met terugwerkende kracht.
c Het cumulatief effect is de waardesprong die het eigen vermogen ondergaat als gevolg van het doorvoeren van een stelselwijziging. Het jaareffect is het verschil in resultaat over het boekjaar als gevolg van de stelselwijziging.

3.13 Bij een schattingswijziging leiden gewijzigde omstandigheden - binnen de bestaande rapportagegrondslagen - tot aanpassingen in de jaarrekening.

4 Regelgevers en toezichthouders

4.1 De International Financial Reporting Standards (IFRS) van de International Accounting Standards Board gelden verplicht voor de geconsolideerde jaarrekening van de beursgenoteerde ondernemingen en vrijwillig voor de enkelvoudige jaarrekening van de beursgenoteerde ondernemingen en de enkelvoudige en geconsolideerde jaarrekening van de niet-beursgenoteerde ondernemingen. Jaarrekeningen die niet worden opgesteld op basis van de IFRS moeten worden opgesteld uitgaande van de Nederlandse regelgeving, die ingevuld wordt door de wet (Titel 9, Boek 2 van het Burgerlijk Wetboek) en de richtlijnen van de Raad voor de Jaarverslaggeving; een uitzondering op dit laatste betreft de jaarrekening van micro- en kleine rechtspersonen: deze mag worden opgesteld op basis van fiscale grondslagen.

4.2 De grondbeginselen zijn:

- Het toerekeningsbeginsel (alinea 22): de uit de transacties en gebeurtenissen voortvloeiende ontvangsten en uitgaven worden in de vorm van opbrengsten en kosten toegerekend aan de periode waarop zij betrekking hebben en niet aan de periode waarin de financiële afwikkeling plaatsvindt.
- Het continuïteitsbeginsel (alinea 23): bij het opstellen van de jaarrekening wordt verondersteld dat de organisatie haar activiteiten in de toekomst zal blijven voortzetten.

4.3 De kwalitatieve kenmerken zijn (alinea 24):

- begrijpelijkheid
- relevantie
- betrouwbaarheid
- vergelijkbaarheid.

4.4 **a** Een actief wordt omschreven als een uit gebeurtenissen in het verleden voortgekomen middel, waarover de onderneming de beschikkingsmacht heeft en waaruit in de toekomst naar verwachting economische voordelen naar de onderneming zullen vloeien (alinea 49a).

b Vreemd vermogen wordt gedefinieerd als bestaande verplichtingen van de onderneming die voortkomen uit gebeurtenissen in het verleden, waarvan de afwikkeling naar verwachting resulteert in een uitstroom uit de onderneming van middelen die economische voordelen in zich bergen (alinea 49b).

c Onder eigen vermogen wordt verstaan het overblijvend belang in de activa van de onderneming na aftrek van al haar vreemd vermogen (alinea 49c).

4.5 Het kapstokartikel luidt als volgt (artikel 362.1): 'De jaarrekening geeft volgens normen die in het maatschappelijke verkeer als aanvaardbaar worden beschouwd een zodanig inzicht dat een verantwoord oordeel kan worden gevormd omtrent het vermogen en resultaat, alsmede voor zover de aard van een jaarrekening dat toelaat, omtrent de solvabiliteit en de liquiditeit van de rechtspersoon.'

4.6 Een jaarrekening is niet het geschiktste middel om deze grootheden te beoordelen. Voor de liquiditeit is een liquiditeitsbegroting nodig, en voor de solvabiliteit is (in geval van discontinuïteit) kennis inzake de liquidatiewaarde vereist.

4.7 We spreken van formele stelselmatigheid wanneer de presentatie en rubricering van de posten gelijk is aan die van het voorgaande boekjaar, bij materiële stelselmatigheid gaat het om gelijkheid van de waardering en winstbepaling.

4.8 De Raad voor de Jaarverslaggeving bestaat uit vertegenwoordigers van de:

- opstellers (bedrijfsleven);
- gebruikers (externe belanghebbenden);
- controleurs (accountants).

4.9 De richtlijnen hebben geen officiële juridische status, maar er wordt bij het opstellen van de jaarrekening wel grote waarde gehecht aan wat de richtlijnen terzake bepalen.

4.10 Bij het samenstellen van de richtlijnen van de RJ worden de IFRS van de IASB steeds als uitgangspunt genomen, waardoor de twee sets van verslaggevingsregels een grote mate van overeenkomst vertonen.

4.11 Het Stramien van de Raad voor de Jaarverslaggeving is een vrijwel letterlijke vertaling van het IASB-Framework.

4.12 Deze luidt als volgt (artikel 3.25 Wet op de inkomstenbelasting): 'De in een kalenderjaar genoten winst wordt bepaald volgens goed koopmansgebruik, met inachtneming van een bestendige gedragslijn die onafhankelijk is van de vermoedelijke uitkomst. De bestendige gedragslijn kan alleen worden gewijzigd indien goed koopmansgebruik dit rechtvaardigt.'

4.13 Haar taken zijn:

1. Zij is belast met het toezicht op het functioneren van de externe accountant.
2. Zij onderzoekt of de gepubliceerde jaarrapporten van de beursgenoteerde ondernemingen in Nederland voldoen aan de geldende verslaggevingsvoorschriften.

4.14 Dat kan iedere belanghebbende, dat wil zeggen iedereen die kan aantonen dat voor hem als gevolg van het niet juist toepassen van de regels nadeel is ontstaan. Dit geldt overigens niet voor aandeelhouders en werknemers met een winstrecht; zij zijn in het verleden categorisch als belanghebbenden aangemerkt.

5 Regelgeving: materiële en formele aspecten van de publicatieplicht

5.1 Daaronder vallen de volgende rechtspersonen (artikel 360.1 en 360.3):

- de naamloze vennootschap;
- de besloten vennootschap met beperkte aansprakelijkheid;
- de coöperatie;
- de onderlinge waarborgmaatschappij;
- commerciële verenigingen en commerciële stichtingen met een omzet van minimaal €6 mln per jaar.

5.2 Het jaarrapport bestaat volgens de wet uit:

- de jaarrekening (balans, resultatenrekening en toelichting);
- het bestuursverslag;
- de overige gegevens.

5.3 **a** Dit mag indien de werkzaamheid van de rechtspersoon of de internationale vertakking van de groep dat rechtvaardigt (artikel 362.7).

b De algemene vergadering moet tot het gebruik van een andere taal hebben besloten (artikel 362.7). Voor de gepubliceerde jaarrekening is de keuze van een vreemde taal beperkt tot het Frans, Duits of Engels (artikel 394.1).

5.4 De IASB en de RJ schrijven voor het cumulatief effect van een stelselwijziging rechtstreeks in het eigen vermogen te verwerken (IAS 8.22 / RJ 140.208).

5.5 In de toelichting moet worden opgenomen:
- de aan het nieuwe systeem aangepaste vergelijkende cijfers over het vorige boekjaar (IAS 8.22 / RJ 140.211 / artikel 363.5);
- de reden voor de stelselwijziging (IAS 8.29 / RJ 140.213 / artikel 363.4 en 384.6);
- de betekenis van de stelselwijziging voor het eigen vermogen ultimo boekjaar en het resultaat over het boekjaar (IAS 8.28/29 / RJ 140.214 / artikel 384.6).

5.6 De volgende elementen moeten worden opgenomen:
- Een verslag over de toestand op balansdatum (artikel 391.1).
- Een verslag van de ontwikkeling gedurende het boekjaar en van de resultaten van de rechtspersoon en van de groepsmaatschappijen waarvan de financiële gegevens in de jaarrekening van de rechtspersoon zijn opgenomen (artikel 391.1).
- Inzake het gebruik van financiële instrumenten, de doelstelling en het gebruik hiervan; hierbij moet informatie worden verstrekt over de door de rechtspersoon gelopen prijs-, krediet-, liquiditeits- en kasstroomrisico's (artikel 391.3).
- Een toekomstparagraaf waarbij – voor zover gewichtige belangen zich hiertegen niet verzetten – in het bijzonder aandacht moet worden besteed aan:
  - de investeringen
  - de financiering
  - de personeelsbezetting
  - de omstandigheden waarvan de ontwikkeling van de omzet en van de rentabiliteit afhankelijk is (artikel 391.2).

5.7 Onder de overige gegevens vallen (artikel 392.1):

1 de accountantsverklaring;
2 de statutaire regeling omtrent de winstbestemming;
3 een lijst van namen van degenen die bijzondere statutaire zeggenschapsrechten hebben, met een omschrijving van de aard van de rechten;
4 Het aantal stemrechtloze aandelen en het aantal aandelen dat geen of slechts een beperkt recht geeft tot deling in de winst of reserves van de vennootschap, met vermelding van de bevoegdheden die zij geven;
5 nevenvestigingen en de landen waar de nevenvestigingen zich bevinden, alsmede van hun handelsnaam, indien deze afwijkt van die van de rechtspersoon.

5.8 De volgende criteria zijn bepalend (artikelen 395a.1, 396.1 en 397.1):
- de waarde van de activa (op basis van historische kosten);
- de netto-omzet;
- het gemiddeld aantal werknemers.

5.9 Inrichtingsvoorschriften hebben betrekking op de in de jaarstukken op te nemen informatie, onafhankelijk van de vraag of de jaarstukken ook openbaar gemaakt moeten worden.
Publicatievoorschriften hebben betrekking op de informatie die openbaar gemaakt moet worden.

5.10 Vrijstellingen voor middelgrote rechtspersonen (artikel 397 lid 3 tot en met 8):
- Bepaalde posten van de jaarrekening mogen samengevoegd worden.
- In de toelichting hoeft geen segmentatie van de netto-omzet te worden opgenomen.
- Er behoeft in het bestuursverslag geen aandacht te worden besteed aan niet-financiële prestatie-indicatoren.
- Onder de overige gegevens hoeft een aantal elementen niet te worden vermeld.

Vrijstellingen voor kleine rechtspersonen (artikel 396 lid 3 tot en met 9):
- Balansposten mogen nog verdergaand worden samengevoegd.
- Voor de toelichting gelden verdergaande vrijstellingen.
- Resultatenrekening, bestuursverslag en overige gegevens hoeven niet te worden gepubliceerd.

Vrijstellingen voor microrechtspersonen (artikel 395a lid 3 tot en met 8):
- Balansposten mogen nog verdergaand worden samengevoegd.
- Resultatenrekening, toelichting, bestuursverslag en overige gegevens hoeven niet te worden gepubliceerd.

5.11 **a** De algemene vergadering (van de aandeelhouders)
b De algemene vergadering (van de leden)
c De algemene vergadering (van de leden)
d Een in de statuten aangewezen orgaan.

5.12 **a** In het bestuursverslag moet melding worden gemaakt van de invloed op de verwachtingen van niet in de jaarrekening verwerkte gebeurtenissen na balansdatum (artikel 391.2).
b In de toelichting moet melding worden gemaakt van niet in de jaarrekening verwerkte gebeurtenissen na balansdatum die belangrijke financiële gevolgen hebben voor de rechtspersoon (artikel 380a).

5.13 Twee sanctievormen:
- Strafrechtelijke sanctie: hechtenis van maximaal zes maanden of een boete van ten hoogste €20.750.
- Civielrechtelijke sanctie: bij faillissement kan de curator de bestuurders persoonlijk aansprakelijk stellen voor het tekort bij de vereffening.

5.14 De Accountantskamer kan de volgende sancties opleggen:
- het geven van een waarschuwing;
- het geven van een berisping;
- het opleggen van een boete van maximaal €8.300;
- tijdelijke doorhaling van de inschrijving in het accountantsregister voor ten hoogste een jaar;
- definitieve doorhaling van de inschrijving in het accountantsregister.

5.15 De taken behelzen het onderzoeken of (artikel 393.3):
- de jaarrekening het vereiste inzicht geeft en aan de wettelijke voorschriften voldoet;
- het bestuursverslag aan de wettelijke voorschriften voldoet, of het met de jaarrekening verenigbaar is en of het materiële onjuistheden bevat;
- de overige gegevens zijn toegevoegd.

5.16 Soorten accountantsverklaringen (artikel 393.6):
- goedkeurende verklaring
- verklaring met beperking
- verklaring van oordeelonthouding
- afkeurende verklaring.

6 Vaste activa

6.1 Volgens het Framework van de IASB en het Stramien van de RJ is een activum een uit gebeurtenissen in het verleden voortgekomen middel, waarover de onderneming de beschikkingsmacht heeft en waaruit in de toekomst naar verwachting economische voordelen naar de onderneming zullen vloeien (alinea 49a).

6.2 Zij stellen als aanvullende eis dat de kostprijs of waarde van het activum betrouwbaar kan worden vastgesteld (alinea 83).

6.3 Het matchingprincipe en het voorzichtigheidsprincipe.

6.4 Onderzoekskosten dienen direct ten laste van het resultaat te worden gebracht (IAS 38.54 / RJ 210.221). Ontwikkelingskosten dienen - mits aan een aantal voorwaarden wordt voldaan - te worden geactiveerd (IAS 38.57 / RJ 210.224).

6.5 Gekochte goodwill is het verschil tussen de verkrijgingsprijs en de nettovermogenswaarde van de overgenomen onderneming.

6.6 De RJ beveelt aan deze kosten niet te activeren (RJ 210.103), omdat ze geen toekomstige economische voordelen opleveren en daarom niet voldoen aan de criteria voor activering.

6.7 Deze voorwaarden zijn:
- Ze dienen te worden toegelicht (artikel 365.2).
- Er dient ter grootte van het geactiveerde bedrag een wettelijke reserve te worden gevormd (artikel 365.2).
- Oprichtings- en emissiekosten moeten in maximaal vijf jaar zijn afgeschreven, voor ontwikkelingskosten geldt een afschrijvingstermijn die is afgestemd op de verwachte gebruiksduur; in uitzonderlijke gevallen waarin de gebruiksduur niet op betrouwbare wijze kan worden geschat, worden de ontwikkelingskosten afgeschreven in een periode van ten hoogste tien jaar (artikel 386.3).

6.8 De IASB laat als waarderingsgrondslag toe historische kosten (IAS 38.74) en - indien er een actieve markt bestaat - reële waarde (IAS 38.75).
De wet (en in het verlengde hiervan de RJ) geeft eveneens twee mogelijke waarderingsgrondslagen: historische kosten en actuele waarde (artikel 384.1 / RJ 210.301). In aanvulling hierop geeft het Besluit actuele waarde aan dat actuele waarde slechts is toegestaan als er een liquide markt bestaat (artikel 6); het Besluit schrijft verder voor dat als invulling van het begrip actuele waarde gebruik moet worden gemaakt van de actuele kostprijs (artikel 7). Fiscaal komen alleen historische kosten als waarderingsgrondslag in aanmerking (artikel 3.30.1 Wet op de inkomstenbelasting).

6.9 In geval van financial lease is er een niet-tussentijds opzegbaar contract voor de gehele economische levensduur en komen de onderhoudskosten voor rekening van de gebruiker.
Bij operational lease is er sprake van een op korte termijn opzegbaar contract, terwijl de onderhoudskosten voor rekening van de leasemaatschappij komen.

6.10 Balans:
- materieel vast activum (actiefzijde);
- schuld aan leasemaatschappij (passiefzijde).

Resultatenrekening:
- afschrijvingskosten;
- rentekosten.

6.11 Afschrijvingsmethoden:
- vast percentage van de aanschafprijs;
- vast percentage van de boekwaarde;
- sum-of-the-years'-digitsmethode;
- annuïteitenmethode;
- naar rato van het gebruik.

6.12 Het afschrijvingspercentage wordt sterk beïnvloed door de verwachte restwaarde.

6.13 Voor de hand ligt een geleidelijke afname van de kostprijswaarde van de prestaties en een geleidelijke toename van de complementaire kosten.

6.14 De annuïteitenmethode leidt tot progressieve afschrijving.

6.15 a Een groep identieke duurzame productiemiddelen, die onderling gelijkmatig in leeftijd verschillen.
b Voor het resultaat maakt het niets uit, voor de waardering (en dus de vermogensbepaling) wel.

6.16 Deze faciliteit houdt in dat bedrijfsmiddelen die op de 'milieulijst' staan fiscaal - los van de feitelijke levensduur - mogen worden afgeschreven in elk door de onderneming gewenst tempo.

6.17 a Activeren gevolgd door jaarlijkse afschrijvingen (IAS 16).
b Het vormen van een voorziening waarop de daadwerkelijke uitgaven in mindering worden gebracht (RJ 212.445).

6.18 De realiseerbare waarde wordt bij een 'impairment test' bepaald door de hoogste te nemen van de directe opbrengstwaarde en de bedrijfswaarde.

6.19 De (ongewijzigde) boekwaarde wordt over de gewijzigde verwachte resterende levensduur afgeschreven (IAS 8.36 en 8.38 / RJ 145.301/302).

6.20 Zowel de IASB (IAS 16.30/31) en de RJ (RJ 212.401) als de wet (artikel 384.1) geven hiervoor twee mogelijkheden: historische kosten en reële waarde (IASB) c.q. actuele waarde (RJ en de wet).
Fiscaal moet worden gewaardeerd op basis van historische kosten.

6.21 Het Besluit actuele waarde onderscheidt de volgende actuelewaardebegrippen (artikel 1.2):
1 actuele kostprijs
2 bedrijfswaarde
3 opbrengstwaarde
4 marktwaarde.

6.22 Deze faciliteit houdt in dat boekwinsten bij verkoop van bepaalde bedrijfsmiddelen worden opgenomen in een herinvesteringsreserve en derhalve op moment van verkoop niet worden belast. Bij aankoop van een nieuw activum, wordt de herinvesteringsreserve afgeboekt op de aanschafprijs van dat nieuwe bedrijfsmiddel. Daarmee wordt de boekwinst fiscaal uitgesmeerd over de boekjaren waarin het nieuwe bedrijfsmiddel wordt afgeschreven.

6.23 De IASB onderscheidt in IFRS 9 schuldinstrumenten en eigenvermogeninstrumenten.
Schuldinstrumenten die voor langere termijn worden aangehouden (zoals verstrekte leningen en gekochte obligaties) moeten in beginsel worden gewaardeerd op *geamortiseerde kostprijs*; dit is de verkrijgingsprijs, rekening houdend met een eventueel agio of disagio.
Eigenvermogensinstrumenten die voor langere termijn worden aangehouden (zoals gekochte aandelen) moeten worden gewaardeerd op *reële waarde*, waarbij de waardeveranderingen naar keuze in het resultaat worden opgenomen of rechtstreeks in het eigen vermogen worden gemuteerd. Wat het ontvangen dividend betreft, is er geen keuze: deze wordt tot het resultaat gerekend.

7 Vlottende activa

7.1 Daarvoor dient een activum aan een van de volgende voorwaarden te voldoen (IAS 1.66 / RJ 190.206):
- Het is de verwachting dat het activum zal worden gerealiseerd, verkocht of gebruikt binnen de normale productiecyclus van de onderneming.
- Het activum wordt primair gehouden voor de verkoop en deze verkoop zal naar verwachting binnen een jaar plaatsvinden.
- Het activum bestaat uit liquide middelen of een equivalent van liquide middelen dat niet beperkt is in zijn aanwendbaarheid.

7.2 **a** De technische voorraad is de werkelijk in het bedrijf aanwezige voorraad. De economische voorraad is de voorraad waarover de onderneming prijsrisico loopt; deze bestaat uit de technische voorraad, vermeerderd met nog te ontvangen inkopen en verminderd met nog uit te voeren, reeds afgesloten verkopen.
b Alleen de technische voorraad wordt in de balans opgenomen; wel dient er op balansdatum onderzocht te worden of er verliezen in de lopende in- en verkooporders schuilen; deze dienen direct te worden genomen.

7.3 In de voorraadwaardering moeten worden opgenomen:
- de gebruikte grond- en hulpstoffen;
- de overige kosten die rechtstreeks aan de vervaardiging toegerekend kunnen worden.

In de voorraadwaardering mogen worden opgenomen:
- een redelijk deel van de indirecte kosten;
- de rente op schulden over het tijdvak dat aan de vervaardiging van het actief kan worden toegerekend.

7.4 Bij direct costing worden de constante kosten op basis van period matching verwerkt, bij absorption costing worden ze verwerkt op basis van product matching.

7.5 Absorption costing geeft – omdat de constante kosten in de voorraadwaardering worden opgenomen – bij toename van de productie een stijging van het resultaat te zien, zodat het resultaat via een hogere of lagere productie kan worden 'gestuurd'. Bij direct costing is dit niet het geval.

7.6 Indien er constante kosten zijn die tevens als direct beschouwd moeten worden, dienen deze in de voorraadwaardering te worden opgenomen, hetgeen bij direct costing niet gebeurt; deze kosten worden bij direct costing gelijk ten laste van het resultaat gebracht.

7.7 Een relatief lage voorraadwaardering betekent een relatief laag fiscaal eigen vermogen en daarmee een relatief lage fiscale winst. Dit betekent dat de belasting over de winst naar de toekomst wordt verschoven, hetgeen een rentevoordeel oplevert. Uitstel van belastingbetaling geeft bovendien speelruimte in de financiering.

7.8 De IASB (IAS 2.9), de wet (artikelen 384.1/387.2, in combinatie met het Besluit actuele waarde) en in het verlengde daarvan de RJ (RJ 220.301 en volgende) geven aan dat (niet zijnde agrarische) voorraden gewaardeerd moeten worden tegen de laagste van de historische kosten en de verwachte opbrengstwaarde.
Fiscaal moeten voorraden worden gewaardeerd op de historische kostprijs.

7.9 De minimumwaarderingsregel houdt in dat gewaardeerd wordt op de laagste van de historische kosten en de verwachte opbrengstwaarde.

7.10 Gedeclareerde termijnen kunnen in beginsel als volgt worden verwerkt:
1 opname op de passiefzijde van de balans;
2 in mindering op de actiefpost Onderhanden werk.

7.11 **a** Winsten op langlopende werken kunnen als volgt worden verdeeld:
- winstneming op moment van oplevering;
- tussentijdse winstneming.

b Op moment van oplevering: strikte toepassing van het realisatieprincipe. Tussentijds: bij egaal activiteitenniveau is er ook een egaal winstbeeld.

7.12 De IASB kent geen specifieke regelgeving voor langlopende werken, maar is hiervoor aangewezen op de algemeen geformuleerde voorschriften van IFRS 15 Revenue recognition, waarin het gaat om het toerekenen van opbrengsten en kosten die voortvloeien uit het aangaan van contractuele verplichtingen. Uit het geheel van deze voorschriften kan worden afgeleid dat de IASB alleen tussentijdse winstneming toestaat: de opbrengsten en kosten moeten worden toegerekend aan de verschillende prestatieverplichtingen ('performance obligations'), dit staat bekend als de percentage of completion method.

De RJ (RJ 221.301) stelt dat, indien het resultaat van een onderhanden project op betrouwbare wijze kan worden ingeschat, de projectopbrengsten en projectkosten in de resultatenrekening dienen te worden verwerkt naar rato van de verrichte prestaties per balansdatum (eveneens dus de percentage of completion method).
Kan het resultaat van een onderhanden project *niet* op betrouwbare wijze worden ingeschat, dan worden (tot oplevering) alleen de projectopbrengsten ter grootte van de aan de periode toe te rekenen projectkosten in de resultatenrekening opgenomen (RJ 221.314), de percentage of completion method with zero profit.

7.13 Volgens de RJ dient aan de volgende voorwaarden te zijn voldaan om vast te stellen of het resultaat van een onderhanden project op basis van een aanneemcontract op betrouwbare wijze kan worden ingeschat (RJ 221.302):
- de totale projectopbrengsten kunnen op betrouwbare wijze worden bepaald;
- het is waarschijnlijk dat de economische voordelen met betrekking tot het onderhanden project naar de rechtspersoon zullen toevloeien;
- zowel de kosten om het project af te maken als de mate waarin het project is voltooid per balansdatum kunnen op betrouwbare wijze worden bepaald; en
- de kosten toe te rekenen aan het onderhanden project zijn duidelijk te onderscheiden en op betrouwbare wijze te bepalen, zodat de werkelijk bestede kosten vergeleken kunnen worden met de voorcalculatie of eerdere schattingen.

7.14 Met betrekking tot een regiecontract dient aan de volgende voorwaarden te zijn voldaan om vast te stellen of het resultaat van een onderhanden project op betrouwbare wijze kan worden ingeschat (RJ 221.303):
- het is waarschijnlijk dat de economische voordelen met betrekking tot het onderhanden project naar de rechtspersoon zullen toevloeien; en
- de kosten toe te rekenen aan het onderhanden project, al dan niet verrekenbaar op basis van het contract, zijn duidelijk te onderscheiden en op betrouwbare wijze te bepalen.

7.15 Fiscaal moet de percentage of completion method worden gevolgd.

7.16 De IASB: als vordering en – indien negatief – als schuld.
De RJ: als aparte post tussen de voorraden en de vorderingen en – indien negatief – als schuld.
De Nederlandse wet bevat geen specifieke bepalingen over de rubricering van langlopende werken.

7.17 De verschillende vormen van factoring hebben de volgende gevolgen:
- Overneming debiteurenadministratie en -incasso: geen gevolgen.
- Overneming risico van non-betaling: indien er geen eigen risico voor de onderneming is, is er geen voorziening voor dubieuze debiteuren nodig; als er wel een eigen risico is ingebouwd, zal er nog wel een voorziening nodig zijn, echter veel kleiner van omvang.
- Bevoorschotting van de debiteuren: handelsdebiteuren verdwijnen, daarvoor in de plaats komt een vordering op de factormaatschappij.

7.18 IASB en RJ: reële waarde.
Nederlandse wet: aanschafprijs of actuele waarde, zijnde marktwaarde.
Fiscaal: aanschafprijs.

8 Eigen vermogen

8.1 Het (aandelen)kapitaal kan als volgt worden onderscheiden:
- Maatschappelijk kapitaal: het nominale bedrag aan aandelenkapitaal dat volgens de statuten maximaal mag worden uitgegeven.
- Geplaatst kapitaal: het daadwerkelijk uitgegeven deel van het maatschappelijk kapitaal.
- Gestort kapitaal: het door de aandeelhouders op het geplaatste kapitaal gestorte bedrag.

8.2 De verkrijgingsprijs van de ingekochte aandelen wordt in mindering gebracht op de vrije reserves.

8.3 Als een negatieve emissie: het gestorte kapitaal wordt verminderd met de nominale waarde van de ingetrokken aandelen en de post Agio met het verschil tussen het aan de aandeelhouders terugbetaalde bedrag en de nominale waarde.

8.4 Een personeelsoptie geeft een werknemer het recht om gedurende of aan het eind van een vooraf overeengekomen periode aandelen in de onderneming van de werkgever te kopen tegen een vooraf vastgestelde prijs.

8.5 De IASB schrijft toepassing van de reëlewaardemethode voor (IFRS 2.16). Als het niet mogelijk is om de reële waarde betrouwbaar vast te stellen, mag als benadering gebruikgemaakt worden van de intrinsiekewaardemethode (IFRS 2.24).
De RJ geeft twee mogelijke verwerkingswijzen: hetzij op basis van de reële waarde, hetzij op basis van de intrinsieke waarde van de aandelenoptie (RJ 275.314).

8.6 Deze componenten zijn:
1. De *intrinsieke waarde*, dit is de waarde op een bepaald tijdstip gebaseerd op het voordeel dat de optiehouder zou realiseren als hij op dat tijdstip zijn optie zou uitoefenen en bestaat derhalve uit het (positieve) verschil tussen de beurskoers van het achterliggende aandeel en de uitoefenprijs.
2. De *tijdswaarde* of *verwachtingswaarde*, dit is de extra waarde van de optie (bovenop de intrinsieke waarde) gebaseerd op de mogelijkheid dat de koersfluctuaties van het achterliggende aandeel in de resterende uitoefenperiode zodanig zullen zijn, dat er nog meer voordeel zal ontstaan. De tijdswaarde is het verschil tussen de beurswaarde van een optie en de intrinsieke waarde.

8.7 Dit is het geval in de volgende situaties:
- Waardedaling van activa die op actuele waarde c.q. reële waarde worden gewaardeerd.
- Omzetting van de herwaarderingsreserve in kapitaal (artikel 390.2).

- Realisatie van de herwaarderingsreserve door afschrijving of verkoop van de activa waarop de herwaarderingsreserve betrekking heeft (artikel 390.3).

8.8 De vorming van een afzonderlijke wettelijke reserve is verplicht:
- Bij de activering van oprichtingskosten en emissiekosten en bij de activering van kosten van ontwikkeling ter grootte van de boekwaarde (artikel 365.2).
- Bij niet-uitgekeerde winsten van deelnemingen die gewaardeerd worden volgens de vermogensmutatiemethode, indien uitkering van de winst niet kan worden bewerkstelligd (artikel 389.6).
- Bij het kopen van aandelen uit een emissie van een nv, waarbij de stortingsplicht wordt voldaan door inbreng anders dan in geld en de waarde van de inbreng niet is gecertificeerd door een deskundige (artikel 94a.6f).

8.9 Materiële reserve: een grotere post liquiditeiten dan voor de normale bedrijfsuitoefening benodigd is.
Formele reserve: een overschot boven het gestorte kapitaal.

8.10 Het gebonden eigen vermogen bestaat uit:
- het kapitaal (in geval van een nv);
- de (ongerealiseerde) herwaarderingsreserve;
- de andere wettelijke reserves;
- de statutaire reserves.

9 Vreemd vermogen

9.1 Verschil reserves en voorzieningen: voorzieningen worden gevormd voor op balansdatum bestaande verplichtingen die voortvloeien uit bedrijfsactiviteiten in het huidige boekjaar; reserves dienen als buffer voor verplichtingen die uit toekomstige oorzaken ontstaan.
Verschil voorzieningen en schulden: bij voorzieningen is er een verplichting waarvan het bedrag en/of het tijdstip van nakoming slechts geschat kan worden; bij schulden is er sprake van een betalingsverplichting die is geconcretiseerd naar bedrag en tijdstip van betaling.

9.2 De toevoeging aan de voorziening berust op schattingen; in goede jaren zou te veel toegevoegd kunnen worden en in slechte jaren te weinig.

9.3 Statische methode: per balansdatum wordt de voorziening zo goed mogelijk geschat door de bestaande verplichtingen te analyseren.
Dynamische methode: periodiek wordt een bepaald bedrag – gerelateerd aan een activiteitenindicator – toegevoegd aan de voorziening.

9.4 De IASB en de RJ noemen de volgende specifieke voorwaarden, wil een voorziening opgenomen kunnen worden (IAS 37.14 / RJ 252.201):
- De rechtspersoon heeft een in rechte afdwingbare of feitelijke verplichting.
- Het is waarschijnlijk dat voor de afwikkeling van die verplichting een uitstroom van middelen noodzakelijk is.

9.5 De wet heeft de volgende bepalingen gesteld ten aanzien van de presentatie van voorzieningen:

- In de toelichting moet aangegeven worden in welke mate de voorzieningen als langlopend zijn te beschouwen (artikel 374.3).
- De voorziening voor latente belastingverplichtingen en de voorziening voor pensioenverplichtingen moeten afzonderlijk worden opgenomen (artikel 374.4).
- De voorzieningen moeten worden gesplitst naar hun aard en als zodanig nauwkeurig worden omschreven (artikel 374.3).

9.6 Bij een toegezegdebijdrageregeling heeft het bedrijf zich vastgelegd op het betalen van vooraf overeengekomen premies aan een levensverzekeringsmaatschappij of een pensioenfonds. Het risico dat de betaalde bijdragen achteraf gezien niet hoog genoeg waren om het benodigde pensioen uit te keren, ligt daarmee bij de verzekeraar.
Bij een toegezegdpensioenregeling ligt het risico dat de betaalde bijdragen niet toereikend zijn om aan de pensioenverplichtingen te voldoen, niet geheel bij de verzekeraar, maar voor een kleiner of groter deel bij de onderneming.

9.7 Dit moet om te bepalen of er mogelijk een voorziening voor pensioenverplichtingen moet worden opgenomen.

9.8 Backservice betreft nog te betalen pensioenpremies op balansdatum voor extra pensioenverplichtingen als gevolg van het verhogen van de pensioengrondslag over het verleden. Bij coming backservice wordt een voorziening voor pensioenverplichtingen gevormd voor salarisverhogingen die op balansdatum nog niet zijn toegezegd, maar die wel worden verwacht.

9.9 Dit moet gebeuren als het waardeverminderingen van een actief betreft (artikel 374.2).

9.10 De contante waarde aan interest en aflossing (waarbij de disconteringsvoet gelijk is aan de marktrente van gewone obligaties) wordt onder het vreemd vermogen opgenomen en het verschil tussen hoofdsom van de lening en de contante waarde onder het eigen vermogen (IAS 38.28/29/RJ 290. 819).

9.11 De volgende informatie moet worden gegeven:
- De conversievoorwaarden bij converteerbare leningen (artikel 375.7).
- De zakelijke zekerheden die voor schulden zijn verstrekt (artikel 375.3).
- In hoeverre schulden zijn achtergesteld, met vermelding van de aard van de achterstelling (artikel 375.4).

9.12 De RJ schrijft voor het ontwikkelingskrediet zichtbaar aan de actiefzijde van de balans in mindering te brengen op de ermee samenhangende post binnen de immateriële vaste activa (RJ 274.111).

9.13 Garantie: betaling dient te geschieden op eerste verzoek.
Borgtocht: voordat betaald dient te worden, kunnen eerst juridische procedures doorlopen worden.

9.14 Voorbeelden van hoofdelijke aansprakelijkheid:
- De vennoten van een vennootschap onder firma zijn hoofdelijk aansprakelijk voor de schulden van de firma.

- Een moedermaatschappij dient zich hoofdelijk aansprakelijk te stellen voor de schulden van haar dochter, indien die dochter gebruik wil maken van de mogelijkheid om zelf geen jaarrekening te hoeven publiceren.

9.15 Voorbeelden:
- meerjarige huurovereenkomsten
- operational-leasecontracten
- materiële vaste activa in bestelling
- langlopende inkoopcontracten.

10 Resultatenrekening

10.1 Bij categorische kostensplitsing wordt een indeling gemaakt naar kostensoorten, zoals grondstofkosten, loonkosten en afschrijvingen.
Functionele kostensplitsing maakt een indeling naar de functies binnen de onderneming (productie, verkoop, algemeen beheer).

10.2 In de categorische resultatenrekening heeft de netto-omzet betrekking op de afzet en de bedrijfslasten op de productie. Voor het behoud van de relatie tussen de omzet en de bedrijfslasten van de omzet, wordt de wijziging in de voorraad gereed product en onderhanden werken gecorrigeerd op de netto-omzet.

10.3 Het bedrijfsresultaat geeft de operationele winst van de onderneming weer: de winst van het productieproces, zonder dat rekening is gehouden met de wijze van financiering.

10.4 De netto-omzet moet worden gesegmenteerd naar bedrijfstak (oftewel naar productgroepen, artikel 380.1) en naar geografisch gebied (artikel 380.2).

10.5 Dit mag indien de te vermelden bedragen zijn te herleiden tot één persoon (artikel 383.1); voor naamloze vennootschappen geldt deze ontheffing niet (artikelen 383b en 383c).

10.6 Bijzondere resultaten zijn materiële baten of lasten die voortvloeien uit gebeurtenissen of transacties die behoren tot de gewone bedrijfsuitoefening, maar op grond van aard, omvang of het incidentele karakter afzonderlijk dienen te worden toegelicht, teneinde een goed inzicht te geven in het resultaat uit gewone bedrijfsuitoefening van de rechtspersoon en met name de ontwikkeling daarin (RJ 270.403).

10.7 Rechtstreekse vermogensmutaties:
- Mutaties in de kapitaalsfeer, zoals de opbrengst uit een aandelenemissie en de uitkering van dividend.
- Het cumulatief effect van een stelselwijziging.
- Waardemutaties als gevolg van toepassing van actuele waarde die in een herwaarderingsreserve worden verwerkt.
- Waardemutaties van afdekkingsinstrumenten die worden aangeduid als 'cashflow hedges'.

- Koersverschillen die voortvloeien uit de omrekening van deelnemingen die luiden in vreemde valuta als de 'closing-rate method' wordt gebruikt.
- Mutaties in de voorziening voor latente belastingverplichtingen, voor zover betrekking hebbend op herwaardering van activa, als gevolg van een verandering in het belastingtarief.

10.8 Dit is een overzicht van de wijzigingen in het eigen vermogen als gevolg van zowel de resultaten als rechtstreekse vermogensmutaties die niet uit de kapitaalsfeer voortvloeien.

10.9 Deze keuzemogelijkheden zijn:

1. Er wordt één overzicht van het totaalresultaat (*statement of comprehensive income*) opgenomen, waarin beide componenten van het totaalresultaat worden gepresenteerd: de behaalde resultaten en de baten en lasten die rechtstreeks in het eigen vermogen zijn verwerkt (IAS 1.10).
2. Er worden twee (deel)overzichten opgenomen (IAS 1.10A): eerst een traditionele resultatenrekening (*income statement*), gevolgd door een overzicht van het totaalresultaat waarin het resultaat over het boekjaar op één regel is opgenomen en aangevuld wordt met een postgewijze weergave van de baten en lasten die rechtstreeks in het eigen vermogen zijn verwerkt (*other comprehensive income).*

10.10 De kostprijswaarde (bij zero profit) c.q. de opbrengstwaarde (bij percentage of completion) van het gedurende het boekjaar verrichte werk en de gehele aanneemsom bij oplevering van het werk. De tweede definitie is door de IASB niet toegestaan.

11 Kasstroomoverzicht

11.1 Ontvangsten en uitgaven zijn objectief te bepalen; het transformeren naar opbrengsten en kosten brengt schattingen met zich mee.

11.2 Voor prestatiebeoordeling blijft het toerekeningsbeginsel onontbeerlijk; een kasachteruitgang wil nog niet zeggen dat er slecht gedraaid is.

11.3 Functies van een kasstroomoverzicht:

- het geven van inzicht in de investeringsactiviteiten gedurende de verslagperiode en van de financiering daarvan: in hoeverre de operationele activiteiten in staat zijn kasstromen te genereren om de gepleegde investeringen te kunnen betalen en aan de rente- en aflossingsverplichtingen te kunnen voldoen;
- het geven van inzicht in de liquiditeit en de solvabiliteit van de onderneming.

11.4 De IASB stelt opneming van een kasstroomoverzicht verplicht, waarbij het dient te worden gepresenteerd als een integraal onderdeel van de jaarrekening (IAS 7.1).
De RJ schrijft opname van een kasstroomoverzicht alleen voor grote en middelgrote rechtspersonen voor, waarbij een vrijstelling geldt voor rechtspersonen waarvan het kapitaal direct of indirect volledig wordt verschaft door

een andere rechtspersoon die zelf een gelijkwaardig kasstroomoverzicht opstelt dat is opgenomen in een geconsolideerde jaarrekening; in de toelichting dient dan te worden aangegeven waar die geconsolideerde jaarrekening te verkrijgen is (RJ 360.104). Ook de RJ beschouwt het kasstroomoverzicht als een onderdeel van de jaarrekening (RJ 360.101).
In de Nederlandse wet zijn geen bepalingen opgenomen inzake opneming van een kasstroomoverzicht.
In de fiscale aangifte wordt opname van het kasstroomoverzicht niet gevraagd.

11.5 Er dient een onderverdeling gemaakt te worden in (IAS 7.10 / RJ 360.201):
- operationele activiteiten (de bedrijfsuitoefening)
- investeringsactiviteiten
- financieringsactiviteiten.

11.6 Directe methode: de kasstromen worden rechtstreeks ontleend aan de geregistreerde mutaties in de liquide middelen.
Indirecte methode: het (bedrijfs)resultaat is het uitgangspunt, waarop vervolgens correcties worden aangebracht voor verschillen tussen opbrengsten en ontvangsten en kosten en uitgaven.

11.7 De directe methode geeft de werkelijke kasstromen weer.
Bij de indirecte methode bestaat er aansluiting met de resultatenrekening.

11.8 Cashflow is de som van nettowinst (na belastingen) en afschrijvingen.

12 Instandhoudingsdoelstellingen en waarderingsgrondslagen

12.1 Winst is het bedrag dat aan het einde van een periode aan de onderneming kan worden onttrokken, zodanig dat die onderneming daarna weer in dezelfde positie is als aan het begin van de periode.

12.2 Deze geeft het uitgangspunt aan, waarop de berekening is gebaseerd van het bedrag dat aan het einde van de periode in de onderneming dient te blijven om haar in dezelfde positie te houden als waarin zij zich aan het begin van de periode bevond.

12.3 **a** Handhaving van het nominale begin eigen vermogen.
b Handhaving van het complex van materiële activa.

12.4 Een voorraadresultaat is te omschrijven als de inkoopprijsverandering van de voorraad tussen het moment van inkoop en dat van verkoop; in geval van vaste activa tussen het moment van inkoop en dat van verbruik.

12.5 Een derde instandhoudingsdoelstelling is handhaving van de koopkracht van het eigen vermogen.

12.6 Waarderingsgrondslagen zouden kunnen zijn:
- de werkelijk betaalde inkoopprijs;
- de op balansdatum actuele inkoopprijs;

- de voor inflatie gecorrigeerde historische kostprijs;
- de geschatte verkoopprijs.

12.7	Instandhoudingsdoelstelling	Waarderingsgrondslag
a	Nominalisme	Werkelijk betaalde inkoopprijs
b	Nominalisme	Actuele inkoopprijs
c	Substantialisme	Actuele inkoopprijs
d	Handhaving koopkracht eigen vermogen	Actuele inkoopprijs
e	Handhaving koopkracht eigen vermogen	Voor inflatie gecorrigeerde historische kostprijs

13 Historischekostenstelsel

13.1 Deze methoden zijn:
- fifo
- gemiddelde inkoopprijs
- lifo.

13.2 Om continuïteit te waarborgen mogen ze niet uitgekeerd worden, omdat dan uitholling van de onderneming zou plaatsvinden, omdat door de gestegen prijzen volledige vervanging niet gewaarborgd is.

13.3 Bij individueel-lifo wordt per transactie bekeken welke voorraad op het moment van verkoop het meest recent is ingekocht.
Bij collectief-lifo wordt aangenomen dat de laatst in de desbetreffende periode ingekochte voorraden in die periode zijn verkocht, ongeacht de volgorde van in- en verkopen.

13.4 Wanneer bij stijgend prijsniveau bij verkoop geput kan worden uit recente inkopen, is er een sterkere substantialistische werking dan indien wordt geput uit inkopen in een verder verleden.

13.5 Toepassing van substantialisme heeft bij lifo alleen betrekking op de goederenvoorraad en niet op de duurzame productiemiddelen.

13.6 Fifo.

13.7 (Collectief)-lifo.

13.8 De gebruikte prijs is:
a de inkoopprijs op moment van invoering van het ijzerenvoorraadstelsel;
b de historische kostprijs (waarbij uitgegaan wordt van de fifo-volgorde);
c de actuele inkoopprijs.

13.9 Als winstbepalingssysteem is het te gebruiken, maar niet voor de vermogensbepaling: er kunnen grote stille reserves in de voorraadwaardering ontstaan. Het kan zelfs voorkomen dat de voorraad voor een negatief bedrag te boek komt te staan.

13.10 Waardering op de laagste van:
- historische kostprijs
- verwachte opbrengstwaarde.

13.11 Waardering op de laagste van:
- boekwaarde op basis van historische kosten
- realiseerbare waarde, zijnde de hoogste van directe en indirecte opbrengstwaarde.

13.12 Dat zijn fifo en gemiddelde inkoopprijs (de RJ en de Nederlandse wet staan lifo ook toe).

13.13 Uitgangspunt is toepassing van historische kosten. Jurisprudentie geeft aan dat ook het ijzerenvoorraadstelsel toegepast mag worden op goederen die 'soortgelijk of althans soortverwant' zijn.

14 Vervangingswaardestelsel

14.1 De winst wordt te hoog weergegeven en het eigen vermogen te laag: er is een dubbel flatterend effect op de rentabiliteit.

14.2 Op de post Herwaarderingsreserve staat het bedrag van de vermogensstijging van de onderneming dat niet uitgekeerd mag worden, maar gebonden is aan de onderneming.

14.3 Prijsdalingen worden dan ten laste van het resultaat gebracht.

14.4 De herwaarderingsreserve wordt gerealiseerd als de in prijs gestegen activa worden verkocht (voorraden) of afgeschreven (duurzame productiemiddelen).

14.5 Het verschil schuilt in de in de periode gerealiseerde herwaardering.

14.6 Volgens de theorie van het vervangingswaardestelsel: helemaal niet. Volgens de regelgevers: het gerealiseerde deel.

14.7 Dit houdt in dat gewaardeerd wordt tegen de laagste van de vervangingswaarde en verwachte netto-opbrengst.

14.8 Problemen zijn:
- Van veel activa zijn geen marktprijzen voorhanden.
- In geval van technisch niet-identieke vervanging wordt bepaling van de vervangingswaarde zeer problematisch.

14.9

Standards IASB	Voorschriften RJ / wet
Als actuele waarde wordt beschouwd de reële waarde	Als actuele waarde geldt de actuele kostprijs (= min of meer de vervangingswaarde)
In geval van realisatie hoeft de herwaarderingsreserve niet te worden afgeboekt	In geval van realisatie moet de herwaarderingsreserve worden afgeboekt
Herwaarderingsreserve mag niet vrijvallen ten gunste van het resultaat	Herwaarderingsreserve mag vrijvallen ten gunste van het resultaat
Vorming voorziening latente belastingverplichtingen verplicht	Vorming voorziening latente belastingverplichtingen niet verplicht

14.10 Het vervangingswaardestelsel is fiscaal in het geheel niet toegestaan.

15 Overige winstbepalingsstelsels

15.1 Zij hebben moeite met het normatieve element dat in de winstbepaling geïntroduceerd wordt. Volgens hen is de vraag of er vermogen vastgehouden dient te worden, er een van winstbestemming en niet van winstbepaling.

15.2 In de resultatenrekening wordt zowel de vervangingswaardewinst als de historischekostenwinst getoond.

15.3 De balans wordt opgesteld op basis van actuele waarde, de resultatenrekening op basis van historische kosten.

15.4 Bij de Nederlandse invulling wordt het realisatieprincipe op de voorraadresultaten toegepast, bij de Amerikaanse niet.

15.5 **a** Current operating profit is winst op basis van vervangingswaarde.
b Business profit is winst op basis van vervangingswaarde plus de in de periode opgetreden waardestijgingen.

15.6 Het stelsel-Bakker is gebaseerd op:
- waardering materiële activa op vervangingswaarde;
- instandhoudingsdoelstelling: handhaving koopkracht van het eigen vermogen.

15.7 Als de opwaardering van de activa groter is dan de benodigde koopkrachtcorrectie van het eigen vermogen, wordt het verschil alleen als winst beschouwd voor zover er een gerealiseerde waardestijging is.

15.8 Deze komt overeen met de:
- winst op basis van vervangingswaarde;
- current operating profit (van Edwards en Bell).

15.9 De monetaire posten op de balans worden (in tegenstelling tot de materiële posten) niet aangepast aan de koopkrachtontwikkeling.

15.10 Voor:
- objectiviteit
- alle bedragen zijn in dezelfde meeteenheid uitgedrukt, dit vergroot de vergelijkbaarheid in de tijd.

Tegen:
- bewerkelijkheid
- de waardering van de activa is 'vlees noch vis': zij geeft noch de historische kosten, noch de vervangingswaarde weer.

16 Kapitaalbelangen

16.1 Mogelijke waarderingsgrondslagen voor een kapitaalbelang zijn:
1. Aanschafprijs
2. Actuele waarde
3. Reële waarde
4. Nettovermogenswaarde
5. Equitymethode.

16.2 Bij een downstream-sale levert de deelnemer aan de onderneming waarin wordt deelgenomen, bij een upstream-sale levert de onderneming waarin wordt deelgenomen aan de deelnemer.

16.3 Deze winsten dienen te worden geëlimineerd in de jaarrekening van de deelnemer door ze uit de balanspost Kapitaalbelang en uit de resultatenrekeningpost Resultaat uit kapitaalbelang te halen (RJ 260).

16.4 **a** Een subsidiary is een kapitaalbelang waarin de deelnemer de zeggenschap ('control') heeft, waarbij de zeggenschap wordt gedefinieerd als het zijn blootgesteld aan of het hebben van rechten op veranderlijke opbrengsten uit hoofde van zijn betrokkenheid bij het kapitaalbelang en het beschikken over de mogelijkheid die opbrengsten door zijn macht over het kapitaalbelang te beïnvloeden (IFRS 10 Bijlage A).

b Een associate is een kapitaalbelang waarin de deelnemer invloed van betekenis ('significant influence') heeft, waarbij invloed van betekenis wordt gedefinieerd als de macht om deel te nemen aan de financiële en operationele beleidsbeslissingen van het kapitaalbelang (IAS 28.3).

c Een financial asset is een kapitaalbelang, niet zijnde een subsidiary, joint arrangement of een associate (IAS 32.4).

16.5 Subsidiaries en associates moeten worden gewaardeerd tegen aanschafprijs of reële waarde of volgens de equitymethode (IAS 27.10).
Financial assets moeten worden gewaardeerd op reële waarde (IFRS 9).

16.6 **a**
- Een dochtermaatschappij is een rechtspersoon waarin (rechtstreeks of via andere dochtermaatschappijen) meer dan de helft van de stemrechten uitgeoefend kan worden en/of waarvan meer dan de helft van de bestuurders of commissarissen benoemd of ontslagen kunnen worden (artikel 24a.1).
- Een dochtermaatschappij is een onder eigen naam optredende vennootschap waarin de rechtspersoon of één of meer van zijn dochtermaatschappijen als vennoot volledig jegens schuldeisers aansprakelijk is voor de schulden (artikel 24a.2).

b
- Een deelneming is een rechtspersoon waarin (rechtstreeks of via dochtermaatschappijen) kapitaal verschaft wordt teneinde een duurzame verbondenheid te bewerkstelligen, ten dienste van de eigen werkzaamheid (artikel 24c.1).
- Een deelneming is een niet-rechtspersoonlijkheid bezittende vennootschap waarin (rechtstreeks of via dochtermaatschappijen) de deelnemer als vennoot jegens schuldeisers volledig aansprakelijk is voor de schulden; of daarin anderszins vennoot is teneinde met die vennootschap

duurzaam verbonden te zijn ten dienste van de eigen werkzaamheid (artikel 24c.2).

16.7 Er is sprake van een wettelijk vermoeden van een deelneming bij een kapitaaldeelname van ten minste 20% (artikel 24c.1).

16.8 Deelnemingen met invloed van betekenis moeten gewaardeerd worden tegen nettovermogenswaarde (artikel 389.1); voor deelnemingen zonder invloed van betekenis is de waarderingsgrondslag aanschafprijs of actuele waarde (artikel 384.1).

16.9 Deze worden gewaardeerd op basis van het zichtbaar eigen vermogen (RJ 214.310/311).

16.10 De deelnemingsvrijstelling (artikel 13 Wet op de vennootschapsbelasting) zorgt ervoor dat resultaten uit deelnemingen niet tot de fiscale winst behoren.

16.11 Deze wettelijke reserve moet gevormd worden bij niet-uitgekeerde winsten en rechtstreekse vermogensvermeerderingen van deelnemingen die worden gewaardeerd volgens de vermogensmutatiemethode, terwijl de uitkering van die winst door de deelnemer niet zonder beperking is te bewerkstelligen (artikel 389.6).

16.12 Binnen de voorschriften van de IASB wordt gekochte goodwill gepresenteerd als onderdeel van de post Kapitaalbelang en gewaardeerd tegen het op de overnamedatum betaalde bedrag verminderd met – als gevolg van een of meer uitgevoerde impairment testen – eventuele geaccumuleerde bijzondere waardeverminderingsverliezen (IFRS 3.54 en de van IFRS 3 integraal onderdeel uitmakende appendix B.63a).
De Nederlandse wet en in het verlengde daarvan de RJ schrijven voor dat betaalde goodwill moet worden geactiveerd onder de immateriële vaste activa verminderd met de cumulatieve afschrijvingen en eventuele bijzondere waardeverminderingen (artikel 389.7/RJ 216.218).

16.13 a Deze dient direct ten gunste van het resultaat te worden gebracht (IFRS 3.34).

b Deze dient afzonderlijk als overlooppost in de balans te worden opgenomen en vervolgens via bepaalde verdeelsleutels ten gunste van het resultaat te worden gebracht (RJ 216.235).

16.14 Per belang moet onder meer opgenomen worden (artikel 379.1):

- naam
- vestigingsplaats
- aandeel in het geplaatste kapitaal c.q. stemrechten.

17 Consolidatie

17.1 Een geconsolideerde jaarrekening is de jaarrekening waarin alle activa, passiva, baten en lasten van de ondernemingen die een concern vormen, als één geheel worden opgenomen.

17.2 In het jaarrapport van een concernmoeder zijn te vinden:
- de enkelvoudige jaarrekening van de moeder;
- de geconsolideerde jaarrekening van het concern.

17.3 Volgens de IASB moeten in de geconsolideerde jaarrekening van de moedermaatschappij al hun subsidiaries worden geconsolideerd, dat wil zeggen alle kapitaalbelangen waarover zij de zeggenschap ('control') heeft (IFRS 10.5 en volgende).

17.4 **a** Rechtspersonen die, alleen of samen met een andere groepsmaatschappij, aan het hoofd van een groep staan (artikel 406.1) en rechtspersonen die niet aan het hoofd van een groep staan, maar in hun groep wel één of meer dochtermaatschappijen hebben of andere rechtspersonen hebben waarover zij een overheersende zeggenschap kunnen uitoefenen of waarover zij de centrale leiding hebben (artikel 406.2).

b Het groepshoofd (of subgroepshoofd) zelf, hun dochtermaatschappijen in de groep (of subgroep), andere groepsmaatschappijen en andere rechtspersonen waarop zij een overheersende zeggenschap kunnen uitoefenen of waarover zij de centrale leiding hebben (artikel 406.1 en 406.2).

17.5 **a** Groepsmaatschappijen zijn rechtspersonen en vennootschappen die met elkaar in een groep zijn verbonden (artikel 24b).

b Een groep is een economische eenheid waarin rechtspersonen en vennootschappen organisatorisch zijn verbonden (artikel 24b).

17.6 Deze situaties zijn:

1 Er hoeft geen geconsolideerde jaarrekening te worden opgesteld, indien de geconsolideerde cijfers van de groep niet groter zijn dan de grenzen van een kleine rechtspersoon, geen van de in de consolidatie te betrekken ondernemingen effecten heeft uitstaan die zijn toegelaten tot de handel op een effectenbeurs en er geen bezwaar is gemaakt door de algemene vergadering (artikel 407.2).

2 Sub- of tussenholdings hoeven geen geconsolideerde jaarrekening op te maken, indien wordt voldaan aan de in artikel 408 gestelde voorwaarden.

17.7 Dit is het geval als:
- het gaat om groepsmaatschappijen waarvan de gezamenlijke betekenis van te verwaarlozen betekenis is op het geheel (artikel 407.1a);
- het groepsmaatschappijen betreft waarvan de nodige gegevens slechts tegen onevenredige kosten of met grote vertraging te verkrijgen of te ramen zijn (artikel 407.1b);
- er sprake is van groepsmaatschappijen waarin het belang slechts wordt aangehouden om het te vervreemden (artikel 407.1c).

17.8 Onder de voorwaarde dat de financiële gegevens van de moeder zelf zijn opgenomen in de geconsolideerde jaarrekening (artikel 402.1).

17.9 **a** In dat geval gelden de volgende vrijstellingen:
- Zij kan volstaan met een vereenvoudigde jaarrekening.
- Zij heeft geen controleplicht.
- Zij hoeft de jaarrekening niet openbaar te maken.
- Zij hoeft geen bestuursverslag en overige gegevens op te stellen.

b Deze voorwaarden zijn:
- De leden of aandeelhouders moeten jaarlijks schriftelijk verklaren met de vrijstellingen in te stemmen.
- De financiële gegevens van de betreffende rechtspersoon moeten zijn geconsolideerd door een andere rechtspersoon of vennootschap, die gevestigd is in de Europese Unie en waarvan de geconsolideerde jaarrekening voldoet aan de eisen van de richtlijnen van de Europese Unie of van die van de IASB.
- De geconsolideerde jaarrekening – voor zover niet gesteld of vertaald in het Nederlands – is gesteld of vertaald in het Frans, Duits of Engels.
- De rechtspersoon of vennootschap die de financiële gegevens van de betreffende rechtspersoon heeft geconsolideerd, moet schriftelijk verklaren zich hoofdelijk aansprakelijk te stellen voor de uit rechtshandelingen voortvloeiende schulden van die rechtspersoon.
- De instemmingsverklaring van de aandeelhouders, de aansprakelijkheidsverklaring en de geconsolideerde jaarrekening van de moeder moeten worden gedeponeerd bij het handelsregister.
- De moeder die de financiële gegevens van de betreffende rechtspersoon heeft geconsolideerd, vermeldt in de toelichting voor welke rechtspersonen een aansprakelijkheidsverklaring is afgegeven (artikel 414.5).

17.10 De regeling van de fiscale eenheid: op verzoek wordt de regel dat elke rechtspersoon afzonderlijk belastingplichtig is, doorbroken; het concern is dan als geheel belastingplichtig (artikel 15 Wet op de vennootschapsbelasting).

17.11 Onder elimineren wordt verstaan het uit de jaarrekening verwijderen van alle posten die een weerslag zijn van de financiële relaties tussen de ondernemingen die in de consolidatie worden betrokken.

17.12 a Bij proportionele consolidatie worden alle posten voor het deelnemingspercentage in de geconsolideerde jaarrekening opgenomen.
In geval van integrale consolidatie worden alle posten voor 100% opgenomen, ook als het gaat om niet-100%-kapitaalbelangen; ter correctie worden de posten Belang derden en Winstaandeel derden gecreëerd voor het aandeel dat outside-aandeelhouders hebben in het eigen vermogen respectievelijk het resultaat van de niet-100%-kapitaalbelangen.

b Er wordt geen juist inzicht gegeven in vermogen en resultaat, omdat er volledige zeggenschap is over de activa.

c De IASB schrijft integrale consolidatie voor (IFRS 10 Bijlage B86), terwijl de RJ deze consolidatietechniek aangeeft als in het algemeen het meest geëigend (RJ 217.503). De wet doet in deze geen expliciete uitspraak, wel zijn er aanwijzingen die erop duiden dat de wet integrale consolidatie voorstaat.

17.13 a Waarderen tegen nettovermogenswaarde (hoofdregel op grond van artikel 389.1) of proportioneel consolideren (optie op grond van artikel 409).

b De activa, verplichtingen, opbrengsten en kosten van joint operations moeten worden verwerkt in overeenstemming met de relevante IFRS. Joint ventures moeten in de geconsolideerde jaarrekening worden verwerkt volgens de equitymethode.

17.14 a Bij de eenheidstheorie worden de omzet, de kostprijs van de omzet en de winst op onderlinge leveringen volledig geëlimineerd, ook al betreft het niet-100%-kapitaalbelangen.

b Bij de belangentheorie worden de omzet, de kostprijs van de omzet en de winst op onderlinge leveringen geëlimineerd voor het deelnemingspercentage.

c De theorie van Bödeker is een combinatie van de eenheids- en belangentheorie.

18 Vreemde valuta

18.1 Dit is toegestaan als de werkzaamheid van de rechtspersoon of de internationale vertakking van de groep dit rechtvaardigt (artikel 362.7).

18.2 Er zijn drie soorten valutarisico's:
- transactierisico's
- vertaalrisico's
- strategische risico's.

18.3 De IASB definieert de functionele valuta als de valuta in de primaire economische omgeving waarin de onderneming actief is (IAS 21.8).

18.4 a Dit dient te gebeuren tegen de actuele koers per balansdatum (IAS 21.23a / RJ 122.203a).

b Deze dienen ten gunste of ten laste van het resultaat te worden gebracht in de periode waarin ze zijn ontstaan (IAS 21.28 / RJ 122.207).

18.5 De grondslagen die voor de omrekening worden gehanteerd en de wijze waarop de koersverschillen zijn verwerkt, dienen in de toelichting te worden vermeld (artikel 384.5).

18.6 Deze moeten fiscaal worden omgerekend tegen historische koersen.

18.7 Deze risico's kunnen worden geëlimineerd door het afdekken van valutaposities, bijvoorbeeld door het afsluiten van termijnmartkttransacties of door het kopen van valutaopties.

18.8 a Er is sprake van een fair value hedge als er een automatische compensatie van winsten en verliezen plaatsvindt, omdat er gelijktijdig een primair (bijvoorbeeld een vordering luidende in vreemde valuta) en een secundair financieel instrument (bijvoorbeeld een termijnmarkttransactie om het valutarisico op de vordering af te dekken) bestaan.

b Bij een cashflow hedge koopt de onderneming een afdekkingsinstrument voordat er een primair financieel instrument bestaat.

18.9 Deze is bepalend voor de wijze van omrekening van de jaarrekening van een buitenlandse deelneming.

18.10 a Monetaire posten worden omgerekend tegen actuele koers, materiële activa afhankelijk van de waarderingsgrondslag: in geval van historische kosten wordt de historische koers gehanteerd en bij actuele waarde wordt de actuele koers genomen.

b Alle posten worden (met uitzondering van de posten behorende tot het eigen vermogen) omgerekend tegen actuele koers.

18.11 **a** De omrekeningsresultaten gaan naar de resultatenrekening (met uitzondering van de posten gewaardeerd tegen actuele waarde; deze worden in een herwaarderingsreserve verwerkt).

b De omrekeningsresultaten worden rechtstreeks in het eigen vermogen opgenomen.

18.12 In geval van toepassing van de 'closing-rate method' dienen jaarrekeningen in landen met hyperinflatie te worden aangepast aan de invloed van prijswijzigingen voordat omrekening plaatsvindt.

18.13 De closing-rate method.

19 Winstbelasting

19.1 **a** Het *saldo fiscale winst* is de winst op basis van de fiscale grondslagen voor de waardering en winstbepaling, zonder rekening te houden met de geldende fiscale faciliteiten en het feit dat bepaalde kostenposten fiscaal geheel of gedeeltelijk niet worden erkend.
De *belastbare winst* is de winst waarover belasting verschuldigd is en wordt (in de aangifte vennootschapsbelasting) berekend door het saldo fiscale winst te corrigeren voor de van toepassing zijnde bedragen van de fiscale faciliteiten en de fiscaal niet-aftrekbare kosten.
Het *belastbaar bedrag* is de in een boekjaar genoten belastbare winst verminderd met te verrekenen verliezen. Naar het belastbaar bedrag wordt vennootschapsbelasting geheven.

b Daarvoor gebruiken wij in dit boek de term *fiscale winst*. Deze door ons genoemde fiscale winst kan als maatstaf dienen ter vergelijking met de bedrijfseconomische winst vóór aftrek van belasting.

19.2 Ondernemingsverliezen kunnen worden gecompenseerd met de winst uit het laatste voorafgaande jaar (carry back) en daarna met de winsten die in de volgende negen jaren behaald zullen worden (carry forward).

19.3 **a** De vordering uit hoofde van carry back is een 'zekere' vordering op de fiscus: deze dient zonder meer in de balans te worden opgenomen.

b De vordering uit hoofde van carry forward is een voorwaardelijke vordering op de fiscus: deze dient – in de veronderstelling dat er in de toekomst voldoende fiscale winsten behaald zullen worden om de vordering 'binnen te halen' – eveneens in de balans te worden opgenomen.

19.4 **a** Er is sprake van een tijdelijk winstverschil als het totale resultaat over de levensduur van de onderneming bedrijfseconomisch en fiscaal gelijk is, maar verschillend over de jaren wordt verdeeld.

b Voorbeelden van tijdelijke winstverschillen:
- bedrijfseconomisch en fiscaal verschillende afschrijvingsmethoden;
- bepaalde kosten worden fiscaal direct ten laste van het resultaat gebracht en bedrijfseconomisch geactiveerd, gevolgd door jaarlijkse afschrijvingen;
- voor de bepaling van de toevoeging aan een voorziening worden bedrijfseconomisch en fiscaal verschillende methoden gebruikt.

19.5 Statische methode: de stand van de voorziening wordt berekend uit het verschil tussen de bedrijfseconomische en fiscale boekwaarde(s).
Dynamische methode: de toevoeging c.q. onttrekking aan de voorziening wordt berekend uit het verschil tussen de bedrijfseconomische en fiscale winst.

19.6 **a** Actieve latentie: vordering op de fiscus; in de volgende jaren zal de fiscale winst lager zijn dan de bedrijfseconomische.
Passieve latentie: verplichting aan de fiscus; in de volgende jaren zal de fiscale winst hoger zijn dan de bedrijfseconomische.
b Een voorbeeld is een voorziening die bedrijfseconomisch wordt gevormd, maar fiscaal (nog) niet wordt erkend.

19.7 De IASB en de RJ stellen opname in de balans verplicht tot het bedrag waarvan het waarschijnlijk is dat er fiscale winst beschikbaar zal zijn voor verrekening (IAS 12.24 / RJ 272.306).

19.8 **a** Er is sprake van een definitief winstverschil indien het verschil tussen bedrijfseconomisch en fiscaal resultaat in een later jaar niet wordt opgeheven; oftewel, er ontstaat een verschil in de totale winst, gemeten over de hele levensduur van de onderneming.
b
- Winsten van kapitaalbelangen zijn bedrijfseconomisch winst voor de deelnemer; fiscaal vallen ze vaak onder de deelnemingsvrijstelling.
- Fiscaal bestaat de faciliteit van de investeringsaftrek; deze is bedrijfseconomisch niet aan de orde.
- Fiscaal zijn boetes, opgelopen in de uitoefening van het bedrijf, niet aftrekbaar; bedrijfseconomisch komen ze ten laste van de winst.

19.9 Onderdruk: de effectieve belastingdruk (de belastinglast in de bedrijfseconomische resultatenrekening uitgedrukt in de bedrijfseconomische winst vóór aftrek van belasting) is lager dan het nominale of toepasselijke belastingtarief.
Overdruk: de effectieve belastingdruk is hoger dan het nominale of toepasselijke belastingtarief.

19.10 Dat is gewenst, omdat anders het eigen vermogen geflatteerd zou worden weergegeven; de post Herwaarderingsreserve behoort immers tot het eigen vermogen. Door een voorziening voor latente belastingverplichtingen wordt aangegeven dat in de herwaarderingsreserve een fiscale claim schuilt.

19.11 **a** De overdruk uit hoofde van herwaardering kan worden verwerkt:
- ten laste van het (eigen) vermogen;
- ten laste van het resultaat.

b Verwerking ten laste van het resultaat: het totale bedrag op de herwaarderingsreserve is aan de onderneming gebonden, om vervanging veilig te stellen.

19.12 **a** Pro: er is sprake van een renteloze verplichting c.q. vordering, waarvan het rentevoordeel c.q. -nadeel moet worden genomen in het jaar waarin de latentie ontstaat.
Contra: de waardering berust voor een belangrijk deel op schattingen. Bij wijzigingen in de marktrente kan een grillig verloop van het resultaat ontstaan.

b De IASB laat alleen waardering op nominale waarde toe (IAS 12.53). De RJ acht zowel waardering op nominale waarde als op contante waarde acceptabel (RJ 272.404); wordt gekozen voor contante waarde, dan verlangt de RJ in de toelichting onder andere vermelding van de nominale waarde van de latenties die in het boekjaar zijn ontstaan en van de stand ultimo boekjaar (RJ 272.712).

19.13 Het hierdoor ontstane resultaat dient op dezelfde wijze verwerkt te worden als bij het ontstaan van de voorziening (gelijktijdigheidsaspect van het bestendigheidsprincipe): bij tijdelijke winstverschillen via het resultaat, bij toepassing van actuele c.q. reële waarde via het eigen vermogen.

19.14 Er is geen sprake van een voorziening, zoals gedefinieerd door de IASB en de RJ; er is namelijk niet een op balansdatum bestaande juridisch afdwingbare of feitelijke verplichting.
Daarnaast is de term *latent* (= verborgen) misleidend. De IASB en de wet schrijven voor dat de 'verplichting' afzonderlijk in de balans moet worden opgenomen, terwijl de RJ stelt dat afzonderlijke vermelding in de balans of in de toelichting dient plaats te vinden. Dit betekent dat er geen sprake is van een verborgen 'verplichting'.

Sleutels meerkeuzevragen

Sleutels meerkeuzevragen

Hoofdstuk 1 Externe verslaggeving: relaties met andere vakgebieden en ontwikkeling

1.1	d	**1.6**	b
1.2	b	**1.7**	c
1.3	c	**1.8**	a
1.4	d	**1.9**	d
1.5	c	**1.10**	b

Hoofdstuk 2 Waarde en winst

2.1	b	**2.6**	c
2.2	b	**2.7**	d
2.3	a	**2.8**	b
2.4	c	**2.9**	c
2.5	b	**2.10**	c

Hoofdstuk 3 Verslaggevingsprincipes van de boekhoudkundige waarde- en winstbepaling

3.1	a	**3.6**	c
3.2	a	**3.7**	c
3.3	c	**3.8**	c
3.4	b	**3.9**	d
3.5	a	**3.10**	c

Hoofdstuk 4 Regelgevers en toezichthouders

4.1	a	**4.6**	c
4.2	c	**4.7**	b
4.3	a	**4.8**	c
4.4	d	**4.9**	d
4.5	b	**4.10**	b

Hoofdstuk 5 Regelgeving: materiële en formele aspecten van de publicatieplicht

5.1	b	**5.6**	b
5.2	d	**5.7**	d
5.3	d	**5.8**	d
5.4	c	**5.9**	c
5.5	a	**5.10**	b

Hoofdstuk 6 Vaste activa

6.1	d	**6.6**	d
6.2	b	**6.7**	b
6.3	b	**6.8**	b
6.4	b	**6.9**	d
6.5	d	**6.10**	b

Hoofdstuk 7 Vlottende activa

7.1	c	**7.6**	b
7.2	c	**7.7**	d
7.3	c	**7.8**	a

7.4	a	**7.9**	d
7.5	d	**7.10**	b

Hoofdstuk 8 Eigen vermogen

8.1	c	**8.6**	b
8.2	b	**8.7**	c
8.3	a	**8.8**	b
8.4	b	**8.9**	d
8.5	a	**8.10**	b

Hoofdstuk 9 Vreemd vermogen

9.1	d	**9.6**	c
9.2	b	**9.7**	b
9.3	d	**9.8**	c
9.4	c	**9.9**	d
9.5	d	**9.10**	b

Hoofdstuk 10 Resultatenrekening

10.1	c	**10.6**	d
10.2	c	**10.7**	b
10.3	c	**10.8**	b
10.4	c	**10.9**	c
10.5	a	**10.10**	b

Hoofdstuk 11 Kasstroomoverzicht

11.1	a	**11.6**	b
11.2	c	**11.7**	a
11.3	a	**11.8**	c
11.4	a	**11.9**	a
11.5	a	**11.10**	b

Hoofdstuk 12 Instandhoudingsdoelstellingen en waarderingsgrondslagen

12.1	c	**12.6**	b
12.2	b	**12.7**	c
12.3	b	**12.8**	b
12.4	c	**12.9**	b
12.5	c	**12.10**	d

Hoofdstuk 13 Historischekostenstelsel

13.1	b	**13.6**	b
13.2	c	**13.7**	b
13.3	a	**13.8**	b
13.4	a	**13.9**	a
13.5	a	**13.10**	c

Hoofdstuk 14 Vervangingswaardestelsel

14.1	a	**14.6**	d
14.2	a	**14.7**	d
14.3	a	**14.8**	c
14.4	a	**14.9**	c
14.5	c	**14.10**	a

Hoofdstuk 15 Overige winstbepalingsstelsels

15.1	d	**15.6**	b
15.2	d	**15.7**	a
15.3	c	**15.8**	b
15.4	c	**15.9**	c
15.5	d	**15.10**	d

Hoofdstuk 16 Kapitaalbelangen

16.1	c	**16.6**	b
16.2	c	**16.7**	d
16.3	d	**16.8**	c
16.4	b	**16.9**	a
16.5	a	**16.10**	a

Hoofdstuk 17 Consolidatie

17.1	b	**17.6**	b
17.2	b	**17.7**	c
17.3	a	**17.8**	b
17.4	c	**17.9**	d
17.5	a	**17.10**	b

Hoofdstuk 18 Vreemde valuta

18.1	c	**18.6**	d
18.2	b	**18.7**	b
18.3	a	**18.8**	a
18.4	a	**18.9**	c
18.5	a	**18.10**	b

Hoofdstuk 19 Winstbelasting

19.1	c	**19.6**	a
19.2	b	**19.7**	b
19.3	d	**19.8**	c
19.4	b	**19.9**	b
19.5	c	**19.10**	b